Der Schneeengel

eine

erotisch-philosophische

Liebes-Dramödie

Jürgen Lill

INHALT

1 DAS GARTENHÄUSCHEN

Wieder einmal stand ich vor den Trümmern meines Lebens, an einem Wendepunkt, und ich wusste nicht, wie es weitergehen sollte. Meine Freundin und ich trennten uns.

Eigentlich war es vorherzusehen gewesen. Sich mit einem Künstler einzulassen, hatte sicherlich einigen Reiz. Aber wenn bei diesem Künstler sich auch nach zweieinhalb gemeinsam verbrachten Jahren noch immer keine Spur von Erfolg einstellt, dann verlieren der Künstler und seine Kunst ihren Zauber. Zumindest sah meine Freundin, bzw. Ex-Freundin das so.

Ich hatte nur das Nötigste gepackt, ein paar Kleidungsstücke, meinen Fotoapparat und meinen Laptop, um zumindest arbeiten zu können. Aber ich wusste nicht, wohin ich sollte. Ich war fast völlig abgebrannt, hatte nur noch wenige Euro in der Tasche und kannte niemand in der Stadt.

In der ersten Nacht schlief ich in einem leerstehenden Lagerhaus. Das heißt, von Schlafen konnte kaum die Rede sein. Es war bereits Dezember. Die Temperaturen fielen weit unter den Gefrierpunkt und ich hatte keine Decke. Ich zog mir alles von meiner Kleidung an, was ich anziehen konnte. Aber es half nichts. Ich kauerte frierend und zitternd in einer Ecke und fand keinen Schlaf.

So tief unten war ich noch nie.

Am nächsten Tag lief ich ziellos durch die Stadt. Ich wusste nicht, an wen ich mich hätte wenden können. Das bisschen Geld, das ich noch hatte, wollte ich nicht ausgeben. Es war meine letzte Reserve und ich wusste nicht, wie lange ich damit auskommen musste.

Wie fängt man wieder von vorne an, wenn man glaubt, schon alles versucht zu haben? Ich wusste es nicht. Mein Kopf war absolut leer. Warum nur hatte ich mich nicht darauf vorbereitet, auf das Ende meiner Beziehung? Ich hatte es doch kommen sehen. Und trotzdem warf es mich jetzt völlig aus der Bahn. Ich war selbst schuld an der Ausweglosigkeit meiner Situation.

Am Nachmittag des zweiten Tages befand ich mich in einem Vorort der Stadt. Es gab hier fast nur Einfamilienhäuser mit Gärten. Und als es zu dämmern begann, machte ich mir ernsthaft Sorgen, wo ich diese Nacht verbringen sollte. Zufällig beobachtete ich, wie eine alte Dame aus der Seitentür einer Garage kam und ins Haus ging. Ich wartete fast eine halbe Stunde. Und als die Frau dann immer noch nicht wieder erschien, nahm ich an, dass sie das Haus an diesem Abend nicht mehr verlassen würde. Sie hatte die Seitentür der Garage nur geschlossen aber nicht abgesperrt. Wie ein gemeiner Einbrecher sah ich mich nach allen Richtungen um. Und da ich niemanden auf der Straße entdecken konnte, kletterte ich über den Zaun und lief zu der Garage, in der ich hoffte, einen Platz für die Nacht zu finden. Bevor ich aber nach der Türklinke griff, sah ich mich noch einmal nervös um und warf sicherheitshalber auch einen Blick hinter die Garage. Und was ich dort entdeckte, war noch weit besser, als es die Garage hätte sein können. Direkt an die Rückwand der Garage war ein Gartenhäuschen gebaut. Es hatte die Maße von etwa zweieinhalb auf vier Meter mit einer etwa eineinhalb Meter breiten Veranda an der Frontseite. Leise schlich ich mich an das Häuschen heran. Die Dielen der Veranda knarzten unter meinen Sohlen. Durch das rechte Fenster spähte ich vorsichtig in das kleine Häuschen und sah, dass es gemütlich eingerichtet war. An der rechten Wand sah ich eine kleine Couch mit einem Tischchen davor. An der linken Wand, direkt unter dem zweiten Fenster, stand ein Tisch mit zwei Stühlen. Darüber hing an der Seitenwand ein schmales Regal. Und an der Rückwand, hinter dem Tisch, stand ein Schrank.

Ich betete zu Gott, dass die Tür des Häuschens nicht verschlossen wäre und drückte zögernd die Klinke. Und tatsächlich: Die Tür ging auf. Schnell huschte ich hinein und hoffte, dass mich niemand gesehen hatte.

Auf der Couch lag eine zusammengelegte Decke. Sie war sehr dünn. Da ich aber erkannte, dass es sich bei der Couch um ein ausziehbares Couchbett handelte, hoffte ich, im Bettkasten eine dickere Decke zu finden. Und meine Hoffnung wurde nicht enttäuscht. Ich fand genügend Bettwäsche vor, um aus der Couch ein gemütliches Doppelbett zu machen. Das wagte ich allerdings nicht. Ich wollte keine Unordnung machen und auch keine allzu großen Veränderungen vornehmen, damit mein nächtliches Eindringen in das Gartenhaus nach Möglichkeit nicht auffiel. Also nahm ich nur die beiden Decken heraus, zog mich bis auf die Unterwäsche aus und legte mich auf die Couch, die ich nicht zum Bett umgebaut hatte. In dem unisolierten und ungeheizten Häuschen war es eisig kalt. Aber die Decken hielten mich warm und so fiel ich vor Müdigkeit trotz Hunger und Durst bald in tiefen Schlaf.

Am nächsten Morgen weckten mich das Geräusch der sich öffnenden Tür und das Knarzen der Dielen. Erschrocken fuhr ich hoch und sah die alte Dame vom Vorabend in der Tür stehen. Sie trug einen altmodischen Morgenmantel mit Blümchenmuster und in der Hand einen Teller mit einem noch dampfenden Kaffeefilter.

„Wer sind Sie denn? Und was tun Sie hier?" fragte sie mich streng, während sie mich aus zusammengekniffenen Augen musterte.

„Entschuldigen Sie bitte", stotterte ich verlegen. „Ich hab nur nach einem Platz zum Schlafen gesucht. Ich verschwinde sofort."

Und dabei angelte ich schon nach meiner Kleidung am Fußende der

Couch, um mich unter der Decke schnell wieder anzuziehen und zu verschwinden, bevor die alte Dame auf den Gedanken kam, die Polizei zu rufen.

Ihr Ausdruck wurde noch eine Nuance strenger, als sie mich fragte: „Haben Sie denn kein Zuhause?"

Die Frage war mir unangenehm. Ich antwortete aber trotzdem, wenn auch nicht ganz aufrichtig: „Ich suche gerade nach einer Wohnung."

„Haben Sie einen Beruf?" forschte die resolute, alte Dame weiter.

„Ich bin Schriftsteller", antwortete ich und schämte mich fast dafür, da mich der ausbleibende Erfolg in diese Situation gebracht hatte.

„Ein Künstler!" resümierte die Dame mit jenem Unterton, in dem die Leute sich früher zugerufen haben: *Schnell, holt die Wäsche rein. Die Schauspieler kommen!*

„Ja", sagte ich verlegen und zog mir unter der Decke die Hose an.

„Haben Sie keine Familie?" horchte die Dame mich weiter aus.

Diesmal schüttelte ich nur den Kopf.

„Es ist eine Schande!" schimpfte die Dame. „Ein Mann in Ihrem Alter, ohne Familie und ohne Beruf."

„Ist ja gut!" entfuhr es mir gereizt. „Ich bin ja schon weg."

Ich warf die Decken beiseite, schlüpfte in mein Hemd und zog die Jacke darüber, ohne das Hemd vorher zugeknöpft zu haben.

„Wo wollen Sie denn hin, wenn Sie niemanden haben?" fragte die alte Dame. Und ihr Ton klang jetzt ebenfalls gereizt.

Ich nahm es ihr übel, dass sie mir auch noch vorhielt, niemanden zu haben, der mich in dieser Situation aufgefangen hätte und warf ihr zornig zurück: „Ich werd' schon was finden!"

Auch die alte Dame geriet in Rage.

„Das werden sie nicht!" behauptete sie felsenfest und noch um eine Spur lauter, als ich gesprochen hatte. „Sie haben bisher nichts gefunden und werden auf der Straße erfrieren!"

„Das hätten Sie wohl gerne?" schrie ich wütend zurück.

Die alte Dame stampfte so energisch mit dem Fuß auf, dass ich zusammenzuckte und befürchtete, sie würde durch die Dielen brechen. Dann sagte sie entschlossen, aber dabei selbst noch vor Zorn bebend: „Sie bleiben hier, bis Sie was anderes gefunden haben!"

Damit wandte sie sich ab, brachte ihren Kaffeefilter zum Komposthaufen auf der anderen Seite des Gartens und ging wieder ins Haus.

Was war das denn? fragte ich mich. Ich konnte in dem Gartenhaus bleiben? Einfach so?

Perplex stand ich noch in dem kleinen Raum, knöpfte mir mechanisch das Hemd zu und überlegte, was ich tun sollte. Und genau in dem Moment, in dem ich die Überzeugung gewonnen hatte, dass es das beste wäre, das

Weite zu suchen, tauchte die alte Dame wieder auf. Sie hatte sich anscheinend wieder beruhigt und ich rechnete damit, dass sie mir jetzt sagen würde, dass ich verschwinden sollte. Aber sie musterte mich nur pikiert und meinte im Ton der Resignation: „Sie haben Ihr Hemd falsch geknöpft."

Ich blickte an mir nach unten und musste feststellen, dass sie Recht hatte. Bevor ich aber reagieren oder etwas erwidern konnte, forderte sie mich auf: „Kommen Sie mit!"

Ich wollte mir meinen Rucksack auf den Rücken werfen und die Laptoptasche schnappen, aber da sagte sie in versöhnlicherem Tonfall: „Lassen Sie das stehen."

Sie ging voraus zu ihrer Haustür und schloss auf. Dahinter stand ein fahrbarer, elektrischer Heizkörper, den sie wohl selbst schon bis an die Tür gerollt hatte.

„Den können Sie sich in die Hütte stellen", sagte sie.

Sie meinte es anscheinend wirklich ernst. Aber ich glaubte, das Angebot, in ihr Gartenhaus einzuziehen, nicht annehmen zu dürfen und wollte widersprechen.

„Hören Sie …" begann ich. Aber sie schnitt mir das Wort ab und befahl: „Jetzt machen Sie schon. Ich will die Tür nicht den ganzen Tag offen stehen lassen."

„Ich kann Ihnen nichts bezahlen", sagte ich schnell, damit sie mich nicht wieder unterbrechen konnte. Aber sie erwiderte nur: „Meinen Sie, das wüsste ich nicht? Jetzt bringen Sie den Heizkörper rüber."

"Danke!" sagte ich beschämt und gehorchte.

Die alte Dame kam mir hinterher und zeigte mir dann noch die Toilette in der Garage, zu der man durch den Nebeneingang gelangte. Dort gab es auch ein kleines Waschbecken, wenn auch leider nur mit kaltem Wasser. In der Hütte gab es Stromanschluss. Ich konnte also sowohl die Heizung, als auch meinen Laptop betreiben. Im Schrank waren ein Wasserkocher, eine Kochplatte, Kaffee und einiges an Konserven. Die alte Dame zeigte mir alles. Sie erklärte mir, dass sie das Gartenhaus im Sommer manchmal an Feriengäste vermietete und ermahnte mich, die Lebensmittel einzuteilen. Dann fragte sie mich: „Wie heißen Sie eigentlich?"

„Fred" antwortete ich. „Fred Schwarzer. Und Sie?"

„Hildegard Krün", stellte sie sich vor. „Krün wie grün mit ‚k'!"

Ich bedankte mich noch einmal bei ihr. Dann ließ sie mich in meinem neuen und so unverhofft gefundenen Zuhause allein.

Als erstes machte ich mich frisch. Nach zwei Tagen auf der Straße hatte ich das auch nötig. Dann kochte ich mir Kaffee, setzte mich auf die Couch und überdachte meine neue Situation. Ich hatte ein Dach über dem Kopf, ein kleines, aber gemütliches Refugium, in dem ich es vielleicht schaffen konnte, wieder zu mir selbst zu finden. Ich hatte keinen Internetanschluss. Aber das empfand ich im Moment sogar als sehr angenehm. Ich wollte mich zurückziehen, wollte von der Welt da draußen einfach eine Weile nichts mitbekommen. Vielleicht, so dachte ich, konnte ich mich auf diese Weise auf eine neue Arbeit konzentrieren, auf einen neuen Roman oder zumindest eine neue Kurzgeschichte.

Einen Roman hatte ich schon geschrieben. Aber ich hatte trotz guter Kritiken noch keinen Verlag gefunden, in dessen Verlagsprogramm er passte. Deshalb schrieb ich zu der Zeit überwiegend erotische Kurzgeschichten, die ich auf einer Internetplattform veröffentlichte. Auf diese Weise hoffte ich, zumindest ein wenig auf mich als Autor aufmerksam machen zu können.

2 EINE NEUE GESCHICHTE, FRAU KRÜN UND DAS MÄDCHEN IM GARTEN

Ich grübelte lange nach, wo ich meine neue Geschichte ansiedeln sollte, konnte mich aber nur schwer konzentrieren. Zu viel war in letzten Tagen passiert. Also klappte ich meinen Laptop wieder zusammen und ging nach draußen.

In den folgenden Tagen unternahm ich lange Spaziergänge und versuchte, an gar nichts zu denken. Erst kurz vor dem dritten Advent, als die Vorweihnachtszeit anfing, mich depressiv zu machen, dachte ich, ich müsste mich langsam in eine Geschichte flüchten, um der Realität meiner Einsamkeit zu entkommen. Also setzte ich mich wieder an den Laptop und überlegte:

Wo sollte meine neue Geschichte spielen?

Auf einer schönen, tropischen Insel voller Palmen und mit endlosen, weißen Stränden?

Ja, das war gut. Ich begann eine Einleitung zu formulieren, schrieb in der Ich-Form und erzählte, wie ich meinen Koffer packte, zum Flughafen fuhr und in den Flieger nach Süden stieg.

Ein Flieger nach Süden, dachte ich mir. Wie lange war ich im wirklichen Leben schon nicht mehr in Urlaub geflogen? Mein letzter Urlaub lag schon so lang zurück, dass er schon gar nicht mehr wahr war.

Zurück zur Geschichte. Wo war ich stehen geblieben? Ah ja, der Flug nach Süden? Wohin geht er? Zu den Kanarischen Inseln! Nein, es muss weiter weg sein. Die Malediven. Ja, die Malediven sind klasse.

Jetzt wäre doch ein Internetanschluss gut, dachte ich mir, da ich nicht viel von den Malediven wusste. Aber gut, dann musste ich eben improvisieren. Was spielte es schon für eine Rolle, wo genau auf den Malediven meine Erzählung handelte.

Palmen, Strand und die ultimative Traumfrau. Was brauchte ich denn sonst noch für Zutaten für meine Geschichte?

Grübelnd blickte ich über den Monitor meines Laptops aus dem Fenster. Im Garten sah ich ein etwa fünfzehnjähriges Mädchen mit einer Katze spielen. Ich hatte sie bisher noch nie hier gesehen; Weder das Mädchen, noch die Katze. In Gedanken versunken sah ich den beiden zu.

Das Mädchen erinnerte mich an meine erste Liebe. Sie war eine entfernte Verwandte gewesen, eine Großcousine, oder etwas in der Art. Wie lange lag das nun schon zurück? Ich war damals über beide Ohren in Miriam, so hatte die Großcousine geheißen, verliebt gewesen, als ich die Sommerferien mit ihr bei meinen Großeltern verbracht hatte. Ich war damals fünfzehn gewesen und Miriam dreizehn und gerade dabei, sich von einem Kind in … Nein, es wäre Unfug, zu behaupten, dass sie sich bereits in eine Frau verwandelte. Ihr Körper hatte gerade angefangen, sich zu verändern und weibliche Formen anzunehmen. Und ich war so was von schüchtern gewesen. Wir spielten, tobten, machten Blödsinn, aber meine Gefühle hatte ich hinter beißendem Zynismus verborgen, weil ich nicht fähig gewesen war, sie auszudrücken.

Wie konnte ich nur damals schon so zynisch gewesen sein? fragte ich mich.

Was mochte wohl aus Miriam geworden sein? Ich hatte noch jahrelang von ihr geträumt, von ihrem Lächeln, vom Anblick ihrer kleinen, gerade erst erwachenden Brüste, die sich so kess unter ihrem T-Shirt abgezeichnet hatten und von dem Gefühl, sie wie zufällig beim Rangeln zu berühren.

Ich erwachte aus meinen Erinnerungen und sah, dass das Mädchen im Garten zu mir herblickte. Als es sah, dass ich es bemerkte, winkte es mir lächelnd zu und ich winkte zurück.

Dann versuchte ich mich wieder auf meine Geschichte zu konzentrieren. Aber die Konzentration war jetzt weg.

Ich blickte wieder auf, um noch einmal nach dem Mädchen im Garten zu sehen. Aber das war jetzt ebenfalls weg.

Eigenartig, dachte ich mir, klappte meinen Laptop zu und ging spazieren, um mir über den weiteren Verlauf meiner Geschichte klar zu werden.

Am nächsten Tag schlief ich lang. Als ich aus dem Fenster blickte, sah ich einen veränderten Garten vor mir. Über Nacht hatte es geschneit und die Welt ringsum war in ein dickes, weißes Kleid gehüllt.

Nach dem Frühstück machte ich mich wieder an meine Geschichte.

Wenn ich schreibe, habe ich meist nur eine Grundidee, ich habe eine Ausgangssituation und ein Ziel. Oft sind mir vorher auch schon einzelne Eckpunkte bekannt, aber meistens verselbstständigen sich irgendwann meine Charaktere und damit auch die Geschichte selbst beim Schreiben. Dann bin ich plötzlich nur noch der Chronist und wundere mich selbst darüber, was meine Protagonisten auf einmal anstellen und erleben.

Diesmal wollte ich es anders machen. Ich wollte eine ganz einfach gestrickte, erotische Geschichte auf einer tropischen Insel schreiben; Ein Mann + eine Frau = Sex; wilder, hemmungsloser Sex unter südlicher Sonne. Diese Formel ging immer auf. Da konnte ich gar nichts falsch machen, vorausgesetzt natürlich, ich würde meinem Ich-Charakter nicht wieder zu viele Freiheiten durchgehen lassen, so dass er sich seine eigene Geschichte basteln und all meine glänzenden Ideen für die Beschreibung von purer Lust und Leidenschaft, vom Einsatz seines oft bewährten, gigantischen Streitkolbens, …

Streitkolben, das ist gut! Das muss ich mir merken. Vielleicht sollte ich eine Rittergeschichte schreiben!? Nicht jetzt! Zurück zu meiner Erklärung:

… von schwitzenden Körpern und multiplen Orgasmen durch seine ewige Gefühlsduselei verwässern würde.

Wer stand schon auf Gefühle? Gefühle waren doch ohnehin nur eine Illusion, die wie eine Seifenblase zerplatzten oder wie der Zauber eines Künstlers ohne Erfolg.

Ja, das war es; Mein Sex musste härter werden, härter, animalischer und primitiver. Ich wollte schließlich Erotikgeschichten schreiben und keine kitschigen Liebesschnulzen.

Also zurück zu meiner Geschichte:

Wie sollte mein Protagonist eigentlich heißen? Wie sollte ich ihn nennen? Jürgen vielleicht?

Ja, ich denke, Jürgen wäre ein passender Name für meinen Helden, dachte ich mir.

Und er sollte eine Freundin haben, oder eine Frau und trotzdem allein auf die Kanaren fliegen. Die Kanaren? Nein, er wollte doch auf die Malediven.

Also noch mal von Anfang: Jürgen ist ein erfolgreicher Geschäftsmann. Er und seine ~~Freundin~~ *Frau haben Streit. Daraufhin packt er seine Koffer und fliegt allein auf die Malediven, wo er den Sex seines Lebens hat.*

Das ist gut. Das hat seine Frau jetzt davon mit ihrer ewigen Streiterei.

Also den Text von gestern noch mal löschen und von vorne …

So, Jürgen saß also wieder im Flugzeug. Die erste Seite tippte ich herunter, ohne eine einzige Pause zu machen.

Wie wäre es jetzt mit einer sexy Stewardess? fragte ich mich. Jürgen war schließlich auf ein Abenteuer aus und würde mitnehmen, was sich ihm bot.

Aber erstmal wollte ich eine kreative Pause machen und überlegen, wie mein Held die Stewardess mit seinem Streitkolben beeindrucken würde. Ich blickte wieder über den Monitor meines Laptops in den weißen Garten und sah, dass das Mädchen wieder da war.

Ob das die Enkelin von meiner guten Frau Krün ist? fragte ich mich und ergänzte in Gedanken noch: *Krün wie grün mit ‚k'!*

Sie rollte … Es fällt mir immer so schwer, bei Mädchen von ‚Es' zu sprechen oder zu schreiben. Auch wenn es grammatikalisch richtig ist, klingt es doch einfach scheiße (Entschuldigung!), zu schreiben: Es rollte …

Nachdem das Mädchen im Garten zweifellos weiblich war, schreibe ich jetzt einfach ‚Sie', auch wenn es falsch ist! An anderer Stelle stört es mich ja vielleicht wieder weniger und dann kehre ich zur korrekten deutschen Schreibweise zurück.

Das Mädchen rollte also … Was ist denn jetzt? Jetzt hab ich weder sie noch es da stehen.

Mann, Mann, Mann! Wieso mache ich mir überhaupt so viele Gedanken über ein Mädchen im Garten? Vielleicht, weil ich mir gewünscht hätte, dass es Sommer wäre und sie sich im Garten sonnt, anstatt im dicken Anorak große Schneekugeln zu rollen, um damit einen Schneemann zu bauen.

Ich fragte mich ernsthaft, ob ich einen Lolita-Komplex hatte, schüttelte (zumindest in Gedanken) energisch den Kopf und wollte mich wieder auf meine Geschichte, Jürgen und die vollbusige Stewardess, die er mit seinem Streitkolben erlegt, konzentrieren. Aber mein Blick wanderte wieder an den oberen Rand des Monitors und spähte darüber hinweg in den Garten.

Das Mädchen war hübsch, viel hübscher, als Miriam gewesen war und zweifellos auch ein wenig älter. Die Kälte des Wintertages hatte seine Wangen rot gefärbt. Durch den dicken Anorak war von seiner Figur nichts zu erkennen. Aber die eng anliegende Jeans betonten die schlanken Beine, die schmale Hüfte und den kleinen, festen Po.

Meine Stewardess war laut Jürgens Meinung plötzlich nicht mehr vollbusig, sondern hatte kleine, feste Brüste. Ich ließ mich aber auf keine Diskussion mit dem Hauptdarsteller meiner Geschichte ein, sondern drohte ihm an, dass er gar keine Frau in ‚meiner' Geschichte abbekommen würde und aus seinem Streitkolben ein Schraubenzieher werden würde, wenn er versuchen sollte, den Handlungsverlauf an sich zu reißen. Zuerst wollte er mir noch einreden, dass ein Schraubenzieher so gut wäre, wie ein Dietrich und dass er damit jedes Schloss, bzw. jeden Schoß knacken würde.

Ich hasse es, wenn meine Protagonisten die Kontrolle übernehmen wollen!

Letztendlich setzte ich mich durch. Die Stewardess blieb vollbusig.

Aus Versehen kippte sie Jürgen ein Glas Wein über die Hose. Es war ein Rotwein, der einen großen, peinlichen Fleck erzeugte. Die Stewardess, eine typische Blondine, bat Jürgen tausendmal um Verzeihung und beugte sich über ihn, so dass er ihr weit ausgeschnittenes Dekolleté direkt vor Augen hatte. Sie wischte mit ihrer Serviette so heftig über den dunklen Rotweinfleck in seinem Schoß, während die üppigen Rundungen ihrer vollen, fast überquellenden Brüste so dicht vor Jürgens Gesicht wippten, dass die weiche Haut ihn gelegentlich streifte, bis sein gewaltiger Streitkolben sich regte und seine Hose zu sprengen drohte.

So, jetzt gab ich wieder die Richtung an und Jürgen würde endlich mal ein Held einer meiner Geschichten werden, der den Ladies zeigen würde, wo sein Hammer hängt, bzw. steht – und auch nicht sein Hammer, sondern sein Streitkolben! Jetzt war ich plötzlich richtig in Fahrt. Die Zeilen flossen nur so auf den Bildschirm.

Als die Blondine, also die Stewardess, spürte, was sich da unter ihren Händen zu regen begann, errötete sie bis unter die Haarwurzeln. Jürgen fragte sie aber nur lässig, ob es nicht besser wäre, den Fleck auf der Toilette aus der Hose zu waschen. Die Stewardess gab ihm natürlich recht, nahm ihn bei der Hand und führte ihn zur Toilette. Dabei war sie sorgsam darauf bedacht, sowohl den Fleck, als auch die deutlich sichtbare Ausbuchtung in seiner Hose vor den anderen Passagieren zu verbergen, indem sie so dicht vor ihm ging, dass sich die Beule in Jürgens Hose hart gegen ihre Poritze drückte.

Fieberhaft zog sie ihn hinter sich her in den engen Toilettenraum und riss ihm in ungeduldiger Erwartung des Anblicks seines gigantischen Streitkolbens die Hose so hektisch herunter, dass sie dabei den Reißverschluss sprengte. Sein hammerharter Streitkolben schnalzte nach oben, traf die Blondine unters Kinn und schlug sie auf diese Weise bewusstlos.

Nein, Blödsinn! Was war denn das jetzt für ein Quatsch? Jürgen hatte doch tatsächlich versucht, mich auszutricksen. Er wollte einfach nicht der Machotyp sein, als den ich ihn für meine Geschichte konzipiert hatte und zeigte mir mit dieser dämlichen Übertreibung, was er von meiner Geschichte hielt. Diese Lusche!

In diesem Moment knallte etwas an mein Fenster. Ich fuhr erschrocken hoch und Jürgens Streitkolben fiel in sich zusammen. Ein Schneeball war an mein Fenster geworfen worden. Draußen stand das Mädchen neben dem fertigen Schneemann, dem es nicht nur eine Karotte als Nase ins Gesicht gesteckt hatte, sondern auch eine steil aufgerichtete in seine Körpermitte.

Das Mädchen lächelte mich unschuldig und damit umso verführerischer an und winkte mich zu sich in den Garten. Ich zögerte einen Moment aber da hörte ich sie durch die dünnen Wände des Gartenhäuschens rufen: „Wollen sie nicht mal rauskommen? Sie sitzen den ganzen Tag nur da."

Was konnte es schaden, mal eine Pause zu machen? Ich nickte dem Mädchen zu und wollte mich eben von meinem Stuhl erheben, als ich Hildegard Krün rufen hörte: „Manuela, komm rein. Du wirst noch erfrieren, wenn Du so lange im Schnee spielst!"

Manuela hieß also meine kleine Lolita.

Sie riss dem Schneemann geistesgegenwärtig seine untere Karotte aus, damit Frau Krün ihre Unanständigkeit nicht entdeckte. Ich zuckte dabei unwillkürlich zusammen. Auch Manuela zuckte, allerdings nicht zusammen, sondern nur etwas enttäuscht mit den Schultern. Ich ahmte die Geste nach, wir winkten uns zu, Manuela biss knackend von der Karotte ab und ging, mir einen letzten Blick zuwerfend, ins Haus.

„Manuela" flüsterte ich vor mich hin.

Jetzt war ich ohnehin gerade aus dem Schreibfluss raus. Da konnte ich wirklich eine Pause machen. Ich zog mich warm an und stapfte in den tiefen Schnee des Gartens. Ich besah mir Manuelas Schneemann aus der Nähe und entdeckte dabei eine leichte Ähnlichkeit zu mir. Anscheinend war Manuela künstlerisch begabt. Als mein Blick auf das durch die herausgerissene Karotte entstandene Loch fiel, fragte ich mich, ob sie mir durch das Fenster des Gartenhäuschens meine eigene Erregung während des Schreibens angesehen hatte und warf einen prüfenden Blick auf das Fenster.

Nein, dachte ich mir. Es war unmöglich gewesen, dass sie durch das Fenster irgendetwas von meinem Körper hatte sehen können. Selbst mein Gesicht musste von hier aus für sie hinter dem Monitor meines Laptops verborgen gewesen sein.

Aber wie konnte sie dann meine Züge so gut treffen? fragte ich mich und konzentrierte mich auf ihre Fußspuren im Schnee. Sie war viel im Garten unterwegs gewesen, um den Schneemann zu bauen. Aber abgesehen von den Spuren, die durch das Rollen der Schneekugeln entstanden waren, führten die Abdrücke ihrer Stiefel auch einmal bis zur Veranda meines neuen Heims. Und auf der überdachten Veranda selbst lagen Schneereste bis vor die Tür, die einen großen, verglasten Einsatz hatte. Ich stopfte das Loch des Schneemanns mit einer Handvoll Schnee zu und ging selbst bis an die Tür. Von hier aus hatte sie mich sitzen sehen können. Ich fragte mich, ob ich beim Schreiben der erotischen Szene vor dem Knockout der Stewardess, den ich noch korrigieren musste, selbst so erregt gewesen war, dass ich dadurch eine Erektion bekommen hatte. Natürlich hatte sich die erotische Spannung der Szene auch auf mich übertragen. Aber ich konnte jetzt wirklich nicht sagen, ob sie sich in einer Erektion bemerkbar gemacht hatte. Jedenfalls war mir diese Vorstellung sehr peinlich. Was würde Manuela denn von mir denken, wenn es so gewesen wäre?

Ich schlenderte aus dem Garten und ging ein Stück spazieren, um mir an der frischen Luft zu überlegen, wie ich die Szene in der Bordtoilette des Flugzeugs noch einmal neu schreiben konnte. Aber meine Gedanken schweiften ständig zu Manuela ab, zu ihrem unschuldigen Blick und ihrem provokanten Schneemann.

An diesem Tag hatte es keinen Sinn mehr. Ich schaffte es nicht, meine Gedanken wieder auf Jürgen und die Stewardess zu konzentrieren. Also spazierte ich weiter, als ich es vorgehabt hatte und kam erst in der Dämmerung wieder in mein Gartenhäuschen zurück.

In dieser Nacht träumte ich von meiner Ex-Freundin. Es war nicht alles an ihr schlecht gewesen und möglicherweise hatte sie mich tatsächlich einmal geliebt, ganz unabhängig davon, was ich beruflich zu sein versuchte. Wir hatten sehr viel Schönes miteinander erlebt, und es hatte sogar eine Zeit voller Harmonie für uns gegeben, in der wir auch ein sehr erfülltes Sexualleben gehabt hatten. Ich träumte davon, wie ich ihre Brüste mit zarten Küssen bedeckte und wie sie meinen Penis liebkoste, wie sie ihn küsste und wie sich langsam ihre Lippen um seine pralle Eichel schlossen und ihre warme, feuchte Zunge sie zu umkreisen begann.

Es war ein wunderschöner, erotischer Traum. Aber als ich kurz vor dem Orgasmus war, stand plötzlich Jürgen neben ihr. Ich erkannte ihn sofort. Er sah aus wie ich aber in seinem rechten Hosenbein war deutlich der fast armdicke Abdruck seines fast bis zum Knie reichenden Streitkolbens zu sehen.

‚Warum kann ich keinen so zärtlichen Sex haben?' fragte er mich vorwurfsvoll. Ich wollte ihn aus meinem Traum verbannen. Aber er fuhr im selben vorwurfsvollen Ton fort:

‚Hier, sieh Dir das an!' Und damit riss er seine Hose runter, sein Streitkolben schnalzte wieder nach oben und knockte meine Ex genauso aus, wie die Stewardess in meiner Geschichte. Der Mund meiner Ex-Freundin löste sich mit einem schmatzenden Geräusch von meinem Penis und sie kippte bewusstlos und wie in Zeitlupe zur Seite.

‚Musste das sein? Ausgerechnet jetzt?' fragte ich ärgerlich den Helden meiner Geschichte, der in meinem Traum überhaupt nichts zu suchen hatte. Aber er löste sich schon ebenso auf, wie meine Ex, die noch immer in Zeitlupe kippte. Und plötzlich vernahm ich ein leises Klopfen und hörte Manuela verführerisch meinen Namen flüstern. Sie beugte sich, nur mit einem hauchdünnen, transparenten Negligé bekleidet über mich.

In dem Moment riss mich ein energischeres Klopfen aus dem Traum. Ich fuhr hoch, sah mit Entsetzen die resolute Frau Krün in der Tür stehen und verkrampfte mich bis in die Haarspitzen. Nicht dass die gute Hildegard Krün so eine Furcht einflößende Erscheinung gewesen wäre. Aber wenn man gerade aus einem erotischen Traum, der gerade wieder angefangen hatte, interessant zu werden, aufgeschreckt wird, dann ist Hildegard Krün nicht das, was man zu sehen wünscht oder erwartet. Also, zumindest mir ging es so.

„Haben Sie mich nicht gehört, Herr Schwarzer?" fragte sie mich in ihrer strengen Art, während ich mir die Decke, die Gott sei Dank dick genug war, dass sie meine Erektion nicht erkennen ließ, bis an die Nasenspitze hoch zog.

„Sehe ich so aus, als ob ich schon wach wäre?" fragte ich mürrisch.

„Jetzt schon!" gab sie bissig zurück und fragte vorwurfsvoll: „Wie kann ein junger Mensch nur so lange schlafen?"

Ich wollte darauf antworten, dass das ganz leicht wäre. Aber bevor ich zu Ende gegähnt hatte, sagte sie schon in leicht abfälligem Ton: „Ja ja, ich weiß; sie sind ein Künstler!"

Ich wollte zurück in meinen erotischen Traum. Aber ich wusste, dass ich das jetzt vergessen konnte. Selbst wenn ich noch mal hätte einschlafen können, wäre es mir unmöglich gewesen, die zerplatzten Bilder meines Traumes wieder zusammenzusetzen. Also setzte ich mich auf, streckte mich und gähnte erneut, und zwar so herzhaft, dass Frau Krün davon angesteckt wurde und ebenfalls gähnen musste, worüber sie sich sichtlich ärgerte. Und diesen Ärger hörte ich dann auch in ihrem Tonfall, als sie sagte: „Meine Enkelin und ich fahren zum Einkaufen. Soll ich Ihnen etwas mitbringen? Brauchen sie etwas?"

Manuela war also tatsächlich Hildegards Enkelin!

Ich fragte möglichst unbefangen: „Ihre Enkelin?"

„Sie haben sie bestimmt schon im Garten gesehen", antwortete Frau Krün. „Sie hat gestern den Schneemann …"

Während sie gesprochen hatte, hatte sie sich zu dem Schneemann umgedreht, um ihn mir zu zeigen. Ich sah ihn durch die offene Tür und bemerkte auf den ersten Blick, dass er keine Karotte mehr im Gesicht hatte. Da war jetzt eine Nase aus Schnee modelliert, die besser zu seinen sehr fein gearbeiteten Zügen passte. Dafür steckte diese Karotte jetzt in seiner Körpermitte, da wo Manuela ihm gestern schon eine eingesetzt gehabt hatte.

„Ich hab nicht besonders auf den Garten geachtet!" sagte ich schnell, um Frau Krün von dem Anblick abzulenken. Aber wie ihrem dunkelroten Gesicht anzusehen war, hatte sie das Gemüse ebenfalls schon entdeckt. Sie stapfte zielsicher in den Garten und auf den armen Schneemann zu. Ich wusste, was gleich passieren würde und schloss die Augen. Ich konnte so viel Grausamkeit am Morgen nicht ertragen.

Erst als die Schritte der alten Dame sich wieder näherten und ich sie zu sich selbst sagen hörte, „Ich muss mal ein ernstes Wörtchen mit dem Mädchen reden!", öffnete ich meine Augen wieder und sah mit Bestürzung, dass der Schneemann wieder kein Mann mehr war. Er hatte mein ganzes Mitgefühl!

„Soll ich Ihnen nun etwas mitbringen?" fragte Frau Krün so ärgerlich, dass ihre Stimme, verbunden mit ihrer eben begangenen Grausamkeit, durchaus in der Lage gewesen war, mich einzuschüchtern.

Das ließ ich mir aber nicht anmerken und antwortete in einem Tonfall, der ihr deutlich zeigte, wie sehr ich ihre Unmenschlichkeit verabscheute: „Nein danke!"

Sie stemmte ihre Fäuste in die Hüften und sah mich mit zusammengekniffenen Augenbrauen streng und prüfend an. Fast dachte ich, sie würde wieder mit dem Fuß aufstampfen. Aber sie meinte nur gereizt: „Das will ich doch mal sehen!", ging schnurstracks auf den Schrank zu und kontrollierte meine Vorräte.

Das ging jetzt wirklich zu weit. Unfähig aufzustehen, da ich unter meiner Decke noch nackt war, protestierte ich: „Also …"

„Papperlapapp Also!" fuhr sie mir gebieterisch ins Wort. „Meinen Sie, ich würde nicht merken, dass sie abgenommen haben? Sie sind ja richtig hager geworden."

Sie knallte die Schranktür so fest zu, dass das Geschirr klapperte.

„Haben Sie schon mal was von Fasten gehört?" fragte ich vor Wut kochend. Die Situation spitzte sich schon wieder gefährlich zu. „Es ist Sinn und Zweck vom Fasten, dabei abzunehmen!"

„Ich werde nicht zulassen, dass sie hier in meinem Haus verhungern, Herr Schwarzer!" schrie sie mich an, marschierte militärisch zur Tür hinaus und knallte sie hinter sich zu, dass ich befürchtete, das Glas würde herausfallen.

„Hattet ihr Streit, Oma?" hörte ich von draußen Manuelas besorgte Stimme, als Frau Krün bereits um die Ecke der Garage war. Dann hörte ich ein deutliches Klatschen und dann wieder Manuelas sich entfernende Stimme: „Aua, wofür war das denn?"

Mein Blick fiel auf die Karotte, die Frau Krün auf meinem Tisch liegengelassen hatte, und wanderte dann weiter zu dem entmannten Schneemann. Und plötzlich hatte ich eine Idee, wie ich mich an der so strengen Hildegard Krün rächen konnte.

Nachdem ich mich gewaschen und die Kaffeemaschine angestellt hatte, zog ich mich warm an, begab mich in den Garten und begann große Schneekugeln zu rollen. Damit baute ich für den Schneemann, dem ich seine Karotte wieder einpflanzte, eine Schneefrau. Ich modellierte sie sehr kurvenreich, ließ sie vor dem Schneemann knien und an seiner Karotte lutschen.

So, fertig! dachte ich, als das Werk vollendet war und betrachtete stolz das glückliche Paar. Der Schneemann schien jetzt sogar zu lächeln, obwohl ich an ihm, ausgenommen der Notoperation, nichts verändert hatte.

Zufrieden mit mir ging ich in mein Gartenhäuschen zurück und wärmte mich mit dem inzwischen fertigen Kaffee auf. So gestärkt machte ich mich wieder an die Arbeit.

Also zurück in die Bordtoilette. Ich setzte da wieder an, wo die Stewardess Jürgen die Hose runter riss.

Ihre weit aufgerissenen Augen verschlangen gierig und bewundernd Jürgens gewaltigen Streitkolben und sie sagte etwas in der Art, wie: *‚Oh mein Gott, so einen Prachtkolben hab ich ja noch nie gesehen!'*

Ja genau, dachte ich mir. So was wollen die Leute lesen.

‚Und was soll ich mit meinem Prachtkolben jetzt machen?' fragte mich Jürgen genervt aus der Geschichte heraus.

‚Ja, was ‚Mann' halt so macht!' gab ich euphorisch zurück, da ich die kritische Stelle vom Vortag schon gemeistert hatte und überzeugt war, dass ich jetzt wieder der alleinige Herr der Geschichte wäre.

Jürgen gab aber noch nicht auf und fragte weiter: *‚Meinst Du nicht, dass es für uns drei, für Blondi, meinen Streitkolben und mich ein wenig zu eng auf so einer Bordtoilette ist?'*

‚Quatsch!' antwortete ich, verärgert darüber, dass mein Protagonist einfach nicht tun wollte, was ich für ihn vorgesehen hatte. Und ich erklärte ihm: *‚Ich wäre glücklich, so ein Abenteuer mit dieser Stewardess erleben zu dürfen.'*

‚Danke!' schaltete sich die Blondine an dieser Stelle ein.

‚So, und jetzt Augen zu und durch', ermutigte ich Jürgen und begann wieder in die Tasten zu hauen.

Jürgen setzte sich auf die Toilette. Er streifte der vor ihm stehenden Stewardess das hautenge Kostüm vom perfekt gebauten Körper und packte, von wildem Verlangen getrieben, ihre melonengroßen Brüste, zwischen denen er seinen gewaltigen Streitkolben rieb.

Moment, dazu muss sie sich erst hinknien oder zumindest bücken, dachte ich mir und fügte das in einem kurzen Nebensatz ein. Na also, jetzt lief es doch wieder wie geschmiert. Die Leiber der beiden begannen zu schwitzen. Die Stewardess stand wieder auf, kurz bevor Jürgen durch den Tittenfick zu einem Orgasmus gelangte. Mit gespreizten Beinen stellte sie sich über seinen Prachtkolben, wie sie ihn genannt hatte. In dem Augenblick geriet das Flugzeug in Turbulenzen, die Stewardess konnte sich nicht auf den Beinen halten, stürzte ungebremst auf den eisenharten Streitkolben und wurde so grausam gepfählt.

‚Schade‘, dachte sich Jürgen, *‚ich war doch noch gar nicht fertig. Und jetzt muss ich auch noch diese Leiche loswerden.‘*

‚Nein, verdammt!‘ fluchte ich. *‚Wer hat was von Turbulenzen gesagt?‘*

‚Ist doch Deine Geschichte‘, meinte Jürgen, nicht ohne Schadenfreude. Dabei war eindeutig klar, dass er die Handlung schon wieder manipuliert hatte. Dieser undankbare Kerl. Ich schrieb ihn in der Ichform, durchlebte und durchlitt mit ihm all seine Abenteuer und er wollte Kuschelsex und rächte sich jetzt bei mir, indem er meine großartigen Ideen sabotierte.

Auch die tote, vollbusige Blondine rührte sich wieder und meinte ein wenig naiv: *‚Also ich find's so auch blöd!‘*

Zurück bis vor den Turbulenzen: Die Stewardess stellte sich also mit gespreizten Beinen über Jürgens Prachtkolben. Ihre Möse triefte vor Lust und der warme Saft tropfte auf Jürgens Schwanz.

‚Ich mag solche Ausdrücke nicht!‘ protestierte Jürgen plötzlich ganz energisch und die Stewardess unterstützte ihn sogar noch, indem sie meinte: *‚Ich find das auch total unerotisch!‘*

‚Eine richtige Erotikgeschichte muss so sein!‘ beharrte ich. *‚Andere schreiben das doch auch so!‘*

Die Stewardess fragte aber, plötzlich auch energischer werdend: *‚Warum krieg ich keine so schöne, romantische Szene mit Wein und Kerzenlicht, wie Du sie sonst schreibst? Warum darf ich nur die Klischeesexbombe und Dumpfbacke spielen?‘*

‚Weil Du genau das bist!‘ zickte Jürgen sie an und sie erwiderte darauf naiv, aber selbstbewusst: *‚Das musst ausgerechnet Du sagen. Glaubst Du, ich würde mich freiwillig mit so einem aufgeblasenen, arroganten Typ, wie Dir abgeben? Und Deinen ach so tollen Streitkolben kannst Du meinetwegen in die Steckdose stecken. Mir ist das Teil jedenfalls zu groß. Benutz ihn doch als Wagenheber oder …‘*

Das war genug. Ich war am Ende meiner Nerven.

‚Okay, macht das unter Euch aus!‘ sagte ich genervt zu den beiden und schaltete den Laptop ab, ohne das neu Geschriebene meiner Geschichte vorher abgespeichert zu haben.

Ich zog mir meine Jacke wieder an und ging nach draußen. Zumindest das Schneepärchen hatte noch Spaß miteinander. Ich beneidete die beiden.

Nach einem langen Spaziergang kam ich wieder zurück. Es schneite wieder. Und die dicken, fallenden Flocken verliehen dem unermüdlichen Schneepärchen etwas Lebendiges.

„Du hast es wirklich gut!" sagte ich zu meinem weißen Abbild und ging wieder in die Hütte.

Ich hatte Angst vor dem unberechenbaren Verhalten meiner Protagonisten und wagte noch nicht, meinen Laptop wieder einzuschalten. Also legte ich mich auf die Couch und überlegte, wie die Geschichte weitergehen sollte. Nur wenn ich ganz genau wusste, was ich schreiben wollte, hatten die Figuren während des Schreibens keinen Einfluss mehr auf die Handlung. Dann waren sie Gefangene meiner Fantasie und mussten tun, was ich von ihnen verlangte.

Also, was wollte ich schreiben? Was erwarteten die Leser einer erotischen Geschichte?

Als erstes: Ein wilder Ritt auf der Bordtoilette, dampfende Leiber, lautes Gestöhne, das auch die übrigen Passagiere geil macht. Und am Schluss gibt es eine Massenorgie im Flugzeug!

Nein, das wäre schon wieder zu weit ausgeholt. Ich musste mich auf Jürgen konzentrieren. Klar, er sollte die Stewardess schon zum Jaulen bringen, damit ihn die anderen Männer dann bewundern konnten, wenn die beiden wieder von der Toilette kamen. Aber die anderen Passagiere mussten neutral bleiben. Sie würden dann nur hinter vorgehaltener Hand über die beiden tuscheln, so tun, als ob sie sie für ihr unziemliches Verhalten verachten würden, sie aber in Wirklichkeit für ihr ausschweifendes Abenteuer beneiden. Ja genau. Das musste ich einfach nur in einen Nebensatz packen und konnte mich dann wieder auf Jürgen konzentrieren. Der könnte dann an seine Frau zuhause denken und sich sagen, dass er sie zuhause auch mal wieder richtig ran nehmen muss. Und dann würde er sich zurücklehnen und sich vornehmen, erst mal seinen Urlaub so richtig zu genießen.

Ja genau, so musste ich es machen. Das musste ich aufschreiben, solange ich den Ablauf noch im Kopf hatte. Ich fuhr meinen Laptop hoch und freute mich darauf, meine Figuren diesmal unter Kontrolle behalten zu können.

Ich setzte wieder bei der Stelle an, wo die Stewardess mit gespreizten Beinen über Jürgens Penis stand. Langsam ließ sie sich auf ihn herunter. Sein gewaltiger Streitkolben drang nur langsam in die feuchte Möse der Blondine ein. Fast schien er damit ihren schlanken Körper sprengen zu wollen. Aber sie flehte nur, in Ekstase wimmernd. *Bitte hör nicht auf. Ich will Deinen dicken Schwanz ganz in mir spüren!'*

Und sie presste ihre enge Scheide immer fester gegen sein unvergleichliches Glied, bis sie es tatsächlich vollständig in sich aufgenommen hatte. Die Stewardess jaulte und quiekte vor Ekstase immer lauter.

,Ich denke, Du magst dieses Pornogejaule nicht!' meldete sich plötzlich doch wieder Jürgen, als ich grad so schön am Schreiben war. Aber ich erwiderte nur, *,Ich schreib ja nicht für mich, sondern für Leser, die das so gewöhnt sind und es deswegen auch erwarten, also halt die Klappe!'* und fuhr in meiner Geschichte fort.

Bevor Jürgen kam, sprang die Stewardess von ihm runter und nahm seine pulsierende Eichel, die die Größe einer Tomate hatte, in den Mund und lutschte ihn bis er endlich abspritzte.

,Oh ja, Baby', meinte Jürgen, zufrieden mit sich und seiner Leistung. *,Das war gar nicht mal so schlecht!'*

,Das ist doch so gar nicht Deine Ausdrucksweise!' protestierte Jürgen in meinem Kopf wieder.

Aber ich war auf dieses Argument gefasst gewesen und erwiderte überlegen: *,Meine nicht. Aber Deine!'*

,Aha!' meinte Jürgen, anscheinend wenig überzeugt und stellte mir die Frage: *,Und warum schreibst Du mich dann in der Ichform?'*

,Weil ich das so gewohnt bin!' antwortete ich, verärgert darüber, dass diese Diskussion meinen Schreibfluss störte.

,Ja aber doch nicht so einen Scheiß!' protestierte Jürgen und die Blondine meinte plötzlich: *,Ich glaub, ich hab mir den Kiefer ausgerenkt. Und außerdem ist mir schlecht. Ich glaub, ich muss mich übergeben.'*

,Ihr macht mich fertig!'

In dem Moment hörte ich dumpfe Schritte durch den Schnee im Garten. Die alte Dame und ihre Enkelin kamen vom Einkaufen zurück. Mein Blick fiel durch das Fenster auf das Schneepärchen. Und plötzlich wünschte ich mir, ich hätte mir diesen Scherz verkniffen. Aber jetzt war es für solche Überlegungen zu spät. Frau Krün kam um die Ecke der Garage gebogen. Sie schleppte eine große Plastiktüte aus dem Supermarkt und mühte sich sichtlich mit dem Gewicht ab. Ich tat so, als würde ich sie nicht bemerken und sah auf meinen leeren Bildschirm. Frau Krün polterte in das Gartenhäuschen, ohne vorher anzuklopfen.

„Hier haben Sie ein paar frische Vorräte", sagte sie, während sie den Inhalt der Tüte auf den Schrank hinter mir stellte.

„Hm!" brummte ich missmutig und gab mir den Anschein, von ihr in hochgeistiger Anstrengung unterbrochen worden zu sein.

„Sie brauchen Sich nicht zu bedanken, Herr Schwarzer", giftete sie mich über meine Schulter an.

„Danke!" sagte ich mürrisch. Ich wollte mich gar nicht erst wieder auf ein Gespräch mit ihr einlassen, da es vorauszusehen war, dass das ohnehin wieder in Streit enden würde. Frau Krün kam wieder neben den Tisch. Sie knallte mir eine Flasche Glühwein neben den Laptop und fauchte: „Hier, falls sie sich am Abend mal was genehmigen wollen."

Ein Glühwein: Ich freute mich jetzt schon darauf, den Duft in meiner kleinen Hütte zu riechen und ihn, mit Blick auf den winterlichen Garten zu genießen. Also blickte ich die gütige, alte Dame jetzt doch dankbar an und wollte diese Dankbarkeit auch gerade zum Ausdruck bringen, als sie weiter fauchte: „Teilen Sie sich's ein. Mehr gibt's nicht!"

„Danke!" fauchte ich jetzt genauso zurück. Aber Frau Krün hatte diese Dankbarkeit gar nicht verdient, denn als sie sich wieder der Tür zuwandte, meinte sie nur wieder bissig: „Bedanken Sie sich bei meiner Enkelin. Es war ihre Idee."

Plötzlich zuckte sie zusammen. Oh weh, sie hatte durch den Glaseinsatz der Tür das sich vergnügende Schneepärchen im Garten entdeckt. Was sollte ich nur tun, wenn sie jetzt tot umfiel, fragte ich mich. Aber die alte Dame war zäh. Sie plusterte sich auf, wie eine Henne, fuhr zu mir herum und versuchte mich mit einem hasserfüllten Blick zu vernichten.

Ich sah sie trotzig an. Da schnappte sie sich wieder die Glühweinflasche, rauschte ohne ein weiteres Wort davon und knallte die Tür hinter sich zu.

„Sie sollten sich in Ihrem Alter nicht so aufregen!" rief ich ihr verärgert hinterher. Dass sie mir den Glühwein wieder weggenommen hatte, nahm ich ihr wirklich übel.

Erst als mein Zorn sich etwas gelegt hatte, drehte ich mich zu dem Schrank hinter mir um. Frau Krün hatte frisches Obst und Gemüse, Kaffee, Tee, Milch und einige neue Konserven auf die Anrichte gestellt.

Da faste ich doch lieber, sagte ich trotzig zu mir selbst, da ich den Glühwein sämtlichen anderen Vorräten vorgezogen hätte.

Am nächsten Tag war der dritte Advent. Bis Weihnachten wollte ich meine neue Geschichte fertig haben aber ich kam nicht voran, weil ich durch die momentanen Umstände meines Lebens ohnehin unkonzentriert war, ständig abgelenkt wurde und meine Protagonisten sich gegen meinen neuen Schreibstil sperrten.

Missmutig räumte ich die Lebensmittel in den Schrank. Da hörte ich Frau Krün wieder in den Garten stapfen. Sie hatte eine Schneeschaufel dabei, holte brutal aus und schlug das bis dahin sich glücklich vergnügende Schneepärchen grün und blau; Na ja, oder besser ausgedrückt: zu Klump. Erst als nur noch eine unförmige Schneemasse übrig war, hatte die alte Dame ihren Blutrausch gestillt. Zufrieden mit sich und der grausamen Tat, die sie begangen hatte, rieb sie sich demonstrativ die Hände, während sie mir einen triumphierenden Blick zuwarf. Diese böse, alte Hexe!

„Oma!" hörte ich da die empörte Stimme von Manuela, die eben um die Ecke der Garage in den Garten kam. Die Oma funkelte sie böse an und befahl ihr streng: „Ab ins Haus, Manuela!"

„Sie Rabenoma!" rief ich ihr durch das geschlossene Fenster zu. Da konzentrierte sie ihren bösen Blick wieder auf mich und drohte mir mit dem Zeigefinger. Ich hätte ihr fast mit dem Mittelfinger geantwortet. Aber am Ende hätte sie das noch als Einladung aufgefasst. Also unterließ ich diese

Geste, die ich ohnehin nicht mochte und die ich nur aus Protest und Trotz hatte machen wollen.

Um die Wogen zu glätten, rief ich ihr mürrisch zu: „Danke übrigens für die Lebensmittel."

„Die haben Sie gar nicht verdient!"

„Dann nehmen Sie sie doch wieder mit!"

„Schneiden Sie sich mal die Haare! Sie sehen aus wie ein Hippie. In Ihrem Alter!"

Was soll'n das jetzt?

„Wenigstens bin ich kein Mörder!" konterte ich als deutliche Anspielung auf die beiden Schneeleichen zu ihren Füßen. Ich lass mir doch nicht von so einer alten Schrumsel vorschreiben, wie ich meine Haare zu tragen habe.

Frau Krün steckte den Stiel der Schneeschaufel in den Schneehaufen, um dem Pärchen demonstrativ den Rest zu geben, ließ das Mordinstrument als deutliche Warnung und als Mahnmal stecken und stapfte zackig ins Haus.

Da kam mir eine Idee. Ich kramte in meinem Rucksack nach dem dicken, schwarzen Edding, zog mir wieder meine festen Schuhe an und ging in den Garten. Mit einem Taschentuch wischte ich das Blatt der hölzernen Schneeschaufel trocken und schrieb mit dem Edding auf die gewölbte Fläche:

Hier ruhen in Frieden die von Frau Hildegard Krün, Krün wie grün mit ‚k', heimtückisch und bestialisch ermordeten Frau und Herr Schnee, also Schneefrau und –mann, die friedlich und ohne böse Absichten in völliger Harmonie eine Karotte miteinander teilten, und auf diese Weise in Liebe vereint dem Geist der Weihnachtszeit huldigten!

Mögen sie in Frieden ruhen und die Mörderin in der Hölle schmoren!

So, jetzt fühlte ich mich besser. Es war an der Zeit, mich wieder an meine Geschichte zu machen. Wo war ich stehengeblieben?

Jürgen und die Stewardess hatten diesen phänomenalen Sex in der Bordtoilette des Flugzeugs gehabt. Jürgen war stolz auf sich und darauf, wie sein Streitkolben wieder einmal bewiesen hatte, was er doch für ein potenter Kerl war. Okay, so weit so gut. Jürgen geht also wieder zu seinen Platz und setzt sich hin, während die anderen Passagiere hinter vorgehaltener Hand neidisch über ihn tuscheln. Die Stewardess kommt erst kurz nach ihm aus der Toilette. Nein Moment, die Leute tuscheln neidisch und b-e-w-u-n-d-e-r-n-d! Ja okay, das hab ich. Jetzt kommt auch die Stewardess, noch leicht benommen, aus der Kabine. Ihre Kolleginnen bedrängen sie sofort. Auch sie sind neidisch und wollen sich von dem gutaussehenden und so außerordentlich gut bestückten Mann auch noch auf der Toilette durchvögeln lassen.

Ich hab noch den Fleck in der Hose! meinte Jürgen plötzlich.

‚*Was?*'

‚*Der Rotweinfleck: Keiner hat ihn raus gemacht.*'

‚*Wen interessiert das? Kein Mensch denkt da mehr dran. Die Leser wollen was lesen von Poppen, Vögeln, dicken Möpsen, strammen Kolben, engen Rosetten, feuchten Mösen …*'

‚*Mich interessiert es! Ich muss jetzt mit der versauten Hose im Flugzeug rum sitzen. Wahrscheinlich tuscheln die Leute deswegen über mich.*'

‚*Die Leute sehen keinen Fleck, weil ich als Autor ihn nicht mehr erwähne. Punkt, aus, basta!*'

‚*Aber mir ist es unangenehm, weil der Fleck noch da ist.*'

‚*Ist er nicht!*'

‚*Ist er doch!*'

‚*Du machst mich wahnsinnig!*'

‚*Entschuldigung bitte, ich möchte mich ja nicht einmischen,*' mischte sich da der Sitznachbar von Jürgen ein, ‚*aber der Fleck ist wirklich noch da! Ich kann ihn ganz deutlich sehen.*'

‚*Sie hat keiner gefragt. Gucken sie aus dem Fenster.*'

‚*Ach, ich bin auf der Fensterseite?*'

‚*Natürlich sind Sie … Ich hab Sie doch gar nicht in die Geschichte reingeschrieben.*'

‚*Aha*', meinte da wieder Jürgen, ‚*dann sitze ich also allein in einer Sitzreihe.*'

‚*Meinetwegen. Das ist doch scheißegal.*'

‚*Dann sind wohl die anderen tuschelnden Passagiere auch nicht da?*' fragte wieder der gestrichene Sitznachbar.

‚*Mit wem wollen Sie denn tuscheln auf der Fensterseite?*' fragte ihn da Jürgen und setzte noch eins drauf: ‚*Was haben Sie überhaupt auf meinen Schoß zu glotzen, Sie schwuler Perversling*'

‚*Genau*' stimmte ich energisch meinem Hauptprotagonisten zu.

‚*Also das geht jetzt zu weit. Das muss ich mir von einem drittklassigen Autor und seiner Kreatur nicht bieten lassen!*'

‚*Raus aus meiner Geschichte! Und raus aus dem Flugzeug! Jürgen sitzt allein in einer Sitzreihe.*'

‚*Cool, dann sitze ich am Fenster. Da kommt Blondie wenigstens gar nicht erst an mich ran, um mich so dämlich anzumachen.*'

‚*Du sitzt am Gang!*'

‚*Kein Mensch würde sich dahin setzen, wenn der Fensterplatz frei ist!*'

‚*Okay, Dein Sitznachbar ist wieder da!*'

‚*Ich denk ja gar nicht dran! So kann man mit mir nicht umspringen.*'

Neben Jürgen sitzt ein stummer Mann, der aus dem Fenster schaut. Er bemerkt nicht, dass Jürgen einen Rotweinfleck in der Hose hat.

‚*Ha Ha, damit habt ihr nicht gerechnet!*'

‚*Mmmmm*'

‚*Du gibst also zu, dass der Fleck noch in meiner Hose ist?*'

‚NEIIIIN!'
‚Aber Du schreibst doch grad, dass der schwule Stumme den Fleck nicht sieht.'
‚Iiii innn niii wuuul!'
‚Schwuli, Schwuli!'

Bevor Jürgen die Bordtoilette verlässt, sieht er der blonden, üppigen Stewardess zu, wie sie noch den Fleck aus seiner Hose wäscht, während er lässig eine Zigarette raucht.

‚Zufrieden?'
‚Seit wann rauche ich denn?'
‚Seit jetzt!'
‚Warum denn? Das schmeckt mir doch gar nicht.'
‚Es ist cool. Und es klingt cool. Also benimm Dich nicht so mädchenhaft und sei endlich cool!'
‚Wie kriegt Blondie den Rotwein denn aus der Hose raus?'
‚Nenn mich nicht immer Blondie!'
‚Mmmmm'
‚Schnauze Schwuli, und Du auch, Blondie. Jürgen nennt Dich so, weil Du keinen Namen hast. Du bist nur eine schnelle Nummer für ihn. Verstehst Du das? Und den Rotwein wäscht Du mit Wasser und Seife aus der Hose.'
‚Ich hab keinen Namen? Aber wer bin ich denn dann? Wo komme ich her? Und wo gehe ich hin? Ich muss doch Eltern gehabt haben. Die müssen doch wissen, wer ich bin.'
‚Niemand hat in dieser Geschichte Eltern'
‚Wer fliegt denn dann das Flugzeug?'
‚Was?'
‚Wenn ich keine Eltern habe, dann gibt es mich nicht. Und dann kann ich auch nicht als Pilot dieses Flugzeug fliegen.'
‚Warum sind Sie nicht im Cockpit?'
‚Hab ich Eltern oder nicht?'
‚Nein! Sie kommen in der Geschichte doch gar nicht vor.'
‚Na dann sehen Sie mal zu, wie Sie den Vogel wieder runter bringen!'

Jetzt hätte ich gerne ein Tässchen Glühwein getrunken. Aber den hatte die alte Hexe mir ja gestohlen. Ich hatte mir schon völlig die Haare zerrauft und blickte geistig verwirrt über den Laptopbildschirm in den Garten. So schwer hatten es mir meine Figuren noch nie gemacht.

Noch völlig aufgelöst und apathisch sah ich zu, wie Manuela aus dem unförmigen Schneehaufen zwei liegende Gestalten modellierte, ohne dabei die zum Grabstein umfunktionierte Schneeschaufel, mit der sie getötet worden waren, zu entfernen. Als sie fertig war, schienen die Schneefrau und der Schneemann friedlich nebeneinander zu schlafen. Da es bereits dämmerte, konnte ich die Gestalten der beiden Leichen nicht genau erkennen. Aber ich sah, dass Manuela Blütenblätter über sie streute.

Oh wie ich mich nach diesem realen Menschen sehnte, nach diesem jungen, weiblichen Wesen aus Fleisch und Blut, das so voller Lebenslust und Kreativität war. Ich beobachtete eine Weile ihre geschmeidigen Bewegungen, während mein Blick gebannt auf ihre eng anliegende Jeans gerichtet war. Irgendwann stand sie dann in meine Richtung. Meine Augen folgten den dünnen Sitzfalten in ihren Schoß und blieben wehmütig und sehnsüchtig dort haften. Erst nach mehreren Minuten wurde ich mir bewusst, dass Manuela sich während eben dieser Minuten schon nicht mehr bewegt hatte und blickte nach oben in ihr Gesicht. Sie musterte so neugierig und fragend mein Gesicht, wie ich ihren Schoß gemustert hatte und ich spürte, wie mir vor Verlegenheit das Blut in die Wangen schoss.

Für einen Sekundenbruchteil tauchte das Bild meiner Großcousine vor meinem geistigen Auge auf. Aber im Vergleich mit Manuelas jugendlicher Anmut und Schönheit verblasste diese Erinnerung nicht nur, sondern zerplatzte noch im Entstehen vor Scham und Neid.

,*Ich sollte mir Manuela als Vorlage für eine Geschichte nehmen*', dachte ich mir.

Da schien mir aber Jürgen über die Schulter zu blicken, denn er fragte mich: ,*Würdest Du bei ihr auch die Ausdrucksweise wählen, wie in meiner Geschichte?*'

,*Nein!*' antwortete ich ganz entschieden.

,*Denk darüber nach*', meinte daraufhin Jürgen und löste sich wieder auf, da Manuela jetzt auf die Hütte zukam. Sie blieb vor dem Fenster stehen, hinter dem ich am Tisch saß und fragte mich durch die dünne Glasscheibe: „Warum sehen Sie denn immer so traurig aus?"

Ich versuchte zu lächeln, was mir aber nicht so recht gelingen wollte und antwortete: „Ich bin nicht traurig. Ich versuche mich nur auf meine Arbeit zu konzentrieren."

„Oma sagt, Sie sind Schriftsteller."

Es war eine eigenartige Situation, sich durch das geschlossene Fenster mit Manuela zu unterhalten. Am liebsten hätte ich sie herein gebeten, aber ich wagte es nicht und antwortete deshalb ebenfalls wieder durch das Fenster: „Ich versuche es zumindest."

„Kann ich Ihnen irgendwie helfen?"

Ich lächelte Manuela dankbar an, schüttelte aber den Kopf und erwiderte: „Danke. Deine Großmutter tut schon genug für mich."

„Und warum zanken Sie dann immer miteinander?"

Ich zuckte mit den Schultern, schüttelte wieder den Kopf und antwortete: „Ich hab keine Ahnung. Aber ich bin ihr wirklich sehr, sehr dankbar. Sag ihr das aber bloß nicht."

Manuela lachte kurz und meinte: „Sie sind ein komischer Kauz."

„Wieso?"

„Weil sie nicht wollen, dass die Menschen sehen, wie nett Sie in Wirklichkeit sind."

„Wie kommst Du denn auf die Idee?"

„Weil Oma genauso ist, wie sie. Und sie ist die beste Oma der Welt!"

„Also doch keine Rabenoma?" fragte ich und Manuela antwortete lachend: „Nein. Sie will nur manchmal so wirken."

Dann deutete sie auf die beschriebene Schneeschaufel und meinte lächelnd: „Ich mag ihr Schild! Die beiden …" und dabei zeigte sie auf die rekonstruierten Schneefiguren, „ruhen jetzt in Frieden. Da wird Oma sich wieder ärgern. Aber keine Angst, sie verkraftet das schon. Nachdem, was Mama mir erzählt hat, muss Oma es früher selbst ziemlich flott getrieben haben. Sie tut jetzt nur so prüde, weil sie das für ihr Alter als angemessen ansieht. Aber sagen Sie ihr bloß nicht, dass ich Ihnen das erzählt habe."

Jetzt musste auch ich lächeln. Manuela strahlte mich an und sagte: „Es ist schön, Sie mal lächeln zu sehen."

Ich wünschte, ich hätte Manuela sagen können, wie sehr ihr Lächeln mir gefiel, wie sehr es mich faszinierte und wie gut es mir tat. Es war wie ein Sonnenstrahl in der Finsternis meines Lebens. Ich spürte, wie mein Herz schneller zu schlagen begann, als ich in den Bann ihrer tiefen, blauen Augen geriet.

Nach einigen Augenblicken, in denen wir uns nur angesehen und gegenseitig in unseren Augen zu lesen versucht hatten, sagte Manuela plötzlich sehr ernst: „Ich muss wieder rein."

Ich war verwirrt durch den intensiven Blickkontakt und nickte nur. Manuela versicherte mir noch einmal: „Und mein Angebot gilt noch. Sagen Sie mir Bescheid, wenn ich etwas für Sie tun kann. Vielleicht brauchen Sie ja mal eine Inspiration beim Schreiben?"

Manuela war ganz dicht vor meiner Fensterscheibe. Sie hauchte darauf, malte ein kleines Herz in den feinen, niedergeschlagenen Tau ihres Atems und wünschte mir eine „Gute Nacht!"

„Gute Nacht, Manuela!" wünschte auch ich, während sie sich schon abwandte und schnell ins Haus lief.

Mein Herz raste wie wild. Das Herz auf meiner Scheibe war fast zu viel für mich gewesen. Ich wusste, dass ich der kleinen Lolita hoffnungslos verfallen würde, wenn ich mich nicht vorsah.

Neugierig ging ich in den Garten und betrachtete mir das nebeneinander auf dem kalten Boden liegende Pärchen. Die beiden waren nackt und sie hielten sich bei den Händen. Die dunkelroten Blütenblätter, die über sie gestreut waren, verliehen dem Ganzen eine sehr romantische Note. Manuela hatte wirklich sehr viel künstlerisches Talent.

Ich formte zu Füßen des Pärchens, zwischen denen die Schneeschaufel wie ein Mahnmal steil aufragte, einen Gedenkstein aus Schnee und schrieb darauf folgende Worte:

Eine so große und reine Liebe wie diese lässt sich nicht durch eine Schneeschaufel zerstören!

Dann ging ich wieder rein. Ich fröstelte, da ich mir meine Jacke nicht angezogen hatte, als ich in den Garten gegangen war. Wie gut hätte jetzt ein heißer Glühwein geschmeckt. Am liebsten hätte ich die alte Frau Krün gebeten, die Flasche wieder rauszurücken. Aber das verbot mir mein Stolz. Also machte ich mir als Alternative einen Tee. Tee schmeckte schließlich auch gut. Und er wärmte. Eigentlich wärmte er nur. Ich mochte jetzt keinen Tee, ich wollte diesen gottverdammten Glühwein.

Ich hatte keinen Alkohol getrunken, seit meine Freundin und ich uns getrennt hatten und ich aus der gemeinsamen Wohnung ausgezogen war. Und ich hatte ihn auch nicht vermisst. Aber seit die alte Dame mir heute den Mund mit dieser Flasche wässrig gemacht hatte, fühlte ich mich wie ein Verdurstender. Ich war davon überzeugt, dass ich mit einem Schluck Glühwein auch meine Geschichte wieder unter Kontrolle bekommen würde. Und vielleicht würde ich dann auch die Gedanken an Manuela, die mich so peinigten, aus meinem Kopf bekommen.

Um mich auf etwas anderes zu konzentrieren, wollte ich den Versuch wagen, das Chaos im Flugzeug in Ordnung zu bringen. Als ich das Dokument aufrief, war das Flugzeug leer. All die elternlosen Protagonisten und Randfiguren hatten sich in Nichts aufgelöst.

,*Okay*', versprach ich, ,*ihr habt alle Eltern! Können wir uns darauf einigen, dass sie in dieser Geschichte nicht einzeln erwähnt werden müssen?*'

Langsam materialisierten sich die Passagiere und die Crew wieder.

,*Gut*', dachte ich mir. ,*Das wäre geschafft.*' Und ich überlegte, wo ich wieder einsetzen müsste, um alle beteiligten Figuren zufrieden zu stellen.

,*Wenn ich einen Vorschlag machen dürfte …*' begann Jürgens Sitznachbar.

,*Sie sind stumm!*' erinnerte ich ihn, um gar nicht erst wieder eine Diskussion zuzulassen.

,*Mmmmm*'

,*Der Rotweinfleck in der Hose*', überlegte ich. Natürlich konnte die Stewardess ihn noch ausgewaschen haben, bevor die beiden den Toilettenraum wieder verließen. Das konnte ich also so lassen. Jürgen hatte also nur noch einen Wasserfleck auf der Hose. Den konnte er den kurzen Weg zurück zu seinem Platz mit seinem Jackett verdecken.

,*Ich hatte aber kein Jackett an, als ich mit Blondie zur Toilette gegangen bin.*'

,*Wo steht das?*'

,*Nirgends. Aber ein Jackett wäre bei der Aktion doch irgendwie störend gewesen, oder?*'

,*Dann hast Du das Jackett eben vorher ausgezogen.*'

,*Das hättest Du aber erwähnen müssen. Sonst ist das ein Continuity- Fehler!*'

Den Wasserfleck konnte man auf Jürgens Hose so gut wie gar nicht erkennen. Die Stewardess hatte wirklich gute Arbeit geleistet – und zwar in jeder Hinsicht. Jürgen vermutete sogar, dass sie ihm den Rotwein absichtlich über die Hose gekippt hatte, nur um ihm an die Wäsche gehen zu können. Aber das war Jürgen gewohnt. Wenn sich sein Streitkolben in einem seiner Hosenbeine abzeichnete, wurden die Bräute reihenweise schwach und taten alles, um ihn zu vernaschen.

Der restliche Flug verlief ruhig, obwohl die vollbusige, blonde Stewardess immer wieder bei Jürgen vorbeikam und ihn fragte, ob sie noch etwas für ihn tun könnte. Aber diese Frau hatte er ja schon gehabt. Sie langweilte ihn jetzt und fing an, ihm auf die Nerven zu gehen. Als sie ihn wieder einmal fragte, ob er noch einen Wunsch hätte, antwortete er ihr, dass sie ihm ihre geile brünette Kollegin vorbeischicken sollte, weil er die so richtig durchvögeln wollte.

,Ich dachte, das soll eine Kurzgeschichte am Strand werden?' beschwerte sich Jürgen schon wieder und machte mir den Vorwurf, dass ich schon dreieinhalb Seiten nur in dem Flugzeug und davon überwiegend in der Bordtoilette geschrieben hätte.

An dem Argument war was dran. Das, was ich bisher geschrieben hatte, das wollte ich nicht mehr ändern. Das hatte ich so schön ausgearbeitet, mit vielen schlüpfrigen Wörtern und Anzüglichkeiten. Ich strich also nur die brünette Stewardess und ließ das Flugzeug dann nach zwei, drei Füllsätzen auf den Malediven landen. Jürgen fuhr in sein Hotel. Sein Zimmer hatte natürlich Meerblick.

Es war spät geworden, als ich die Geschichte bis zu diesem Punkt vorangetrieben hatte. Ich merkte, dass ich müde war und mir die Augen brannten und beendete die Arbeit für diesen Tag, um nicht zu sagen, für diese Nacht.

3 MANUELA

Während ich versuchte einzuschlafen, purzelten die Bilder und Situationen meiner Geschichte wild durcheinander in meinem Kopf herum und vermischten sich mit den Erinnerungen an meine Ex-Freundin. Aber all diese Eindrücke wichen ehrfürchtig zurück, als Manuela in meine Gedanken, die bereits in Träume überzugehen begannen, trat. Manuela begleitete mich durch die ganze Nacht.

Ich trat durch das kleine Herz, das sie mir auf die Fensterscheibe gemalt hatte, hinaus in den Garten, wo sie mich erwartete. Sie war nackt und ganz aus Schnee. Und ich erkannte erst jetzt, in meinem Traum, dass sie die Schneefrau war, die sie selbst am Tag, Hand in Hand mit dem Schneemann, der ich war, im Garten liegend modelliert hatte. Die beiden liegenden Schneegestalten waren nicht mehr da. Aber im ungewöhnlich hellen Licht der funkelnden Sterne erkannte ich, dass auch ich jetzt aus Schnee war. Manuela streckte mir ihre zarten, weißen Hände entgegen. Ich eilte in Zeitlupe auf sie zu und ergriff ihre Hände. Sie fühlten sich eiskalt an, was im Nachhinein betrachtet, eigenartig war, da ich ja ebenso wie sie aus Schnee war. Hand in Hand liefen wir als nacktes Schneepärchen durch einen endlosen, verzauberten Winterwald. Manchmal sahen wir auch andere Schneemänner und -frauen. Aber die huschten immer sofort in den Schutz der dunklen Schatten unter den gewaltigen Baumriesen, um sich vor uns zu verbergen. Nur ein Schneemann, ein klassischer Drei-Kugel-Schneemann, stolperte auf seiner Flucht vor uns über eine Wurzel. Er fiel um und sein Kopf hüpfte wie ein Gummiball davon, während er uns noch anflehte ,Bitte nichts mir tun, bitte nichts mir tun!'

Anscheinend war das kein deutscher Schneemann gewesen.

Obwohl überall rings um uns herum der Wald düster und bedrohlich wirkte, bewegten Manuela und ich uns immer im Licht der blinkenden und funkelnden Sterne, egal wohin wir uns auch wandten. Immer wieder versuchten wir, das uns umgebende Dunkel zu ergründen und in die Schatten einzutauchen. Aber jedes Mal tat sich eine Schneise vor uns auf, und wir blieben im Sternenlicht, in dem unsere Körper glitzerten. Wir hörten die Bäume leise hinter uns her tuscheln und flüstern und spürten, wie sie sich uns zuwandten, wenn wir an ihnen vorübergingen. Aber wenn wir sie direkt ansahen, standen sie wieder wie vorher da und schwiegen.

Plötzlich tat sich vor Manuela und mir eine wunderschöne, verschneite Lichtung mitten in diesem verwunschenen Winterwald auf. In der Mitte der

Lichtung lag ein zugefrorener See. Wir eilten (wieder in Zeitlupe) durch den knietiefen Schnee auf die spiegelglatte Eisfläche des Sees zu, auf der komischerweise kein Schnee lag. Vorsichtig betraten wir das Eis und gerieten im selben Moment ins Rutschen. Es war aber kein Ausrutschen, es war ein Tanz, ein wunderschöner, zärtlicher und inniger Tanz, in dem wir ohne eigenes Zutun über den See zu schweben schienen. Ich fühlte mich absolut frei und schwerelos. Irgendwann blickte ich während dieses Tanzes nach unten auf die Eisfläche und sah Manuela und mich in der Spiegelung als reale Menschen aus Fleisch und Blut. Und in diesem Spiegel traf mich Manuelas Blick wie ein Blitz. Plötzlich fühlte ich die Hitze unserer Körper, ich spürte, wie sich Manuelas junger, geschmeidiger Körper an mich schmiegte und hielt sie, aus plötzlicher Furcht, sie wieder verlieren zu können, ganz fest.

In dem Moment hörte ich die eigenartig verzerrt klingende Stimme von Frau Krün krächzen: *,Ihr hättet nicht hinter den Spiegel sehen dürfen!'*

Der Winterwald, die Lichtung und der zugefrorene See begannen sich plötzlich zu verändern. Innerhalb einer Sekunde schmolz der Schnee. Die Lichtung verwandelte sich in den Palmenstrand auf den Malediven, wie ich ihn mir für meine Geschichte ausgemalt hatte, und der See wurde zu dem traumhaften, türkisen Meer, auf dem weiße Schaumkronen tanzten. Die Sonne stand hoch am Himmel und brannte heiß.

Manuela und ich standen am Strand. Aber wir waren jetzt wieder aus Schnee. Voller Panik und gelähmt vor Furcht sah ich zu, wie Manuela zu schmelzen begann. Ich riss mir Schnee aus meinem eigenen, tropfenden und schnell schrumpfenden Körper, um Manuela so am Leben zu erhalten. Aber Manuela lächelte mich nur traurig an und sagte mit unendlich viel Zärtlichkeit und Liebe in der Stimme: *,Nicht mein Liebster. Du kannst es nicht aufhalten. Und ich möchte auch keine Sekunde länger überleben, als Du.'*

,Wir hatten eine wunderschöne Zeit miteinander!' erwiderte ich ebenso traurig, während ich mich in das unvermeidliche Schicksal fügte.

,Ja, die hatten wir!' bestätigte Manuela und sagte dann noch mit letzter Kraft, da ihr Kopf schon beinahe geschmolzen war: *,Alles, was von unserer Liebe bleibt, ist eine Karotte!'*

Ich blickte an meinem ebenfalls schon sehr wässrigen Körper hinunter. Da fiel die Karotte, die als Penis in meinem nicht mehr zu erkennenden Körper steckte in den Sand und wurde im selben Augenblick von einer Welle ins Meer gespült.

Mit einem lauten Schrei, vor dem ich selbst erschrak, schreckte ich schweißgebadet aus dem Schlaf. Die Sonne war noch nicht aufgegangen, aber es dämmerte bereits. Manuelas auf mein Fenster gehauchter Atem war gefroren, so dass das Herz, das sie mir gemalt hatte, noch immer zu sehen war. Da mir der Schweiß buchstäblich in Strömen vom Körper rann, ging ich nackt hinaus in den winterlichen Garten und ließ mich rückwärts in die dicke weiße Schneedecke fallen. Ich machte eine ganze Rolle, auf den Bauch und weiter, bis ich wieder auf dem Rücken lag. Die erfrischende Kälte des Schnees tat mir gut. Ich rieb mir das Gesicht ein und stand wieder auf. Da nahm ich aus dem Augenwinkel eine Bewegung aus der Richtung von Frau Krüns Haus wahr. Ich blickte hin und entdeckte Manuela, die die Vorhänge eines Fensters im ersten Stock aufgezogen hatte und mich lächelnd beobachtete. Eine lange Sekunde sah ich zu ihr hinauf. Dann sagten mir meine Füße, die zu frieren begannen, dass ich noch nackt war. Ich zuckte bei der Erkenntnis verlegen zusammen und huschte schnell zurück in mein Gartenhäuschen.

Was Manuela jetzt von mir denken mochte, wollte ich mir lieber nicht ausmalen.

Ich trocknete mich ab, zog mich an und ging zu der kleinen Toilette in der Garage, um mich frisch zu machen. Danach machte ich Kaffee und wollte sofort an meiner Geschichte weiterarbeiten. Meine Gedanken schweiften aber immer wieder zu meinem eigenartigen Traum ab. Und irgendwie mochte ich mich jetzt so gar nicht an diesen Strand begeben, der mich gerade erst Manuela, mein eigenes Leben und meine Karotte gekostet hatte.

‚Was ist los?' fragte mich Jürgen zynisch. *‚Soll ich mich jetzt nicht am heißen Strand vergnügen? Und willst Du nicht eine exotische Sexbombe vor Begierde nach meinem heißen Streitkolben **dahinschmelzen** lassen?'*

Oh, wie ich ihn hasste, diesen gehässigen und bösartigen Protagonisten meiner Geschichte.

„Später!' erwiderte ich genervt und klappte den Laptop wieder zu. Ich wusste, dass es nur ein Traum gewesen war. Und von einem Traum ließ ich mir doch meine Geschichte nicht kaputt machen. Ich brauchte nur ein wenig Zeit, um meine Gedanken wieder zu sammeln und zu ordnen. Also zog ich mich an, machte einen kleinen Spaziergang durch die Straßen und fand mich in Gedanken langsam wieder in die vor sexueller Spannung überbrodelnde Atmosphäre meiner Geschichte.

Jürgen sollte seine exotische Sexbombe bekommen, eine dunkelhäutige Inselschönheit, der er mit seinem Streitkolben sämtliche Löcher stopfen würde, bis sie ihn anwinseln würde, Gnade walten zu lassen, da sie seiner übermenschlichen Standhaftigkeit nicht mehr gewachsen …

‚Wir müssen reden!' mischte sich da Jürgen in meine Gedankengänge. Er schien plötzlich neben mir zu spazieren.

Natürlich war er nicht wirklich neben mir. Sie brauchen also gar nicht so die Augen zu verdrehen.

Jürgen war selbstverständlich nur in meinem Kopf. Aber ein Zwiegespräch mit einer von mir erdachten Figur zu führen, fiel mir einfach leichter, wenn ich mir diese Figur als eigenständiges Wesen vorstellte. Okay, das macht die Schizophrenie vielleicht auch nicht besser. Aber kann ich jetzt bitte trotzdem fortfahren?

Danke!

Also: Jürgen schien plötzlich neben mir zu spazieren. Er wartete geduldig, was ich auf seine Aufforderung zum Reden erwidern würde.

,Worüber?' fragte ich ihn. Und er antwortete: ,Über mich, Dich, Deine Geschichte und darüber, dass Du selbst nicht magst, was Du da vorhast zu schreiben.'

,Ich will einfach nur einmal eine richtig heiße Sexstory schreiben, ohne die ewige Gefühlsduselei!' erwiderte ich.

,Weil Du glaubst, dass das bei den Lesern besser ankommt!?'

,Ja!'

,Das funktioniert aber nicht, wenn Du das versuchst. Du kannst Dich so nicht ausdrücken. Und ich kann so nicht sein.'

,Du kannst alles sein, was ich mir ausdenke!'

,Das ist wahr. Ich kann ein Guter sein oder ein Böser, ich kann schön sein, oder so wie Du aussehen ...'

,Moooment mal!' protestierte ich gegen diesen fiesen Seitenhieb. Jürgen achtete aber nicht auf meinen Protest, sondern fuhr ruhig und sachlich fort:

,Ich kann dumm sein oder so klug, wie Du mich zu schreiben vermagst, ich kann potent sein oder eine Lusche. Ich bin alles, was Du Dir ausdenkst, nur eines nicht: Ich werde niemals das Abziehbild eines Klischees sein!'

Ich dachte eine Weile über diesen Vortrag nach. Dann fragte ich:

,Ist nicht das, was ich sonst schreibe, auch nur Klischee?'

,Ich weiß es nicht. Vielleicht. Aber wenn es so ist, dann ist es Dein eigenes Klischee und nicht eines, das Du Dir nur aneignen möchtest.'

,Und was soll ich dann Deiner Meinung nach machen?' fragte ich verunsichert.

,Lass mich etwas fühlen und empfinden, so wie früher, als ich all die anderen Helden Deiner Geschichten war. Gib mir wieder eine Seele, die lieben und leiden kann.'

,Aber ich will nicht, dass Du Gefühle hast, Dich verliebst und leidest. Ich will Dich als Typ, der jede Frau kriegt, dem keine widerstehen kann. Ich will, dass Du sie benutzt und mit ihnen allen nur spielst!' entgegnete ich verzweifelt, da ich merkte, dass ich mich seinen Argumenten nicht ganz verschließen konnte. Aber da zog Jürgen plötzlich ein Joker aus dem Ärmel, der mir den Rest gab. Er forderte nämlich:

,Okay, dann gib mir Manuela, damit ich sie so behandeln kann, wie Du es von mir erwartest!'

,Nein!' widersprach ich heftig, da Jürgens ungeheuerliche Forderung, einen Anfall von Eifersucht in mir auslöste, obwohl ich selbst Jürgen war, da ich ihn, wie schon erwähnt, in der Ichform schrieb. Aber die Vorstellung, dass Manuela an so einen blöden Arsch geriet, wie ich ihn jetzt in dem von mir entworfenen Bild von Jürgen erkannte, war mir selbst als fiktiver Handlungsfaden einer Geschichte unerträglich. Niemals würde ich das zulassen.

Und mit dieser Erkenntnis hatte Jürgen gewonnen.

Ich konnte nicht aus meiner Haut. Ich konnte nicht schreiben, was ich selbst nicht lesen wollte. Ja, ich war enttäuscht vom Leben und von der Liebe und es fiel mir schwer, an die Liebe überhaupt noch zu glauben. Aber solange ich selbst noch in der Lage war, für einen Menschen etwas zu empfinden, konnte ich die Liebe auch nicht leugnen.

Natürlich konnte ich auch böse Menschen schreiben; Auch in der Ichform. Das hatte ich schon gemacht. Aber selbst diese bösen Menschen hatten irgendwelche Gedanken, Gefühle oder Schwächen gehabt, die nicht aus einer Schablone gestanzt waren, sondern sie zu eigenständigen Individuen gemacht hatten.

Das Zwiegespräch mit mir selbst, bzw. meinem Ich-Charakter, hatten mich sehr mitgenommen. Während ich jetzt langsam zurückspazierte, machte ich mir klar, dass ich die Geschichte noch einmal komplett von vorne beginnen musste. Aber ich war doch irgendwie erleichtert, da ich wusste, dass sich meine Protagonisten beim Schreiben zwar möglicherweise wieder verselbstständigen würden, aber sie würden sich nicht mehr dagegen wehren, wie ich sie portraitierte und damit den Handlungsverlauf nicht mehr behindern.

Als ich am Gartenhäuschen anlangte und mich an der Tür erst noch zu dem im Tode friedlich vereinten Schneepärchen umwandte, entdeckte ich, dass es eine Veränderung bei der Schneeschaufel gab. Ich ging hin, um nachzusehen, was anders war und sah, dass jemand vergeblich versucht hatte, die mit dem Edding aufgetragene Schrift abzuwischen. Sie war an einigen Stellen etwas verwischt, hatte dem Versuch, sie auszulöschen aber standhaft getrotzt. Dafür war mit einem Klebestreifen ein Zettel auf die Schrift geklebt worden, auf dem stand:

Die beiden sollen bloß nicht wagen, sich noch einmal vom Boden zu erheben.

Und wenn Sie das Geschmiere nicht wieder von meiner Schneeschaufel runterkriegen, können Sie sich gleich daneben legen!

Oops, dachte ich mir, *da hab ich wohl einen Nerv getroffen.*

Aber immerhin: die beiden von Manuela modellierten Schneeleichen waren unversehrt, obwohl sie nackt waren.

Irgendwie mochte ich die ruppige, alte Dame, und nicht nur, weil sie mir ein Dach über dem Kopf gab und mich auch noch versorgte. Sie stritt um der Freude am Streiten Willen und nicht aus Bosheit. Wenn sie auf keinen Widerspruch gestoßen wäre, über den sie sich hätte ärgern können, wäre sie wahrscheinlich eine todunglückliche, einsame, alte Frau gewesen; zumindest, solange ihre Enkelin nicht zu Besuch war.

Ihre Garage, in der übrigens kein Auto stand, war eine einzige, unordentliche Rumpelkammer. Darin fand ich eine Flasche Terpentin, mit dem ich den Edding von der Schneeschaufel wieder runter bekam. Ich steckte das Mordinstrument dann nicht mehr zwischen das Schneepärchen, sondern räumte es in der Garage auf, nachdem ich zuvor noch den Zugang zum Wohnhaus frei geschippt hatte. Ich war mir sicher, die alte Hexe würde sich über meine nette Geste noch mehr ärgern, als wenn ich ihr Kontra gegeben hätte, weil sie jetzt keinen Grund finden konnte, mich wieder anzugiften.

Als ich mit dem Schneeschippen fertig war und mich gerade an die Überarbeitung meiner Geschichte machen wollte, klopfte zaghaft Manuela an meine Tür. Im selben Moment, in dem ich sie durch die Glasscheibe meiner Tür erblickte, begann mein Herz zu rasen. Ich dachte sofort daran, wie sie mich am Morgen beobachtet hatte, als ich mich nackt im Garten erfrischt hatte und ich merkte, wie ich rot anlief. Um mir meine Verlegenheit aber nicht anmerken zu lassen, öffnete ich so unbefangen, wie es mir möglich war, die Tür.

„Störe ich?" fragte Manuela.

Und ich antwortete: „Ich wollte eben wieder zum Arbeiten anfangen."

„Schade", erwiderte Manuela. Und ihre Stimme klang wirklich traurig. „Ich wollte Sie fragen, ob Sie mit zum Rodeln kommen wollen."

„Vielleicht ein anderes Mal", antwortete ich wieder darauf, weil ich nicht wagte, einfach nur ‚Ja' zu sagen, obwohl ich nichts lieber als das auf ihre Einladung geantwortet hätte.

Manuela gab aber nicht so schnell auf, sondern sagte: „Es ist gar nicht weit von hier. Und es würde Ihnen auch gut tun. Sie sind viel zu viel allein."

Es war eigenartig, Manuela in der offenen Tür des Gartenhäuschens so dicht gegenüberzustehen, sie draußen auf der Veranda und ich drinnen. Die Anziehungskraft, die sie auf mich ausübte, und der ich mich so vergeblich zu entziehen versuchte, bereitete mir sowohl seelische, als auch körperliche Schmerzen. Am liebsten hätte ich mich einfach abgewendet und die Tür vor ihr verschlossen. Aber es war nur mein Verstand, der das wollte. Mein Herz und mein Körper wollten, dass ich sie in die Arme schließe und für den Rest unseres Lebens festhalte.

„Ich bin schon ewig nicht mehr gerodelt", gestand ich nach einer Weile, weil ich einfach nicht wusste, was ich sagen sollte.

Manuela sah das anscheinend als gutes Motiv, um noch einmal nachzuhaken. Sie sagte: „Dann wird es Zeit, dass Sie es wieder einmal versuchen."

Und sie sagte das mit so viel Liebenswürdigkeit und Charme, dass ich schon weich zu werden begann. Da ich aber noch immer zögerte, fragte sie mich, plötzlich sehr verlegen klingend: „Sind Sie mir böse wegen dem Herzchen auf Ihrer Scheibe oder weil ich sie heute früh im Garten gesehen habe?"

Dass sie mich direkt darauf ansprach, mich nackt beobachtet zu haben, trieb mir die Schamesröte erneut in die Wangen. Nachdem ich zuerst einmal wie ein Fisch nach Luft geschnappt hatte, ohne dass ich mehr als nur ein

‚Blubb' herausgebracht hatte, fragte ich, irgendwie sehr verwirrt, was ich mir aber nicht anmerken lassen wollte: „Wofür war das Herz denn?"

Jetzt errötete auch Manuela. Sie senkt ihren Blick und gestand mir ganz leise: „Ich mag Sie!"

„Hm", brummte ich, da ich nicht wusste, wie ich darauf reagieren sollte. Und in dem Moment schien mir Jürgen wieder über die Schulter zu blicken und mir ins Ohr zu flüstern: *Das ist ja nicht mehr mit anzusehen. Jetzt geh' endlich mit ihr rodeln, oder soll **Ich Dich** neu erfinden!'*

Das Paradoxe dieser absurden Vision war schon ganz schön starker Tobak. Aber als ob das nicht schon genug gewesen wäre, meinte Manuela dann auch noch: „Sie sollten die Tür nicht so lang offen stehen lassen, wenn Sie die Heizung an haben, sonst schimpft Oma wieder mit Ihnen."

Sie hatte Recht. Entweder musste ich sie jetzt hereinbitten oder ich ging mit ihr zum Rodeln. Ich entschied mich für Zweiteres, nicht weil mich Jürgen dazu gedrängt hatte, sondern weil mir das die ungefährlichere Alternative zu sein schien.

„Na gut, überredet!" sagte ich, zog mir Schuhe und Jacke an und folgte Manuela nach draußen. Der Holzschlitten, den ich vorher schon in der Garage gesehen hatte, wartete bereits in der Einfahrt.

Schweigend spazierten Manuela und ich nebeneinander, während ich den Schlitten hinter mir her zog. Langsam wurde es immer ländlicher. Und schließlich hörte das bebaute Gebiet ganz auf.

„Ich wusste gar nicht, dass das Haus Deiner Oma so nah am Stadtrand liegt", sagte ich und war froh, ein Thema gefunden zu haben, mit dem ich ein unverfängliches Gespräch beginnen konnte.

Manuela sah mich überrascht an und fragte mich: „Waren Sie noch nie hier? Sie gehen doch immer so viel spazieren."

„In der Richtung war ich noch nie", gestand ich.

Manuela strahlte mich wie ein Engel an und meinte: „Dann freut es mich umso mehr, dass Sie mitgekommen sind."

„Hast Du denn keine Freunde in Deinem Alter?" fragte ich, da ich Manuela bisher auch immer nur allein gesehen hatte.

„Nein", antwortete sie kopfschüttelnd, „die sind mir zu doof."

„Wieso denn?"

„Wo soll ich da anfangen?" fragte Manuela, fing dann aber einfach an: „Zu oberflächlich, zu viel dummes Imponiergehabe, zu laut, zu schrill, zu wenig Gefühl … Soll ich weitermachen?"

„Ja", antwortete ich, da ich fasziniert davon war, Jugendliche aus der Sicht einer Jugendlichen auf diese Weise beschrieben zu bekommen und neugierig war, ob da noch mehr kam.

„Zu laute und stupide Musik", zählte sie weiter auf, „zu abhängig von der Mode und deswegen zu wenig selbstständig denkend, zu wenig Verständnis für die Natur und zu wenig Sinn für Schönheit und Kunst, zu unkreativ … Es ist endlos.“

„Stimmt alles, was Du sagst“, stimmte ich Manuela bei. „Aber die Erwachsenen sind kein bisschen besser. Sie sind nur gefährlicher, durch die Macht, die sie in ihren beruflichen Positionen erreichen oder durch den Frust, wenn sie nichts erreichen.“

„Dann sind Sie mehr so der frustgefährliche Typ, stimmt's?“ frage Manuela und musterte mich dabei eindringlich von der Seite.

„Seh' ich denn so sehr wie ein Versager aus?“ fragte ich, auf einmal wirklich sehr frustriert, weil ich mich durchschaut fühlte und weil mir meine Erfolglosigkeit plötzlich ganz deutlich vor Augen stand. Ich fühlte mich in diesem Moment entblößter vor Manuela, als am Morgen, wo sie mir zugesehen hatte, wie ich mich nackt im Schnee gewälzt hatte.

Manuela blieb ruckartig stehen, nahm meinen Arm und sagte schnell: „Nein, Entschuldigung, so war das nicht gemeint. Ich meinte nur, weil Sie immer so traurig aussehen.“

„Ich sagte doch“, log ich, „ich bin nicht traurig. Ich konzentriere mich nur auf eine neue Geschichte.“

„Erzählen Sie mir, wovon sie handelt?“ fragte Manuela.

Auf der einen Seite war ich froh, dass sie es so elegant schaffte, das Thema zu wechseln. Auf der anderen Seite krampfte sich mein Magen zusammen, weil ich ihr nicht gerade erzählen wollte, dass ich eine Erotikgeschichte schrieb – oder zu schreiben versuchte. Also wich ich der Frage aus und sagte: „Ich bin noch dabei, die Handlungsstränge zu sortieren.“

„Darf ich sie dann wenigstens lesen, wenn sie fertig ist?“ fragte Manuela weiter.

„Mal sehen“, antwortete ich. „erst muss ich sie mal schreiben.“

„Ich sehe schon“, meinte Manuela, etwas resigniert. „Sie wollen mich Ihre Geschichte nicht lesen lassen.“

Und bevor ich mir etwas ausdenken konnte, was ich darauf hätte sagen können, fragte sie mich: „Schreiben Sie wohl etwas Erotisches?“

Jetzt konnte ich nicht mehr lügen und gestand daher, mich verlegen räuspernd: „Ja.“

„Schade, dass ich das nicht lesen darf“, erwiderte Manuela enttäuscht, meinte dann aber noch: „Aber vielleicht überlegen Sie es sich ja noch mal.“

Da erreichten wir die Rodelbahn, einen drei- bis vierhundert Meter langen, holprigen und teilweise ziemlich steilen Hang, über den schon einige andere Leute mit Schlitten und Skiern hinunterfuhren und purzelten. Es sah nach sehr viel Spaß aus.

Nach dem Aufstieg setzte Manuela sich auf den Schlitten. Ich wollte sie anschieben, um ihr Schwung zu geben. Aber Manuela bremste und sagte: „Sie müssen schon mitfahren.“

Warum nicht?, dachte ich mir, obwohl ich mich davor scheute, ihr so nahe zu kommen, wie es auf dem Schlitten unvermeidlich war. Aber es war ja nichts dabei, redete ich mir ein, es war nur ein harmloses, sportliches Freizeitvergnügen. Ich durfte nur selbst nichts anderes denken. Also setzte ich mich hinter sie, rutschte an sie ran und legte meine Hände zaghaft um ihre Hüften. Ich begann bereits zu zittern, als meine Oberschenkel ihren Po umschlossen und wagte kaum, sie mit meinen Händen zu berühren. Manuela meinte aber entschlossen: „Sie müssen sich schon festhalten."

Ich gehorchte und im nächsten Moment sausten wir schon den Hang hinunter. Innerhalb weniger Meter hatten wir richtig Schwung. Wir wurden immer schneller und stürzten bereits beim ersten größeren Huppel. Manuela und ich schlitterten und purzelten lachend noch mehrere Meter. Erst als wir liegen blieben, merkten wir, dass wir uns im Stürzen aneinander geklammert hatten. Manuela lag auf der Piste im Schnee und ich lag über ihr und stützte mich rechts und links von ihr im Schnee ab. Unsere von der Anstrengung und der frischen Luft geröteten Gesichter waren sich ganz nah. Ich spürte Manuelas warmen Atem auf meinen Wangen und konnte meinen Blick nicht aus dem Bann ihrer Augen befreien. Unsere Lippen kamen sich ganz langsam immer näher. Aber bevor sie sich berührten, rief jemand von weiter oben: „He, ihr da unten, macht endlich die Bahn frei. Andere wollen auch noch fahren."

Damit war der Bann gebrochen. Erschrocken über mich selbst, fuhr ich zurück, murmelte stotternd „Entschuldigung!", reichte Manuela die Hand und zog sie auf die Füße.

„Wofür denn?" fragte sie mich verwundert während des Aufstehens und ich antwortete ihr aufrichtig: „Für das, was ich beinahe getan hätte."

Ich zog Manuela zum Rand der Piste, um die Bahn für die anderen Rodler frei zu machen.

„Nein!" protestierte sie, während sie mir auf die Seite folgte. „Entschuldigen Sie sich bitte nicht dafür, dass Sie mich küssen wollten."

Es war mir unangenehm, dass Manuela aussprach, was ich eben im Begriff gestanden hatte, zu tun. Ich nahm sie bei den Schultern, sah ihr in die Augen und wollte ihr irgendwie erklären, dass ich das nicht durfte. Aber genau in dem Moment, in dem ich die Lippen öffnete, um etwas zu sagen (ich weiß nicht einmal mehr, was), stellte sich Manuela auf die Zehenspitzen und gab mir schnell einen zaghaften Kuss. Ich war völlig perplex. Und bevor ich mich wieder gefangen hatte, sagte Manuela schon: „Ich hole den Schlitten. Kommen Sie mit?"

„Ja", antwortete ich, noch immer verwirrt. Manuela nahm meine Hand und gemeinsam rannten wir den Hang hinunter. Am Fuß der Piste sammelten wir unseren Schlitten ein, den jemand auf die Seite gestellt hatte, und machten uns wieder an den Aufstieg.

Wir fuhren sicher noch vierzehn- oder fünfzehn Mal den Hang hinunter. Ein paar mal stürzten wir auch noch. Aber wir kamen uns dabei nie wieder so nah, wie bei unserer ersten Rutschpartie. Es war ein schöner, ausgelassener Spaß. So vergnügt, wie an diesem Nachmittag, war ich seit Jahren nicht mehr gewesen. Als wir dann, von der Anstrengung schwitzend, zurück spazierten, begannen wir schnell zu frieren und beeilten uns, zum Haus von Manuelas Oma zurück zu kommen. Ich räumte den Schlitten in die Garage und wollte mich schweren Herzens von Manuela verabschieden. Aber da sie sah, dass auch ich fror, sagte sie: „Ich frag Oma, ob Sie drinnen baden dürfen."

„Nein", wehrte ich ab. „Ich glaub, Deine Oma will mich nicht im Haus haben und das kann ich ihr nicht mal verübeln. Ich komme schon klar. Danke."

„Aber Sie haben doch nur kaltes Wasser da in der Garage!" meinte Manuela mitfühlend.

„Das ist schon okay, wirklich!" beruhigte ich sie. „Das hält frisch!"

Manuela sah nicht wirklich überzeugt aus. Aber ich wollte die Güte der alten Frau Krün, die sich meiner so kratzbürstig und fürsorglich angenommen hatte, nicht überstrapazieren.

„Na dann", sagte ich, nickte Manuela im Abwenden noch einmal zu und wollte mich in meine Hütte hinter der Garage begeben.

Aber da platzte sie plötzlich heraus: „Ich fahre morgen wieder zu meiner Ma."

Ich fühlte einen Stich in meinem Herzen und drehte mich wieder zu ihr um. Die Erkenntnis, dass ich sie vielleicht nie wieder sehen würde, traf mich wie ein Schlag. Ich war mehrere Sekunden lang unfähig, etwas darauf zu erwidern. Manuela sah mich erwartungsvoll und besorgt an, als fürchtete sie sich davor, wie ich auf diese Nachricht reagieren würde. Schließlich fand ich meine Sprache wieder und sagte: „Dann wird es hier sehr einsam werden."

„Werden Sie mich vermissen?" fragte Manuela.

„Ja", nickte ich mit einem Kloß im Hals.

Und Manuela sagte: „Ich werde Sie auch vermissen!"

Ich sah, dass ihre Augen feucht schimmerten.

„Wie lange bleiben Sie denn noch hier?" fragte Manuela besorgt.

Ich zuckte mit den Schultern und antwortete: „Wahrscheinlich wird mich Deine Oma bald zum Teufel jagen."

„Nein, das tut sie bestimmt nicht", meinte Manuela, überlegte kurz, sagte: „Ich überleg mir was!", kam zu mir gelaufen, gab mir zaghaft einen Kuss und lief ins Haus.

Ich blieb noch mehrere Minuten in Gedanken versunken vor dem Haus stehen und fühlte dabei noch die sanfte Berührung von Manuelas weichen Lippen auf meinen.

Ich muss sie vergessen, sagte ich streng zu mir und zwang mich dazu, in mein Gartenhäuschen zu gehen.

Ich zog mich aus und huschte frierend in die kalte Toilette in der

Garage, wo ich mir mit kaltem Wasser bibbernd den Schweiß vom Körper wusch. Dann kuschelte ich mich in meine Decken gehüllt auf die Couch, trank Tee und träumte mit offenen Augen von Manuela.

An diesem Tag schaffte ich es auch nicht mehr, noch etwas zu schreiben. Dazu hatte ich in meiner Gemütsverfassung absolut keine Muse.

Während der Nacht schlief ich schlecht. Ich träumte viel und wirr und fühlte mich am nächsten Morgen wie gerädert. Als ich in aller Herrgottsfrühe Autotüren von der Straße her hörte, öffnete ich müde die Augen. Da fiel mir wieder ein, dass Manuela mir gesagt hatte, dass sie an diesem Tag wieder zu ihrer Mutter fahren würde. Im Nu war ich aus dem Bett gesprungen. Ich schlüpfte nur in meine Hose und rannte barfuss nach draußen, während ich noch den Reißverschluss hoch zog. Auf den glatten Dielen der Veranda rutschte ich aus und knallte auf meinen linken Ellenbogen. Ich spürte es aber nicht, sprang wieder auf die Füße und lief zum Tor. Dort stand Frau Krün am Straßenrand und winkte einem Auto hinterher. Als ich bei ihr anlangte, konnte ich gerade noch das Auto um die nächste Straßenecke biegen sehen. Frau Krün musterte mich mit einem seltsamen Ausdruck, während ich noch in die Ferne blickte.

„Haben Sie sich verletzt?" fragte sie mich plötzlich, mit einem mir bei ihr völlig fremden Ton von Anteilnahme.

„Nein", antwortete ich während ich meinen Blick langsam wieder von der Straßenecke, um die das Auto gebogen war, abwandte und betrübt die Augen senkte.

„Sie bluten aber!" stellte Frau Krün noch immer in diesem so fremd klingenden, besorgten Ton fest.

Ich suchte meinen Körper mit den Augen ab und bemerkte erst jetzt, dass mein aufgeschlagener Ellenbogen mir die Hose vollblutete und einen dunkelroten Fleck im schmutzigen Schnee der Straße bildete.

„Das ist nichts", sagte ich schnell und hielt mir mit der rechten Hand den Ellenbogen. Das warme Blut sickerte schnell durch meine Finger und langsam fand der Schmerz den Weg in mein Gehirn.

„Lassen Sie mich das mal ansehen" meinte Frau Krün und ich merkte, dass mir der resoluter werdende Tonfall gleich wieder viel vertrauter wurde.

Ich wollte widersprechen, aber Frau Krün sagte: „Sie sind ja ganz blass", nahm mich am rechten Arm und führte mich ins Haus.

„Ich will Ihnen wirklich keine Umstände machen", sagte ich und wollte zurück in das Gartenhäuschen, da ich merkte, wie mir etwas schummrig wurde.

„Papperlapapp" erwiderte sie in einem Ton, der keinen Widerspruch duldete. Und irgendwie war ich erleichtert, dass sie jetzt wieder ganz die Alte war. Nur ging es mir grad nicht gut genug, um ihr Paroli bieten zu können.

Ich sagte also nur beruhigt: „Na Gott sei Dank: Ich dachte schon, Sie sind kaputt."

Ich bin mir nicht sicher, ob Frau Krün die Anspielung verstand. Jedenfalls erwiderte sie nichts darauf. Sie zog mich in ihre Küche, setzte mich auf die Eckbank und versuchte, meinen Arm über dem Küchentisch zu strecken. Ich fühlte einen Stich wie mit einem Messer, biss aber die Zähne zusammen.

„Tut das weh?" fragte Frau Krün.

Ich schüttelte den Kopf und Frau Krün meinte: „Na wenigstens sind Sie nicht wehleidig."

Dann holte sie einen Verbandskasten und sagte „Sie haben Glück. Gebrochen ist nichts", desinfizierte die Wunde und legte einen Verband an.

„Verstehen Sie da überhaupt was davon?" fragte ich misstrauisch.

„Das sollte ich", antwortete Frau Krün sarkastisch. „Ich bin schließlich Ärztin. Aber Sie wissen ja wie das ist: In meinem Alter, da bringt man schon mal was durcheinander. Also wer weiß: Vielleicht werden Sie den Arm ja auch verlieren."

„Ach", gab ich mürrisch zurück, „Erfrieren darf ich nicht. Aber durch Ihren Ärztefehler meinen Arm verlieren, das wäre in Ordnung?"

Frau Dr. Krün lachte bösartig, räumte ihren Verbandskasten auf und giftete mich an: „Raus aus meinem Haus und zieh'n Sie sich mal vernünftig an."

„Ich wollte ja nicht hier rein!" gab ich gereizt zurück. „Sie haben mich doch mitgeschleift, weil Sie an mir rumfummeln wollten!"

„Raus!"

Frau Dr. Krün stand plötzlich kerzengerade wie ein General in ihrer Küche und deutete mit ausgestrecktem Arm auf die Tür. Ich sah, dass die Finger ihrer zweiten Hand nach einem Nudelholz auf der Anrichte tasteten und zog es vor, die Flucht zu ergreifen, bevor sie es in der Hand hatte.

Manuela war weg und der Schmerz in meinem Ellenbogen pochte unangenehm. Wie sollte ich mich da nur auf meine Geschichte konzentrieren?

4 EINSAM UND VERZWEIFELT

Als ich mich angezogen hatte und durch das immer noch sichtbare Herz in meinem Fenster nach dem Schneepärchen im Garten spähte, sah ich, dass es neue, auffällige Spuren im über Nacht gefallenen Neuschnee gab. Ich ging nach draußen und entdeckte einen Schneeengel, wie er entsteht, wenn man auf dem Rücken im Schnee liegt, mit den Armen seitlich im Schnee rudert und die Beine öffnet und wieder schließt. Fasziniert und traurig betrachtete ich das kleine Kunstwerk, das Manuela mir als Andenken hinterlassen hatte. Und plötzlich erkannte ich an verschiedenen Anzeichen, vor allem am deutlichen Abdruck ihres Pos, dass sie nackt gewesen sein musste, als sie mir dieses Geschenk gemacht hatte.

Warum nur bin ich nicht aufgewacht, als sie nackt im Garten war? fragte ich mich und ärgerte mich über mich selbst. Manuela hatte sich in gewisser Weise für den Anblick, den ich ihr unfreiwillig am Morgen des vorhergehenden Tages geboten hatte, revanchiert und ich hatte es einfach verschlafen.

Ich musste irgendetwas tun, um auf andere Gedanken zu kommen. Es war Zeit, Jürgen wieder in Urlaub zu schicken. Also setzte ich mich an meinen Laptop, öffnete meine Geschichte und löschte alles bisher Geschriebene.

Alles zurück auf Anfang. Also:

Jürgen ist verheiratet aber seine Frau hat sich von ihm getrennt und die Scheidung eingereicht. Finanziell kommt er grad so über die Runden. Aus Frust über die Trennung und um auf andere Gedanken zu kommen, bucht er einen Flug nach Lanzarote. Einen größeren Urlaub kann er sich gar nicht leisten. Seinen Streitkolben hat er immer noch. Allerdings bezeichnen weder er noch ich (was aufs Selbe rauskommt) ihn noch so. Jürgen empfindet dieses zu groß geratene Stück Männlichkeit eher als Behinderung, da es ihn immer wieder, vor allem, wenn er eine schöne Frau sieht, in peinliche Situationen und Schwierigkeiten bringt, was nicht zuletzt auch zum Zerwürfnis mit seiner Frau geführt hat. Eigentlich war er ihr immer treu gewesen. Aber da jede kleinste Regung seines empfindsamen, kleinen Riesen unübersehbar war, und da seine Empfindsamkeit ihn sehr leicht in (Er)regung versetzte, hatte er nun die Konsequenzen tragen müssen. Er war wieder allein.

Ich hatte diese Einleitung mit sehr viel Zartgefühl, einer Prise Humor und ohne jede Einmischung von Jürgen gerade auf eineinhalb Seiten niedergeschrieben, als Frau Dr. Krün an meine Tür klopfte und ohne auf eine Antwort zu warten, herein kam.

„Wie geht's Ihrem Arm?" fragte sie, krampfhaft darum bemüht, mir trotz der Frage ihre Gleichgültigkeit zu demonstrieren.

Und deswegen antwortete ich auch ziemlich barsch: „Ich muss Sie enttäuschen Frau Doktor, er ist noch dran. Kommen sie später wieder, wenn sie ihn mitnehmen wollen."

Ich sah, wie sie sich wieder aufplusterte und die Fäuste ballte. Aber sie ging auf meine Antwort nicht weiter ein, sondern fragte schnippisch: „Wo haben Sie denn Ihre Schmutzwäsche? Ich wasche heute und will sie mit in die Maschine schmeißen."

„Was geht Sie meine Wäsche an?"

„Geben Sie sie mir freiwillig, Herr Schwarzer? Oder muss ich sie suchen?" fragte sie sehr gebieterisch und sah sich auch schon in dem kleinen Raum des Gartenhäuschens um. Und bevor ich aufstehen und ihr die Wäsche freiwillig geben konnte, befahl sie mir noch: „Und ziehen Sie auch gleich die Hose aus. Die ist ja noch voller Blut."

„Wollen Sie mir schon wieder an die Wäsche?" gab ich spitz zurück, hätte ihr aber beinahe gehorcht, da sie eine drohende Haltung eingenommen hatte. Erst als ich schon meinen Gürtel geöffnet hatte, fiel mir ein, dass ich keine Unterhose anhatte und bat mit ruppig überspielter Verlegenheit: „Würden Sie bitte draußen warten?"

Die Alte stapfte mürrisch nach draußen und ich wechselte schnell meine Hose. Dann reichte ich ihr den Wäschesack durch die Tür und sagte im Ton eines Lehrers: „Die dunkle Wäsche bei dreißig Grad, die andere bei …"

Sie hörte mich aber nicht bis zu Ende an, riss mir den Beutel aus der Hand und rauschte eingeschnappt um die Garagenecke.

„Und vergessen Sie nicht, die Wäsche zu bügeln!" rief ich ihr hinterher und schloss die Tür wieder.

Da kam sie noch mal um die Ecke zurück, öffnete abermals meine Tür und sagte: „Ich komme später noch mal wieder, falls ich sie nicht störe."

„Und wenn Sie mich stören?"

„Ich will mit Ihnen über meine Enkelin reden!"

Auweh, dachte ich mir. *Jetzt gibt's Ärger.*

Frau Krün erwartete in dem Moment aber gar keine Antwort oder Reaktion von mir. Nachdem sie mir mitgeteilt hatte, weswegen oder worüber sie mit mir sprechen wollte, zog sie mit meiner Wäsche ohne ein weiteres Wort ab.

Okay, das war's. Ich war überzeugt, dass ich meine Sachen jetzt wieder packen konnte und war froh, dass es wenigstens nicht viele waren. Aber wenigstens wurde ich mit sauberer Wäsche vor die Tür gesetzt. Darüber, wohin ich gehen sollte, machte ich mir am wenigsten Gedanken. Ich verzweifelte nur an dem Gedanken, Manuela nicht mehr wieder sehen zu dürfen.

Das war es dann auch erstmal mit meiner neuen Geschichte. In meiner derzeitigen Verfassung war es mir unmöglich, mich aufs Schreiben zu konzentrieren.

Ich überlegte, was Manuela ihrer Oma wohl erzählt hatte.

Wahrscheinlich, so dachte ich mir, *hat sie ihr gesagt, dass ich sie küssen wollte. Oder vielleicht hat sie ihr gesagt, dass ich nackt vor ihrem Fenster durch den Garten gehüpft bin.*

Und plötzlich überkam mich ein ganz böser Verdacht. Plötzlich dachte ich mir, dass die Polizei schon unterwegs wäre und dass die alte Hexe meine Wäsche nur hatte haben wollen, damit ich nicht einfach verschwinden würde. Aber ich dachte nicht daran, zu fliehen. Ich setzte mich auf meine Couch und wartete,

und wartete,

und wartete ...

Die Minuten vergingen quälend langsam, wurden zu Viertelstunden, halben, Dreiviertel- und ganzen Stunden.

Die Stunden vergingen quälend langsam...

Ich saß auf der Couch und wartete. Aber nichts geschah. Weder kam die Polizei, noch kam die alte Krün zurück. Vor Anspannung wurde ich müde und vor Müdigkeit schlief ich ein. Ich schlief ein und träumte von Manuela.

Ich träumte, wie ich mit ihr unter Fellen in einer ärmlichen Hütte aus Lehm und Stroh lag und wie wir uns liebten. Und plötzlich stürmten mittelalterliche Männer in Rüstungen in die Hütte, packten mich, zerrten mich von Manuela herunter, schleiften mich nackt nach draußen und sperrten mich in einen hölzernen Wagen mit einer vergitterten Tür und vergitterten Seitenwänden, vor den zwei Pferde gespannt waren. Manuela kam ebenfalls nackt auf die verschneite Straße gelaufen, hauchte ihren Atem zwischen die unverglasten Gitterstäbe und malte mir zum Abschied ein Herz in den in der Luft hängenden Tau. Die Gefangenenkutsche fuhr mit einem Ruck an. Ich lugte durch das zwischen den Gitterstäben schwebende Herz und sah, wie Manuela in der Ferne immer kleiner wurde.

Plötzlich stand die alte Hexe Krün vor der Kutsche. Die Pferde blieben so abrupt stehen, dass ich das Gleichgewicht verlor und stürzte. Ich fiel auf den linken Arm, er brach ab und rutschte durch das Gitter nach draußen auf die Straße. Die Hexe hob ihn auf, schwenkte ihn triumphierend und schrie *„Sei froh, dass ich nur den Arm nehme und Euch beide nicht mit meiner Schneeschaufel erschlage!'*

Ich schlug die Augen auf, sah Frau Dr. Krün über mich gebeugt und schrie vor Panik laut auf.

„Sie haben geträumt!" versuchte Frau Krün mich zu beruhigen. Aber ich versicherte mich erst, dass mein Arm noch dran war, bevor ich ihr Glauben schenkte. Die Alte hatte mir einen Höllenschrecken eingejagt. Nach ein, zwei Sekunden hatte ich mich wieder gefasst. Und zu meiner Überraschung sah ich jetzt, dass Frau Krün nicht nur meine gewaschene und gebügelte Wäsche fein sortiert am Fußende der Couch abgelegt hatte, sondern dass sie auch einen Topf voll dampfenden Glühweins mitgebracht hatte. Sie holte ein Stövchen aus dem Schrank, in dem sie sich besser zurechtfand, als ich und stellte es auf das Tischchen vor der Couch. Misstrauisch sah ich ihr zu, wie sie ein Teelicht anzündete und den Topf dann auf das Stövchen stellte. Der Glühweinduft füllte sofort den kleinen Raum aus. Mir lief das Wasser im Mund zusammen. Aber mein Misstrauen wollte nicht schwinden.

„Was wird das denn?" fragte ich deshalb argwöhnisch. „Wollen sie mich vergiften?"

„Meine Enkelin hat mich heut früh, bevor sie abgeholt wurde, gebeten, Ihnen den Glühwein zu geben. Sie haben ihn zwar nicht verdient, aber Manuela zuliebe …"

„Ich hätte ihn mir auch selber warm machen können" erwiderte ich, ohne mich zu bedanken, da sie ja ohnehin der Meinung war, ich hätte ihn nicht verdient.

Frau Krün sah mich streng an und sagte in eigenartig sanftem Ton: „Ich hab Ihnen doch gesagt, dass ich mit Ihnen über Manuela reden will."

Jetzt war es also soweit, jetzt wollte die Alte mir die Leviten lesen. Aber wieso versüßte sie mir die Strafpredigt mit Glühwein? Daraus sollte einer schlau werden.

Frau Krün setzte sich neben mich auf die Couch, so dass ich schnell bis ans Ende rutschte. Aber der Sicherheitsabstand erschien mir dort immer noch zu klein, also stand ich auf und setzte mich ihr gegenüber auf den Stuhl.

Frau Krün hatte zwei Tassen auf das Tischchen gestellt und kommandierte: „Gießen Sie ein."

Ich gehorchte, füllte die zwei Tassen und reichte ihr eine. Dann streckte ich ihr meine Tasse entgegen und sagte „Zum Wohl!"

„Zum Wohl", sagte auch Frau Krün und stieß mit mir an. Und nachdem wir beide einen großen Schluck getrunken und die Tassen wieder abgestellt hatten, warf sie mir einen neugierig prüfenden Blick zu und begann:

„Eines muss ich gleich vorweg sagen: Ich weiß nicht, was Manuela und Sie verbindet."

Ich wollte gerade etwas Gescheites von mir geben, so in der Art von ‚Nichts' oder ‚Gar Nichts', aber ich hatte noch nicht mal Luft geholt, da unterband sie schon streng meine sachliche Stellungnahme mit den Worten: „Sagen sie jetzt nicht ‚Nichts'. Dafür würde Sie allein Ihr Auftritt von heute Morgen schon Lügen strafen."

„Ähm …", stotterte ich. Eigentlich wollte ich gegen diese Behauptung sofort Widerspruch einlegen. Aber da ich tatsächlich keine plausible Erklärung für mein Verhalten am Morgen anbieten konnte, als ich barfuss und noch halbnackt auf die Straße gerannt war, um Manuela noch einmal zu sehen, verließ mich meine Schlagfertigkeit vollkommen. Also schwieg ich und schenkte als letzte Zuflucht Frau Krün nur einen verständnislosen Blick, der ihr signalisieren sollte, dass ich keine Ahnung hatte, wovon sie überhaupt sprach.

Unbeeindruckt von meiner aufrichtigen Unschuldsmiene fuhr Frau Krün fort: „Manuela hat nicht mit mir über Sie gesprochen. Und das ist sehr eigenartig, da sie über alles mit mir spricht, worüber sie nachdenkt und wofür sie etwas empfindet. Aber ich kenne meine Enkelin viel zu gut, als dass ich nicht gemerkt hätte, dass sie etwas für Sie empfindet und über sie nachdenkt."

„Ich …"

„Sein Sie still! Hören Sie mir einfach zu. … Manuela hatte es in ihrem Leben nicht immer leicht. Sie müssen wissen: Ich war bereits fünfundvierzig, als ich meine Tochter bekam. Meine Tochter hat sich immer dafür geschämt, eine Mutter zu haben, die so alt war, wie die Großeltern ihrer Freundinnen. Als sie gerade mal fünfzehn war, fuhr sie über Ostern in ein Ferienlager in Schweden. Und als sie zurückkam, war sie mit Manuela schwanger. Wer der Vater war? Ich weiß es nicht. Meine Tochter hat es mir nie erzählt und ich glaube fast, sie weiß es selbst nicht. Den Spaß hatte sie haben wollen, aber als Manuela dann zur Welt kam, fürchtete sie sich vor der Verantwortung. Sie brannte mit einem Fernfahrer durch und ließ mir das Baby zurück.

Ich habe Manuela großgezogen und ich habe zu ihr ein besseres Verhältnis, als ich es jemals zu meiner Tochter hatte. Erst als Manuela elf war, kam ihre Mutter zurück und wollte sie wieder haben. Aber Manuela wollte nicht weg von mir. Ihre Mutter war eine Fremde für sie. Meine Tochter und ich haben vor Gericht um das Sorgerecht von Manuela gestritten. Trotz aller Umstände zählte für den Richter die leibliche Mutter mehr, als die Großmutter, die das Kind erzogen hatte.

Meine Tochter nahm Manuela mit und Manuela wurde sehr krank, nicht körperlich, sondern ihre Seele litt. Sie darf nur an einem Wochenende im Monat zu mir und während der Urlaube ihrer Mutter. Im ersten Jahr ist Manuela dreimal von zuhause weggelaufen und wieder zu mir gekommen. Und jedes Mal wurde sie von der Polizei trotz meines Einspruchs und meiner Gegenwehr wieder abgeholt.

Inzwischen hat sich Manuela mit ihrer Situation abgefunden. Sie versucht sogar, ein gutes Verhältnis zu ihrer Mutter zu haben. Aber sie hat sich in den Jahren immer mehr in sich zurückgezogen. Sie hat kaum Freunde und ist fast immer allein. Manuela lacht nur noch selten."

Ich hatte Frau Krün aufmerksam und immer betroffener zugehört. Als sie jetzt eine Pause machte, fragte ich: „Warum erzählen Sie mir das alles?"

Frau Krün nahm einen großen Schluck Glühwein, besann sich einen

Moment und antwortete: „Ich weiß, dass sie irgendetwas mit Manuela verbindet. Und ich habe nur eine einzige Bitte an sie! Was auch immer da zwischen Ihnen ist: Tun Sie ihr niemals weh!"

Ich war völlig verwirrt, hatte Vorwürfe dafür erwartet, dass ich vorgehabt hatte, Manuela zu küssen, aber nichts in dieser Art war über Frau Krüns Lippen gekommen. Sie hatte mir sehr private Dinge anvertraut und obwohl sie anscheinend einen Verdacht gegen mich hegte, machte sie mir keine Vorhaltungen wegen Manuelas Alter, sondern bat mich nur, ihrer Enkelin nicht weh zu tun.

Als ich meine Gedanken wieder halbwegs sortiert hatte, sagte ich aufrichtig: „Ich hab nicht vor, ihr weh zu tun."

Frau Krün ließ ein kurzes, bitteres Lachen hören und erwiderte: „Menschen haben selten vor, anderen weh zu tun. Aber meistens sind sie zu sehr mit sich selbst beschäftigt, um das Leid und die Schmerzen anderer überhaupt wahrnehmen zu können oder zu beachten. Ich bitte Sie noch einmal, Herr Schwarzer: Tun Sie Manuela nicht weh! Denken Sie bei allem, was Sie tun daran, dass sie eine sehr zarte und schon zu sehr verletzte Seele besitzt. Denken Sie bitte nicht nur an Ihr eigenes Vergnügen. Manuela wird zerbrechen, wenn sie noch einmal fallengelassen wird!"

Damit trank Frau Krün ihre Tasse aus, stand auf und wünschte mir im Hinausgehen: „Gute Nacht, Herr Schwarzer."

„Gute Nacht", wiederholte ich sehr nachdenklich und blickte ihr hinterher, bis sie um die Ecke der Garage gebogen war.

Wahrscheinlich würde ich Manuela ohnehin nicht mehr sehen, wenn sie nur so selten zu ihrer Oma durfte. Und ich konnte schließlich auch nicht ewig hier bleiben. Aber die Vorstellung, sie nicht mehr sehen zu dürfen, war unerträglich für mich. Wenn sie nicht mehr hierher kommen würde, dann würde ich sie früher oder später, eher früher als später, suchen, bis ich sie wieder gefunden hätte. Davon könnte keine Macht der Erde mich abhalten.

Aber durfte ich das? Was würde es bedeuten, für mich und auch für Manuela? Wo hörte der Spaß auf? Wo fing der Ernst an und wo der Schmerz?

Das war doch alles gar kein Spaß. Es tat doch schon längst weh!

Ich hatte den Glühwein nach dem ersten Schluck nicht mehr angerührt, da mich Frau Krün vollständig in den Bann ihrer Erzählung gezogen hatte. Erst jetzt, als ich wieder allein war und grübelte, trank ich wieder. Ich war so sehr in Gedanken versunken, dass ich mich nicht einmal zurück auf die Couch setzte, sondern auf dem Stuhl sitzen blieb, bis ich irgendwann mitten in der Nacht feststellte, wie unbequem und verkrampft ich dasaß, ohne dass ich in meinen Gedankengängen auch nur einen Millimeter weiter gekommen war. Müde und erschöpft machte ich das Bett, wusch mich in der Garage und legte mich, nachdem ich noch einige Minuten träumend vor Manuelas Schneeengel gestanden hatte, schlafen.

Irgendwie hatte ich Angst davor, die Augen zu schließen, weil ich mich davor fürchtete, wieder einen dieser schrecklichen Alpträume zu bekommen. Aber ich konnte der Müdigkeit nicht lange widerstehen und sank bald in einen tiefen Schlaf.

,*Fred!*' hörte ich da plötzlich Jürgens (meine) Stimme und schreckte hoch. Jürgen saß mir gegenüber auf dem Stuhl und sah mich kopfschüttelnd an.

,*Was willst Du?*' fragte ich ihn. Ich war noch ziemlich neben der Spur, weil ich ja so plötzlich aus dem Schlaf gerissen worden war.

Jürgen sah mich spöttisch an und antwortete mit der Gegenfrage: ,*Wie wär's wenn ich Dich neu erfinde?*'

Verständnislos sah ich ihn an und er fragte weiter: ,*Wie wär's, wenn ich Dich zu dem mache, der ich ursprünglich sein sollte? Ganz ohne Gefühle! Such Dir das Mädel, nimm sie und wirf sie weg!*"

Nein, zu so etwas würde ich mich nie machen lassen. Und niemand würde je so mit Manuela umgehen. Wie ein Panther sprang ich aus dem Bett auf Jürgen zu, riss den Stuhl um und rollte unter den Tisch, auf dem mein Laptop stand. Jürgen musste unglaublich schnelle Reflexe besitzen. Bevor ich ihn erreicht hatte, war er, ohne dass ich es gesehen hatte, schon von dem Stuhl aufgesprungen. Und als ich jetzt unter dem Tisch hervor kroch, saß er auf meinem Bett und meinte in viel versöhnlicherem Ton: ,*Das war alles, was ich wissen wollte!*'

Wieder sah ich ihn nur fragend an und er erklärte: ,*Kein Mensch kann ausschließen, einem anderen jemals weh zu tun, selbst wenn er immer ehrlich, treu und aufrichtig ist. Wie leicht entsteht ein Missverständnis? Aus Missverständnissen entstehen Fragen, Fragen erzeugen Zweifel. So schnell ist ein unbedachtes Wort gesagt. Ein Wort ergibt das andere. Und schon ist der Streit da und jeder gibt dem anderen die Schuld. Was bleibt, sind Schmerzen.*'

,*Also kann ich der alten Krün nicht versprechen, was sie von mir erbittet!*' schloss ich resigniert aus Jürgens Vortrag.

Jürgen schüttelte bestätigend den Kopf und erwiderte: ,*Nur, wenn Du auf Manuela verzichtest.*'

,*Aber wenn sie wirklich etwas für mich empfindet*', setzte ich verzweifelt dagegen, ,*würde ich ihr dann keine Schmerzen zufügen, indem ich meine Gefühle für sie verleugne?*'

Jürgens Miene hellte sich erfreut auf: ,*Ah*', sagte er euphorisch. ,*Das Argument wollte ich hören!*'

Und da ich nichts darauf erwiderte, fuhr er fort: ,*Du kannst Frau Krün zwar nicht versprechen, dass Du Manuela niemals verletzen wirst aber Du kannst ihr versprechen, dass Du es niemals bewusst oder leichtfertig tun wirst. Willst Du das?*'

,*Ja, das will ich!*' versprach ich und wollte schon aus der Hütte laufen, um Frau Krün mein Versprechen zu geben.

Da stoppte mich Jürgens scharfer Zuruf: ,*Nur eins noch, Fred!*'

Ich wendete mich ihm noch einmal zu und er versprach, respektive drohte mir: ‚*Aber denk dran: Wenn Du Dein Wort jemals brichst, dann schreib ich Dich beim nächsten mal so, wie Du mich ursprünglich schreiben wolltest.*'

Jürgen konnte mir keine Angst machen, weil ich Manuela niemals freiwillig oder bewusst verletzen würde. Ohne eine Antwort wollte ich wieder aus der Hütte laufen, schlief aber anscheinend im selben Augenblick wieder ein.

Als ich wieder erwachte, war es schon Tag. Noch während des Wachwerdens dachte ich über Jürgens Besuch während der Nacht nach. Und es dauerte einige Minuten, bis ich mir darüber klar wurde, dass Jürgen mich gar nicht besucht haben konnte, da er nur ein Produkt meiner Fantasie war, und dass daher sein Besuch auch nur wieder einer meiner wirren Träume gewesen war.

Trotzdem läutete ich nach meiner Morgentoilette an Frau Krüns Haustür Sturm. Und als sie nach einigen Augenblicken außer Atem öffnete und mich vor der Tür stehen sah, fragte sie mit mehr Sarkasmus als Besorgnis: „Was ist los? Brennt das Gartenhaus?"

Ich antwortete nicht auf die Frage, sondern entgegnete nur in feierlicher Ernsthaftigkeit: „Wahrscheinlich bilden Sie sich das ja sowieso nur ein, von wegen, dass da was zwischen Manuela und mir ist. Bei einer so alten, verdrehten Schrumsel wie Ihnen, wäre das ja nicht verwunderlich. Insofern stellt sich die Frage auch gar nicht. Aber ich verspreche Ihnen trotzdem, dass ich Manuela niemals bewusst oder aus Rücksichtslosigkeit wehtun werde!"

Damit wendete ich mich wieder ab und ging zurück ins Gartenhäuschen, ohne auf eine Reaktion zu warten.

So, das war erledigt. Mehr konnte ich im Augenblick in Bezug auf Manuela nicht tun. Ich hoffte, dass ich in einem Monat, wenn sie ihre Oma wieder besuchen würde noch da wäre. Vorher, über Weihnachten und Neujahr, wollte ich nichts unternehmen. Ich wollte mich nicht in ihr Leben drängen. Um ehrlich zu sein, rechnete ich damit, dass Manuelas Gefühle für mich, sofern es sie wirklich gab, in einem Monat gar nicht mehr existieren würden. Und wenn dem so wäre, dann wollte ich sie auf keinen Fall weiter belästigen. Aber wieder sehen musste ich sie, und wenn es nur dafür wäre, um mich von ihr zu verabschieden.

Um mich davon abzulenken, wie sehr ich selbst Manuela vermisste, begann ich wieder zu schreiben. Es war ohnehin höchste Zeit, Jürgen wieder in Urlaub zu schicken, damit die neue Geschichte endlich fertig werden würde.

Ich las noch einmal die Einleitung durch und machte mich dann an die Ausarbeitung des Fluges nach Lanzarote.

Aus der vollbusigen Stewardess machte ich Jürgens Sitznachbarin im Flugzeug, weil ich mir überlegt hatte, dass Damen mit so überdurchschnittlich großen Brüsten wahrscheinlich gar nicht als

Stewardessen eingesetzt würden. Den ursprünglichen Sitznachbarn setzte ich gedanklich einfach um.

Jürgen hatte seinen Sitz auf der Gangseite schon eingenommen. Er war einer der ersten gewesen, die an Bord gekommen waren. Auf den schmalen Gängen herrschte noch das übliche Chaos von sich gegenseitig behindernden Passagieren, die ihren Platz suchten. Ich begann folgendermaßen:

Ich war froh, als ich meinen Platz erreicht hatte und endlich sitzen konnte. Ich war als einer der ersten Passagiere an Bord gekommen und dadurch dem großen Gedränge im engen Gang zwischen den Sitzreihen entgangen. Da ich aber auf der Gangseite saß blieb ich deswegen keineswegs von den aneinander vorbeidrängenden Passagieren und ihrem Gepäck verschont. Ständig schob mir jemand seinen dicken Bauch oder Hintern ins Gesicht oder drückte mir sein Gepäck auf den Schoß. Zwei mal schob ich irgendwelche Rucksäcke in den Gang zurück. Einer der beiden Rucksackträger trat dadurch einem anderen auf die Füße und beinahe hätte es deswegen eine Schlägerei gegeben.

Ich wäre so froh gewesen, wenn diese ganzen wuselnden Menschen schon gesessen hätten, damit ich endlich schlafen konnte. Ich hatte während der beiden letzten Nächte kaum Schlaf gefunden. Die Trennung von meiner Frau hatte mich nicht nur Geld gekostet, sondern mir auch den Schlaf geraubt. ~~Das Haus und den Mercedes konnte sie ruhig behalten.~~ Unseren alten Opel hatte meine Frau schon vor vier Monaten in den Graben gefahren. Und in unserer kleinen Zwei-Zimmer-Wohnung wollte ich nach der Scheidung sowieso nicht bleiben. Alles dort hätte mich immer nur an unsere gemeinsame Zeit erinnert. Ich war einfach zu sentimental, als dass ich in der Wohnung, in der wir so lange gemeinsam gelebt, geliebt, gestritten und uns wieder versöhnt hatten, von vorne hätte anfangen können.

Wie soll ich nur Weihnachten überstehen, wenn ich nichts von Manuela höre? Ich möchte sie wieder sehen!

Nein, stopp; Das gehörte doch gar nicht in die Geschichte. Wie nur sollte ich mich auf meine Geschichte konzentrieren, wenn meine Gedanken ständig abschweiften?

Manuela!

Ob sie wohl auch an mich denkt?

Ich muss mich auf meine Geschichte konzentrieren!

Also wieder zurück an Bord und weiter als Jürgen:

Ich brauchte dringend eine Luftveränderung, um über die Trennung hinwegzukommen und mir Gedanken über mein weiteres Leben zu machen. Lanzarote würde mir gut tun.

Vielleicht könnte ich dort sogar die neue Geschichte schreiben, zu der mein Verlag mich seit Wochen drängte.

Was denn, Jürgen ist Autor? Das ist ja ganz neu. Aber egal, darum geht es in der Geschichte ja gar nicht. Solche Sätze stehen nur in der Geschichte, um sie lebendig erscheinen zu lassen, und um dem Protagonisten einen Hintergrund zu geben.

Also weiter:

Aber noch saß ich vor dem Abflug in dem Flugzeug, mit dem anscheinend nur orientierungslose Idioten fliegen wollten.

,Was für eine Ironie', dachte ich mir, da ich zwar meinen Sitzplatz schon gefunden hatte, aber mich in meiner Situation doch auch sehr orientierungslos fühlte.

Der Sitz war eng und meine Hose zwickte. Ich trug eine leichte Khakihose. Jetzt im März war sie hier fast noch zu dünn. Aber auf Lanzarote wäre sie perfekt. Jedenfalls zwickte sie jetzt in dem engen Flugzeugsitz und ich hob meinen Hintern leicht an, um sie mir aus dem Schritt zu zupfen und meine gequetschten Hoden zu sortieren.. Das war doch gleich viel angenehmer. Es war schlimm genug, dass mein Penis, obwohl er sich im Ruhezustand befand, sich im rechten Hosenbein fast bis zum Knie deutlich sichtbar durch den dünnen Stoff der Hose abzeichnete. Da musste nicht auch die Hose noch im Schritt zwicken.

Oh, wie mir dieser unübersehbare Abdruck peinlich war.

Die meisten Leute, die mich nicht kannten und deshalb nicht um die Komplexe wussten, die ich wegen meinem kleinen, so leicht erregbaren Python hatte, glaubten ja noch nicht einmal, dass das wirklich mein Penis in meinem Hosenbein war. Ich war schon mehr als einmal hämisch gefragt worden, was ich denn mit der Salami in der Hose kompensieren wolle.

Aber gut, zurück an Bord des Flugzeugs:

Ich will ohne Manuela gar nicht wegfliegen!

Oh Mann, es lief doch grad so gut. Warum nur konnte ich mich einfach nicht auf die Geschichte konzentrieren?

Ich dachte mir plötzlich, dass ich die alte Krün fragen sollte, wann Manuela wieder zu Besuch kommen würde. Es war die Ungewissheit, die mich so zermürbte, die Ungewissheit, nicht zu wissen, wann und ob ich Manuela überhaupt je wieder sehen würde.

Also speicherte ich meine Geschichte ab, zog mich warm an und ging nach draußen. Ich glaube, es waren mindestens zehn Minuten, die ich vor Frau Krüns Haustür stand. Aber ich wagte einfach nicht, zu klingeln und sie zu fragen. Was würde sie denn von mir denken? Sicherlich, dass ich, entgegen ihrer Bitte, doch nur an mein Vergnügen dachte.

Ich spürte wieder meinen Ellenbogen. Ein stechender Schmerz zog sich plötzlich bis in die Hand hinunter. Resigniert wandte ich mich wieder von Frau Krüns Tür ab und ging in den Garten.

Das friedlich schlafende Schneepärchen war vom Schnee der vorletzten Nacht wie mit einer flauschigen Decke überzogen. Die fein modellierten Züge der beiden waren nicht mehr zu erkennen. Aber Manuelas

Schneeengel war noch unverändert, da sie ihn erst nach dem Schneefall gemacht hatte.

Ich kniete mich neben die Flügel des Engels und ließ meine Finger ganz vorsichtig über die deutlichen Konturen von Manuelas Körper im Schnee wandern; über den Hinterkopf, den schlanken Rücken und den kleinen Po. Von Armen und Beinen gab es durch die Bewegung ja keine so klaren Abdrücke.

Wehmütig bedauerte ich wieder, dass ich geschlafen hatte, während Manuela diesen Engel gemacht hatte. Ich konnte nicht leugnen, dass ich sie gerne nackt gesehen hätte.

Mit einem Seufzer stand ich wieder auf und überlegte, ob ich nach dieser kurzen Pause wieder in der Lage wäre, weiter zu schreiben. Aber meine Sehnsucht nach Manuela wurde immer stärker und ich fühlte einen starken Druck auf meinem Herzen. Ich konnte meine Gedanken einfach nicht von Manuela lösen. Ein Spaziergang würde mir gut tun, dachte ich mir und schlenderte gedankenverloren los. Aber ich wunderte mich trotz der Ziellosigkeit mit der ich mich auf den Weg gemacht hatte, nicht darüber, dass ich mich plötzlich am Fuß der Rodelbahn wieder fand. Obwohl ich keinen Schlitten dabei hatte und auch gar keine Lust zum Rodeln gehabt hätte, machte ich mich an den Aufstieg. In Gedanken rekonstruierte ich die erste Fahrt mit Manuela. Ich glaubte, noch einmal Manuelas glückliches und ausgelassenes Lachen zu hören und dachte an Frau Krüns Worte: *Manuela lacht nur noch selten.'*

Hier waren wir gestürzt, und bis hierhin sind wir, uns gegenseitig haltend, noch weiter geschlittert. Ich hatte plötzlich wieder ganz deutlich vor Augen, wie ich über Manuela gelegen hatte, ich spürte wieder diese unglaubliche Anziehungskraft, die sie mich fast hätte küssen lassen.

Plötzlich wurde ich von den Füßen gerissen. Ein Schlitten hatte mich erfasst und sein Fahrer fluchte, als er sich nach dem Sturz wieder aufrappelte: „Sag mal, spinnst Du? Träumst Du mit offenen Augen mitten auf der Piste? Ich hau Dir gleich …"

Er haute mir gar nichts. Als er mir so nahe gekommen war und mit seinen Fäusten drohte, schubste ich ihn verärgert zurück. Mein Knöchel tat weh, ich konnte nicht auftreten und ich war wieder auf den Ellenbogen gefallen. Mein Adrenalinspiegel war also weit genug oben, um den Versuch einer friedlichen Lösung zu überspringen.

Der halbstarke Rodler stolperte über seinen Schlitten, den er an einer Leine am Handgelenk gesichert hatte, und rutschte weitere geschätzte zwanzig Meter den Hang hinunter. Als er sich erneut aufrappelte, unterließ er es, mir noch einmal zu drohen. Er warf mir nur einen verwunderten Blick zu und zog es dann vor, sich wieder auf seinen Schlitten zu setzen und sich zu verkrümeln.

Aua! Das tat weh. Ich konnte mit dem rechten Fuß tatsächlich kaum noch auftreten. Jeder Schritt war ein unerträglich schmerzender Stich im Knöchel. Da ich noch im oberen Viertel der Piste war, setzte ich mich auf den Hosenboden und rutschte ganz vorsichtig den Hang hinunter. Mit nasser Hose humpelte ich dann wieder zurück. Der Weg zum Gartenhäuschen war mit dem schmerzenden Knöchel eine unendliche Tortur. Als ich endlich ankam, hoffte ich nur, dass die alte Krün mich so nicht sah, weil sie sonst mein Bein sicher auch noch hätte haben wollen. Unbemerkt erreichte ich die Hütte und ließ mich erschöpft auf die Couch fallen. Erst mal musste ich aus den Schuhen raus. Mit dem linken klappte es relativ problemlos. Aber mein rechter Knöchel war inzwischen angeschwollen und ich konnte meinen linken Arm durch den erneuten Sturz auf den Ellenbogen kaum bewegen, so dass die Befreiung von meinem rechten Schuh zur qualvollen Tortur wurde.

Irgendwie geschah es mir ja Recht. Ich verspottete mich selbst (oder vielleicht war es auch Jürgen, der das tat) für meine Gedankenlosigkeit und Unaufmerksamkeit auf der Piste. Wenn ein erwachsener Mann sich so dämlich verhielt wie ein Teenager, der zum ersten Mal verliebt ist, dann verdiente er es doch, dass er wieder auf den Boden zurückgeholt wurde.

Mein Knöchel war dick angeschwollen und begann, sich grünblau zu verfärben. Ich presste mir eine Weile Schnee auf die Schwellung und legte mir dann einen Verband an. Es gab sowohl in der Hütte, als auch in der Toilette in der Garage einen Verbandskasten. Ich musste also Frau Doktor deswegen nicht bemühen. Als ich meine Jacke auszog, bemerkte ich, dass mein Ellenbogen wieder blutete, da das Blut bereits durch den Ärmel meines Hemdes sickerte. Auch da musste ich also den Verband erneuern. Nachdem ich mir eine trockene Hose und ein sauberes Hemd angezogen hatte, versuchte ich erneut an meiner Geschichte weiter zu schreiben. Aber ich brachte an dem Tag keinen Satz mehr zustande.

Am nächsten Morgen war ich schon früh wach. Aber mir fehlte jede Energie, um aufzustehen. Alles erschien mir sinnlos. Ich wollte einfach nur wieder einschlafen und am besten gar nicht mehr aufwachen. Aber ich schlief nicht ein, sondern quälte mich fast bis Mittag durch trübe Gedanken über meine berufliche und finanzielle Situation auf der einen und über meine lächerliche und hoffnungslose Liebe zu Manuela auf der anderen Seite.

Nein, dieses Leben war wirklich nicht lebenswert.

,*Wenn ich tot bin, ist alles gut!*' dachte ich mir und machte diesen Gedanken im selben Augenblick zum Leitspruch meines Lebens.

Eigenartigerweise war es ausgerechnet Jürgen, der mich aus meiner depressiven Lethargie riss, denn er schlich sich in meine trüben Gedanken und bat mich, seine Geschichte erst noch zu Ende zu schreiben, bevor ich mir irgendetwas antun würde. Also quälte ich mich aus dem Bett und stellte schon beim Aufstehen fest, dass ich noch immer nicht mit dem rechten Fuß auftreten konnte.

Mürrisch und vor mich hinfluchend machte ich mich frisch, kochte Kaffee und setzte mich, noch während die Kaffeemaschine lief, widerwillig an den Laptop.

‚Na komm schon, lass mich endlich in Urlaub fliegen!' spornte Jürgen mich an. Ich las mich also wieder in das bisher Geschriebene ein, fand es ziemlich doof und fuhr in der Geschichte fort:

Allmählich schien sich das Gedränge im Gang aufzulösen, denn ich hatte schon seit einigen Minuten keinen Hintern mehr im Gesicht gehabt. Jetzt langsam übermannte mich die Müdigkeit. Mein Kopf sank zurück an die Lehne und meine Augen wurden schwer und fielen langsam zu. Es können aber nur Sekunden gewesen sein, die ich eingenickt war, denn ich erwachte nicht während des Fluges, sondern weil sich wieder etwas Weiches in meinen Sitzplatz, oder besser gesagt, in mein Gesicht drückte.

Desorientiert öffnete ich meine Augen, wusste aber augenblicklich wieder, wo ich mich befand. Etwas Großes, Weiches, Rundes, über dem sich ein dünner, weißer Stoff so sehr spannte, dass ich Angst hatte, der Knopf, der mir auf das Auge gedrückt hatte, würde jeden Moment abgesprengt werden und mir dadurch mein Auge ausschießen, presste sich gegen mein Gesicht. Ohne mich davon zu überzeugen, was es war, packte ich mit beiden Händen zu und schob die weiche Masse aus meinem Gesicht. Erst als der Abstand zu meinen Augen groß genug war, um erkennen zu können, was ich da noch in meinen Händen hielt, erkannte ich an den Formen, die sich mir jetzt darboten, dass es zwei außergewöhnlich große, feste Brüste waren, die in einer, wie es schien, zwei Nummern zu kleinen Bluse steckten. Die Besitzerin dieser Brüste hatte wohl eben ihr Handgepäck in das Gepäckfach gehoben. Und als ich sie jetzt nicht nur so unsittlich berührte, sondern auch noch grob zurückschob, blickte sie mich, vor Scham und Empörung rot anlaufend, mit großen Augen vorwurfsvoll an. Ich erschrak selbst über die Peinlichkeit der Situation und vergaß vor Schreck sogar, ihre Brüste wieder loszulassen.

„Darf ich sie wiederhaben?" fragte die junge Frau mich mit mehr Verunsicherung als Zorn.

In meiner Verwirrung verstand ich zuerst gar nicht, was sie meinte und fragte, der Situation angemessen: „Hä?"

Erst als ich spürte, wie diese großen, prallen Brüste sich unter meinen Händen vor Erregung deutlich hoben und senkten und wie ihre Nippel hart wurden und sich durch den Stoff ihrer Bluse in meine Handflächen bohrten, begriff ich und zog meine Hände schnell verlegen zurück.

„Oh, … Verzeihung!" stotterte ich und wollte eben versuchen, das Missverständnis aufzuklären, als sich ein Passagier hinter der vollbusigen, blonden, jungen Dame vorbeizwängte, wodurch sie das Gleichgewicht verlor und nach vorne kippte. Instinktiv stützte sie sich auf meinem rechten Oberschenkel ab, während der Knopf ihrer Bluse jetzt tatsächlich ab- und mir aufs Auge sprang.

„Aua!" sagte ich empört, wurde aber in zweifacher Hinsicht schon im selben Moment von dem Schmerz abgelenkt. In meinem rechten Hosenbein, auf dem die Blondine sich

abstützte, lag nämlich mein kleiner Python, der sich durch den plötzlichen, festen Griff natürlich sofort provoziert fühlte und bedrohlich anzuschwellen begann. Und außerdem war nicht nur der Knopf, der mir ins Auge gesprungen worden war, sondern auch die beiden darüberliegenden abgesprengt worden, wodurch sich mir ein faszinierender Blick auf die fast entblößten Brüste bot. So große und dabei so straffe und perfekt geformte Brüste hatte ich noch niemals gesehen. Dieser Anblick reizte meine kleine Riesenschlange nur noch mehr. Die Blondine richtete sich vor Schreck so schnell auf, als sie spürte, dass sich da etwas unter ihrer Hand rührte, dass sie sich oben den Kopf anschlug. Es tat mir selbst weh, als ich es beobachtete. Es gab ein dumpfes Geräusch, die restlichen Knöpfe ihrer Bluse flogen mir um die Ohren und sie klammerte sich wieder Halt suchend an meinen Penis, der inzwischen versuchte, meine Hose zu sprengen. Die freigelegten Brüste baumelten verführerisch vor meinem Gesicht.

„Wow, sind die schön!" entfuhr es mir unbeabsichtigt, während mein immer größer werdender Penis in der Hand der Blondine pulsierte.

Die junge Dame sah mich ungläubig an. Ich glaube, sie wagte nicht, meinen Penis loszulassen, denn sie bat mich ängstlich: „Bitte sagen Sie mir, dass es keine Schlange ist!"

„Na ja" erwiderte ich verlegen. „Ich nenne ihn manchmal ‚Meinen kleinen Python!"

Da ließ sie ruckartig los und im selben Moment spürte ich schon eine schallende Ohrfeige auf meiner Wange brennen.

„Was soll das denn?" fragte ich überrascht.

„Sie Sittenstrolch glauben wohl ..." fing sie da zu zetern an.

Aber ich fiel ihr ins Wort und fragte empört über diese ungerechtfertigte Unterstellung: „Das sagen ausgerechnet Sie! Sie haben mir doch zuerst Ihren Busen ins Gesicht gedrückt, Sie fassen mich unsittlich an und Sie entblößen sich hier vor mir!"

Erst jetzt wurde sich die junge Dame anscheinend bewusst, dass die Knöpfe ihrer Bluse nicht der Leidenschaft ihrer Brüste hatten standhalten können.

Bis hierher hatte ich ungestört geschrieben. Und ich hatte meine Gedanken dabei sogar relativ gut auf die Geschichte und meine Protagonisten konzentrieren können. Doch plötzlich stand die alte Krün in meiner Tür und riss mich aus der sich steigernden erotischen Spannung.

„Das Christkind lässt anfragen, ob Sie immer schön brav gewesen sind?" fragte sie mich miesepetrig.

Da ich sowohl Frau Krün, als auch mich selbst zu alt für solchen Unsinn hielt, sah ich sie verständnislos an und fragte: „Was haben sie denn geraucht?", worauf sie sich wieder aufplusterte und mich böse ansah.

Ich war wirklich verärgert über die Störung, die mich aus meiner Geschichte gerissen hatte. Und da mir Frau Krün nicht sagen wollte, was für Zeugs sie nahm, bot ich ihr als Antwort auf ihre Frage gereizt an: „Dann sagen sie dem Christkind meinetwegen, dass kein Mensch ‚immer' brav ist. Und wenn es nur die Menschen beschenkt, die es jedes Jahr wieder belügen, dann ist es entweder dumm oder korrupt. Und jetzt lassen Sie mich bitte weiterarbeiten. Gehen Sie doch Plätzchen backen oder Schneemänner verkloppen."

Frau Krün rauschte entrüstet davon und ließ mich mit meiner Geschichte wieder allein. Aber nach dieser Unterbrechung fand ich mich nicht mehr in den vorher entstandenen Fluss. Meine Gedanken schweiften wieder zu Manuela und ich spürte den dumpfen, pochenden Schmerz in meinem Knöchel, der mich davon abhielt, einen Spaziergang machen zu können.

Den Rest des Tages brütete ich nur wieder vor mich hin. Meine depressive Stimmung steigerte sich ins Grenzenlose. Oh, wie ich diese Weihnachtszeit hasste. Es war doch kein Wunder, dass es zu Weihnachten immer die meisten Selbstmorde gab. An Weihnachten, wenn alle Welt glücklich war, oder auch nur Fröhlichkeit heuchelte, spürten die Versager dieser Welt am intensivsten, dass sie Versager waren. Ich muss es wissen, denn ich war einer von ihnen. Ich sah ganz deutlich all die Fehler vor mir, die ich in meinem Leben begangen hatte, all die Chancen, die ich vertan hatte und vor allem die Chancen, die ich nie bekommen hatte. Und ich sah kein Licht mehr. Das Loch in das ich gestürzt war, verschluckte mich immer weiter. Nirgends zeigte sich ein Hoffnungsschimmer. Alles war dunkel und kalt.

In der Nacht träumte ich wieder von Manuela. Eigenartigerweise dachte ich überhaupt nicht mehr an meine Ex-Freundin. Und ich träumte auch nicht mehr von ihr, seit Manuela sich in meine Träume geschlichen hatte.

Ich träumte, dass Manuela mir gegenüberstand. Sie war ziemlich weit weg und ich wollte auf sie zulaufen, kam aber nicht vorwärts. Ich weiß nicht, ob ich am Boden festklebte oder ob ich gelähmt war. Die Strecke zwischen Manuela und mir war hell erleuchtet aber rechts und links von dieser Lichtschneise waren undurchdringliche, dunkle Schatten, in denen ich schemenhaft Gestalten und Gesichter erkennen konnte, die sich wie unter Schmerzen gequält wanden und zu schreien schienen, ohne dass dabei aber der geringste Laut zu hören gewesen wäre. Wieder wollte ich auf Manuela zulaufen, konnte aber meine Beine nicht heben. Und plötzlich verzerrte sich der Weg zwischen uns und wurde immer länger. Manuela streckte mir flehend ihre Hände entgegen aber ich konnte ihr nicht folgen, als sie sich immer weiter entfernte und schließlich am Horizont verschwand. Und als ich sie nicht mehr sehen konnte, rückten die Schatten langsam und drohend auf mich zu und ich hörte plötzlich das leise, gequälte Murmeln der gepeinigten Seelen. Ich wusste, dass sie mich holen kamen und dass die Schatten mich verschlingen würden.

In dem Moment wachte ich auf. Ich hatte keine Furcht empfunden, als die Schatten im Traum auf mich zugekommen waren. Ich hatte nur Angst um Manuela gehabt, und davor, sie zu verlieren und nicht beschützen zu können. Aber als sie weg gewesen war, als sie den Schatten entkommen war, war ich ganz ruhig geworden. Und auch jetzt, im Wachen, war ich ganz ruhig. Mein Magen knurrte, weil ich seit zwei Tagen nichts gegessen hatte. Aber ich empfand keinen Hunger. Ich wollte auch keinen Kaffee mehr.

In der Garage hatte ich vor einigen Tagen ein Seil gesehen. Es schien mir ein sehr freundliches Seil zu sein. Und ich dachte mir, dass ich einen Spaziergang mit ihm unternehmen könnte. Mein Knöchel schmerzte zwar noch, aber das war mir jetzt egal. Ich ignorierte den Schmerz vollkommen, zog mich an und holte das Seil aus der Garage.

‚Tut mir leid Jürgen, aus deinem Urlaub wird wohl nichts mehr.'

Um das Seil nicht so auffällig durch die Siedlung zu tragen, packte ich es in eine Umhängetasche. Dann machte ich mich auf den Weg. Gerade, als ich um die Ecke der Garage bog, kam mir die alte Krün entgegen, wünschte mir mürrisch einen „Guten Morgen" und reichte mir mit den Worten „Da ist Post für Sie" einen Brief. Ich steckte ihn ein, ohne ihn mir anzusehen. Was konnte es schon sein? Höchstens eine Mahnung. Es spielte keine Rolle mehr. Ohne Frau Krüns Gruß zu erwidern, ging ich eilig weiter. Ich wollte aus ihrem Blickfeld kommen, damit sie mich nicht noch einmal aufhielt und bemühte mich deswegen auch, jedes Hinken zu unterdrücken. Erst als ich mich weit genug von Frau Krüns Haus entfernt hatte, wurde ich wieder langsamer. Ich dachte nichts mehr, ich fühlte nichts mehr, ich ging nur noch wie ferngesteuert immer weiter. Als ich an der Rodelbahn vorbeikam, nahm ich zum ersten mal wieder bewusst etwas wahr. Ich warf einen kurzen Blick auf die Piste und fand mit diesem einen Blick den Buckel, bei dem Manuela und ich gestürzt waren. Aber nicht einmal dieser Anblick konnte noch eine Emotion in mir wecken. Ich hatte abgeschlossen, ich hatte aufgegeben. Ich war am Ende meines Weges angekommen. Die Schatten riefen mich.

Jenseits der Rodelbahn begann der Wald. Ich tauchte in ihn ein und spürte, wie ein seltsamer Frieden mich erfüllte. Die Bäume schienen mich willkommen zu heißen. Ich atmete so bewusst, wie ich es seit Jahren nicht mehr getan hatte. Hier war es gut. Hier würden alle Probleme und alle Schmerzen enden.

Die Bäume waren freundlich, so freundlich wie das Seil, das ich bei mir trug. Ich musste nur noch den richtigen finden. Abseits der Wege stapfte ich immer tiefer in den verschneiten Winterwald. Durch den Frieden, der mich erfüllte und das Wissen, dass ich beinahe am Ziel angekommen war, bemächtigte sich meiner ein unbeschreibliches, niemals zuvor gekanntes Gefühl der Euphorie. Ich war so unbeschreiblich glücklich, dass mir die Tränen in die Augen stiegen. Niemals bis zu diesem Moment hätte ich mir vorstellen können, vor Glück weinen zu können. Aber jetzt tat ich es. Ich weinte und schluchzte so ungehemmt, dass selbst die Bäume mit mir weinten.

Und dann sah ich sie, die große alte Eiche. Ich wusste sofort, dass sie der Baum war, den ich gesucht hatte. Und sie wusste es ebenfalls. Ihre Äste ächzten mir unter der Last des Schnees freundlich zu.

Ich war am Ziel.

Innerlich völlig ruhig holte ich das Seil aus der Tasche und knüpfte einen Henkersknoten. Und als ich damit fertig war, begann ich, auf die Eiche zu klettern. Der Aufstieg war schwierig, da die Rinde glatt und die Äste voller Schnee waren. Aber das war nicht schlimm. Niemand hetzte mich. Ich hatte alle Zeit der Welt. Und schließlich hatte ich den richtigen Ast erreicht. Ganz langsam schob ich mich sitzend auf ihm vorwärts, bis ich an der richtigen Stelle war. Ich schlang das Ende des Seils um den Ast und verknotete es. Dann legte ich mir die Schlinge um den Hals. Glücklich tat ich einen letzten, tiefen Atemzug und ließ meinen Blick noch einmal von meiner erhöhten Position durch den friedlichen Wald schweifen.

Gab es noch irgendetwas zu sagen, noch einen Gedanken zu denken oder vielleicht ein Gebet zu sprechen?

,Es tut mir leid, dass ich nichts aus meinem Leben machen konnte. Es tut mir leid, wenn ich jemand ein Unrecht zugefügt haben sollte, oder falls ich jemandem Schmerzen bereitet habe. Ich mach jetzt alles gut!

Bitte denke nicht zu schlecht von mir, Manuela. Ich hab Dich geliebt. Ich liebe Dich! Vielleicht sollte ich es aufschreiben und sie bitten, mich nicht zu vergessen. Aber worauf?'

Mir fiel die Mahnung wieder ein, die Manuelas Oma mir gegeben hatte. Ich zog das Couvert und einen Kugelschreiber aus der Tasche und wollte auf die Rückseite des Couverts schreiben. Aber ich wusste nicht, wie ich beginnen sollte und dachte mir schließlich, dass es doch besser wäre, Manuela nichts zu hinterlassen. Es wäre besser für sie, wenn sie gar nicht an mich denken oder mich möglichst schnell vergessen würde. Sie hatte ihr ganzes Leben noch vor sich. Warum sollte ich sie mit meiner Liebe belasten, wenn ich mich so feige davonschlich?

Als ich den Kugelschreiber von dem Ast aus, auf dem ich mit der Schlinge um den Hals saß, in den Schnee fallen ließ, registrierte ich, dass das rosa Briefpapier gar nicht nach einer Mahnung aussah. Außerdem hatte es einen angenehmen, süßlichen Geruch. Ich hatte nicht vor, den Brief noch zu lesen. Ich wollte nur wissen, wer mir überhaupt geschrieben hatte. In dem Moment fiel mir auch erst ein, dass ich niemandem gesagt hatte, wo ich jetzt wohnte. Mir konnte überhaupt niemand schreiben.

Ich drehte das Couvert zwischen den Fingern und las das in schöner, gleichmäßiger Handschrift geschriebene Adressfeld: Fred Schwarzer c/o Krün, und darunter die Anschrift. Und links oben stand als Absender nur: Manuela!

Ich war so überrascht, dass mir der Brief aus den Händen glitt. Bei dem Versuch, ihn wieder aufzufangen, verlor ich das Gleichgewicht und rutschte von dem Ast, auf dem ich saß. Instinktiv ergriff ich mit beiden Händen die Schlinge, die um meinen Hals lag. Es gab einen heftigen Ruck und das Seil schnitt mir in die Finger. Aber ich hielt die Schlinge verzweifelt fest, so dass sie sich nicht weiter zuziehen konnte. Aus glasigen Augen sah ich unter mir das rosa Couvert im Schnee liegen.

Was für eine Ironie, dachte ich mir, verzweifelt um mein Leben kämpfend. *Bis eben wollte ich sterben. Und jetzt will ich nur noch leben, um diesen Brief zu lesen und komme nicht an ihn ran.*

Ich überlegte verzweifelt, wie lange ich mich wohl halten könnte, bevor die gnadenlose Schlinge mir die Luft abschnürte. Panik erfasste mich. Von Todesangst getrieben zog ich meine linke Hand aus der Schlinge und tastete nach dem Seil oberhalb des Henkersknotens. Aber ich konnte mich mit der einen Hand nicht hochziehen und wagte nicht, auch die zweite gleichzeitig aus der Schlinge zu ziehen. Also wechselte ich die Hand und versuchte es mit rechts, da mein linker Ellenbogen ja auch noch schmerzte. Bei dem Versuch zog sich die Schlinge aber weiter zu. Ich begann zu röcheln und bunte Kreise fingen an, vor meinen Augen zu tanzen. Auch mit der rechten Hand konnte ich mich an dem Seil nicht hochziehen. Es schnitt mir nur ins Fleisch. Da fiel mir ein, dass ich in irgendeiner meiner Jackentaschen ein Taschenmesser haben musste. Verzweifelt tastete ich mit meiner freien Hand danach und fand es schließlich auch. Als ich es aber endlich geschafft hatte, es aus der Tasche zu fingern, stellte ich zu meinem Entsetzen fest, dass ich die Klinge mit nur einer verfügbaren Hand nicht öffnen konnte. Ich versuchte es mit den Zähnen, bekam die winzige Klinge aber nicht zu fassen.

Okay, das war's, dachte ich mir, als mein Leben begann, vor meinem geistigen Auge abzulaufen. So hatte ich mir das weiß Gott nicht vorgestellt. All der Frieden, der mich vorher erfüllt hatte, war zum Teufel. Und das alles nur wegen dieses Briefes, den ich nun nicht mehr lesen konnte.

Mit schwindendem Bewusstsein versuchte ich noch, das Taschenmesser wieder einzustecken. Wenn man mich fand, sollte man nicht denken, dass ich Angst gehabt oder es mir anders überlegt hätte.

Ich bring es mit Anstand zu Ende, dachte ich mir, während ich schon im Hinüberdämmern war. In dem Moment hörte ich über mir ein Krachen. Schnee rieselte auf mich herab und an mir vorüber. Und in der nächsten Sekunde brach der Ast, an dem ich hing, mit einem ohrenbetäubendem Knirschen und Stöhnen ab. Ich stürzte auf den Boden und der Ast auf meinen Kopf. Es gab einen kurzen, hellen Blitz und dann wurde es schwarz.

Ich weiß nicht, was mir am meisten weh tat, als ich wieder zu mir kam. Aber mein erster Gedanke galt dem Brief, Manuelas Brief. Fieberhaft blickte ich mich um. Und als ich ihn im Schnee entdeckte, sprang ich sofort auf ihn zu, damit er mir nicht noch einmal entwischen konnte.

Dummer Fehler! Ich hatte die Schlinge noch um den Hals. Und als ich jetzt lossprang, straffte sich das Seil und die Schlinge zog sich zu. Ich wurde schmerzhaft von den Füßen gerissen. Und wieder flackerte es vor meinen Augen. Röchelnd und nach Luft japsend rappelte ich mich wieder auf Hände und Knie hoch. Mühsam lockerte ich mit vor Kälte steifen Fingern die Schlinge und zog sie mir über den Kopf.

Ich hatte eine dicke Beule und anscheinend auch eine Platzwunde, denn mir klebte angetrocknetes Blut in den Haaren, auf der Stirn und der rechten Augenbraue. Der Schmerz in meinem Knöchel pulsierte wie wild und mein Ellenbogen hatte auch wieder was abbekommen. Außerdem war ich völlig ausgekühlt. Ich war nicht einmal in der Lage, das Briefcouvert zu öffnen, wenn ich es nicht mitsamt dem Brief zerreißen wollte. Also stellte ich mich hin, kreiste mit den Armen und schlug meine Hände trotz der Schmerzen gegen meine Oberarme, bis das Blut langsam wieder zu zirkulieren begann. Ich hatte ein ekelhaftes Kribbeln, wie von tausend Nadelstichen, in meinen sich langsam regenerierenden Händen. Aber langsam kam das Gefühl zurück. Ich setzte mich auf den abgebrochenen Ast und nahm den Brief ehrfürchtig in meine Hände.

Warum, fragte ich mich, *habe ich nicht gleich die Farbe des Briefs registriert und den so verführerischen, süßlichherben Geruch wahrgenommen?*

Es hätte mir einige Unannehmlichkeiten erspart, wenn ich den Absender sofort gelesen hätte. Und jetzt saß ich da unter der mich wegen dem abgebrochenen Ast zornig anblinzelnden Eiche und wagte kaum, das Couvert zu öffnen. Was würde Manuela mir denn schon schreiben, fragte ich mich. Wahrscheinlich wünschte sie mir einfach nur ‚Frohe Weihnachten'.

Vielleicht hätte ich mich gar nicht wehren sollen, als ich an dem Ast hing.

Mit zitternden Fingern riss ich das Couvert auf und entfaltete das zarte Briefpapier.

Ich schluckte nervös und das Schlucken bereitete mir durch die Nachwirkungen des Seils unangenehme Schmerzen. Aber dann zwang ich mich doch, Manuelas Zeilen zu lesen. In der selben schönen und gleichmäßigen Schrift, in der das Couvert beschrieben war, las ich:

DER SCHNEEENGEL

Lieber Herr Schwarzer,
oder darf ich Fred zu Ihnen/Dir sagen?

Ich schreibe hier lieber noch Sie, weil ich Ihre Antwort nicht vorweg

nehmen möchte und auch nicht sicher sein kann, wie sie ausfällt.

Als Sie vor einigen Tagen mit mir beim Schlittenfahren gewesen sind,

haben Sie mir damit ein paar wunderschöne Stunden zum Geschenk

gemacht. Ich war so glücklich, dass ich, als ich wieder bei Oma war, weinen

musste.

Sie lachen jetzt bestimmt. Aber es ist die Wahrheit!

Dass ich bereits am Morgen des nächsten Tages wieder weg musste, hat mir

mehr weh getan, als Sie sich wahrscheinlich vorstellen können. Es tut mir

immer weh, wenn meine Ma mich wieder von Oma abholt. Aber diesmal

war es besonders schlimm. Diesmal war es noch viel intensiver.

Wahrscheinlich wollen Sie das alles gar nicht lesen und halten mich nur für

einen dummen Teenager, der sich an Sie ranmachen will.

Aber bitte glauben sie mir: Es ist nicht so!

Es ist nicht so einfach und so oberflächlich, wie Sie vermutlich denken. Ich

bin mir dessen, was ich schreibe, sehr wohl bewusst. Und mir ist jedes Wort

davon heilig!

Also bitte lesen Sie diesen Brief bis zu Ende und werfen Sie ihn nicht

achtlos weg.

Ich habe Sie während der paar Tage bei Oma beobachtet. Ich habe

gesehen, wie sie geschrieben haben und mehr noch habe ich gesehen, wie einsam und traurig Sie sind.

Ja, ich weiß, das geben Sie nicht zu. Aber ich habe ihre Augen gesehen und Ihre Augen lügen nicht!

Ich wünschte, Ihre Lippen hätten auf der Rodelbahn, als Sie nach unserem ersten Sturz über mir lagen, das getan, was Ihre Augen wollten. Und ich hoffe nur, dass Sie mir nicht böse sind, dass ich Sie danach dann doch noch geküsst habe.

Ich möchte Sie wieder sehen!

Oma hat mir am Telefon erzählt, dass Sie sich eigenartig verhalten. Sie meint, dass Sie vielleicht bald aus ihrem Gartenhäuschen ausziehen werden. Aber ich bitte Sie, bleiben Sie noch, bis ich sie wiedergesehen habe.

Ich habe mit meiner Ma geredet und sie erlaubt, dass ich in den Weihnachtsferien zu Oma fahre.

Bitte gehen Sie nicht weg, bevor ich Sie wiedergesehen habe.

Bitte bleiben Sie

(auch wenn meine Oma oft sehr unfreundlich wirkt. Sie meint es wirklich nicht böse. Und ich weiß, daß sie Sie sogar mag!)

Haben Sie meinen Schneeengel im Garten gesehen?

Er sollte Sie an mich erinnern, wenn ich weg bin.

Und außerdem war er eine Entschuldigung dafür, dass ich Ihnen zugesehen habe, als sie nackt durch den Garten getollt sind. Aber ich muß zugeben, daß ich Ihnen gerne dabei zugesehen habe. Und ich hoffe, Sie sind mir deswegen nicht böse.

Leider haben sie noch geschlafen, als ich den Schneeengel gemacht habe. Ma hat mich sehr früh abgeholt. Und da musste ich noch früher aufstehen, um noch ungesehen in den Garten zu gehen. Da habe ich nicht gewagt, bei Ihnen zu klopfen, um Sie aufzuwecken. Und ich bin mir auch nicht sicher, ob Sie mich so, wie ich den Schneeengel gemacht habe, überhaupt hätten sehen wollen.

Wissen sie, daß ich von Ihnen träume? Ja, wirklich. Fast jede Nacht!

Wenn es Sie interessiert, erzähle ich Ihnen die Träume. Aber nur, wenn Sie mir versprechen, mich nicht auszulachen und mir deswegen auch nicht böse sind.

Ich bitte sie sehr oft, mir nicht böse zu sein. Aber allein die Vorstellung, dass Sie es sein könnten, macht mich unendlich traurig.

Werden Sie noch da sein, wenn ich Oma zu Weihnachten wieder besuche?

Bitte bleiben Sie und warten Sie auf mich.

Darf ich mir zu Weihnachten etwas von Ihnen wünschen?

Keine Angst, es ist nichts Großes und kostet Sie auch nichts.

Darf ich an Weihnachten Ihre neue Geschichte lesen?

Sie brauchen auch nicht befürchten, dass ich zu jung dafür bin. Ich habe im Internet Ihre anderen Geschichten entdeckt, als ich nach Ihnen gesucht habe. Und ich habe sie alle gelesen!

Sie schreiben so wunderschön romantisch!

Sie schreiben so viel über Gefühle und ich glaube, dass da sehr viel von Ihnen selbst drin steckt.

Ich mag die Verletzlichkeit Ihrer Figuren und auch Ihren Humor.

Bitte lassen Sie mich Ihre neue Geschichte lesen, bevor Sie sie veröffentlichen!

Und wenn Sie es tun, dann versuchen Sie bitte nicht, etwas weniger erotisches zu schreiben. Ich mag Ihre Erotik, weil sie immer auch mit Gefühlen zu tun hat.

Ich hoffe, Sie finden mich nicht unverschämt, wenn ich Sie um dieses Weihnachtsgeschenk bitte.

Es gäbe noch so vieles, was ich Ihnen gern sagen oder schreiben möchte. Aber ich wage es nicht. Nicht in diesem Brief.

Ich hoffe, ich darf mit Ihnen reden, wenn ich wieder bei Oma bin. Aber ich möchte Ihnen selbstverständlich nicht lästig sein.

Es dauert noch eineinhalb Wochen bis Weihnachten. Die Zeit verrinnt so langsam.

Bitte gehen Sie nicht weg.

Bitte warten Sie auf mich,

Herzlichst,

Ihre Manuela

Ich las den Brief langsam und aufmerksam durch, einmal, zweimal und dann noch einmal. Konnte das wirklich wahr sein? Konnte Manuela mir tatsächlich diesen Brief geschrieben haben? War es möglich, dass sie für mich die Gefühle hatte, die ihre Zeilen anzudeuten schienen? Wenn sie gewusst hätte, wie sehr ich sie vermisste, seit sie weg war, was für absurde Träume ich von ihr träumte und wie sehr ich bedauert hatte, sie den Schneeengeln nicht machen gesehen zu haben, wenn sie gewusst hätte, in welche tiefe Depression ich gestürzt war, als sie nicht mehr da war, dann ... Ja, was dann? Ich hatte keine Ahnung, was dann gewesen wäre. Aber ich hatte plötzlich das Gefühl, dass meine Liebe zu ihr trotz ihrer Jugend von ihr erwidert werden könnte. Und wenn dem so wäre, dann wäre nichts anderes mehr wichtig. Ich vergaß alle anderen Probleme, faltete das zart duftende Briefpapier ehrfürchtig zusammen und schob es wieder ins Couvert.

Dann wusch ich mir mein Gesicht mit Schnee, löste das Seil vom abgebrochenen Eichenast, rollte es wieder zusammen und machte mich, nachdem ich mich bei der ehrwürdigen alten Eiche für die ihr unbeabsichtigt zugefügte Wunde entschuldigt hatte, hinkend auf den Heimweg.

5 WIEDER AN DIE ARBEIT

Trotz der verstärkten Schmerzen und dem Verlust des inneren Friedens, war ich auf dem Heimweg sehr fröhlich gestimmt. Manuela wünschte sich, meine neue Geschichte lesen zu dürfen. Und das sollte sie. Wenn sie meine Geschichten ohnehin kannte, dann konnte ich sie die neue Geschichte auch vorher schon lesen lassen.

,Jürgen, mach Dich bereit. Sobald ich zurück bin, geht es ab in den Urlaub!'

Jetzt war ich wirklich motiviert, die Geschichte zu Ende zu bringen und Jürgen ein schönes, erotisches Abenteuer erleben zu lassen. Als ich dann allerdings wieder bei Frau Krüns Grundstück anlangte, war an Schreiben vorerst nicht zu denken. Zuerst stand die alte Krün vor der Tür und sah mich mit einem eigenartig besorgten Blick an, als ich in die Richtung ihres Gartenhäuschens humpelte.

„Geht es Ihnen gut?" fragte sie mich. „Ich hab mir Sorgen um Sie gemacht."

„Wieso denn?" fragte ich zurück. „Hatten Sie Angst, dass ich abhaue und Ihnen dadurch mein Arm für Ihre Trophäensammlung verloren geht?"

„Sind sie auf den Kopf gefallen?"

„Jetzt werden sie mal nicht pampig, Frau Doktor!"

„Sie haben da Blut in den Haaren kleben!"

Ich tastete nach meiner Beule und spürte nicht nur, dass Frau Krün Recht hatte, sondern bei der Berührung auch einen stechenden Schmerz, der mich leicht zusammenzucken ließ und mir ein unterdrücktes „Autsch!" entlockte. *,Mist'* dachte ich mir. *,Das hätte mir vor der alten Krün nicht passieren dürfen.'* Aber es war mir passiert. Ich hatte mir den Schmerz, wenn auch nur für einen kurzen Moment, anmerken lassen.

„Lassen Sie mich das mal ansehen!" meinte Frau Krün sofort, packte mich am linken Arm (vermutlich um ihn mir auszureißen und sich ihre Trophäe damit doch noch zu holen) und zog mich hinter sich her in ihre Küche, wo sie mich wieder auf ihre Eckbank setzte.

„Sie haben Glück, dass das nicht genäht werden muss", sagte sie, nachdem sie die Wunde gereinigt und verbunden hatte.

„Hm" brummte ich und wollte wieder aufstehen. Frau Krün legte aber ihre Hand auf meine Schulter und drückte mich rabiat wieder auf den Sitz.

„Und jetzt zeigen Sie mir mal ihren Fuß!" kommandierte sie streng.

„Was wollen Sie denn mit meinem Fuß?" fragte ich verärgert über ihren Befehlston.

„Meinen Sie, ich sehe nicht, wie Sie hinken?"

„Ach das", meinte ich beiläufig. „Das ist gar nichts."

Damit wollte ich zum zweiten Mal aufstehen. Aber ich schwör's: Da hat mir die alte Krün plötzlich und in voller (und böser) Absicht gegen den Knöchel getreten. Ich schrie (natürlich mehr vor Überraschung, als vor Schmerz) auf und fiel auf den Sitz zurück. Und bevor ich meinen Protest gegen diese gemeine Körperverletzung laut werden lassen konnte, meinte sie schon in einem Ton, dem die hämische Schadenfreude anzuhören war: „Gar nichts also!"

Und damit kniete sie sich vor mir hin und begann mir den Schuh auszuziehen, was zugegebenermaßen sehr schmerzhaft war.

„Ich mag's ja ganz gern, wenn sich Frauen vor mir hinknien", presste ich gereizt hervor. „Aber Sie sind mir dann doch ein paar Generationen zu alt!"

,Autsch' Ganz so grob hätte sie deswegen auch nicht gleich werden müssen. Frau Krün bog meinen Fuß in alle Richtungen, dass mir der Scheiß auf die Stirn trat.

„Na wie gut, dass da gar nichts ist", spottete sie boshaft. „Wenn Sie sich den Knöchel verstaucht hätten, dann hätten Sie jetzt bestimmt Höllenschmerzen."

„Das hätten Sie gerne!" fauchte ich sie an, während ich mir mit dem Ärmel meiner Jacke den Schweiß von der Stirn wischte.

Frau Krün holte eine Salbe, rieb den Knöchel ein und legte einen frischen Verband an. Dann sagte sie mürrisch: „Anziehen können Sie sich selbst wieder."

Ich zog mir wieder meinen Socken an und schlüpfte stoisch in den Schuh, um Frau Krün meine Schmerzen nicht sehen zu lassen.

„So, kann ich jetzt endlich gehen?" fragte ich im Aufstehen. Aber Frau Krün drückte mich noch einmal auf den Sitz zurück und befahl: „Zeigen Sie mir erst mal Ihren Ellenbogen!"

„Vergessen Sie's! Sie kriegen den Arm nicht."

Frau Krün plusterte sich wieder auf, so wie sie es immer tat, wenn ihr die Argumente ausgingen. Aber sie gab noch nicht auf, sondern drohte mir: „Zeigen Sie ihn mir freiwillig, oder muss ich erst wieder rabiat werden?"

„Das ist Nötigung!" protestierte ich, während ich meine Jacke auszog und den rechten Ärmel meines Hemdes hochzukrempeln begann.

Frau Krün griff nach ihrem Nudelholz und befahl drohend: „Den anderen!"

„Ist ja schon gut", gab ich kleinlaut zurück, während ich mich wunderte, dass sie sich in ihrem Alter überhaupt noch daran erinnern konnte, welchen Ellenbogen ich mir aufgeschlagen hatte.

Frau Krün wickelte kopfschüttelnd den Verband ab, durch den, bedingt durch den Sturz, wieder Blut gesickert war.

„Was haben Sie denn nur angestellt?" fragte sie mich vorwurfsvoll.

„Haben Sie sich mit einem Bus angelegt?"

Ich antwortete nicht. Frau Krün säuberte und verband auch den Ellenbogen frisch. Und endlich konnte ich mich wieder anziehen und wagte, während mein Magen wieder knurrte, zu fragen: „Sind Sie jetzt endlich fertig?"

„Hinsetzen!" befahl sie streng und deutete mit ihrem knochigen Zeigefinger auf den Platz von dem ich mich gerade erhoben hatte. Eingeschüchtert von ihrem energischen Ton gehorchte ich, fragte aber pampig: „Was denn jetzt noch?"

Frau Krün schöpfte mir aus einem auf dem Herd stehenden Topf einen Teller voll Eintopf und stellte ihn vor mir auf den Tisch.

„Essen Sie das!" befahl sie streng.

„Ich hab keinen Hunger", log ich, denn inzwischen hatte ich tatsächlich einen Riesenkohldampf. Frau Krün stemmte ihre Fäuste in die Hüften und sagte mit Nachdruck: „Sie stehen nicht auf, bevor Sie nicht aufgegessen haben!"

Da sie ihr Nudelholz in Reichweite liegen hatte und einen bedeutungsvollen Blick darauf warf, nahm ich widerwillig den Löffel in die Hand und begann zögernd zu essen. Es fiel mir nicht leicht, so zu tun, als würde ich mich vor dem Essen ekeln, denn ich hatte seit Ewigkeiten keinen so guten Eintopf mehr gegessen. Frau Krün entspannte sich wieder, als ich aß und fragte mich: „Wollen Sie ein Bier?"

„Sehe ich so aus, als würde ich Bier trinken?" fragte ich mit gespielter Übelkeit. „Haben Sie keinen Champagner?"

Frau Krün schenkte mir ein Bier ein und knallte das Glas so fest neben meinem Teller auf den Tisch, dass es überschäumte.

„Ich kann ja mal einen Schluck probieren", meinte ich geziert. „Schlimmer als Ihr Eintopf kann es auch nicht sein."

Ich nahm das Glas und leerte es in einem Zug.

„Sie sind mir ein schöner Hallodri!" meinte Frau Krün kopfschüttelnd und schöpfte mir trotz meiner abwehrenden Geste noch einmal nach.

Als ich gegessen und das ganze Bier getrunken hatte, erhob ich mich und stellte den Teller und das Glas in die Spüle, um es abzuwaschen. Sonderbarerweise unterbrach mich Frau Krün dabei nicht und ich musste, da ich nun mal damit begonnen hatte, tatsächlich abspülen.

„Kann ich jetzt endlich gehen?" fragte ich und fühlte mich in dem Moment der alten Krün überlegen, da ich jetzt näher am Nudelholz war, als sie.

Frau Krün erhob sich ebenfalls von der Eckbank, sah mich eindringlich an und fragte mich: „Und? Sagen Sie's mir?"

Was sollte ich ihr denn sagen? Mir fiel Manuelas Brief ein, den ich einstecken hatte.

Wahrscheinlich, dachte ich mir, *weiß die Alte Bescheid. Und sie will jetzt wissen, was ich für Manuela empfinde.*

„Na gut", sagte ich, räusperte mich und gestand: „Ich liebe Ihre Enkeltochter!"

Frau Krün sah mich groß an, ihr Unterkiefer klappte nach unten und sie taumelte einen Schritt zurück, um mich von oben bis unten mustern zu können.

„Darauf brauche ich einen Schnaps!" japste sie, goss sich ein Glas voll und kippte es auf Ex hinunter.

Dann sah sie mich wieder wie ein Auto an und meinte: „Ich wollte nur wissen, ob Sie sich mit einem Bus angelegt haben."

„Oh", erwiderte ich verlegen, „ach das."

Wie hätte ich auch wissen sollen, dass sie plötzlich wieder wegen meinen Blessuren anfing. Es war mir schrecklich peinlich, der alten Hexe meine Gefühle so einfach ins Gesicht gesagt zu haben. Was würde sie jetzt wohl von mir denken? Und schlimmer noch, was würde sie tun? Beruhigt stellte ich fest, dass ich dem Nudelholz zumindest noch immer näher war, als sie. Aber obwohl ich jetzt auch einen Schnaps hätte brauchen können, zog ich es vor, den Rückzug anzutreten. Ich hätte auch gar nicht gewagt, zu fragen, ob ich auch einen haben kann. Also sagte ich nur: „Ich geh dann jetzt besser" und floh aus ihrem Haus.

Als erstes räumte ich das Seil zurück in die Garage und dann begab ich mich in das Gartenhäuschen und versuchte, mich auf meine Geschichte zu konzentrieren. Aber mein unbedachtes Geständnis ließ mir keine Ruhe. Unruhig humpelte ich in dem kleinen Raum auf und ab und erwartete jeden Moment, dass Frau Krün auftauchen und mir sagen würde, dass sie mich unter diesen Voraussetzungen nicht mehr beherbergen könnte.

Aber sie kam nicht und ich fragte mich schon besorgt, ob sie wohl der Schlag getroffen hätte. Also schlich ich am frühen Abend um das Haus und blickte durch das Fenster in ihr erleuchtetes Wohnzimmer, wo sie mit der Schnapsflasche in der Hand auf dem Sofa saß und anscheinend schon etwas angeheitert war.

Wenn ich doch auch nur einen Schluck hätte haben können.

Zurück in der Hütte begann ich wieder zu grübeln. Es war zwar nicht mehr dieses Grübeln über die Ausweglosigkeit meiner Situation und über den fehlenden Sinn meines Lebens, aber auch meine Unbesonnenheit Manuelas Oma gegenüber konnte mir noch Ärger machen. Wie hatte ich auch nur so dumm sein können, ihr meine Liebe zu Manuela zu gestehen.

Das Herz im Fenster war nur noch schwach zu erkennen. Aber es war noch da. Ich riss mich zusammen und nahm mir vor, mit meiner Geschichte fortzufahren. Aber noch während ich das bisher Geschriebene durchlas, um mich wieder in die Handlung einzufinden, hörte ich plötzlich ein leises Geräusch von der Tür. Ich zuckte mit einer bösen Vorahnung zusammen.

Jetzt kommt sie, dachte ich mir und hatte die schlimmsten Horrorvisionen von einer durchgeknallten, alten Krün, die stockbesoffen mit einer Schrotflinte das Gartenhäuschen durchsiebte. Und fast hätte ich mich schon unter den Tisch geflüchtet. Aber ein hastiger Blick zur Tür ließ mich vor der Glasscheibe nichts entdecken. Trotzdem hörte ich erneut ein leises Scharren. Verwundert ging ich zur Tür und öffnete. Davor saß das kleine Kätzchen, mit dem ich Manuela zum ersten Mal im Garten gesehen hatte.

„Na wer bist Du denn?" fragte ich erleichtert.

Das kleine, grau getigerte Kätzchen maunzte mich an, huschte zur Tür herein und schmiss sich laut schnurrend an meine Beine. Ich schloss die Tür wieder, ging in die Hocke und streichelte den kleinen, verschmusten Tiger. Im nächsten Augenblick hatte ich das Kätzchen schon auf dem Schoß. Es stupste mich mit seiner nassen Nase an, drehte sich zweimal, plumpste um und schlief ein. Ich hockte noch immer vor der Tür. Um das Kätzchen nicht aufzuwecken, trug ich es vorsichtig zu meinem Stuhl und legte es behutsam wieder auf meinen Schoß, als ich mich wieder an meine Arbeit machte.

Also zurück zu Jürgen und seiner vollbusigen Sitznachbarin im Flugzeug. Als ich mich wieder eingelesen hatte, reduzierte ich als erstes Jürgens ‚Python' auf etwas mehr als die halbe Länge seines Oberschenkels, da mir die Länge bis fast zum Knie dann doch arg übertrieben vorkam.

Und jetzt weiter:

Schnell packte sie den Stoff ihrer offenen Bluse und zog ihn über ihren Brüsten zusammen, während sie sich reflexartig aufrichtete und sich dabei zum zweiten Mal den Kopf stieß.

„Autsch" sagte ich aus Mitgefühl, als ich das dumpfe Geräusch wieder hörte. Und dann fragte ich sie: „Tut das nicht weh?"

Hinter der hübschen, aber wie es schien, etwas ungeschickten, vollbusigen Blondine tauchte eine attraktive Stewardess auf und bat sie: „Würden Sie bitte Ihren Platz einnehmen? Das Flugzeug startet gleich."

„Ja natürlich", antwortete meine Sitznachbarin und versuchte sofort, sich an mir vorbei auf ihren Platz zu zwängen. Um dabei aber das Gleichgewicht nicht zu verlieren, musste sie sich festhalten. Und um sich festzuhalten, musste sie ihre Bluse loslassen. Ihre befreiten Brüste schossen auf mich zu und klatschten mir ins Gesicht. Es war natürlich eine ungewöhnliche Situation, aber ich müsste lügen, wenn ich behaupten wollte, dass ich sie nicht genossen hätte. Die weiche Haut ihrer großen, festen Brüste verströmte einen verführerischen Duft. Und als einer ihrer erigierten Nippel sich dann auch noch auf meine Lippen presste, folgte ich nur dem natürlichsten aller Instinkte. Ich presste meine Lippen sanft dagegen und sog den Nippel zwischen sie.

„Was machen Sie denn da?" hörte ich die Stimme der Blondine, untermalt von einem erneuten dumpfen Geräusch, von oben.

Ich konnte nicht antworten. Denn hätte ich den Mund aufgemacht, dann hätte ich mehr, als nur den erregten Nippel zwischen den Lippen gehabt. Und dann hätte sicherlich ein Saugreflex bei mir eingesetzt und ich hätte mir noch ein dumpfes Geräusch von oben anhören müssen. Also wartete ich geduldig (denn ich hatte es nicht eilig), bis die hübsche Blondine sich an mir vorbei geschoben hatte und sich in ihren Sitz fallen ließ. Sofort zog sie den Stoff wieder zusammen, um ihre Blöße zu bedecken. Ich folgte ihrem entsetzten Blick auf meine Schenkel und sah, dass sich der Stoff meines rechten Hosenbeins wie ein Zelt spannte. Aber mal ganz ehrlich: Kann man mir dafür einen Vorwurf machen?

Ich fühlte dieses erregende Ziehen in meinen Lenden und dieses nach Liebe hungernde Pulsieren in meinem Penis. Meine Eichel war so sehr angeschwollen, dass sich ihre Konturen ganz deutlich durch den Stoff meiner Hose abzeichneten. Das war wieder eine dieser peinlichen Situationen, in die mein so leicht erregbarer, kleiner Python mich so gerne brachte. Nur diesmal war es noch weitaus intensiver. Dass meine Sitznachbarin da unten so fest zugepackt hatte und dass ich ihren Busen zwangsweise hatte küssen müssen, waren einfach auch erheblich intensivere Auslöser, als wenn ich einfach nur eine hübsche Frau angesehen hätte. Diesmal war ich vollkommen unschuldig. Und deshalb sagte ich auch in vorwurfsvollem Ton zu meiner Sitznachbarin: „Da haben Sie ja was Schönes angerichtet."

„Ich?" fragte sie ebenso vorwurfsvoll. „Sehen Sie sich doch bloß meine Bluse an."

Ich tat es. Aber das machte das Ganze nicht besser, da mein Python auch etwas sehen wollte und sich gewaltsam einen Ausgang aus dem Hosenbein zu bahnen versuchte. Der Anblick dieser wunderschönen, vollen, runden und nur knapp bedeckten Brüste, die sich so dramatisch aus der zu engen Bluse befreit hatten, war einfach zu verführerisch, um nicht erregend auf mich zu wirken. Um meine peinliche Erektion zu verdecken, breitete ich eine Zeitung über meinen Schoß. Sie zuckte zwar etwas verräterisch. Aber das war bei weitem nicht so auffällig wie der nur allzu deutliche Abdruck in dem gespannten Hosenbein.

Während ich die Zeitung ausbreitete, fand ich einen der Knöpfe von der Bluse meiner Nachbarin in meinem Schoß und reichte ihn ihr.

„Hier", sagte ich. „Ich glaube, der gehört Ihnen!"

Um den Knopf zu nehmen, musste sie mit einer Hand den Stoff ihrer Bluse loslassen, wodurch sie wieder eine ihrer traumhaften Brüste freilegte, was zur Folge hatte, dass die Zeitung auf meinem Schoß sich wie ein fliegender Teppich zu erheben versuchte.

„Haben Sie vielleicht auch Nadel und Faden?" fragte die hübsche, junge Frau errötend.

Das hatte ich natürlich nicht und antwortete deshalb: „Nein. Und außerdem wäre es doch viel zu gefährlich, dass da was platzt."

„Meine Brüste sind echt!" erwiderte sie da mit einem beleidigten Ton. „Glauben sie vielleicht, solche peinlichen Situationen sind lustig, dass ich mir dafür was implantieren lassen würde?"

„Demnach passiert Ihnen so was öfter?" fragte ich leicht amüsiert.

Und sie antwortete beschämt: „Sagen wir, es ist nicht das erste mal. Es war nur noch nie ganz so schlimm. Es guckt schnell mal was aus der Bluse raus. Aber dass gleich alle Knöpfe weg sind, das ist mir noch nie passiert."

Ich lächelte meine hübsche Nachbarin an und sagte im Ton vollsten Verständnisses:

„Willkommen im Club der Peinlichkeiten!"

Und sie lächelte schüchtern zurück und erwiderte mit Blick auf meine vibrierende Zeitung: „Sie scheinen ja wirklich ein Leidgenosse zu sein."

„Aber Sie sind ja selber Schuld!" meinte ich darauf. „Sie hätten sich ja nicht in eine viel zu enge Bluse zwängen müssen."

„Oh", verteidigte sie sich da. „Ich muss auf mein Äußeres achten. Ich fliege ja nicht zum Vergnügen nach Lanzarote, sondern um zu arbeiten."

Das weckte natürlich mein Interesse und ich fragte sie: „Was arbeiten Sie denn"

„Was würden Sie denn denken, wenn Sie mich so sehen?" fragte die hübsche Blondine mit einem verführerischen Augenaufschlag zurück, was meine Zeitung fast zum Absturz gebracht hätte.

„Sie sind Prostituierte?" fragte ich verwundert und etwas enttäuscht.

Aber die junge Frau war von meiner Schlussfolgerung ebenso enttäuscht, was ich ihrem Tonfall deutlich anhören konnte, als sie entrüstet antwortete: „Ich bin Model!"

„Oh", gab ich überrascht zurück. Da hatte ich ja mal wieder einen schönen Bock geschossen. Aber da die Erleichterung über ihre Antwort den Selbstvorwürfen über meine naheliegende Vermutung überwog, vergaß ich sogar, mich dafür zu entschuldigen. Und das hübsche, verführerische Model erklärte mir: „Mein Fotograf holt mich am Flughafen ab. Deswegen war ich schon so gestylt."

‚Mann, Mann, Mann', dachte ich mir. ‚Fotograf müsste man sein.'

Bis hierher hatte ich relativ zügig und ohne jede Unterbrechung geschrieben. Jetzt begann das kleine, eben wieder erwachte Kätzchen auf meinem Schoß unruhig zu werden. Es stand auf und begann laut schnurrend ausgiebig zu treteln. Aber es fand anscheinend keine bequeme Position mehr, um sich wieder hinzulegen. Schließlich stupste es mich wieder an und maunzte mich ganz kläglich an.

„Willst Du wieder raus?" fragte ich, setzt es auf den Boden und öffnete die Tür. Aber es schmeichelte mir nur um die Füße und maunzte mich weiter an. Ich schloss die Tür wieder und fragte: „Hast Du vielleicht Hunger? Ja? Na mal sehen, was ich da habe."

Unter den von Frau Krün besorgten Vorräten fand sich auch eine Dose Thunfisch. Die war doch perfekt für meinen kleinen Gast. Ich gab dem Kätzchen eine kleine Portion auf einem Tellerchen, stellte eine Tasse Wasser daneben und sah zufrieden zu, wie es sich gierig den Bauch voll schlug. Als es fertig war, wollte es wieder hinaus. Ich öffnete die Tür und weg war es, ohne sich bedankt zu haben. Ich setzte mich wieder an den Laptop, um an meiner Geschichte weiter zu schreiben. Aber durch die Unterbrechung war ich aus dem Schreibfluss gekommen. Und da es schon spät war, beendete ich meine Arbeit für diesen Tag. Ich machte mein Bett, putzte mir die Zähne, wusch mich und legte mich schlafen. Aber gerade, als ich so langsam am Eindämmern war, hörte ich wieder das leise Kratzen an der Tür. Und als ich nicht sofort öffnete, folgte ein energisch forderndes

Maunzen. Also stand ich noch mal auf und ließ das Kätzchen wieder rein. Es sprang sofort in mein Bett und machte sich so breit, dass ich selbst kaum noch Platz finden konnte. Aber ich schlief trotzdem gut. Und als ich am nächsten Morgen erwachte, schnurrte mein neuer kleiner Freund, bzw. meine kleine Freundin schon laut, während sie sich an meinen Hals kuschelte.

An diesem Tag schrieb ich gleich nach dem Frühstück weiter. Der kleine Tiger war fast den ganzen Tag draußen. Gegen Abend kratzte er wieder an meiner Tür und legte sich auf meinen Schoß, während ich weiter schrieb. Aber er blieb nicht lange liegen, tretelte wieder, rieb seinen Kopf an meiner Brust und an meinen Armen, stieg auf den Tisch und umschmeichelte meinen Laptop. Und dann geschah es: Ohne Vorwarnung tapste er mir plötzlich über meine Tastatur. Ich hatte den ganzen Tag noch nicht abgespeichert, was ich neu geschrieben hatte. Und plötzlich war alles weg. Der PC fuhr herunter. Und als ich ihn wieder startete, war nichts mehr von dem neu Geschriebenen da.

„Du stellst unsere Freundschaft auf eine harte Probe, kleiner Tiger!" sagte ich fast weinend vor Verzweiflung, konnte dem Kätzchen, das mich aber wieder so fordernd anmaunzte zu meinem Leidwesen nicht einmal böse sein und gab ihm wieder etwas von meinen Vorräten.

Während der nächsten Tage beendete ich dann meine Geschichte doch noch, und gerade noch rechtzeitig zu Weihnachten.

Und so ging meine, bzw. Jürgens Geschichte weiter:

„Was soll ich denn jetzt machen?" fragte mich das Model. „Ich kann doch nicht mit der offenen Bluse weiterfliegen und …"

„Zum Aussteigen ist es zu spät!" unterbrach ich sie, da wir inzwischen gestartet waren.

Es war so angenehm, dass mich weder Jürgen, noch die Blondine wieder unterbrachen. Jetzt, da sie durch ihr Handeln und ihre Gespräche eine emotionale Basis schafften, auf der sich eine erotische Spannung aufbauen konnte, vertrauten sie mir wieder und ließen mich sie so lenken, wie es mehr meinem Naturell entsprach, als zu Beginn, wo ich vorgehabt hatte, einem Stil zu folgen, den ich für erfolgversprechender für eine erotische Geschichte gehalten hatte, als meinen eigenen.

„Das sehe ich selbst!" gab das verführerische, halbnackte Model betreten zurück. „Aber das ist keine Antwort auf die Frage, was ich jetzt machen soll. Ich kann mich ja nicht so wie Sie einfach mit einer Zeitung bedecken."

Da hatte sie natürlich Recht. Und weil ich das einsah, erwiderte ich unüberlegterweise darauf: „Da haben sie Recht. Sie bräuchten schon einen Globus."

Sie verstand die Anspielung auf die runden Formen und fragte leicht verärgert zurück: „Sind Sie ein Komiker?"

Und ich antwortete: „Ich bin Schriftsteller."

„Na wenn Sie so schreiben, wie sie versuchen, witzig zu sein, dann suchen Sie sich lieber einen anderen Job."

Autsch. Das hatte weh getan. Eingeschnappt wendete ich mich ab und beschloss, diese fleischgewordene Göttin nicht mehr zu beachten. Und da ich ohnehin müde war, schloss ich meine Augen, um endlich den längst überfälligen Schlaf zu finden. Ich hätte dann bei der Landung meine Erektion überwunden. Aber sie wäre immer noch halbnackt. Und dann hätte ich sie gerne sehen wollen, wenn sie versucht hätte, ihr Gepäck zu nehmen und dabei keine Hand mehr frei gehabt hätte, um ihre Bluse zuzuhalten.

Oh verdammt; die Vorstellung, ihre traumhaften Brüste wieder unbedeckt zu sehen, ließ meinen kleinen Python erneut bis zum Zerbersten anschwellen.

Ich musste einfach nur einschlafen, dann würde ich dem verführerischen Bann dieser Sexgöttin sofort entkommen, dachte ich mir. Aber ich täuschte mich. Ich schlief ein. Aber ich träumte von dem wunderschönen, vollbusigen Model, das neben mir saß. Ich träumte von der weichen Haut ihrer festen Brüste und davon, wie sich ihre harten Nippel zwischen meine Lippen bohrten.

Als ich wieder aufwachte, war ich weder ausgeschlafen, noch hatte sich meine sexuelle Erregung wieder gelegt. Wie auch bei solchen Träumen?

Ich wachte auf, weil ich unsanft an der Schulter geschüttelt wurde.

„Wachen Sie auf!" hörte ich meine Sitznachbarin energisch sagen. Und als ich die Augen aufschlug, verstand ich auch den Grund ihrer Verärgerung. Mein Kopf war anscheinend, während ich schlief, auf ihre Schulter gefallen, dort allerdings nicht liegen geblieben, sondern weiter runter gerutscht. Kein Wunder also, dass ich so intensiv von ihr geträumt hatte. Ich lag halb auf ihr und hatte mein Gesicht zwischen ihren Brüsten vergraben. Die Zeitung war von meinem Schoß gerutscht. Und der Python in meinem Hosenbein war ~~hart wie Kruppstahl~~.

,Das schreib ich lieber nicht, sonst heißt es noch, dass ich nationalsozialistisches Gedankengut verbreiten will.'

Der Python in meinem Hosenbein war hart wie eine Salami.

„Oh, Entschuldigung!" murmelte ich verlegen, während ich mich wieder aufrichtete und gerade hinsetzte.

Das Model zog sich ihre Bluse sofort wieder über ihren Brüsten zusammen.

„Sie hätten mich nicht wecken brauchen", sagte ich gähnend. "Mich haben Ihre Brüste nicht gestört."

„Das ist nicht zu übersehen!" erwiderte das verärgerte Model, mit einem bedeutsamen Blick auf mein pulsierendes Hosenbein. Dann deutete sie aber auf die Stewardessen im Gang und warnte halb flüsternd: „Es gibt gleich Essen. Und wir sollten uns vielleicht zumindest vor den Stewardessen so sittsam verhalten, dass sie uns nicht rausschmeißen."

Plötzlich empfand ich durch den verschwörerischen Ton in der warmen, weichen Stimme meiner so sehr verunsicherten Nachbarin so etwas wie ein

Zusammengehörigkeitsgefühl.

„Ja", stimmte ich ihr zu und klappte meinen Tisch nach unten, was zumindest meine hartnäckige Erektion vor fremden Blicken schützte. Ich sah, wie das Model verzweifelt mit beiden Händen ihre Bluse über ihren Brüsten zusammenhielt, während sie mich bat: „Würden Sie meinen Tisch bitte auch runterklappen?"

„Natürlich", antwortete ich und erfüllte ihre Bitte. Jetzt tat sie mir langsam leid.

„Wie heißen Sie denn eigentlich?" fragte ich sie. Und sie antwortete: „Manuela"

Nein, Quatsch, das war doch keine Manuela. Manuela war das wunderbarste Wesen dieser Welt, das Mädchen, das ich liebte und nach dem ich mich so sehr sehnte. Sie hatte keinerlei Ähnlichkeit mit Jürgens Reisebekanntschaft. Manuela war kein vollbusiges, blondes Model. Sie war noch so jung, zu jung vielleicht. Ihre Haare waren irgendwo zwischen dunkelblond und braun und gingen ihr bis über die Schultern. Ich dachte an das tiefe Blau ihrer Augen, an ihren Atem in meinem Gesicht, als ich über ihr gelegen hatte und sie fast geküsst hätte. An Weihnachten würde ich sie wieder sehen. Erst an Weihnachten. Ich konnte es kaum noch erwarten. Obwohl die Zeit auf der einen Seite so schnell verflog, schien sie in Bezug auf das Wiedersehen mit Manuela stillzustehen.

Ich musste die Geschichte fertig schreiben. Auch wenn ich Manuela sonst nichts geben könnte. Diesen Wunsch würde ich ihr erfüllen. Sie würde die erste sein, die meine neue Geschichte lesen durfte. Noch hatte ich nicht einmal einen Titel dafür. Aber der würde sich schon finden. Mit Sicherheit würde das auch nicht die beste Geschichte werden, die ich je geschrieben hatte. Aber ich würde sie schreiben. Ich würde sie schreiben, weil Manuela mich ins Leben zurückgeholt hatte und weil sie sich wünschte, sie lesen zu dürfen. Oh wie sehr ich Manuela vermisste.

Also zurück zu meiner Geschichte:

„Wie heißen Sie denn eigentlich?" fragte ich sie. Und sie antwortete: „Mischu, Mischu Garon"

Ich sagte auch meinen Namen "Jürgen Michels" und streckte ihr die Hand entgegen. Aber sie wehrte ab, indem sie sage: „Ich kann meine Bluse nicht loslassen."

„Warten Sie", sagte ich, „Lassen Sie mich Ihnen helfen."

Und damit ergriff ich die unteren Zipfel ihrer offenen Bluse und verknotete die beiden Enden. Doch als ich den Knoten festzog, war plötzlich ein unangenehmes ,Ratsch' zu hören und die Bluse hing nur noch in Fetzen an Mischu.

„Haben Sie das mit Absicht gemacht, Herr Michels?" fragte sie, mich entsetzt und staunend zugleich ansehend, während sie mit ihren Armen reflexartig ihre Brüste bedeckte.

In dem Moment war die Stewardess bei uns. Ich klatschte instinktiv meine Zeitung auf Mischus Busen und versuchte mich dann möglichst unbefangen zu geben. Die Stewardess schien nichts von unserer Misere zu bemerken. Sie stellte uns das Essen und die Getränke auf unsere Tischchen und zog weiter zur nächsten Sitzreihe.

Erst jetzt wagte ich, mich wieder an Mischu zu wenden.

„Wie konnten Sie überhaupt so eine Bluse anziehen?" fragte ich vorwurfsvoll. „Sie hätten doch wissen müssen, dass sie bei der ersten Gelegenheit zerreißt."

„Wie hätte ich denn wissen sollen, dass ich ausgerechnet an jemand wie Sie gerate, der es anscheinend nur darauf abgesehen hat, mich in aller Öffentlichkeit bloßzustellen?" fragte sie nicht weniger vorwurfsvoll zurück.

Die Vorstellung, dass Mischus Brüste unter meiner Zeitung jetzt so gut wie nackt waren, trug nicht gerade dazu bei, dass meine Erektion sich zurückbilden konnte. Meine Hose schien immer enger zu werden und zwickte schon wieder im Schritt. Aber immerhin musste ich nicht befürchten, dass der Stoff meiner Hose zerreißen würde. Der war doch Gott sei Dank stabiler, als die Bluse von Mischu.

Wenn sie wenigstens einen BH unter ihrer Bluse getragen hätte, dann wäre es nicht ganz so peinlich gewesen. Aber so, wie es jetzt war, konnte sie unmöglich aus dem Flugzeug steigen.

Es war mir unmöglich, an etwas anderes, als an Mischu zu denken, die halbnackt neben mir saß. Am liebsten hätte ich meine Zeitung wieder zurück gefordert, nur um diesen Anblick weiter genießen zu können. Aber auf der anderen Seite war mir die Situation auch schrecklich peinlich, da ich ja wirklich nicht ganz unschuldig daran war.

Mehr aus Verlegenheit, als aus Hunger begann ich zu essen. Aber nachdem Mischu mir dabei vorwurfsvoll zusah, brachte ich nur ein paar Bissen hinunter.

„Vielleicht können wir aus Ihrer Bluse noch irgend etwas improvisieren", schlug ich schließlich vor. Ich hätte ihr ja mein Hemd angeboten. Aber ich konnte mich ja auch nicht mit nacktem Oberkörper ins Flugzeug setzen.

„Kommen Sie!" sagte ich schließlich, da ich Mischus Verzweiflung nicht mehr mit ansehen konnte und zwängte mich unter meinem Tischchen heraus auf den Gang. Mischu folgte mir, krampfhaft die Zeitung vor sich haltend.

„Wo wollen Sie denn hin?" fragte sie nervös.

Und ich antwortete: „In der Bordtoilette sind wir hoffentlich ungestört, um zu retten, was noch zu retten ist."

„Sie müssen aber vorgehen!" fuhr ich fort, als Mischu neben mir am Gang stand.

„Aber ich kann doch nicht mit der Zeitung …"

„Soll ich etwa mit meiner verbeulten Hose …"

„Da würden die Leute ja was Schönes von uns denken!"

„Eben!" bestätigte ich und schob Mischu vor mir her in Richtung Toilette. Dabei hielt ich mich ganz dicht hinter ihr, damit meine ungewollte Erektion von den anderen Passagieren nicht gesehen werden konnte. Schnell huschten wir in den winzigen Toilettenraum und verriegelten die Tür.

So weit, so gut.

„Und jetzt?" fragte Mischu unruhig. Anscheinend begann sie mir, eingesperrt in diesem kleinen Raum, zu misstrauen.

„Setzen Sie sich und ziehen Sie die Bluse aus!" forderte ich sie auf.

Zögernd gehorchte Sie, während sie sich weiter mit der Zeitung bedeckte.

„Was haben Sie denn vor?" fragte sie unsicher, während sie mir die zerfetzten Reste ihrer Bluse reichte.

Und ich antwortete: „Na irgendwas muss sich doch daraus noch machen lassen."

Aber als ich so dicht vor Mischu stand, die auf dem Toilettendeckel saß, während ich die Bluse auseinander hielt, um zu sehen, wie viel Stoff überhaupt daran war, spürte ich plötzlich eine Berührung auf meinem so peinlichen Penis. Überrascht blickte ich nach unten und sah, dass Mischu schon so weit wie möglich vor der gewaltigen Beule in meinem Hosenbein zurückgewichen war. Aber der Raum bot einfach nicht genügend Platz, dass wir gegenseitig auf Distanz hätten gehen können.

„Wissen Sie was", sagte Mischu, als sie so plötzlich aufsprang, dass sie mir dabei versehentlich ihr Knie zwischen die Beine rammte. „Setzen Sie sich hin und ich bleibe stehen!"

Durch den schmerzhaften Zusammenstoß mit ihrem Knie krümmte ich mich zusammen, so dass Mischu und ich mit den Köpfen aneinander schlugen.

„Autsch!" sagten wir gleichzeitig. Wenigstens da waren wir uns mal einig.

Mischu ließ die Zeitung los und griff haltsuchend nach dem erstbesten. Und das erstbeste war mein erregter Python. Zum Glück hatte ich einen stabilen Gürtel, sonst hätte mir Mischu vermutlich die Hose heruntergerissen. So spürte ich nur durch den Stoff meiner Hose den festen Griff ihrer Hand. Mein Penis pulsierte wie wild. Mischu hatte meine Eichel erwischt und presste sie mit aller Kraft zusammen. Selbst als sie schon wieder auf der Toilette saß, ließ sie noch nicht locker. Mein Atem begann stoßweise zu gehen. Ich blickte auf Mischus nackten Oberkörper und ihre unglaublichen Brüste hinunter. Meine Erregung war kaum noch zu verbergen. Mischu machte einen zweiten Versuch aufzustehen, benutzte dabei aber meine schon fast bis zur Unerträglichkeit erregte Eichel als Halteknauf, um sich daran hochzuziehen. Als sie stand, pressten sich ihre Brüste an meinen Körper.

„Sie können ihn jetzt wieder loslassen!" keuchte ich nervös.

Mischu verstand nicht sogleich und ich erklärte ihr: „Mein Python!"

Mischu ließ blitzschnell los, während sie rot wie eine Tomate anlief und „Oh, Verzeihung" stotterte.

Wir versuchten, uns in dem engen Raum zu drehen, so dass ich mich hinsetzen konnte. Das war aber nur möglich, indem wir unsere Körper fest aneinanderpressten. Als ich mich dann hinsetzte, streifte mein Gesicht wieder Mischus Brüste. Ihre dunklen Nippel waren ganz offensichtlich ebenso erregt, wie mein Penis. Sie waren bestimmt einen Zentimeter dick und standen fast ebenso weit ab. Die Versuchung, mich an ihnen festzusaugen, als sie mein Gesicht streiften, war fast unwiderstehlich. Ich setzte mich nur ganz langsam, um die Berührung so lang wie möglich genießen zu können. Wie gut ihre Haut roch. Mischus Körper durchlief ein erregender Schauer. Ich sah, wie eine Gänsehaut ihre zitternden Brüste überzog. Das war fast zu viel für mich.

Als ich dann im Sitzen versuchte, Mischus Bluse wieder hochzuhalten, stieß ich mit meinen Händen unweigerlich an ihre Brüste. Mischu stöhnte leise auf.

„Wenn ich sitze, kann ich nichts mit der Bluse machen!" stellte ich unweigerlich fest.

„Geben Sie sie mir", bat Mischu.

Ich reichte ihr die Fetzen nach oben und wollte in meiner Verfassung auch gar nicht mehr vermeiden, ihre harten, erregten Nippel dabei zu streifen. Wieder durchlief ein Zittern ihren Körper. Die Bluse entfiel ihren Händen und sie hielt sich die Brüste, als wenn sie sie schmerzen würden.

„So kommen wir irgendwie nicht weiter", sagte Mischu. Und ich bemerkte, dass ihre Stimme ebenso zitterte, wie ihr Körper. Sie hatte Recht. Solange wir uns gegenüberstanden und –saßen, hatten wir keinen Bewegungsspielraum. Und unsere aus der Nähe und gegenseitigen Anziehungskraft entstehende Erregung war auch nicht gerade hilfreich. Also schlug ich vor: „Setzen Sie sich auf meinen Schoß."

Mischu deutete auf mein gewaltig ausgebeultes Hosenbein und fragte unsicher: „Da soll ich mich draufsetzen?"

„Haben Sie eine bessere Idee?" fragte ich zurück.

Mischu schüttelte den Kopf, drehte sich wieder um und setzte sich langsam auf meinen Schoß, wobei sie versuchte, meinen Penis auf die Innenseite meines Oberschenkels zu schieben. Die erneute Berührung ließ ihn aber nur umso hartnäckiger nach oben gegen den Stoff meiner Hose ankämpfen. Mischu trug nur einen kurzen Rock. Als sie sich so weit auf meinen Schoß herabgelassen hatte, dass mein wilder Python, der sich so weit aufgerichtet hatte, wie der Stoff meiner Hose es zuließ, sie unter ihrem Rock berührte und dabei wild zu zucken begann, sprang sie schnell wieder auf und bat mich mit Nachdruck: „Würden Sie das bitte unterlassen, Herr Michels!"

„Ja wie denn, Frau Garon?" gab ich mit aufrichtigem Bedauern zurück.

Irgendwie erschien es mir unter den gegebenen Umständen absurd, dass wir uns noch immer siezten. Kurz entschlossen packte ich Mischu bei der Hüfte und setzte sie auf meinen Schoß und meinen pulsierenden Penis. Und bevor sie zu protestieren anfangen konnte, fragte ich sie: „Können wir nicht Du sagen?"

„Ich glaube, das ist jetzt auch schon egal", antwortete Mischu und stellte sich noch einmal vor: „Ich bin Mischu."

„Jürgen", erwiderte ich und griff um sie herum, um ihr meine Hand anzubieten. Mischu ergriff sie und drückte sie kurz. Dann fragte sie: „Und was hast Du jetzt vor, Jürgen?"

Ich hielt die zerrissenen Reste ihrer Bluse vor ihrem Körper hoch und überlegte, was man daraus noch machen konnte. Und schließlich hatte ich eine Idee, die ich auch sogleich umzusetzen begann.

„Ich hoffe, Du weißt, was Du tust", sagte Mischu mit Bangen, als ich begann, die Bluse noch weiter zu zerreißen. Ich riss alles unterhalb ihrer Ärmel komplett ab und erwiderte: „Das hoffe ich auch."

Dann trennte ich auch noch den Kragen ab. So entstand ein etwas über zehn Zentimeter breiter und knapp über dreißig Zentimeter langer Stoffstreifen, der von den Ärmeln verlängert wurde. Ich legte den Stoffstreifen über Mischus Brüste, zog die Ärmel unter ihren Armen durch und verknotete sie hinter ihrem Rücken.

„So", sagte ich. „Das wird hoffentlich halten."

Mischu stand auf und besah sich skeptisch im Spiegel.

„Das ist aber sehr knapp", meinte sie. Und als sie sich umdrehte, verstand ich ihre

Bedenken. Bei der Größe Ihrer Brüste, konnte der Steifen nur so viel verdecken, dass oben und unten ihre üppigen, vollen Rundungen provokant hervorschauten.

„Sieht aber verdammt gut aus!" gab ich bewundernd zurück, auch wenn ich den Anblick ihrer nackten Brüste bei weitem bevorzugt hatte. Und dann fügte ich, ohne darüber nachzudenken noch hinzu: „Du bist wunderschön, Mischu!"

„Danke" erwiderte Mischu errötend. Und zum ersten mal hatte ich den Eindruck, dass dieses traumhafte Model tatsächlich schüchtern war.

„Wofür?" fragte ich. Und Mischu antwortete noch immer mit dieser schüchternen Verlegenheit: „Für das Kompliment!"

Ich lächelte verständnislos und erwiderte: „Ich nehme an, so was hörst Du ständig."

Aber Mischu meinte traurig: „Du hast ja keine Ahnung, Jürgen. Die meisten Männer nehmen mich als Frau doch überhaupt nicht ernst. Die sehen in mir nur ein Sexspielzeug. Die einzigen Komplimente, die ich sonst zu hören bekomme, sind ,Geil'."

„Oh!" erwiderte ich überrascht. ,Geil' traf es zwar auch sehr gut. Aber ich fand, eine Frau, die so schön war, wie Mischu, sollte nicht nur auf ihre Brüste reduziert werden. Deswegen wiederholte ich noch einmal nachdrücklich: „Du bist wunderschön Mischu, auch wenn gerade ich nicht leugnen kann, dass Du eine unglaubliche, erotische Ausstrahlung hast!"

Und da ich bei diesem Geständnis ebenfalls spürte, wie mir das Blut in die Wangen schoss, forderte ich sie schnell auf: „Wir sollten uns wieder auf unsere Plätze setzen, bevor noch jemand auf dumme Gedanken kommt."

Und damit schloss ich schon die Tür auf und flüsterte Mischu schnell noch ins Ohr: „Ich muss Dich nur bitten, dass Du wieder vorausgehst."

Mischu lächelte mich verschmitzt an, nahm meine Hand und zog mich so auf ziemlich unauffällige Weise sehr dicht an sich ran, während wir zu unseren Plätzen zurückkehrten. So blieb meine peinliche und langsam unerträglich werdende Erektion auch auf dem Rückweg unentdeckt.

Das Essen war inzwischen abgeräumt. Da ich meine Zeitung auf der Toilette vergessen hatte, musste ich mein Tischchen aber wieder runterklappen, um meine unhaltende Erektion vor den Blicken der anderen Leute zu verbergen.

Mischu sah mich mitleidig an und fragte mich nach einer Weile: „Passiert Dir das eigentlich öfter?"

„Was meinst Du?" fragte ich zurück.

Da deutete Mischu unter mein Tischchen und antwortete: „Das!"

Ich errötete wieder, räusperte mich verlegen und sagte: „Ich müsste lügen, wenn ich es leugnen würde. Ich kann aber nichts dafür. Du kannst Dir gar nicht vorstellen, wie peinlich mir das ist. Aber so schlimm wie heute war es auch noch nie."

„Ja, doch", erwiderte Mischu mitfühlend. „Vorstellen kann ich es mir. Ich hab mich ja grad noch so ähnlich gefühlt."

Und dann fragte sie weiter: „Und was machst Du sonst, wenn Dir das passiert?"

Die Frage war mir fast so peinlich, wie die Situation. Mischu schien mir das anzusehen, denn sie entschuldigte sich für ihre Indiskretion. Sie sagte: „Entschuldige bitte. Das geht mich natürlich nichts an."

„Ist schon okay", erwiderte ich. Irgendwie tat es mir gut, dass jemand Anteil nahm an meinem Problem und mich nicht nur als Perversen hinzustellen versuchte, wie es meine Frau immer getan hatte. Also erklärte ich ihr: „Wenn er sich nicht von allein wieder beruhigt, dann ziehe ich mich, soweit mir das möglich ist, immer irgendwohin zurück, um mir Erleichterung zu verschaffen."

Ich hoffte, dass ich das nicht näher erläutern musste. Und Mischu verstand glücklicherweise auch ohne Erläuterung, was ich mit ,Erleichterung verschaffen' gemeint hatte.

„Das heißt, Du musst noch mal zur Toilette?" fragte sie. Aber es war eine rhetorische Frage.

Und da ich mir, anstatt zu antworten, nur verlegen auf die Lippe biss, fuhr sie fort: „Du wirst mich wieder als Deckung brauchen, wenn Du wieder zur Toilette willst."

„Das wäre sehr nett", antwortete ich, vor Verlegenheit stotternd.

Mischu klappte meinen Tisch hoch, schob mich auf den Gang, nahm wieder meine Hand und sagte: „Komm mit."

Dann zog sie mich hinter sich her bis zur Toilette und öffnete mir die Tür. Und als ich an ihr vorbei in die enge Kabine schlüpfte, fragte sie mich: „Ist das eine gute Alternative für Dich?"

Ich zuckte mit den Schultern und antwortete: „Es ist zumindest eine. Und es ist die einzige, die ich habe."

Da huschte Mischu schnell hinter mir her in den winzigen Toilettenraum und verschloss die Tür hinter sich.

„Und jetzt?" fragte ich verunsichert.

Mischu schob sich wieder an mir vorbei, setzt sich auf die Toilette und öffnete langsam den Gürtel meiner Hose. Mein Penis pulsierte wie wild, allein bei der Vorstellung, dass Mischu ihn berühren würde. Sie öffnete den Reißverschluss und zog mir die Hose bis über die Knie. Mein wilder, angriffslustiger Python schnellte sofort nach oben, als er von dem lästigen Stoff befreit war. Aber Mischu fürchtete sich nicht mehr vor meiner kleinen Riesenschlange. Sie packte mit beiden Händen fest zu und begann Schaft und Eichel so fest zu kneten, als würde sie die Schlange erwürgen wollen.

„Ich mag Deinen Python!" stellte sie dabei verträumt lächelnd fest und gab ihr einen sanften Kuss auf den prallen, dunkelroten Kopf.

Ich merkte, wie meine Knie anfingen, weich zu werden und musste mich an den Wänden der Kabine festhalten. Immer wieder packte Mischu zu und presste meine Eichel mit ihren kleinen Händen zusammen. Ich sah, wie sich ihre großen Brustwarzen durch den Stoff ihrer Bluse (oder was davon übrig war) drückten. Ich hätte sie gern berührt, zögerte aber einen Moment, weil ich die Halt bietenden Wände nicht loslassen wollte. Aber die Verlockung war zu groß. Während Mischu meinen Penis immer weiter massierte und durchknetete und dabei immer wieder zärtlich küsste, begann ich ihre großen, festen Brüste durch den Stoff zu massieren. Ich packte mit beiden Händen zu und drückte und knetete sie ganz sanft. Mischu stöhnte leise und bat mich: „Fester!"

Den Gefallen tat ich ihr gerne. Ich griff hinter ihren Rücken, löste den Knoten ihrer provisorischen Bedeckung und befreite ihre vollendeten Brüste. Und jetzt packte auch ich *fest zu. Mischus Brüste fühlten sich traumhaft an. Ich nahm ihre Nippel zwischen Daumen und Zeigefinger, zwirbelte sie, drückte sie und zog sanft an ihnen. Und je wilder und leidenschaftlicher ich wurde, umso wilder und leidenschaftlicher wurde auch Mischu. Ihren kleinen Händen war nicht anzusehen, wie fest sie zupacken konnten. Immer öfter und immer fester presste sie auch ihre Lippen auf meine zum Platzen pralle Eichel. Und plötzlich nahm sie sie in ihren Mund. Ich fühlte ihre Wärme und die leidenschaftlich sie umkreisende Zunge. Und dann ihre Zähne. Zuerst zaghaft und dann auch immer wilder und hemmungsloser biss sie zu, ohne dabei aber grob oder gefühllos zu werden. Ich hatte auch nicht einen Moment lang die Befürchtung, dass sie mich verletzen könnte. Die Intensität war gerade noch erträglich. Es war das Intensivste, was ich und mein Python jemals erlebt hatten. Ich konnte mich schon kaum noch auf den Beinen halten, musste Mischus Brüste wieder freigeben, um mich wieder an den Wänden festhalten zu können, aber der erlösende Orgasmus kam nicht.*

Plötzlich klopfte es und eine Stewardess fragte durch die Tür, ob alles in Ordnung wäre. Ich war nicht in der Lage zu antworten. Aber Mischu antwortete zwischen zwei zärtlichen Liebesbissen "Ja" und machte hemmungslos weiter. Da hörten wir die Stewardess aber weiter sagen: „Nehmen Sie bitte wieder Ihre Sitzplätze ein. Wir befinden uns bereits im Landeanflug auf Arrecife."

„Augenblick!" antwortete Mischu mit einer vor Erregung bebenden Stimme. Sie machte wieder mit den Händen weiter, immer schneller und immer fester. Aber der Orgasmus, der so greifbar schien, stellte sich nicht ein. Und schließlich forderte uns die Stewardess ein zweites Mal und mit Nachdruck auf, auf unsere Plätze zurückzukehren.

„Wir müssen zurück!" flüsterte ich keuchend. „So hat es keinen Zweck."

„Es tut mir leid", erwiderte Mischu, vor Leidenschaft ebenfalls keuchend. Sie gab meinem zuckenden Python, der größer und praller war, als zuvor, noch einen zärtlichen Kuss. Ich zog mir zitternd die Hose wieder hoch und verstaute meinen Penis wieder im Hosenbein. Dann verknotete ich Mischus Stoffstreifen wieder hinter ihrem Rücken, aber nicht, ohne vorher ihre so verführerischen, erregten Knospen zärtlich geküsst zu haben. Ich wollte schon die Tür öffnen, da hielt mich Mischu noch einmal zurück und sagte: „Warte mal. Ich hab eine Idee."

Und bevor ich wusste, was sie vorhatte, hatte sie mir die Hose wieder runter gezogen. Sie nahm einen langen, übrig gebliebenen Stoffstreifen von ihrer Bluse, knotete ihn fest um meine Eichel und fixierte meinen Penis damit an meinem Oberschenkel.

„So", meinte sie zufrieden. „Das hält zumindest fürs erste."

Steifbeinig folgte ich Mischu zu unseren Plätzen. Die Fesselung meiner kleinen Python verstärkte meine ohnehin schon kaum noch zu ertragende Erregung noch mehr.

Ich saß schwer keuchend in meinem Sitz und Schweiß stand mir auf der Stirn. Eine Stewardess vermutete anscheinend, dass ich Flugangst hätte, denn sie versicherte mir, dass wir sicher landen würden. Und das taten wir auch.

Mischu und ich verließen das Flugzeug gemeinsam. Und als wir unser Gepäck hatten kam auch sofort ein drahtiger, sonnengebräunter Mann auf uns zugelaufen, umarmte Mischu und küsste sie überschwänglich auf beide Wangen.

„Mischu! Schön, dass Du da bist und alles geklappt hat. Was für ein geiles Outfit!

Wie war der Flug … bla bla bla."

Ich war plötzlich schrecklich traurig. Ich hätte mich wenigstens gerne noch in Ruhe von Mischu verabschiedet. Aber dazu gab es jetzt keine Gelegenheit mehr.

„Na dann", sagte ich beiläufig. „Ich wünsch Dir eine angenehme Arbeit hier."

Ich nickte Mischu zu und machte mich auf den Weg zum Ausgang. Aber Mischu rief mir hinterher: „Hey Jürgen, warte mal."

Und da kam sie mir auch schon hinterhergelaufen.

„Du kannst doch nicht einfach so verschwinden", sagte sie vorwurfsvoll und fragte mich: „Wo wohnst Du denn hier auf der Insel?"

„Nirgendwo", antwortete ich. „Ich campe irgendwo am Strand."

„Hast Du ein Handy, auf dem ich Dich erreichen kann?" fragte sie enttäuscht weiter.

Ich schüttelte den Kopf und antwortete: „Nein, ich wollte mich mal zurückziehen. Und Du bist ja ohnehin beschäftigt."

Das war leider nur allzu deutlich. Denn ihr Fotograf wartete ungeduldig auf ihre Rückkehr. Mischu bemerkte es, gab mir schnell ihre Karte und sagte: „Hier, das bin ich. Das ist meine Handynummer. Und da auf der Rückseite steht, wo ich hier untergebracht bin."

Dann gab sie mir schnell einen Kuss, griff wie zufällig an mein Hosenbein, wodurch ich meine Fessel beinahe gesprengt hätte, und flüsterte mir zu: „Wir waren noch nicht fertig."

Dann wünschte sie mir einen schönen Urlaub und lief, sich mehrmals umdrehend, zu dem wartenden Fotografen zurück.

,So, das war's', dachte ich mir. Da hatte ich so unverhofft meine Traumfrau gefunden. Aber sie musste arbeiten. Sie hatte mir zwar ihre Karte gegeben. Aber ich hatte in meinem Leben die Erfahrung gemacht, dass so was meist keine Bedeutung hatte. Das mit uns war ja noch nicht mal ein Urlaubsflirt gewesen. Es war nur … Ich habe keine Ahnung, wie ich es beschreiben soll. Auf jeden Fall war es schön. Es war wunderschön und unglaublich intensiv. Ich drehte mich noch einmal um. Aber Mischu hatte mit ihrem Fotografen das Flughafengebäude schon verlassen.

Steifbeinig und ziellos humpelte ich los. Erst mal ans Meer.

,So', dachte ich mir. ,Eine Geschichte muss ja nicht immer ein Happy End haben. Also wenn ich jetzt noch einen vernünftigen Abschlusssatz hinbekomme, dann soll es das gewesen sein.'

Obwohl weder Jürgen, noch Mischu irgendwelche Einwände während des Schreibens gemacht hatten, stellte ich doch fest, dass sie die Geschichte doch selbst gestaltet hatten. Ich hatte nicht vorgehabt, fast die ganze Geschichte nur im Flugzeug spielen zu lassen. Auch wenn ich zu meinem eigenen Schreibstil zurückgekehrt war, hätte Jürgen doch eigentlich ein erotisches Abenteuer am Strand erleben sollen. Aber gut, ich war es gewohnt, dass etwas anderes, als das, was ich mir vornahm, dabei herauskam, wenn ich eine Geschichte schrieb. Und ich mochte die kleine

Geschichte von Mischu und Jürgen, so wie sie sich jetzt entwickelt hatte. Aber dann dachte ich mir, dass das Ende doch etwas unbefriedigend, um nicht zu sagen ‚unbefriedigt' wäre, und überlegte mir, wie ich das vielleicht noch hinbiegen könnte.

Nur als die Geschichte soweit gediehen war, war es bereits der Tag vor Heiligabend.

Frau Krün hatte sich nicht mehr bei mir blicken lassen, seit ich ihr gestanden hatte, dass ich Manuela liebe. Das kleine Kätzchen war in dieser Zeit mein einziger Freund, der einzige, mit dem ich reden konnte, der einzige, dem ich von meinen Gefühlen erzählen konnte und bei dem ich keine Angst haben musste, dass er meine Liebe zu Manuela verurteilen würde.

„Meinst Du, sie mag die Geschichte von Mischu und Jürgen?" fragte ich ihn.

Und die Antwort kam prompt: „Mau!"

„Ja", sagte ich, dem Kätzchen den Bauch kraulend. „Das denke ich auch."

Dann kam der Morgen des 24. Dezembers, des Tages, an dem Manuela wieder ihre Oma besuchen würde. Endlich würde sie wieder sehen. Während des Vormittags war ich unruhig und ging in meinem kleinen Heim ungeduldig auf und ab. Dann dachte ich mir, dass ich vielleicht für die alte Krün ein kleines Weihnachtsgeschenk besorgen sollte. Immerhin ließ sie mich seit ein paar Wochen umsonst in ihrem Gartenhäuschen wohnen und verpflegte mich sogar. Diese Fürsorge ließ mich an Weihnachten unsere Differenzen fast vergessen. Also zählte ich meine letzten Groschen und spazierte in die Stadt. Was konnte ich mit so wenig Geld schon kaufen? Und womit konnte ich einer bösen, alten Frau, die ohnehin alles hatte, eine Freude machen? Ich blätterte in einem Büchlein über gutes Benehmen, sah mir Rheumadecken an und überlegte, ob ich ihren Spirituosenvorrat vielleicht auffrischen sollte. Aber irgendwie schien nichts davon ein passendes Weihnachtsgeschenk zu sein. Letztendlich entschied ich mich für einen Blumenstrauß. Als ich den besorgt hatte und wieder in meiner Hütte saß, war es noch immer nicht Mittag. Die ungeduldige Sehnsucht, mit der ich Manuela erwartete, war kaum zu ertragen. Mir fiel ein, dass ich noch keinen passenden Abschluss für Jürgens erotisches Abenteuer hatte und setzte mich noch mal an die Geschichte. Ich wusste, die Zeit würde schneller vergehen, wenn ich mich beschäftigte. Also fuhr ich in der Geschichte fort:

Zwei Stunden später befand ich mich in einer traumhaften, menschenleeren Bucht auf der gegenüberliegenden Seite von Arrecife. Ein Einheimischer hatte mich in seinem klapprigen VW-Bus ein gutes Stück durch die Insel mitgenommen. Endlich war ich allein. Endlich konnte ich abschalten. Und vor allem konnte ich mir endlich

Erleichterung verschaffen. Ich zog mich also nackt aus, befreite meinen gefesselten Python und tat, was ein Mann tun muss (wenn er allein ist und ein Samenstau in seinen Eiern schmerzt). Mit der Erinnerung an Mischu und unser kleines, aber feines Abenteuer in der Bordtoilette des Flugzeugs, an ihre großen, festen Brüste mit den harten, erregten Nippeln und an ihren selbstlosen Einsatz, bei dem Versuch, mir Erleichterung zu verschaffen, legte ich also selbst Hand an. Es war frustrierend. Aber es erfüllte seinen Zweck. Und als ich fertig war, hoffte ich, endlich auch den Kopf frei zu bekommen und in Ruhe und Meditation zu mir selbst zurückzufinden (na ja, oder so ähnlich. Ich wollte halt einfach mal abspannen und abschalten, an nichts denken und mich mit keinen Problemen belasten). Allerdings klappte das nicht so recht. Mischu ging mir einfach nicht aus dem Kopf. Und das hatte ziemlich drastische Auswirkungen. Mein kleiner, ausgehungerter Python teilte sich nämlich meine Erinnerungen und Gedanken an das verführerische Model. Und so konnte ich sie kaum so schnell bändigen, wie sie sich wieder erhob und in provozierender Drohgebärde nach Mischu Ausschau hielt.

Am dritten Tag gab ich es auf, Mischu aus meinen Gedanken verbannen zu wollen. Ich suchte ihre Karte heraus und machte mich per Anhalter auf in die Richtung von Los Valles im Inneren der Insel, wo ihr Fotograf etwas außerhalb ein Ferienhaus gemietet hatte. Um Aufsehen zu vermeiden, hatte ich meinen unbezähmbaren Python mit Mischus Stoffstreifen wieder an mein Bein gefesselt. Trotzdem musste ich, vor allem beim Sitzen, immer aufpassen, dass sie nicht unten aus meiner Shorts rausschaute.

Als ich dann vor dem Tor des schönen, weißen Ferienhauses stand, verließ mich wieder der Mut. Mein Python drängte vorwärts, mein Hasenherz zurück.

Mischu war hier, um zu arbeiten. Ich dachte mir, dass sie gar keine Zeit hätte, um sich mit mir zu beschäftigen. Außerdem war ich so gut wie pleite und hätte sie noch nicht einmal zu irgendetwas einladen können. Ich hatte mir von zuhause Proviant mitgenommen und kaufte mir auf der Insel nur Mineralwasser.

Mutlos wandte ich mich wieder ab und spazierte gegen den Protest meines sich in seinen Fesseln windenden Python schweren Herzens wieder los. Ich dachte mir, es wäre besser, wenn man mich hier gar nicht erst entdecken würde.

Aber manchmal spielt einem der Zufall einen Streich. Ich war noch nicht weit gekommen, als ein Mietwagen an mir vorbeifuhr. Und kaum war er an mir vorbei, hörte ich auch schon, dass er anhielt. Eine Tür wurde geöffnet und dann rief Mischus Stimme mir in einer Mischung aus Verwunderung und Freude hinterher: „Jürgen? Bist Du das?"

Ich drehte mich zu ihr um. Mischu war ausgestiegen. Und als sie mich jetzt erkannte, kam sie freudestrahlend auf mich zugelaufen.

„Mischu!" sagte ich, mit vor Freude über das Wiedersehen stockender Stimme. Sie trug einen dunklen, türkisen Wickelrock und ein knappes Bikinioberteil in der selben Farbe. Gebannt wanderte mein Blick von ihren strahlenden Augen auf die großen, im Takt ihrer Schritte wippenden Brüste. Sie hatte ein wenig Farbe bekommen; nicht so viel wie ich, da ich sehr schnell braun werde und mich seit meiner Ankunft auf Lanzarote fast nur nackt am Strand und im Meer aufgehalten hatte, aber genug, dass es einen schönen Kontrast zu ihren langen, fast strohblonden Haaren gab.

„Du bist noch schöner geworden!" sagte ich, als sie mich erreicht hatte und wir uns *wie selbstverständlich in die Arme fielen.*

„Ist ja auch kein Wunder", antwortete sie. „Ich hab mich nämlich verliebt."

In dem Moment fiel mir alle Freude aus dem Gesicht und ich bereute, hierher gekommen zu sein. Über ihre Schulter sah ich den Fotografen, der selbstherrlich an den Wagen gelehnt auf Mischu wartete und dabei rauchte.

„Aha!" sagte ich mit einem unangenehmen Kloß im Hals. Und um weitere Peinlichkeiten zu vermeiden, fuhr ich gleich fort: „Ich bin nur zufällig hier vorbeigekommen und will gleich weiter in den Süden der Insel. War schön, Dich wiedergesehen zu ..."

„Hast Du mir nicht zugehört?" fragte Mischu plötzlich und unterbrach damit meinen Redeschwall. Ihre Stimme klang plötzlich sehr traurig.

„Doch, doch", antwortete ich, krampfhaft darum bemüht, Gleichgültigkeit zu heucheln. War es nicht schon schlimm genug? Mussten wir auch noch darüber reden? ,Also bitte, wenn es sein muss', dachte ich mir. ,Ich werde mir jedenfalls nicht anmerken lassen, wie weh es tut.' Und mit einem aufgesetzten Lächeln nickte ich in die Richtung des Fotografen und meinte: „Ihr passt sicher gut zusammen. Model und Foto ..."

„Spinnst Du?" unterbrach mich Mischu hastig. Und es schien so, als ob sie nicht wusste, ob sie lachen oder weinen sollte. Letztendlich entschied sie sich für eine dritte Option. Sie wurde zornig und fragte mich aufgebracht weiter: „Glaubst Du wirklich, ich könnte mich in einen Mann verlieben, bei dem jedes dritte Wort ,Geil' ist?"

Und während ich noch ziemlich verdutzt dreinblickte, da ich grad nicht besonders schnell von Begriff war, fragte sie mich, zur Traurigkeit zurückkehrend: „War es nur ein Spiel für Dich? War ich nur eine von vielen, die Du mit Deiner Kobra ..."

„Python!" beeilte ich mich, Mischu zu korrigieren. Sie wurde noch trauriger und sagte ganz leise:

„Also war es nur ein Spiel und ich war das Spielzeug."

„Nein!" widersprach ich energisch, da das, was ich mit Mischu während des Fluges nach Lanzarote erlebt hatte, alles andere, als ein Spiel für mich gewesen war. Es hatte mein durch die Trennung von meiner Frau und die bevorstehende Scheidung, sehr einsam gewordenes Leben plötzlich in einen Strudel der Sehnsucht, der Lust und des Verlangens gerissen, aus dem ich mich bis jetzt nicht wieder hatte befreien können. Erst Mischus Geständnis, dass sie verliebt war, bereitete meiner eigenen Liebe zu ihr den Todesstoß, auch wenn ich daran noch lange zu leiden haben würde.

Doch langsam dämmerte es in meinem Kopf, dass an meiner Schlussfolgerung ein Fehler sein musste. Und deshalb wagte ich, meine Gefühle Mischu zu offenbaren.

„Es ist doch ganz egal, ob Cobra oder Python", sagte ich. „Es war kein Spiel! Ich hab durch unsere gemeinsam durchlebte und durchlittene Peinlichkeit ein so starkes ..." Ich überlegte kurz, wie ich es ausdrücken sollte. Und als ich schließlich das richtige Wort gefunden hatte, fuhr ich fort: „... Zusammengehörigkeitsgefühl zu Dir empfunden, wie ich es niemals zuvor, auch während der Jahre meiner Ehe, jemals erlebt hatte."

„Du warst verheiratet?" fragte Mischu in mitfühlendem Ton. Und ich antwortete wahrheitsgemäß: „Die Scheidung läuft."

„Das tut mir leid!" meinte Mischu mit aufrichtigem Bedauern. Aber ich schüttelte den Kopf und erwiderte: „Das muss es nicht. Es ist okay so."

Da sah Mischu mich mit großen Augen und fragendem Blick an und fragte: „Also bist Du frei?"

„Vollkommen!" antwortete ich.

Mischu nahm meine Hände und sagte ganz leise: „Falls Du es immer noch nicht kapiert hast; Ich hab mich in Dich verliebt!"

Ich führte Mischus Hände an meine Lippen und küsste sie zärtlich. Bevor ich aber etwas auf Mischus Liebeserklärung erwidern konnte, rief ihr Fotograf: „Komm schon Schätzchen, ich will noch ein paar Bilder von Dir am Pool machen, solange das Licht noch gut ist."

Mischu dreht sich zu ihm um und antwortete. „Ja, Moment, ich komme gleich."

Es war ihr anzusehen, dass sie sich ebenso wenig wieder von mir trennen wollte, wie ich mich von ihr. Ein paar Sekunden schien sie fieberhaft zu überlegen, dann sagte sie plötzlich: „Ich hab eine Idee!", wendete sich wieder zu dem Fotografen um und rief ihm zu: „Jack, Du wolltest doch ein bisschen erotischere Bilder von mir machen. Könntest Du dafür nicht meinen Freund mit einsetzen?"

Jack schien von dieser Frage ebenso überrascht zu sein, wie ich. Er stieß sich vom Wagen ab und fragte mich, während er lässig auf uns zukam: „Haben Sie schon mal gemodelt?"

Ich schüttelte verlegen den Kopf. Jack musterte mich eingehend von oben bis unten. Ich trug nur meine Shorts und Sandalen. Den Oberkörper hatte ich, bis auf den Rucksack, frei.

„Du trainierst viel, hm?" fragte er, wie selbstverständlich ins ‚Du' übergehend. Ich zuckte mit den Schultern und antwortete: „Ich versuche nur, mich halbwegs fit zu halten."

Jack wandte sich wieder an Mischu und meinte schließlich: „Warum nicht! Einen Versuch ist es wert."

Da ich völlig ungebunden auf der Insel war, konnte ich sofort zu den beiden ins Ferienhaus ziehen. Jack zeigte mir ein Zimmer, in dem ich schlafen konnte. Aber da schaltete sich sofort Mischu ein, nahm mich bei der Hand und zog mich mit den Worten „Das ist nicht nötig!" in ihr eigenes Zimmer. Aber kaum hatte sie die Tür hinter uns geschlossen, als Jack schon klopfte und durch die Tür rief: „In fünf Minuten am Pool!"

Das reichte ja nicht einmal, um erst noch zu duschen. Mischu sah mich verliebt an, küsste mich und fragte: „Ich hoffe, ich habe Dich nicht allzu sehr überrumpelt!?"

Ich hatte zwar keine Ahnung, was eigentlich auf mich zukam, aber ich war glücklich, dass ich so unverhofft Mischu nicht nur wieder gesehen hatte, sondern mir jetzt sogar ein Zimmer mit ihr teilte.

Bei der Vorstellung, in diesem Raum und dem darin stehenden, nicht übermäßig breiten Bett die Nacht mit ihr zu verbringen, bäumte sich ~~meine Kobra~~ mein Python in seiner Fessel auf.

„Was soll ich denn anziehen?" fragte ich, da ich meine Sache als Model so gut wie möglich machen wollte. Es schien mir schon sehr unprofessionell zu sein, ungeduscht und

mit Dreitagebart zu posieren. Mischu lächelte mich an und antwortete: „Zieh einfach die Sandalen aus. Dann passt es schon."

„Bist Du sicher?" fragte ich zweifelnd, gehorchte aber und schlüpfte aus den Sandalen raus. Meine Füße waren schmutzig vom Staub der Straßen. Ich schämte mich deswegen. Und wollte sie noch waschen. Aber Mischu meinte, dass ich draußen am Pool duschen könnte. Und damit zog sie mich schon hinter sich her in den malerischen Garten.

Ich war sehr nervös, da die Situation so neu für mich war und ich nicht wusste, was mich erwartete. Und ich dachte an meinen altehrwürdigen Urahn Sigismund Michels, der bei der tragischen Schlacht von Mistelbach sein rechtes Bein mitsamt der Hose verloren hatte. Sigismund pflegte immer zu sagen: ‚Wenn Du nicht weißt, wo Du grad bist und warum Du da bist, dann tu einfach das, was alle tun, oder improvisiere!'

Zumindest erzählt das die Familienlegende.

Ich folgte also Mischu in den Garten. Jack erwartete uns bereits. Und um mich gar nicht erst langsam auf etwas einzustimmen, sagte er sofort: „Okay Mischu, Du ziehst Dich aus und steigst in den Pool. Und Du … wie heißt Du eigentlich?"

„Jürgen", antwortete ich.

Jack ließ mich auf die Mauer im Hintergrund des Swimmingpools klettern. Ich sollte so tun, als ob ich in den Garten einsteigen und die nackt badende Mischu dort überraschen würde. Mein Penis schwoll bei ihrem Anblick so stark an, dass ich das Gefühl hatte, der Stoffstreifen, mit dem ich ihn an meinem Oberschenkel fixiert hatte, würde ihn erwürgen. Aber in der gegebenen Situation, vor den Augen des Fotografen, konnte ich die Fessel auch nicht lockern.

Als nächstes sprang ich in den Garten und Mischu sah mich aus dem Pool heraus an. Dann ging ich vor dem Pool in die Hocke. Und als Mischu auf diese Weise von unten in meine Shorts blicken konnte, begann sie plötzlich zuerst zu lachen und dann zu improvisieren, so dass ich mich fragte, ob sie auch meinen Urahn Sigismund gekannt hatte.

Sie griff von unten in das kurze Hosenbein und umschloss mit ihrer kleinen Faust meine harte, geschwollene Eichel. Ich hatte vorher schon bemerkt, dass auch Mischus Brustwarzen sich aufgerichtet hatten, als sie ins Wasser gestiegen war. Aber jetzt schienen sie auch noch eine Spur dicker und länger zu werden. Instinktiv nahm ich sie zwischen meine Finger und begann, so wie in der Bordtoilette des Flugzeugs, sie zu zwirbeln.

Jack hatte aufgehört, uns Anweisungen zu geben. Er hielt einfach drauf und rief nur immer wieder: „Oh ja, das ist geil! Macht weiter so!"

Ich nahm Mischu unter den Armen und hob sie so aus dem Wasser heraus.

„Geil! …"

Als sie vor mir stand, ging ich vor ihr auf die Knie. Da Mischu ziemlich klein war, reichte ich so gerade bis zu ihren Brüsten. Gierig und ausgehungert presste ich meine Lippen auf ihre harten Nippel, während ich die prallen Rundungen ihrer Brüste in meinen Händen knetete. Mischu stöhnte auf und Jack rief wieder euphorisch: „Geil!"

Mischu drängte mich mit ihren Brüsten bis an eine steinerne Bank zurück. Und als ich dort meinen Oberkörper zurücklehnte, stieg sie mit ihrem rechten Bein über meine Schulter und bot ihre kleine, rasierte Scheide meinen Lippen dar.

„Geil! … Macht weiter … bloß nicht aufhören!"

Ihre weichen, vom Wasser des Pools noch feuchten Hautfältchen legten sich ganz langsam auf meine Lippen, nur um sich sofort wieder blitzschnell zurückzuziehen. Vergeblich schnappte ich nach ihnen. Dieses Spiel wiederholte sich ein paar mal, bevor ihre Schamlippen auf meinen Lippen liegen blieben und ich sie ausgiebig und ganz zärtlich zu küssen begann.

Dann zog ich mit wachsender Erregung ganz sanft mit meinen Zähnen an ihnen.

„Mann, seid Ihr geil!"

Und schließlich ließ ich meine Zunge um ihre Klitoris kreisen, sog ihre Schamlippen in meinen Mund ein und ließ meine Zunge zwischen sie gleiten, immer wieder.

Ich begann Jack vollständig aus meinem Bewusstsein auszublenden. Sein permanentes „Geil" schien von immer weiter weg zu kommen, bis ich es schließlich gar nicht mehr bewusst wahrnahm.

Mischu stöhnte und zuckte immer leidenschaftlicher und unkontrollierter, bis sie sich schließlich in einem erlösenden Orgasmus aufzubäumen und von meiner Zunge zu befreien versuchte. Aber ich hielt sie an der Hüfte fest und gab ihre vibrierende Scheide nicht frei, bis sie über mir zusammenbrach und fast ohnmächtig vor Ekstase zitternd auf der steinernen Bank liegen blieb.

Ich beugte mich über sie, nahm sie in meine Arme und hielt sie ganz fest, bis sie sich wieder beruhigt hatte.

Nach einigen Minuten öffnete Mischu die Augen, lächelte mich erschöpft und noch immer leicht zitternd an und zog meinen Kopf auf ihre Brüste. Ganz zärtlich küsste ich immer wieder ihre wunderbaren, großen, harten Nippel. Und langsam wurde auch dieses Spiel wieder intensiver und leidenschaftlicher. Ich begann wieder an ihnen zu knabbern und mit den Zähnen an ihnen zu ziehen, ich sog sie in meinen Mund ein, ließ meine Zunge sie leidenschaftlich umspielen, bis Mischu erneut am ganzen Körper zu beben begann und sich meinen Liebkosungen zu entziehen versuchte. Diesmal ließ ich sie nicht so lange leiden und gab ihrem stummen Flehen schneller nach. Sofort presste sich Mischu ihre Hände auf ihre Brustwarzen, während sie mir mit schwacher Stimme, zitternd aber lächelnd zuflüsterte: "Das ist so unbeschreiblich schön, dass es schon weh tut!"

Langsam beugte ich mich wieder über sie. Meine Lippen suchten ihre, betasteten sie ganz behutsam und legten sich schließlich für einen langen, intensiven und verliebten Kuss auf sie.

Als ich mich wieder aufrichtete, hatte Mischu die Augen geschlossen. Fast schien es, als ob sie schliefe. Aber um ihre Mundwinkel spielte ein glückliches und verliebtes Lächeln.

„Ihr seid soooo geil!" drängte sich da plötzlich wieder Jack in mein Bewusstsein. Ich ignorierte ihn, hielt meinen Blick nur auf Mischus wunderschönes, glückliches und friedliches Gesicht gerichtet. Noch einmal küsste ich sie ganz sanft und flüsterte ihr ins Ohr: "Ich liebe Dich, Mischu!"

Langsam schlug sie wieder die Augen auf, strahlte mich an und flüsterte zurück: „Ich liebe Dich, Jürgen!"

Dann schlang sie ihre Arme um meinen Nacken und zog mich auf sich, so dass ihre

Brüste sich fest an meine Brust schmiegten. Und nach ein paar so innig verbundenen Augenblicken, flüsterte sie mir ins Ohr: „Danke, dass Du so zärtlich bist!"

„Danke, dass ich es sein darf!" erwiderte ich, ihr ebenfalls ins Ohr flüsternd.

Und dann fragte mich Mischu: „Sollen wir Jack noch was für sein Geld bieten?"

„Ich wünschte, ich wäre jetzt mit Dir allein!" erwiderte ich. Aber da ich mich auf dieses Spiel, auf dieses Shooting eingelassen und Jacks Anwesenheit dabei bisher dabei kaum registriert hatte, erzeugte dieser mit seiner Kamera bewaffnete Zuschauer bestenfalls ein erregendes Prickeln, obwohl ich mir für einen solchen Fall doch eher eine Zuschauerin gewünscht hätte. Aber wie dem auch sei. Jack war kein Störfaktor. Und deswegen fügte ich vielsagend noch hinzu: „Aber wenn Du noch kannst ..."

„Was heißt ich?" fragte Mischu da mit gespielter Überraschung. „Ich bin Dir schließlich noch was schuldig!"

„Nein, das bist Du nicht!" widersprach ich. „Ich nehme gerne alles, was Du mir geben möchtest und gibst. Aber Du wirst mir nie etwas schuldig sein."

„Es ist schön, dass Du so anders bist", flüsterte Mischu und biss mir zärtlich ins Ohrläppchen. Dann drückte sie meinen Oberkörper hoch und ich stand auf. Sofort hob ich sie auf meine Arme hoch und küsste aus lauter Übermut und Liebe wieder ihre Brüste.

„... so geil", hörte ich Jack wieder schwärmen.

Aber Mischu protestierte strampelnd: „Nein, nein, nein, jetzt bist Du dran. Lass mich runter!"

„Wie Du willst", antwortete ich ausgelassen und hielt sie über den Swimmingpool.

„Wehe!" drohte Mischu.

Ich zog sie wieder an mich ran, presste sie an meinen Körper und küsste ihre Lippen. Mischu hörte auf, sich zu wehren und zu strampeln und erwiderte voll brennender Sehnsucht meinen Kuss.

Dann ließ ich sie wieder runter und stellte sie sanft auf den Boden.

Jack war enttäuscht, dass ich Mischu nicht ins Wasser hatte fallen lassen. Er hatte voller Schadenfreude darauf gewartet. Aber er ließ uns trotzdem ohne weitere Vorgaben gewähren. Mischu zog mich am Gürtel meiner Shorts bis zur Dusche und drehte das kalte Wasser auf. Sie zog mich mitsamt meiner Shorts unter den Duschstrahl. Ich war ihr sehr dankbar dafür, da ich noch immer verschwitzt und mit schwarzen Füßen herumgelaufen war.

Das Wasser tat gut. Es erfrischte und spülte Schmutz und Schweiß von meinem Körper. Mischu öffnete langsam und genüsslich zuerst meinen Gürtel und dann den Reißverschluss meiner Hose. Und dann zog sie ganz langsam meine Shorts herunter. Das war für mich der kritischste Moment in Bezug auf unseren Zuseher und Fotografen Jack. Ich hoffte, er würde mich nicht auslachen, wenn er sah, dass mein Penis, mein langer, erregter Python, so wehrlos wie ein Bleichgesicht am Marterpfahl der Sioux an meinen Oberschenkel gefesselt war. Aber Mischus zärtliches und leidenschaftliches Spiel unter der Sonne und der Dusche, war so erregend, dass ich Jack wieder vollkommen vergaß, nachdem ich ihn noch einmal irgendetwas von „Geil" hatte sagen hören. Ich stieg aus der Shorts heraus und Mischu löste den Knoten von meinem Oberschenkel. Mein Penis schnellte sofort nach oben. Den Knoten hinter meiner dicken, prallen Eichel öffnete Mischu nicht. Sie zog mich an dem Stoffstreifen hinter sich her zu einem noch wenig bewachsenen Spalier, schob mich rückwärts daran und fesselte meine Hände über meinem Kopf mit meinem Gürtel an die hölzernen Streben. Dann kniete sie sich vor mich hin und begann meinen Penis, den sie mit dem Stoffstreifen anscheinend noch länger ziehen wollte, als er ohnehin schon war, mit ihren kleinen Händen durchzukneten.

Schließlich löste sie den Stoffstreifen, nahm meinen Penis in beide Hände und packte dabei so fest zu, dass meine Eichel bis zum äußersten anschwoll und steinhart wurde. Und dann begann sie wieder daran zu knabbern, zuerst sanft, vorsichtig und liebevoll und dann immer leidenschaftlicher und fester. Sie wollte anscheinend herausfinden, wie weit sie gehen konnte, wo meine Grenzen lagen. Aber der Lustschmerz war so erregend, dass ich ihn nur als pure Lust empfand. Gierig und unersättlich streckte ich ihr meine wilde Python entgegen und überließ sie ihren Zähnen, ihren Lippen und ihrer Zunge. Und Mischu ließ ihr keine Sekunde zum Erholen, nicht die kleinste Ruhepause. Sie geriet selbst in einen so erregenden Taumel, während sie mich auf diese Weise in eine nie gekannte Ekstase katapultierte, dass sie noch nicht einmal aufhörte, als ich mit einer Heftigkeit explodierte, die das Holz des Spaliers, an das ich gefesselt war, unter meinem Aufbäumen ächzen ließ. Ich zitterte am ganzen Körper, konnte nicht mehr und war nahe dran, den breiten Ledergürtel, mit dem ich gefesselt war, zu sprengen. Aber Mischu hörte nicht auf, noch nicht einmal, als ich schon glaubte, die Besinnung zu verlieren. Ich war es gewohnt, dass meinem Penis nach einem Orgasmus eine Ruhepause gegönnt wurde. Das war immer so gewesen und das hatte die Natur für mich als Mann wohl auch so vorgesehen. Aber Mischu brach jetzt ganz einfach dieses Naturgesetz. Obwohl jede kleinste Berührung zu einem unerträglichen Reiz geworden war, fuhr Mischu mit ungebremster Heftigkeit und Leidenschaft fort, meine noch immer pralle Eichel weiter mit ihren Zähnen zu bearbeiten. Wäre ich nicht gefesselt gewesen, hätte ich mich schon rein aus Reflex vor dieser unerträglichen Stimulation zurückgezogen. So aber konnte ich das nicht. Und nach einigen Minuten, in denen ich das Gefühl gehabt hatte, ich würde diese fortgesetzte, unerträgliche Reizung nicht überleben, trat ich plötzlich, nein, nicht plötzlich, sondern ganz allmählich in eine neue Phase der Ekstase ein. Die Welt um mich herum schien sich aufzulösen und nicht mehr zu existieren. Es gab nur noch Mischu und mich und Mischu hielt mich in dieser andauernden Ekstase gefangen, bis ich wieder und wieder kam und am Ende in einen nicht enden wollenden Orgasmus verfiel, bis ich wirklich und wahrhaftig meinen Körper verließ und mich von oben an das Spalier gefesselt betrachtete. Mischu küsste ganz zärtlich meine auf so wunderbare Weise malträtierte Eichel, die prall und dunkelrot aus ihrer kleinen Faust hervorblickte.

Langsam nahm der Garten um uns herum Gestalt an. Aber in diesem Moment kehrte ich auch bereits wieder in meinen Körper zurück. Ich spürte das schmerzhafte und trotzdem so erregende Pochen in meiner Eichel. Langsam öffnete ich die Augen und blickte auf Mischu hinunter. Ohne damit aufzuhören, meine so angenehm schmerzende Eichel liebevoll zu küssen, erwiderte sie meinen Blick. Und als sie mit ihr schließlich sanft über ihre Wange strich, fragte sie, plötzlich sehr unsicher wirkend: „War ich zu wild?"

Nachdem ich noch nicht wieder in der Lage war, zu sprechen, fuhr sie in entschuldigendem Ton fort: „Ich weiß selbst nicht, was über mich gekommen ist. So war ich noch nie. Ich hoffe, ich hab nichts kaputt gemacht."

Ich schüttelte leicht den Kopf und es gelang mir sogar, Mischu anzulächeln. Aber gerade, als ich ansetzen wollte, ihr zu sagen, dass ich etwas so intensives noch nie erlebt hatte, stand Jack neben uns und platzte voller Begeisterung heraus: „Das war ja so was von geil! Also so was wie euch hab ich noch nie erlebt. Und ich hab schon viele geile Shootings gemacht."

„Später Jack!" unterbrach Mischu seinen Redefluss. „Wir brauchen jetzt erst mal ein bisschen Ruhe."

„Schon klar, schon klar", gab Jack begeistert zurück. „Macht für heut, was ihr wollt. Ich bin drin die Bilder kopieren."

Und damit verschwand er mit seiner Fotoausrüstung im Haus.

„Kannst Du stehen, wenn ich Dich losbinde?" fragte Mischu mich unsicher, als wir allein waren.

„Ich glaub schon", antwortete ich.

Mischu öffnete den Gürtel. Ich taumelte zwar und hielt mich an ihrer Schulter fest, aber ich stand. Und wie ich jetzt bemerkte, stand mein kleiner Python auch noch, obwohl er absolut am Ende war. Mischu packte noch einmal sanft zu und drückte ihre weichen Lippen auf die dunkelrote, pralle Eichel, worauf sich noch ein letzter Tropfen Samenflüssigkeit unter heftigen Zuckungen aus ihr ergoss.

Mischu leckte ihn mit ihrer Zungenspitze sanft ab und zog mich dann an meinem Penis hinter sich her in den Swimmingpool. Das tat gut und belebte. Ich tauchte unter, um auch meinen erhitzten Kopf abzukühlen. Und nach einigen Minuten schien mein Körper wieder ein ganzes, zusammengehöriges Teil zu sein.

„So etwas hab ich wirklich noch nie erlebt", gestand ich Mischu, als ich sicher sein konnte, wieder in der Lage zu sein, ganze Sätze hervorbringen zu können.

„Ich auch nicht", gestand Mischu und drängte ihre traumhaften Brüste an meinen Körper. „Ich habe nie gewusst, dass ich als aktiver Teil in eine solche unkontrollierbare Ekstase verfallen kann, wie es mir grad mit Dir passiert ist. Ich konnte von deinem Penis, von Deiner Eichel einfach nicht genug bekommen."

Ich beugte mich zu Mischu hinunter und wir küssten uns eng umschlungen ganz zärtlich und verliebt in dem schönen malerischen Pool.

In dieser Nacht hatten wir keinen Sex. Aber am Morgen gab es sicher keinen Zentimeter auf unseren Körpern, den wir nicht gegenseitig sanft und neugierig mit unseren Lippen erkundet hätten.

Am nächsten Tag fuhren wir mit Jack zu einem Vulkankrater und machten dort ein erotisches Shooting. Jack konnte sich vor lauter „Geil, geil, geil …" gar nicht mehr einkriegen. Und Mischu und ich waren nach dem Shooting wieder völlig erledigt. Wir hatten wieder alles gegeben, was uns nicht schwer gefallen war, da wir so unendlich neugierig aufeinander waren, und uns einfach von der Leidenschaft treiben ließen.

Am Ende der Woche ging mein Flug zurück. Mit großem Bedauern wollte ich mich von Mischu und Jack verabschieden, die noch eine Woche länger auf Lanzarote blieben.

Aber Jack wollte auf die Shootings, die er sich mit Mischu und mir inzwischen noch vorgenommen hatte, nicht verzichten und buchte kurzerhand meinen Flug um, so dass auch ich noch bleiben konnte. Auf der Insel trug Jack alle Kosten und er legte mir auch einen Modelvertrag vor, damit er die Fotos, die er schoss, auch verwerten konnte. Und dafür erhielt ich sogar ein Honorar. Es war nicht viel. Aber in meiner finanziellen Situation war es doch eine willkommene Einnahme. So gesehen war Jack gar kein übler Kerl.

Mischu und ich hatten jeden Tag an den schönsten Plätzen der Insel Sex. Die Ideen für immer neue Spielarten gingen uns nie aus. Von zärtlich verspieltem Tollen im Meer, das während des Sonnenuntergangs in einer ganz langsamen und intensiven Vereinigung am Strand endete, über alle möglichen Stellungen des Kamasutra, die wir bei Sturm und peitschender See auf einer Felsklippe vollführten, bis zu dem Knoten, den mir Mischu einmal aus Spaß in meinen Python machte, gab es nichts, was wir nicht ausprobierten.

Jack hatte einige Ahnung von Bondage und knotete Mischu und mich an einem Tag auf die unterschiedlichsten Arten kunst- und fantasievoll aneinander. Einmal war es ziemlich riskant, was Jack mit uns veranstaltete. Und zwar stand ich an Händen und Füßen gefesselt mit gespreizten Beinen auf zwei Baumstämmen, unter denen eine etwa fünfzehn Meter tiefe Schlucht hindurchging. Mischus Körper war komplett gefesselt. Ihre Beine waren geschlossen und eingeschnürt, zwischen ihren Schamlippen war stramm ein Seil durchgezogen. Auch ihr Oberkörper war kunstvoll eingeschnürt. Ihre Brüste waren abgebunden, so dass sie noch praller wirkten, als sie ohnehin schon waren und ihre dunklen Nippel noch mehr heraustraten, als gewöhnlich. Ihre Arme waren nach oben gestreckt und ab den Ellenbögen ebenfalls fest aneinander fixiert. Nur Ihre Hände hatte Mischu noch frei. Ohne irgendeine Sicherheitsmaßnahme setzte Jack Mischu vor mir auf einen der beiden Baumstämme. Er balancierte sie so hin, dass sie meinen Penis direkt hinter meiner Eichel packen konnte. Dann sagte er: „Halt Dich gut fest!" und ließ sie langsam in die Schlucht hinunter, bis sie nur noch an meinem Penis hing. Mischu war nicht schwer. Aber knapp unter fünfzig Kilo waren selbst für meinen Python eine unerwartete Kraftprobe.

Jack ermahnte Mischu zwar, sofort Bescheid zu geben, wenn sie das Gefühl hätte, sich nicht mehr halten zu können und er versprach auch, sich zu beeilen. Aber mir erschien es wie eine Ewigkeit, bis er überhaupt die richtige Position gefunden hatte, aus der er fotografieren konnte oder wollte. Hätte Mischu in der Zeit den Halt verloren, wäre er niemals rechtzeitig zur Stelle gewesen, um sie wieder hochzuziehen. Da ich in Mischus Gegenwart fast permanent eine Erektion hatte, und das, nebenbei bemerkt auch sehr genoss, bot mein harter Penis Mischu zumindest einen guten Halt. Sie hatte sich so fest an ihn geklammert, wie es nötig war, um nicht abzustürzen. Und dadurch war meine Eichel wieder zu ihrer ganzen, prallen Größe angeschwollen. Solange Mischu nicht locker ließ, konnte sie also nicht abstürzen. Nur ich hatte eine zwar schmerzhafte, aber trotzdem sehr erregende Aufgabe.

Im Nachhinein betrachtet, war dieses Shooting der pure Wahnsinn. Aber Mischu und ich fanden irgendwie trotzdem Gefallen daran. Es erregte uns nur noch mehr, wenn wir spürten, dass wir unsere Körper und sogar unsere Leben in die Hand des anderen legten. Das einzigartige daran war dieses unendliche, grenzenlose Vertrauen, das uns verband. Es war uns beiden so neu und deswegen kosteten wir es bis zu solchem Leichtsinn aus. Und wir hatten wirklich Glück, dass keinem von uns dabei etwas zustieß.

Jack lobte uns wieder in den höchsten Tönen, als er die Bilder im Kasten hatte. Mischu und ich waren ja wieder einmal sooo geil gewesen.

Auch die zweite Woche auf Lanzarote ging viel zu schnell vorbei. Am letzten Abend wollte Jack Mischu und mich groß zum Essen einladen. Aber wir lehnten dankend ab. Diesen letzten Abend wollten wir für uns haben. Wir fuhren an einen der vielen wunderschönen Strände und liebten uns ganz sanft und ohne körperliche Vereinigung bis spät in die Nacht. Wir hatten während unserer gemeinsamen Shootings so viel wilden, experimentierfreudigen und hemmungslosen Sex miteinander gehabt, dass wir uns jetzt einfach nur spüren wollten. Ganz eng aneinander gekuschelt lagen wir im weichen, noch warmen Sand, lauschten dem Rauschen der Wellen und taten nichts, als uns nur gegenseitig zu streicheln, zu berühren und zu küssen. Noch einmal entdeckten wir uns auf diese Weise ganz neu. Und wir begannen Zukunftspläne zu schmieden.

Am nächsten Tag flogen wir zurück ins kalte, unfreundliche Deutschland. Irgendwie war die Stimmung sehr gedrückt, jetzt wo diese so einzigartige Reise zu Ende ging.

Aber bereits am Flughafen in München, wo sich vorerst unsere Wege trennten, fragte Jack Mischu und mich: „Ich plane für etwa in zwei Monaten eine Shootingreise nach Südafrika. Seid ihr wieder mit dabei?"

Mischu und ich sahen uns an, lächelten uns an und antworteten gleichzeitig: „Auf jeden Fall!" / „Wenn Du uns mitnehmen willst, gerne!"

Bis es zu dieser zweiten Reise kam, war meine Scheidung bereits durch und meine Ehe war Geschichte. Mischu und ich wohnten jetzt zusammen. Wir waren unbeschreiblich glücklich miteinander und staunten über uns selbst, als Jack uns ein Exemplar seines neuen Bildbandes schickte und wir darin die Fotos von Lanzarote sahen. Die Bilder waren so voller prickelnder und anregender Erotik, dass wir schon übereinander herfielen, bevor wir nur ein Drittel des Buches durchgeblättert hatten.

Inzwischen ist auch diese zweite Reise schon vorbei. Jack war wieder vollauf begeistert. Für ihn war alles, was Mischu und ich ihm für seine Bilder angeboten hatten, wieder nur geil gewesen.

Mit Mischu habe ich aufgehört, mich für meinen unermüdlichen Python zu schämen. Und auch Mischu kann inzwischen über sich selbst lachen, wenn ihr mal wieder ihre Brüste aus dem Dekolleté hüpfen. Wenn man gemeinsam peinlich ist, fühlt es sich plötzlich gar nicht mehr so schlimm an. Mischu und ich provozieren inzwischen sogar gerne mal die allzu aufdringlichen Gaffer, indem wir uns gegenseitig vor deren Augen schon mal an die Wäsche gehen. Manche Gaffer wenden sich dann entrüstet ab. Andere sehen uns wie gebannt zu. Und dann machen wir natürlich weiter und ziehen das ganze Programm durch, bis einer von uns oder wir beide einen Orgasmus bekommen. Dafür haben wir schon stehende Ovationen bekommen. Allerdings wurden wir daraufhin aus dem Theater geworfen, weil kein Zuschauer mehr auf die Schauspieler auf der Bühne geachtet hatte. Seitdem haben wir Hausverbot in diesem Theater. Aber zurückblickend *muss ich sagen, dass es das wert war!*

Mischu ist alles für mich. Wir wachsen von Tag zu Tag mehr zusammen. Und trotzdem entdecken wir uns täglich neu. Danke, dass es Dich in meinem Leben gibt.

6 DAS CHRISTKIND

Als ich die Geschichte bis hierhin ausgearbeitet hatte, war es spät am Abend. Immer wieder hatte ich während des Schreibens sehnsüchtig aus dem Fenster geblickt. Aber Manuela war nicht aufgetaucht. Ich fragte mich schon, ob ich mich im Datum geirrt hatte, ob vielleicht noch gar nicht Heiligabend war. Aber es war Heiligabend. Betrübt entschloss ich mich, der alten Krün mein kleines Präsent zu bringen. Also legte ich das Kätzchen von meinem Schoß auf die Couch, nahm die Blumen und klingelte damit an der Haustür. Es dauerte eine Weile, bis die Tür sich öffnete und das vor Freude strahlende Gesicht von Frau Krün sich bei meinem Anblick verfinsterte.

„Sind Sie endlich fertig mit Ihrem Geschreibsel?" giftete sie mich an.

Ich ließ den Blumenstrauß sinken und erwiderte grantig über diesen Ton: „Mein Geschreibsel geht Sie gar nichts an."

„Aber mich vielleicht?" hörte ich da die helle, klare Stimme Manuelas, die hinter ihrer Oma auftauchte. Sie kam an die Tür, während die alte Oma Krün sich brummelnd wieder in ihr Wohnzimmer zurückzog.

Jetzt, wo Manuela vor mir stand, wusste ich absolut nicht, was ich sagen sollte. Und Manuela schien es ähnlich zu gehen, denn sie stand nur da und sah mir erwartungsvoll in die Augen. Als ich ansetzte, etwas zu sagen, versuchte es Manuela im selben Augenblick. Sofort verstummten wir beide wieder. Und nach ein paar Sekunden versuchten wir es wieder, und wieder genau zur selben Zeit.

„Du!" sagte ich daraufhin schnell, um Manuela zuerst sprechen zu lassen. Aber sie schüttelte den Kopf und erwiderte: „Nein, Sie!"

„Frohe Weihnachten Manuela!" sagte ich nach einem kurzen Moment ganz leise.

Manuela lächelte mich strahlend an und erwiderte: „Frohe Weihnachten, Herr …"

„Nein", unterbrach ich sie. „Nicht Herr Schwarzer. Für Dich: Fred!"

Manuelas Lächeln wurde noch eine Spur strahlender. Es traf mich mitten ins Herz. Und sie begann von Neuem: „Frohe Weihnachten, Fred!"

„Seit wann bist Du denn da?" fragte ich sie und Manuela antwortete: „Seit kurz nach Mittag."

Ich sah sie leicht verwirrt an. Aber noch bevor ich die Frage formulieren konnte, warum sie mich nicht schon besucht hatte, sagte sie: „Ich hab ein paar mal um die Ecke der Garage geschaut. Aber Du hast immer gearbeitet.

Da wollte ich Dich nicht stören."

„Ich hab für meine neue Geschichte noch einen besseren Abschluss geschrieben, als den, den ich davor hatte."

„Hast du meinen Brief bekommen?"

„Ja", nickte ich und sagte gleich: „Ich kann Dir sonst leider nichts zu Weihnachten schenken. Aber wenn Du die Geschichte wirklich lesen willst, dann darfst Du es, obwohl ich befürchte, dass sie doch ein bisschen zu erotisch für Dich ist."

„Du machst mich neugierig!" erwiderte Manuela schelmisch. Und dann fragte sie mich: „Lädst Du mich noch ein wenig zu Dir ins Gartenhäuschen ein?"

„Wenn es Dir nicht zu ungemütlich bei mir ist", erwiderte ich unsicher und fragte gleich weiter: „Aber was wird Deine Oma sagen, wenn Du heute an Heiligabend nicht bei ihr bleibst?"

Manuela lächelte mich wieder an und antwortete: „Sie weiß schon seit Tagen, dass ich heute bei Dir bin? Nachdem Du so lange geschrieben hast, hab ich viel länger mit ihr gefeiert, als wir gedacht hätten. Du musst Dir also keine Gedanken machen. Warte kurz. Ich komme gleich."

Manuela lief wieder ins Haus und ließ mich vor der offenen Tür stehen. Aber nach wenigen Augenblicken kam sie schon wieder. Sie hatte sich nur einen kleinen Rucksack geholt.

„Gehen wir?" fragte sie. Und jetzt klang sie doch auch wieder unsicher und schüchtern.

„Ich, ähm", begann ich zu stottern. Dann reichte ich ihr den Blumenstrauß und bat sie: „Würdest Du die bitte Deiner Oma geben?"

Manuela sah mich verwundert an, schüttelte den Kopf und antwortete: "Nein. Das musst Du schon selbst machen."

Und damit nahm sie mich bei der Hand und zog mich hinter sich her ins Wohnzimmer ihrer Oma.

Mitten im Raum stand ein festlich geschmückter Weihnachtsbaum und darunter lagen einige, überwiegend bereits ausgepackte Geschenke. Manuelas Oma saß auf dem Sofa und sah fern. Als Manuela mich in das Zimmer zog, sah sie mich aus zusammengekniffenen Augen böse an. Ich wollte ansetzen, ihr Frohe Weihnachten zu wünschen. Aber in dem Moment drehte sie den Ton ihres Fernsehers absichtlich lauter. Ich setzte ein zweites mal an und sie drehte den Ton noch lauter.

„Oma!" rief ihr da Manuela zornig zu und schaltete den Fernseher aus.

„Ich wollte Ihnen nur Frohe Weihnachten wünschen!" sagte ich gereizt und hielt ihr den Blumenstrauß in der Hoffnung ins Gesicht, dass sie Heuschnupfen hätte.

Es dauerte etwa vier bis fünf Sekunden, bevor die alte Krün reagierte. Wäre Manuela nicht als Zeuge dieses peinlichen Auftritts dabei gewesen, hätte ich vermutlich nicht so lange gewartet, sondern wäre vorher schon wieder unverrichteter Dinge abgezogen. Nachdem diese Frist verstrichen war, riss sie mir die Blumen aus der Hand und antwortete mürrisch: „Danke!"

„Ja", sagte ich aus Verlegenheit, blickte Manuela kurz hilfesuchend an und wendete mich dann wieder zum Gehen.

„Warten Sie!" rief Frau Krün mir da befehlend hinterher. Ich wendete mich ihr noch einmal zu. Da deutete sie auf ein noch nicht ausgepacktes Geschenk unter dem Baum und sagte: „Das ist für Sie. Auch Ihnen Frohe Weihnachten, Herr Schwarzer."

„Danke", sagte ich abwehrend. „Aber das kann ich nicht …"

„Jetzt nehmen sie es gefälligst!" donnerte sie mich an. Ich sah, dass Manuela kicherte. Und das entspannte augenblicklich die Situation. Ich nahm das in Geschenkpapier eingewickelte Päckchen, nickte Frau Krün zu und sagte „Danke"

„Schon gut", brummelte sie, während sie aufstand und aus ihrem Wohnzimmerschrank eine Blumenvase holte.

„Manuela, mein Engel", wendete sie sich an Manuela. „Machst Du mir da bitte noch Wasser rein, bevor Du gehst?"

Manuela tat es, füllte die Vase, schnitt die Blumen nach und stellte sie ins Wasser.

„Wo soll ich die Vase hinstellen?" fragte sie dann ihre Oma. Und entgegen meiner Vermutung, dass sie die Blumen von mir möglichst weit von sich weg haben wollte, antwortete die alte Krün: „Gib sie her. Ich stelle sie hier auf den Tisch."

„Gute Nacht Frau Krün und nochmals Frohe Weihnachten!" sagte ich jetzt friedfertig, als ich mich wieder zum Gehen wendete.

„Frohe Weihnachten!" wünschte auch sie noch einmal, bevor sie Manuela hinterher rief. „Und Manuela: Vergiss den Topf und die Schale in der Küche nicht."

„Ja Oma!" antwortete Manuela, kehrte noch einmal um, gab ihrer Oma einen Kuss und sagte zwar leise, aber doch laut genug, dass ich es noch hören konnte: „Ich liebe Dich!"

„Ich liebe Dich auch mein Engel!" erwiderte die alte Krün und gab Manuela ebenfalls einen Kuss.

Dann endlich gingen wir. Manuela drückte mir noch einen Topf in die Hand, während sie selbst außer ihrem Rucksack und dem Päckchen, das sie mir abgenommen hatte, ein mit einem Geschirrtuch abgedecktes Schälchen trug.

Mit dem Ellenbogen öffnete ich die Tür des Gartenhäuschens und sagte schüchtern: „Nach Dir!"

Manuela schenkte mir wieder ihr bezauberndes Lächeln, sagte „Danke" und huschte an mir vorbei in mein kleines Domizil.

„Da wären wir also!" sagte ich unsicher und wusste wirklich nicht, was jetzt weiter passieren würde.

„Da wären wir!" bestätigte Manuela, stellte die Dinge ab, die sie trug und begrüßte das kleine, auf meiner Couch schlafende Kätzchen.

„Hallo Minka, meine Süße", sagte sie, während sie das Kätzchen zu streicheln begann. „Ich hab mir schon gedacht, dass Du hier bist."

Minka hieß also meine kleine, vierbeinige Freundin, die mir seit Tagen Gesellschaft leistete.

Ich stellte den Topf auf das Tischchen vor der Couch, zog mir den Stuhl vom Arbeitstisch heran und setzte mich Manuela so gegenüber, wie ich mich ihrer Oma gegenübergesetzt hatte, als sie mich hier besucht hatte. Minka hatte sich bei Manuelas Berührung sofort auf den Rücken geschmissen. Sie ließ sich von ihr den Bauch kraulen und schnurrte laut.

„Kannst Du mal kurz weitermachen?" fragte mich Manuela, auf Minka deutend und stand auf. Zögernd setzte ich mich auf die Couch. Solange Manuela stand, war es ja ungefährlich, dachte ich mir.

Manuela kannte sich in dem Gartenhäuschen anscheinend ebenso gut aus, wie ihre Großmutter. Sie holte das Stövchen aus dem Schrank, zündete ein Teelicht an und stellte den Topf darauf. Dann stellte sie zwei Tassen daneben und schenkte uns von dem duftenden Weihnachtspunsch ein. Von dem Schälchen, das sie auch aus der Küche ihrer Oma mitgebracht hatte, nahm sie das Tuch herunter und enthüllte damit sehr schön dekorierte Schnittchen mit Schinken, Käse, Lachs, Quark, Ei und Tomate.

„Hättest Du lieber was Süßes?" fragte sie mich plötzlich, während sie sich neben mich setzte.

Ich hatte ihr fasziniert zugesehen, als sie den Tisch so selbstverständlich gedeckt hatte. Auf ihre Frage schüttelte ich nur den Kopf. Aber als sie dann so dicht neben mir saß, wollte ich mich wieder auf den Stuhl setzen. Manuela legte mir aber zaghaft ihre kleine Hand auf den Oberschenkel und bat mich leise: „Bitte bleib hier. Setz Dich nicht weg."

Minka schien Manuela darin unterstützen zu wollen, denn sie krallte sich an meiner Hand fest, als ich sie zurückziehen wollte und ließ erst wieder los, als ich den Versuch, aufzustehen aufgegeben hatte und weiter ihren Bauch kraulte.

„Danke!" flüsterte Manuela ganz leise und reichte mir eine Tasse mit Punsch.

„Frohe Weihnachten, Fred!" wünschte sie mir erneut, als sie mit mir anstieß. Und auch ich wünschte ihr noch mal „Frohe Weihnachten, Manuela!"

Nachdem wir getrunken und die Tassen wieder abgestellt hatten, gab Manuela mir schnell einen Kuss auf die Wange. Und bevor ich etwas darauf sagen konnte, bat sie mich: „Bitte nicht böse sein Fred. Heute ist Weihnachten."

Das klang wie eine Einladung, den Kuss zu erwidern. Aber ich wagte es nicht. Ich sagte nur: „Ich bin Dir nicht böse!"

„Hier, bedien Dich" lud Manuela mich mit einer Geste in die Richtung der Schnittchen ein. „Oma und ich haben sie extra für Dich gemacht."

„Nur, wenn Du auch isst", forderte ich, da es mir unangenehm gewesen wäre, allein zu essen. Manuela nahm sich sofort eines der Schnittchen und biss herzhaft ab. Und als ich daraufhin auch zu essen begann, fragte mich Manuela: „Darf ich es jetzt lesen?"

„Jetzt noch?" fragte ich, da es schon zehn Uhr vorbei war.

„Bitte!" bat Manuela mit einem so verführerischen Augenaufschlag, dass ich es ihr nicht abschlagen konnte. Ich öffnete das Dokument auf meinem Laptop, schob Manuela den Stuhl zurecht und sagte „Bitte!"

Sie setzte sich und begann zu lesen. Der Anfang war ja harmlos. Aber ich fürchtete mich doch davor, sie die erotischen Stellen lesen zu lassen. Also unterbrach ich sie noch einmal, indem ich verlegen sagte: „Willst Du das wirklich lesen?"

Plötzlich befürchtete ich, dass die Erotik, wie sie sich heute noch in der Geschichte entwickelt hatte, doch zu heftig für sie wäre. Manuela nickte aber sehr bestimmt und antwortete mit ungeduldiger Spannung: „Unbedingt!"

Und sie begann zu lesen. Ich stellte ihr ihren Punsch neben den Laptop, holte auch die Schnittchen an diesen Tisch und setzte mich an die Seite des Tisches, um ihr Gesicht während des Lesens beobachten zu können. Minka kam uns hinterher und legte sich wieder auf meinen Schoß.

Geduldig wartete ich, teilte ein Lachsbrötchen mit Minka und beobachtete dabei Manuela, während sie las. Ein paar mal sah ich sie schmunzeln. Und ein paar mal überflog eine leichte Röte ihre Wangen. Aber ihre Augen strahlten und ich hörte, wie ihr Atem langsam schneller ging. Irgendwann warf sie mir einen ganz kurzen und nicht zu deutenden Blick zu.

Meine Nervosität wurde immer stärker. Ich hatte die Bilder dessen, was ich geschrieben hatte, vor Augen während Manuelas Augen immer schneller über die Zeilen huschten. Was musste sie nur von mir denken? Plötzlich erschien mir meine Geschichte ziemlich abartig. Meine Protagonisten waren unglaubwürdig, der Sex war unglaubwürdig, und vor allem war er doch ziemlich … abartig.

„Vielleicht liest Du besser doch nicht weiter", sagte ich plötzlich und begründete das damit, dass ich meinte: „Ich glaub, ich muss die Geschichte noch mal ändern."

Aber Manuela schüttelte den Kopf und erwiderte hastig, ohne ihren Blick vom Monitor zu lösen: „Ich hör jetzt bestimmt nicht auf!"

Sie atmete so schwer, dass sie sich ein paar Mal mit der Zunge die Lippen befeuchten musste. Dieser Anblick vermischte sich mit der absurden Erotik meiner Geschichte und ich spürte plötzlich, wie sich mein Penis, in meiner Hose rührte. Minka maunzte pikiert über diese unkontrollierbare und sich ausdehnende Bewegung in meiner Hose.

„Scht!" machte ich, um das verräterische Kätzchen zum Schweigen zu bringen. Aber damit lenkte ich Manuelas Aufmerksamkeit erst Recht auf Minka und meinen Schoß. Zum Glück hatte ich keinen Python in meiner Hose, sondern bin eher durchschnittlich bestückt. Trotzdem wäre die Bewegung und Ausbuchtung sicherlich zu sehen gewesen, wenn nicht Minka darauf gelegen hätte. Manuela hatte dem Kätzchen auch nur einen kurzen Blick geschenkt, bevor sie sich wieder in die Geschichte stürzte.

Ich weiß nicht, wessen Herz schneller schlug, als sie fertig war; Ihres oder meines?

Als Autor, dessen Geschichten von ihm unbekannten Menschen im Internet gelesen werden, hatte ich mir noch nie Gedanken darüber gemacht, was die Leser wohl von mir, über mich und meine erotischen Fantasien dachten, ob sie einfach Spaß am Lesen hatten und sich in den erotischen Bann ziehen ließen, in ich selbst geriet, wenn meine Geschichten beim Schreiben anfingen, sich zu verselbstständigen, oder ob sie mich für einen perversen Spinner hielten.

Jetzt hatte ein Mensch, der mir mehr bedeutete, als jeder andere und vor dessen Urteil ich mich deshalb auch am meisten fürchtete, eine meiner Geschichten gelesen. Gebannt studierte ich Manuelas Gesicht und wartete mit Bangen, was sie sagen würde. Am liebsten hätte ich selbst gleich angefangen, mich zu verteidigen. Am liebsten hätte ich gesagt, dass das mit Abstand das Schlechteste wäre, was ich je geschrieben hätte, dass ich selbst nicht wüsste, wie ich so einen Schrott überhaupt schreiben konnte …

„Das prickelt schon beim Lesen!" riss mich Manuela plötzlich aus meinen gedanklichen Selbstvorwürfen und Selbstzweifeln. Ein Schauer durchlief ihren Körper. Und allein, das zu sehen, übertrug sich auf mich und meinen Körper.

Minka stand auf, maunzte mich an und wollte raus. Ich öffnete ihr die Tür und setzte mich dann, plötzlich doch darum bemüht, meine peinliche Beule in der Hose zu verbergen, wieder an den Tisch.

Manuela hatte mir zugesehen, als ich aufgestanden war. Und ich war mir nicht sicher, ob sie auf meine Hose blickte, als ich mich wieder setzte. Darum saß ich plötzlich ziemlich verkrampft da. Ich hatte nicht die Spur einer Ahnung, was ich jetzt sagen sollte.

Manuela überflog noch einmal einzelne Passagen aus der Geschichte und ich beobachtete, wie wieder ein erregender Schauer ihren Körper erfasste. Das war wirklich zuviel für mich. Ich wollte mich abwenden, konnte meinen Blick aber nicht von Manuelas Gesicht lösen.

Schließlich schloss sie das Dokument und fuhr den Laptop herunter. Dann fragte sie mich: „Setzen wir uns wieder auf die Couch?"

„Gerne", antwortete ich, da ich hoffte, dass ich das Gespräch dann auf etwas anderes, als meine Geschichte lenken konnte. Ich wartete, bis Manuela an mir vorbei war, bevor ich aufstand. Aber plötzlich drehte sie sich so unerwartet noch mal um, dass ihre Hand wie zufällig über meine Hose glitt und dabei meinen erigierten Penis streifte. Mein Penis zuckte unter dieser Berührung und ich zuckte ebenfalls zusammen. Ich hoffte nur, dass Manuela es nicht bemerkt hatte. Sie schien auch nichts zu bemerken. Jedenfalls sagte sie nichts, außer: „Ich hab meine Tasse stehen lassen."

Schnell und möglichst unbefangen wendete ich mich noch mal um und nahm die Tasse, die noch neben dem Laptop stand. Aber als ich mich mit der Tasse in der Hand wieder zu Manuela umdrehte, war sich mir den kleinen Schritt nachgekommen. Ich drehte meinen Penis genau in ihre Hand. In dem Moment schien mein Herz stehen zu bleiben. Ich war unfähig, mich zu bewegen. Wenigstens packte Manuela nicht einfach zu, wie es Mischu in meiner Geschichte bei Jürgen gemacht hatte. Mein erigierter Penis, der sich anscheinend auch grad als Python versuchen wollte, spannte zwar nicht mein Hosenbein, aber in meinem Schoß hatte sich der Stoff wie ein Zelt aufgerichtet. Und der Zeltpfosten stieß an Manuelas Handinnenfläche. Manuela zog mich mit ihren tiefen, blauen Augen in ihren Bann. Ich konnte mich nicht aus ihrem Blick befreien und wollte es eigentlich auch nicht. Da spürte ich, wie sich ihre kleine Hand plötzlich ganz langsam und vorsichtig um die Spitze meines Zeltpfostens schloss. Da die Hose aber so sehr spannte, konnte sie meine Eichel nicht wirklich greifen. Aber die Berührung war trotzdem so intensiv, dass ich zu zittern begann.

„Warum tust Du das?" fragte ich schwer atmend und machte mir dabei gleichzeitig die schlimmsten Vorwürfe dafür, dass ich es einfach nicht schaffte, mich dieser Berührung zu entziehen.

„Ist es unangenehm für Dich?" fragte Manuela zurück. Sie schien jetzt auch wieder etwas ihrer forschen Sicherheit, die sie eben noch ausgestrahlt hatte, verloren zu haben. Und das gab mir die Kraft, mich vor ihrer Hand zurückzuziehen und mit dem Versuch, energisch zu klingen, antwortete: „Natürlich ist es unangenehm für mich! Du bist einfach zu jung!"

„Ich bin sechzehn!" erwiderte Manuela.

„Sechzehn?" fragte ich ungläubig zurück. „Ich dachte, Du bist fünfzehn."

„Ich bin ein Christkind!"

Da fiel mir siedendheiß wieder ein, wie mich Oma Krün im Auftrag vom Christkind gefragt hatte, ob ich auch immer schön brav gewesen wäre, und was für eine Abfuhr ich ihr daraufhin erteilt hatte.

„Du hast Deine Oma also geschickt!" stellte ich betroffen fest. Manuela nickte und gewann dabei ihr Lächeln zurück.

„Bitte setz Dich zu mir", bat sie mich, während sie sich selbst wieder auf die Couch setzte und neben sich deutete.

Zögernd und verwirrt setzte ich mich und goss unsere Tassen wieder voll. Und als ich einen großen Zug machte, begann Manuela: „Ich hab Dir doch geschrieben, dass ich Deine anderen Geschichten gelesen habe und wie sehr ich Deine Art zu Schreiben mag. Ich hoffe, Du bist mir nicht böse, aber ich hab die Geschichten an einen Verlag geschickt. Ich hab geschrieben, dass der Autor, Du, ein Freund von mir ist und wo die Geschichten erschienen sind. Und ich habe angefragt, ob sie Deine Kurzgeschichten vielleicht als Buch herausbringen würden. Die Antwort kam bereits zwei Tage später. Der Verleger hat geschrieben, dass er Deine Geschichten ebenfalls sehr mag, dass er aber mindestens eine bisher unveröffentlichte Geschichte von Dir bräuchte, um ein Buch daraus zu machen."

Manuela kramte ein Couvert aus ihrem Rucksack und überreichte es mir mit den Worten: „Das ist mein Weihnachtsgeschenk für Dich!"

„Was ist das?" fragte ich zurück.

Manuela lächelte wieder, als sie antwortete: „Mach es auf!"

Ich öffnete das Couvert. Es enthielt einen Vertragsentwurf für die Veröffentlichung von einigen meiner erotischen Kurzgeschichten in einem eigenen Buch, mit der Bedingung, dass ich bis Mitte Januar eine weitere, bisher unveröffentlichte Geschichte mit mindestens der Qualität meiner bisherigen Geschichten liefern musste.

Sollte ich diese Vertragsbedingungen akzeptieren und die neue Geschichte fristgerecht an den Verlag senden, wurde mir sogar ein Vorschuss in Aussicht gestellt.

Ich spürte, wie sich meine Augen mit Tränen füllten. Seit Jahren hatte ich mich erfolglos an Verlage gewandt. Und jetzt plötzlich hatte ich einen Vertrag in der Hand, dessen Bedingungen ich auf der Stelle erfüllen konnte. Vor Freude über dieses unerwartete Weihnachtsgeschenk nahm ich Manuelas zartes Gesicht zwischen meine Hände und gab ihr aus Dankbarkeit und Liebe einen ganz zarten Kuss.

Manuela schloss die Augen, ließ sich in meinen Händen fallen und erwiderte ganz zaghaft den Kuss.

„Danke!" flüsterte ich mit ehrlicher, tief empfundener Dankbarkeit im Herzen, nachdem unsere so unerfahrenen Lippen sich wieder voneinander gelöst hatten.

Manuela war wirklich mein Christkind!

„Jetzt musst Du aber auch noch das Geschenk von Oma aufmachen", drängte sie mich. Ich gehorchte und fand in dem Päckchen einen selbst gestrickten Pullover und selbst gestrickte Socken. Ich freute mich auch über diese Geschenke, die mir bewiesen, wie viel Herz doch unter der rauen Schale der alten, borstigen Krün steckte.

„Es tut mir leid, dass ich kein Geschenk für Dich habe!" meinte ich, sehr beschämt über meine reiche Bescherung. Aber da legte mir Manuela schnell die Fingerspitzen auf die Lippen und erwiderte: „Mein Geschenk war, dass ich Deine Geschichte lesen durfte. Und die Weihnachtsnacht ist noch nicht vorbei."

Sie kuschelte sich zögernd, so als ob sie befürchtete, dass ich sie wieder zurückstoßen würde, an mich heran und sagte: „Oma hat mir erzählt, dass sie mit Dir geredet hat. Weißt Du, dass meine Ma erst fünfzehn war, als ich zur Welt gekommen bin? Ich bin sechzehn. Ich bin nicht volljährig aber ich darf jetzt selbst entscheiden, was ich tun möchte und was das Beste für mich ist. Deswegen gehe ich auch nicht mehr zu meiner Ma zurück, sondern bleibe ab jetzt bei Oma!"

Sie löste sich wieder ein wenig von mir, um mir in die Augen sehen zu können und fuhr dann fort: „Und wenn Du es erlaubst, bleibe ich heute Nacht, oder so lange Du mich erträgst bei Dir!"

Mein Herz schlug mir bis zum Hals. Ich antwortete nicht, ich nahm Manuela nur stumm in meine Arme und hielt sie ganz fest.

„Mein wunderbares, kleines Christkind!" flüsterte ich ihr verliebt ins Ohr. Und da es sogar schon Manuelas Oma wusste, konnte ich es jetzt auch Manuela selbst gestehen. Und darum flüsterte ich noch leiser: „Happy Birthday, Manuela! Ich liebe Dich!"

Manuela begann zu weinen. Sie vergrub ihr Gesicht in meinem Hals und klammerte sich an mir fest. Ich strich ihr zärtlich über die Haare, bis sie sich wieder etwas beruhigt hatte. Und als sie zu weinen aufgehört hatte, sagte sie, noch schniefend: „Danke!"

Einige Sekunden schwiegen wir, dann fuhr sie fort: „Das ist mein schönstes Weihnachtsgeschenk! Ich hab mir so sehr gewünscht, dass Du das zu mir sagst, weil ich, ...weil ich Dich liebe!"

Ich küsste Manuelas Tränen von ihren Wangen und sagte dann, einer plötzlichen Eingebung folgend: „Ich hoffe nur, Du denkst nicht, dass ich so bin, wie die Protagonisten meiner Geschichten, sonst wirst Du nämlich sehr enttäuscht sein."

Manuela schaffte es wieder zu lächeln, als sie antwortete: „Ich glaube, in Deinen Figuren steckt mehr von Dir, als Du selber weißt."

In Gedanken versunken schüttelte ich den Kopf.

„Ich hab keinen Python!" erklärte ich trocken.

Manuela lächelte mich an und erwiderte: „Ich weiß. Ich hab Dich nackt im Garten gesehen! In Deiner Geschichte ist sie schön! Ich mag, was Jürgen mit ihr erlebt und was Mischu mit ihr anstellt. Aber im richtigen Leben wäre sie wohl sehr hinderlich."

Und nach einer kurzen Pause fügte sie noch, vielsagend auf meinen Schoß blickend, hinzu: „Ich brauche keinen Python!"

„Ich bin auch kein Extremsportler", fuhr ich, auf eine meiner früheren Geschichten anspielend, fort.

„Na und?" fragte Manuela.

„Und ich habe in Wahrheit nur sehr wenig Ahnung von Frauen!"

„Ich weiß!" wiederholte Manuela wieder.

„Und von Erotik!"

„Das glaube ich nicht."

„Alles was ich schreibe, entsteht in meinem Kopf. Es sind nur Fantasien, die ich selbst nie erlebt habe."

„Weißt Du, was mich an Deinen Geschichten so fasziniert?" fragte mich Manuela da.

„Du hast es mir geschrieben", antwortete ich. „Die Gefühle, die Verletzlichkeit und der Humor."

Manuela nickte und setzte die Aufzählung noch fort: „Und die Sehnsucht, die ich immer wieder zwischen den Zeilen lese."

„Die Sehnsucht?" fragte ich. Aber es sollte gar keine Frage sein. Es war mehr eine Bestätigung dessen, was Manuela erkannt hatte.

Trotzdem beantwortete sie die Frage mit „Ja" und erklärte ihre Theorie: „Ich glaube, dass in der Art, wie Du Gefühle und Erotik beschreibst, Deine Sehnsucht liegt."

Möglicherweise war diese Vermutung nicht ganz verkehrt. Trotzdem widersprach ich, indem ich dagegenhielt: „Aber damit wären wir wieder bei dem Python, bei extrem vollbusigen Frauen …"

„Ich meine nicht die Äußerlichkeiten", unterbrach mich Manuela. „Ich meine, wie die Figuren in den meisten Deiner Geschichten miteinander umgehen. Die Neugier und die Sehnsucht, von der sie getrieben werden, die sind, glaube ich, zum größten Teil Deine eigenen."

Ich schwieg und dachte über die Gedanken nach, die sich Manuela beim Lesen meiner Geschichten anscheinend über mich gemacht hatte.

„Habe ich Recht?" fragte sie nach einer Weile. Und ich antwortete: „Vielleicht nicht zum größten Teil, aber zum Teil, ja."

Immerhin hatte ich auch schon Geschichten aus der Perspektive von sehr negativen Charakteren geschrieben, in deren Gedankenwelt ich mich zwar beim Schreiben eingefunden hatte, die ich mir aber nicht gern als meine eigene unterstellen lassen würde.

„Ich hab auch Sehnsucht!" gestand mir Manuela. „Ganz stark! Und ich bin unendlich neugierig … auf Dich!"

„An mir ist nichts Besonderes", entgegnete ich, betrübt darüber, dass es wirklich nichts gab, womit ich mich hätte brüsten können.

„Für mich schon!" flüsterte Manuela und ich fürchtete, dass sie sich ein Traumbild von mir geschaffen hatte, dem ich nicht entsprechen konnte. Das versuchte ich ihr auch zu sagen. Aber sie schüttelte nur den Kopf und meinte: „Ich hab noch gar kein Bild von Dir, Fred. Ich hab nur durch ein kleines Fenster einen kurzen Blick in Deine Seele werfen können. Und dieser Blick hat mich so neugierig auf Dich gemacht. Wie sollte ich noch so neugierig auf Dich sein können, wenn ich glauben würde, Dich bereits zu kennen?"

Ich staunte nicht schlecht über Manuelas Argumente und antwortete: „Das war sowohl poetisch, als auch philosophisch. Vielleicht solltest *Du* Geschichten schreiben."

Manuela lächelte mich dankbar an. Und ich wurde mir wieder bewusst, wie neugierig *ich* auf *sie* war und welche unbeschreiblichen Sehnsüchte sie in mir geweckt hatte.

„Du hast mir geschrieben, dass Du von mir geträumt hast", wechselte ich das Thema und gestand ihr: „Ich hab auch von Dir geträumt!"

„Wirklich?" fragte Manuela freudestrahlend.

„Ja!" bestätigte ich lächelnd. Und Manuela fragte mich gleich weiter: „Erzählst Du mir Deine Träume?"

Eigentlich hatte ich vorgehabt, sie zu fragen, ob sie mir ihre Träume erzählen würde, da sie mir das in ihrem Brief angeboten hatte. Aber jetzt war mir Manuela mit ihrer Frage zuvorgekommen. Also antwortete ich: „Meine Träume waren ziemlich absurd. Erzählst Du mir Deine, wenn ich Dir meine erzähle?"

„Ich freu mich, wenn Du sie hören willst."

„Also gut", begann ich und erzählte ihr den ersten Traum, in dem sie vorgekommen war und an den ich mich erinnern konnte.

Manuela lachte über Jürgen und wie er mit seinem Streitkolben meine Exfreundin ausgeknockt hatte, und auch über meinen Schrecken, als ich beim Aufwachen ihre Oma gesehen hatte. Da sie den Zusammenhang des Streitkolbens nicht verstand, erzählte ich ihr, welche Anfangsprobleme Jürgen und ich beim Schreiben meiner neuen Geschichte hatten. Sie amüsierte sich köstlich und meinte schließlich: „Siehst Du, das ist wieder das Gefühl und auch der Humor, den ich so mag."

„Und jetzt Du!" forderte ich Manuela auf, nachdem das Thema um meinen ersten Traum beendet war.

„Du wirst mich bestimmt auslachen, wenn ich Dir das erzähle", meinte Manuela verlegen. Aber ich versprach ihr, das nicht zu tun und so erzählte sie mir ihren ersten Traum.

„Es war, noch bevor wir das erste Mal miteinander gesprochen hatten", begann sie. „Ich hatte Dich bis dahin immer nur durch Dein Fenster beobachtet und hatte das eine mal das Gefühl, dass Du grad sehr konzentriert und leidenschaftlich am Schreiben wärst. Und da bin ich bis an Deine Tür gekommen und hab Dich durch die Scheibe angesehen."

„Das war an dem Tag, an dem Du den Schneemann gemacht hast!" sagte ich.

„Ja!" bestätigte Manuela lächelnd und fuhr fort: „In dieser Nacht habe ich das erste Mal von Dir geträumt. Als ich vor Deiner Tür gestanden bin und Dich betrachtet habe, hatte ich den Eindruck, dass Du …"

Sie zögerte und deshalb vervollständigte ich ziemlich verlegen den Satz: „Dass ich erregt war!"

„Ja!" bestätigte Manuela ebenso verlegen. „Sexuell erregt! Ich glaubte, bemerkt zu haben, dass Du eine Erektion hattest. Und in der Nacht träumte ich, dass ich wieder vor Deiner Tür stand. Du warst wieder am schreiben und hattest wieder eine Erektion. Plötzlich ging die Tür von ganz alleine auf. Ich hatte Angst, dass du mich bemerken würdest. Aber Du hast ganz fieberhaft weiter geschrieben. Da bin ich durch die Tür getreten und hab mich hinter Dich gestellt. Ich hab auf den Monitor von Deinem PC geschaut, aber der war schwarz. Trotzdem hast Du wie im Fieber geschrieben. Und ich hab gesehen, wie die Erektion in Deiner Hose sich bewegt hat. Ich wollte danach greifen, konnte sie aber nicht erreichen, egal, wie sehr ich mich auch gestreckt habe. Mehr weiß ich von dem Traum nicht mehr."

„Deshalb also vorhin …" stotterte ich, nachdem Manuela geendet hatte.

„Deshalb wollte ich vorhin wenigstens einmal kurz spüren, wie es sich anfühlt!" bestätigte Manuela, lief rot an und drehte sich verlegen weg. Ich nahm sie sanft bei den Schultern, drehte sie wieder zu mir und hob ihr Kinn behutsam an, damit ich ihr in die Augen sehen konnte. Als sie jedoch ihre Augen wieder aufschlug und unsere Blicke sich trafen, zog es mir wieder den Boden unter den Füßen weg. Ich war gefangen, ich konnte mich gegen den Bann, in den mich ihre Augen immer wieder zogen, nicht wehren. Verwirrt wollte ich fragen, wie sie das machte. Aber als ich den Mund öffnete, kam etwas ganz anderes heraus.

„Ich möchte Dich auch spüren!" sagte ich. Und es dauerte ein paar Sekunden, bevor ich mir dessen überhaupt bewusst wurde.

Unsere Gesichter waren sich ganz nah, so wie nach unserem Sturz auf der Piste. Und wieder kamen unsere Lippen sich langsam näher. Es war nicht wie vorher, als ich Manuela aus Dankbarkeit und Rührung geküsst hatte. Der Kuss war zärtlich gewesen und Manuela hatte ihn auch erwidert. Aber jetzt näherten sich unsere Lippen einander ganz bewusst und unendlich langsam. Ich spürte wieder Manuelas Atem. Unsere Herzen schlugen schnell. Und dann berührten sich unsere Lippen so sanft, wie Schneeflocken, die auf der Haut schmelzen. Und so schmolz auch ich bei diesem Kuss, der so rein war, so pur und unverdorben von den Erfahrungen des Lebens.

Mir stiegen Tränen in die Augen und ich löste mich von Manuelas Lippen.

„Was ist los mit Dir?" fragte Manuela besorgt. „Hab ich etwas falsch gemacht?"

Es wäre mir nicht möglich gewesen, meine feuchten Augen vor ihr zu verbergen. Darum versuchte ich es gar nicht. Ich atmete einmal tief durch, schüttelte den Kopf und antwortete: „Du kannst gar nichts falsch machen Manuela. Aber ich habe Angst, dass ich etwas falsch mache, wenn ich das alles zulasse."

„Das alles?" fragte Manuela. Und ich hörte, wie sich dabei so etwas wie Panik in ihre Stimme schlich.

„Willst Du das wirklich?" fragte ich als Antwort auf ihre Frage zurück. „Bist Du Dir sicher, dass ich kein Fehler bin? Ich bin doch schon …"

Weiter kam ich nicht. Manuela verschloss meine Lippen mit einem so innigen und ehrlichen Kuss, wie ich es mit Worten nicht beschreiben kann.

Mein Gott, ich hatte in meinem Leben doch schon geküsst, leidenschaftlich, verliebt, zärtlich, innig. Aber so etwas hatte ich noch nicht erlebt. Manuelas Kuss war die Liebe selbst.

Als ihre Lippen sich wieder von meinen lösten und ich noch versuchte, meine Fassung zurück zu gewinnen, sagte sie ganz leise: „Ich bin mir sicher!"

Ich brauchte noch Minuten, bis ich mich nach diesem Kuss wieder gefangen hatte. Ich glaubte Manuela. Sie war sich sicher, so sicher wie ein Mensch sich nur sein kann, so sicher, wie ich mir meiner eigenen Gefühle war!

Ich spürte, wie sich meine Bedenken und Vorbehalte aufzulösen begannen, suchte wieder den Kontakt zu ihren Augen und berühre sie mit meinen Fingerspitzen ganz sacht an der Wange.

Manuela zitterte leicht unter der Berührung. Sie schloss die Augen und legte ihren Kopf in den Nacken. Ganz zärtlich glitten meine Fingerspitzen über ihren Hals bis zum Kragen ihres Pullovers. Ein neuer Schauer ließ dabei Manuela erzittern. Ich küsste ihren Hals und spürte ihren Pulsschlag unter meinen Lippen. Ganz langsam begannen meine Arme, sie zu umschlingen und meine Hände suchten den Saum ihres Pullovers. Langsam und vorsichtig tastete ich unter den Pullover. Sie trug darunter noch etwas aus einem dünnen Stoff. Dessen Saum steckte aber in ihrer Jeans. Also streichelte ich über diesem Stoff ganz behutsam ihren schlanken Rücken hinauf. Manuelas Atem ging zitternd und stoßweise. Wieder küsste ich ganz zärtlich ihren Hals. Da schlang sie ihre Arme auch um mich und presste ihren jungen Körper an mich. Ich streichelte ihren Rücken unter ihrem Pullover und auf dem dünnen Stoff bis zu ihren Schultern und ließ meine Hände dann seitlich an ihrem Körper wieder hinunterwandern. Ich ließ mir unendlich viel Zeit dafür, tastete nur ganz sanft mit meinen Fingerspitzen nach den Ansätzen ihrer kleinen Brüste und verweilte dort auch nicht.

Plötzlich zog sich Manuela ihren Pullover über den Kopf. Der dünne Stoff, den sie darunter trug, war ein einfaches weißes Hemdchen. Ich konnte sehen, wie sich die winzigen Knospen ihrer kleinen, flachen Brüste darauf abzeichneten.

Aber noch während ich gebannt diesen Anblick in mich aufsog, kratzte Minka wieder an der Tür. Für etwa zehn Sekunden gelang es uns, sie zu ignorieren. Aber als Minka dann energisch zu maunzen begann, war das nicht mehr möglich.

Manuela und ich lächelten uns an und dann ließ ich Minka wieder rein.

„Ich muss sowieso noch ins Bad!" meinte ich, da es schon irgendwann nach Mitternacht war und die Unterbrechung sich anbot, um mich schnell noch zu waschen und die Zähne zu putzen.

„Ich auch!" sagte Manuela und gestand mir auch gleich: „Ich müsste aber auch Dein Bad in der Garage benutzen, weil Oma über Nacht immer die Haustür abschließt."

Ich wunderte mich nicht mehr wirklich darüber, dass Manuela anscheinend mit ihrer Oma schon besprochen hatte, dass sie diese Nacht bei mir im Gartenhäuschen bleiben wollte. Also sagte ich: „Bitte, nach Dir! und deutete mit der Hand auf die Tür.

Manuela schlüpfte schnell in ihre Schuhe, nahm ihren Rucksack und lief in ihrem dünnen Hemdchen hinaus in die kalte Winternacht. Während sie im Bad war, räumte ich auf und machte das Bett. Sobald ich damit fertig war, sprang Minka auf die Decke und machte es sich mitten darauf gemütlich.

Als Manuela wieder aus der Kälte kam, zeichneten sich ihre winzigen Knospen noch ein kleines bisschen deutlicher durch den Stoff ihres Hemdchens ab.

„Fertig!" sagte sie fröstelnd. Ich deutete auf das Bett und erwiderte mit neu erwachender Nervosität und Unsicherheit: „Mach es Dir gemütlich. Ich bin gleich da."

Als ich dann im Bad war, beschlichen mich wieder Zweifel, ob ich tun durfte, was ich im Begriff stand zu tun. Aber die Gewissheit, dass Manuelas Liebe so rein und ehrlich war und dass ihre Sehnsucht so groß wie meine eigene war, ließ mich die Zweifel wieder verscheuchen.

Als ich zurück in die Hütte kam, brannte dort nur noch eine Kerze auf dem Tischchen vor dem ausgeklappten Couchbett.

Manuela lag bereits im Bett und hatte sich die Decke bis zum Kinn hochgezogen. Sie blickte mich erwartungsvoll an und ich sah das flackernde Licht der Kerze in ihren tiefen blauen Augen tanzen. Minka hatte sich ans Fußende des Bettes zurückgezogen.

Bevor ich mich auszog, wollte ich die Kerze auspusten. Aber Manuela bat mich: „Bitte lass sie an. Ich möchte Dich ansehen."

Also begann ich mich vor ihren Augen auszukleiden. Aber meinen Slip wagte ich so nicht auszuziehen. Darum stieg ich mit ihm unter die Decke. Ich drehte mich auf die Seite, so dass ich Manuela ansehen konnte. Und sie wandte mir auch ihr Gesicht zu.

„Darf ich Dich berühren?" fragte sie unsicher.

Ich nickte. Und nach ein paar Sekunden sah ich, wie sie ihre Hand unter der Decke in meine Richtung streckte. Ihre Fingerspitzen berührten ganz zaghaft meinen Arm. Ich zuckte bei der Berührung unweigerlich zusammen. Ganz langsam tasteten ihre Finger meinen Arm aufwärts bis zu meiner

Schulter und meinem Hals. Diese zarte Berührung am Hals bescherte mir einen erregenden Schauer, der meinen ganzen Körper durchlief. Ich drehe mich auf den Rücken. Manuelas Fingerspitzen begannen unter der Decke ganz zart und behutsam über meine Brust abwärts zu tasten. Mein Atem ging stoßweise. Ich zuckte bei jeder kleinsten Berührung und Bewegung ihrer Finger. Es war ein so neues und intensives Fühlen und Wahrnehmen von Berührung, dass ich das Gefühl hatte, ich wäre in meinem ganzen bisherigen Leben noch niemals berührt worden. Das war absolut nichts Sexuelles; noch nicht! Es war die Neugier, mich als Ganzes zu entdecken und zu erforschen. Manuela ertastete mich mit der Sensibilität eines Blinden. Und das war sinnlicher und erregender für mich, als der meiste Sex, den ich bis dahin in meinem Leben gehabt hatte. Es war nicht einfach nur die Langsamkeit, oder die Zartheit der Berührung, die mich so erregte; Es war der Umstand, dass Manuela es nicht um der Langsamkeit oder der Zärtlichkeit willen tat, sondern um der eigenen Neugier und Sehnsucht willen. Sie berührte mich nicht, um sich oder mich zu erregen, sondern um zu spüren, wie es sich anfühlt, wie ich mich anfühle. Es waren zwar ihre Fingerspitzen, die über meine Haut tasteten aber sie berührte mich dabei mit der Reinheit ihrer Seele.

Ich glaube nicht, dass ich dieses Gefühl auch nur annähernd beschreiben kann.

Meine Bauchmuskeln waren angespannt; Nicht um Manuela damit beeindrucken zu wollen, sondern vor fast unerträglicher Erregung. Manuelas Finger tasteten gerade im Bereich meines Solar Plexus, als Minka plötzlich und ohne Vorwarnung auf die sich unter der Decke bewegende Hand sprang und in die Decke biss. Sie hielt Manuelas zärtliches Erforschen meines Körpers anscheinend für ein extra für sie veranstaltetes Spiel. Sowohl Manuela, als auch ich, zuckten bei diesem hinterhältigen Angriff auf unsere Neugier zusammen.

„Minka!" sagte Manuela, leicht tadelnd. Aber es war ihrer Stimme anzuhören, dass sie dem kleinen, verspielten Tiger genauso wenig böse sein konnte, wie ich. Als sie ihre Hand unter der Decke etwas bewegte, sprang Minka sofort wieder drauf und biss hinein. Und so ging das Spiel ein paar Mal weiter, bis Manuela ihre Hand schließlich unter der Decke hervorzog.

„Du kleine, freche Maus!" schimpfte sie. Aber da sie dabei lächelte, war es kein Wunder, dass Minka davon nicht sonderlich beeindruckt war. Sie sprang noch immer auf meinem Bauch herum und wartete, dass sich wieder etwas unter der Decke bewegte. Also tat ich ihr den Gefallen, strich mit meiner eigenen Hand an der Unterseite der Decke entlang und ließ Minka sich so ein bisschen austoben. Dann stand ich noch mal auf, stellte ihr etwas Futter hin und schlüpfte schnell wieder zu Manuela unter die Decke. Minka nahm die Bestechung an, machte sich über den Thunfisch her und ließ Manuela und mich für den Rest der Nacht ungestört.

Manuela und ich lagen wieder auf der Seite. Wir waren einander zugewendet und unsere Gesichter waren sich so dicht, dass sich im tiefen Blau ihrer Augen ein ganzes Universum vor mir auftat.

„Mein Christkind", flüsterte ich, „meine Lolita, meine Manuela!"

Unsere Lippen trafen sich wieder. Sie folgten dem Ruf unserer Herzen und der unstillbaren Sehnsucht nach einander. Der Kuss war nicht mehr so zaghaft wie die vorhergehenden. Er war forscher, leidenschaftlicher und fordernder und dabei trotzdem noch voller unschuldiger Neugier und Naivität. Für mich, der ich mich bereits am Ende aller Wege gesehen hatte, war es ein Wunder.

Ich war in meinem Leben schon verliebt gewesen; nicht einmal sondern oft. Ich hatte geliebt und war wider geliebt worden. Aber niemals bis zu diesem Abend hatte ich geahnt, was die Liebe wirklich ist.

Wahre Liebe lässt sich nicht erklären oder begründen. Wenn man sagt, ‚Ich liebe Dich, weil ...', so wie ich es früher selbst getan hätte, dann liebt man nicht, dann begehrt man jemand nur wegen des ‚weils'! Und wenn dieses ‚weil' dann wegfällt, dann bleibt von der Liebe meist nicht mehr viel übrig.

Die Liebe zwischen Manuela und mir ließ sich rational nicht erklären. Wir wussten noch so wenig voneinander, kannten uns erst so kurz und hatten bisher kaum miteinander gesprochen, und dann noch der Altersunterschied ...! Jeder anständige Bürger, Psychologe oder ‚logisch' denkende Mensch hätte uns und vor allem mir aus vollster Überzeugung die schlimmsten Vorwürfe machen können; aus vollster Überzeugung, aber nicht zu Recht.

Ich führe das jetzt nicht weiter aus, denn es wäre ein end- und zweckloses Unterfangen. Menschen, die glauben, alles zu wissen oder ‚besser' zu wissen, und (möglicherweise deswegen) selbst niemals wahre Liebe erfahren haben, würden wahre Liebe nicht einmal erkennen, wenn sie ihnen ins Gesicht springt. Und es liegt auch nicht in der Natur der Menschen, einem Mann zu glauben, dessen Erklärungsversuche sie als Rechtfertigung für etwas in ihren Augen Widernatürliches auslegen könnten. Mein Anliegen ist es deshalb auch nicht, jemand von irgendetwas überzeugen zu wollen. Ich möchte nur eine Episode meines Lebens niederschreiben, die wichtigste Episode meines Lebens überhaupt. Ich möchte festhalten, wie ich die eine, die einzige, die wahre Liebe meines Lebens gefunden habe, wie es mit Manuela und mir begonnen hat, und zwar ohne zu wissen, ob irgendjemand diese Zeilen jemals lesen wird.

Der Kuss von Manuela und mir dauerte lange. Wir konnten einfach nicht aufhören, konnten unsere Lippen einfach nicht voneinander lösen, ohne dass sie sofort wieder von neuem aufeinander trafen. Ich nahm Manuelas Gesicht in meine Hände, und sie umschlang mit ihren meinen Nacken. Ich weiß nicht, ob ich sie zog, oder ob sie kroch; jedenfalls lag ich bald wieder auf dem Rücken und Manuela lag halb über mir. Plötzlich berührten sich unsere Körper. Was ich vorher nicht gesehen hatte, spürte ich jetzt. Manuela war nackt unter der Decke. Sie schmiegte ihren jungen, geschmeidigen Körper an mich, schob ihren Schenkel über mich und lag, als unsere Lippen sich dann doch wieder voneinander lösten, mit ihrem ganzen Körper nackt auf mir.

Manuela lächelte mich an wie ein Engel. Sie schien mir wirklich kaum noch ein Wesen aus Fleisch und Blut zu sein. Sie war die Liebe selbst, sie war Eros, Philía und Agápe in einem. Sie zu küssen war wie vom Nektar der Götter zu kosten. Ich tauchte ein in das tiefe, unergründliche Universum ihrer Augen und verlor mich darin, nur um mich selbst neu zu erschaffen.

„Darf ich Dich wieder berühren?" fragte sie mich, während sie dabei sanft in meine Unterlippe biss.

Wie hätte sie mich noch mehr berühren können, als sie es bereits tat, da sie nackt auf mir lag? Ich wusste nicht, wie ich die Frage hätte beantworten sollen. Aber Manuela erwartete auch gar keine Antwort. Sie rutschte wieder von mir runter, küsste mein Kinn und meinen Hals. Und Ihre kleine Hand tastete dabei wieder ganz langsam und zaghaft über meinen Körper. Als sie an den Saum meines Slips stieß, folgte sie vorsichtig tastend dieser Linie. Mich überfiel ein Schauer nach dem nächsten. Plötzlich kniete Manuela sich hin und warf die Decke zurück.

„Ich will Dich auch sehen!" sagte sie schüchtern, aber doch bestimmt.

Auch ich wollte sie sehen. Und ich sah sie an! Ich verschlang sie mit meinen Augen. Ich sah ihre offenen, braunen, nur leicht gewellten Haare, die bis über ihre schmalen Schultern fielen. Sie war völlig ungeschminkt. Aber keine Kosmetik der Welt hätte so schön und anziehend wirken können, wie es die Frische ihrer Jugend und ihre unverfälschte Natürlichkeit taten. Ihre von dichten Wimpern beschatteten Augen blickten auf meinen Körper herab. Unter ihrer kleinen, schmalen und geraden Nase sah ich ihre vollen, fein geschwungenen und leicht geöffneten Lippen, die so weich waren und so süß schmeckten, wie Ambrosia. In den Wangen hatte sie zwei kleine Grübchen, die ihr auf unbeschreiblich liebenswerte Weise etwas Spitzbübisches verliehen. Mein Blick folgte den Linien ihres Halses. Und dann traf er auf ihre noch kaum entwickelten Brüste und deren winzige, rosige Knospen, die sich zusammengezogen hatten, hart geworden waren und sich mir so weit entgegen streckten, wie es ihnen möglich war.

Ich bemerkte, dass Manuelas Fingerspitzen auf meinem Bauch innehielten und spürte, dass ihre Augen auf mein Gesicht gerichtet waren. Als ich zu ihr aufblickte, fühlte ich ihre Unsicherheit und Verlegenheit, als sie fast entschuldigend sagte: „Sie sind sehr klein!"

„Sie sind wunderschön!" erwiderte ich, setzte mich auf und näherte mich ganz langsam, so als wollte ich sie nicht erschrecken, ihren Brüsten. Ich sah, dass Manuela begann, intensiver zu atmen. Ihre Brüste hoben und senkten sich umso heftiger, je näher meine Lippen ihnen kamen. Der zarte Duft ihrer Haut schien direkt aus den Gärten der Götter zu wehen, um mich trunken zu machen vom Rausch der Liebe.

Ganz zart nur berührten meine Lippen die erste ihrer winzigen Knospen. Sie begann unter der sanften Berührung zu zittern und zu beben. Immer wieder tasteten meine Lippen nach ihr und berührten sie mit der Sanftheit einer gehauchten Liebeserklärung. Ich hörte Manuelas leises, unterdrücktes Stöhnen. Und dann spürte ich plötzlich ihre kleinen Hände in meinen Haaren und sie presste ihre winzige, kaum linsengroße, erregte Knospe auf meine Lippen. Jetzt küsste ich sie mit aller mir zur Verfügung stehenden Leidenschaft, nahm sie liebevoll zwischen meine Lippen und küsste sie wieder und wieder. Ich wechselte zwischen Manuelas Brüsten, presste meine Lippen auf die eine und die andere kleine Knospe und war berauscht von der zarten, weichen Haut und ihrem mich schwindelig machenden, erregenden Duft.

Manuela ließ sich rückwärts auf das Bett fallen. Ich folgte ihr, immer weiter ihre wunderschönen, kleinen Brüste küssend und mich wie ein Parasit an ihren winzigen Knospen festsaugend. Als ich bemerkte, dass Manuela immer heftiger zu zittern begann, zügelte ich die entfesselte Leidenschaft meiner Küsse wieder. Sie wurden langsam immer sanfter, bis meine Lippen ihre zuckenden Knospen nur noch so sachte berühren, wie zu Beginn. Und dann legte ich meinen Kopf auf Manuelas Brust und ließ ihn dort mit einer ihrer kleinen Knospen zwischen meinen Lippen ruhen.

Manuela streichelte mir sanft durch die Haare während ihr Herz laut in ihrer Brust schlug. Lange lagen wir so, friedlich vereint und von zarter Liebe erfüllt.

Die Heizung hatte sich am Abend wieder abgeschaltet und langsam wurde es kühl in dem kleinen, unisolierten Gartenhäuschen. Ohne meinen Kopf von Manuelas Brüsten zu heben, zog ich die Decke wieder über unsere Körper und nach einer Weile schlief ich mit Manuelas kleiner, süßer Knospe zwischen meinen Lippen selig ein.

Als ich die Augen wieder öffnete, standen Mischu und Jürgen nackt vor den Fenstern der Hütte. Jürgen stand auf der Seite des Tisches und Mischu auf unserer Bettseite. Sie hatte ihre großen, vollen Brüste fest gegen die Fensterscheibe gepresst. Ich sah, wie die Eisblumen auf der Scheibe zu schmelzen begannen. Und mit ihnen schmolz das ganze Fenster, die Hütte und der Garten. Sogar Manuela und ich lösten uns auf, bis nur noch Mischu und Jürgen übrig waren und in einem Raum aus gleißendem Licht standen. Sie waren noch immer nackt. Und plötzlich manifestierte sich aus der sie umgebenden Helligkeit ein schöner, heller Arbeitsraum. Ich hatte diesen Raum noch nie gesehen, aber trotzdem kam er mir seltsam vertraut vor. Jürgen saß an einem Schreibtisch und schrieb an seinem PC, der genauso aussah, wie meiner. Mischu kniete am Boden neben seinen Beinen. Sie hatte seinen großen, erregten Python über seinen Oberschenkel gelegt, hielt ihn ganz fest in der linken Hand und malte mit einem Kugelschreiber ein Gesicht auf die dunkelrote, pralle Eichel. Obwohl ich die beiden von außen betrachtete, konnte ich doch selbst den Druck der Kugelschreibermine auf meiner Eichel spüren.

„Du liebst Deine Manuela!" stellte Mischu mit einem fragenden Unterton fest. Jürgen blickte auf sie hinunter und erwiderte: „Ich liebe sie immer, das weißt Du doch."

„Aber warum schreibst Du von Fred und ihr so viel? Was ist bei ihnen anders, als bei Deinen frühren Geschichten? Du scheinst die Liebe für sie ja neu erfinden zu wollen."

„Ja", bestätigte Jürgen. „Das ist ein schöner Ausdruck. Ich erfinde die Liebe für die beiden neu! Ich lasse sie den Odem des Göttlichen atmen!"

„Da könnte ich ja fast eifersüchtig werden", meinte Mischu. Aber sie klang dabei so glücklich, wie es nur Verliebte tun.

„Ja, könntest Du", bestätigte Jürgen, ebenso glücklich wie sie, „wenn Du nicht wüsstest, dass ich alle Liebe nur durch Dich erfahre und dass ich ohne sie nie die Worte finden würde, um sie auszudrücken."

Und plötzlich sah Jürgen mich an, mich, der ich körperlos im Raum schwebte und die beiden von oben beobachtete. Und er fragte mich: „Und? Bist Du zufrieden mit mir und mit dem, was ich mir für Manuela und Dich ausgedacht habe? Ist Eure Liebe nicht etwas ganz besonderes?"

Ich wollte etwas darauf antworten, aber da ich körperlos war, konnte ich das nicht. Jürgen begann zu lachen und Mischu stimmte in sein Lachen mit ein. Ich wollte schreien, dass Jürgen mich nicht erfinden konnte, weil ich real war und er nicht. Aber es ging nicht. Ich konnte mich nicht körperlich manifestieren und spürte, wie ich, der Geist, der ich war, mich aufzulösen begann und von den Buchstaben in dem Dokument auf Jürgens Bildschirm aufgesogen wurde.

Dann wachte ich auf. Es war noch Nacht. Die Kerze brannte noch und warf ihr flackerndes Licht düster und gespenstisch an die Wände der Hütte. Ich lag noch immer auf Manuelas Brust und hatte ihre kleine, zarte Knospe zwischen meinen Lippen.

„Du hast geträumt!" hörte ich Manuelas leise Stimme. Und ich spürte ihre kleine Hand durch meine Haare streicheln.

„Ja!" bestätigte ich. Und als Manuela mich fragte, erzählte ich ihr meinen Traum. Als ich fertig war, fragte ich sie: „Was meinst Du: Hab ich die beiden erfunden? Oder sind wir beide nur Jürgens Fantasie entsprungen?"

Die Frage war natürlich absurd. Und es hätte meiner Meinung nach darauf auch nur entweder eine nüchterne Antwort geben können: ,Wir beide sind real!', oder eine so absurde, wie es die Frage selbst gewesen ist: ,Die beiden anderen sind es'. Manuela dachte aber einen Augenblick über die Frage nach und antwortete dann: „Ich glaube, als Schriftsteller hat man eine große Verantwortung seinen Figuren gegenüber. Wir beide sind real, soweit ich das beurteilen kann. Aber vielleicht sind es ja Jürgen und Mischu ebenfalls. Und wenn wir den beiden irgendwann über den Weg laufen, dann sollte es keinen Grund dafür geben, dass Jürgen und Du euch gegenseitig Vorwürfe macht."

„Ich sehe schon", meinte ich mit gespielter Entrüstung. „Ich hätte Dir den Traum gar nicht erzählen dürfen, wenn Du jetzt glaubst, dass Jürgen und ich uns gegenseitig erfunden haben."

Manuela lachte leise und ließ sich auf das Gedankenspiel ein.

„Vielleicht", meinte sie, „leben Jürgen und Mischu ja in einer anderen Dimension. Und das, was Du glaubst, Dir über sie auszudenken, das sind in Wirklichkeit nur Deine Blicke in … oder anders ausgedrückt, Deine Visionen von dieser anderen Dimension."

„Du machst es nicht besser", sagte ich beleidigt, während ich wieder begann ihre kleine Knospe liebevoll und zärtlich zu küssen.

Manuela begann zu schnurren. Und Minka, die auf meinen Beinen lag, stimmte in das Schnurren mit ein.

„Ruhe!" sagte ich zu Minka und meinte dann, wieder an Manuela gewandt: „Ich hab also keine Fantasie!?"

Noch immer leise schnurrend erwiderte sie darauf (Manuela und nicht Minka!): „Mau!"

Nein Entschuldigung, das war Minka. Manuela sagte überlegend: „Hmmm!?"

Ganz sanft biss ich in die kleine Knospe, woraufhin Manuela noch lauter schnurrte. Es fiel mir schwer, mich von dieser zarten Quelle der Versuchung zu lösen. Aber dennoch gaben meine Zähne die kleine Knospe frei, damit ich meinen Kopf heben und Manuela in die Augen blicken konnte.

Ich weiß nicht mehr, was ich sagen wollte. Als ich ihre Augen sah, versank ich sofort wieder in Ihnen und wurde aufgesogen von der Liebe, die in ihnen leuchtete.

„Folge nicht den Lichtern!" hörte ich Gollums Stimme in meinem Kopf. Aber es war bereits zu spät. Ich war … Ich glaub, ich spinne. Hab ich nicht schon genug Probleme mit meinen eigenen Fantasien? Wo kommt jetzt der noch her?

Manuela flüsterte: „Ich liebe Dich, mein wundervoller, fantasievoller Jürgen!"

„Jürgen?" Ich plumpste wie ein Ziegelstein aus einer Seifenblase.

„Äh, Fred! … Oder?"

„Du verrücktes, kleines Christkind" erwiderte ich verliebt und ausgelassen. Manuela lachte mich an. Und im nächsten Moment vereinigten sich schon unsere Lippen in einer nicht länger zu bezwingenden Leidenschaft. Wir wälzten uns, zärtlich ineinander verschlungen, im Bett. Minka flüchtete demonstrativ maunzend auf den Stuhl.

Dann lag ich wieder über Manuela. Wir atmeten schwer. Noch einmal bedeckte ich ihre sinnlichen und nach Liebe hungernden Lippen ganz sanft mit meinen. Dann setzte ich mich auf und ließ meinen Blick ganz langsam über ihren Körper wandern. Ich hatte schon vor Stunden registriert, dass sie nackt war. aber tiefer, als bis zu ihren wunderschönen, kleinen, nur ganz sanft gewölbten Brüsten hatte mein Blick nicht wandern können. An ihren winzigen, erregten Knospen war er hängen geblieben. Und auch jetzt übten sie eine so magische Anziehungskraft auf mich aus, dass mein Blick nicht über sie schweifen konnte, ohne dass meine Lippen sie mit sanften Küssen bedeckten. Meine Lippen lösten sich nicht von Manuelas weicher Haut. Ganz zärtlich glitten sie tiefer, über ihren schlanken Bauch. Ich legte meine Lippen ganz behutsam auf ihren Nabel. Und unendlich langsam tasteten sie sich, vor Erregung zitternd, weiter nach unten. Manuelas Venushügel war weich und glatt und hatte nicht ein einziges Härchen. Der zarte, von Reinlichkeit bestimmte Geruch ihrer ohnehin schon berauschenden Haut stieg mir mit jedem Millimeter, den sich meine Lippen weiter tasteten, mehr zu Kopf. Meine Lippen wagten kaum noch die letzte, winzige Spanne zu ihrer noch so jungfräulichen Spalte zurückzulegen. Aber meine Augen suchten sie bereits. Manuelas Becken zuckte vor Erregung und ungeduldiger Erwartung immer heftiger. Und dann konnte auch ich mich nicht mehr zurückhalten, und meine Lippen legten sich wie sanft fallender Schnee auf ihre winzigen Venuslippen.

Manuela stöhnte leise und öffnete zitternd ihre schlanken Schenkel. Ich kroch dazwischen und legte meine Lippen wieder auf ihre so wunderbar zart duftenden, kleinen, weichen Hautfältchen. Immer wieder bedeckte ich sie mit ganz zarten Küssen, bis ich meine Lippen schließlich auf ihnen liegen ließ. Hier wollte ich bleiben. Von ihnen wollte ich mich nicht mehr lösen. Ich wollte nur immer weiter Manuelas zarte Venuslippen auf meinen Lippen spüren und mich von ihrem sanften, betörenden Geruch davontragen lassen.

Manuelas anhaltendes Beben und das Zittern ihrer winzigen Venuslippen auf meinen Lippen ließ mich in diesem Moment vollkommener Glückseligkeit mein Bewusstsein nicht verlieren. Durch sie wurde ich in diesem Zustand unendlich sanfter Ekstase gefangen gehalten. Selbst wenn ich es gewollt hätte, ich hätte meine Lippen nicht von diesen kleinen, zitternden Hautfältchen lösen können. Aber ich wollte es nicht. Ich war am Ziel all meiner Wünsche. Ich befand mich in den Elysischen Gefilden und trank aus der Quelle der Lethe das Vergessen aller irdischen Leiden.

Obwohl meine Lippen nicht mehr küssten, sondern nur noch sanft auf ihren Venuslippen lagen, wurde Manuelas Beben und Zittern immer stärker, bis sie sich aufbäumte, meinen Kopf mit ihren kleinen Händen umfasste und ihre nach Erlösung flehende kleine Spalte gegen meine Lippen presste und an ihnen rieb. Und dann ließ sie sich plötzlich zurück aufs Bett fallen und blieb erschöpft und schwer atmend liegen.

Langsam rutschte ich nach oben, küsste ganz sanft zuerst noch mal ihre zuckenden und leicht geschwollenen Venuslippen, dann wieder ihren Venushügel, ihren Nabel, ihren Bauch, Ihre Brüste, ihren Hals und ihre Lippen.

Manuelas Arme umschlangen meinen Nacken und hielten mich ganz fest. Langsam beruhigte sich ihre Atmung wieder. Und nach einigen Minuten, in denen wir zärtlich umschlungen dagelegen hatten, fragte Manuela mit noch zitternder Stimme: „Magst Du nackt mit mir durch den Schnee laufen?"

„Ja!" sagte ich, ohne nachzudenken. Manuela machte sich freudig von mir los und kniete sich neben mich.

„Na dann los!" forderte sie mich auf. Ich rollte auf den Rücken und fragte mit gespielter Überraschung: "Was denn, jetzt?"

„Ja, jetzt!" antwortete Manuela, lächelte mich verführerisch an und kniete sich mit gespreizten Beinen über meinen Bauch.

„So kann ich aber nicht aufstehen", stellte ich mit neu erwachender Erregung fest. Meine Augen hingen gebannt und fasziniert an Manuelas jungem, schlankem Körper über mir.

„Ich weiß!" flüsterte sie und rutschte langsam höher. Sie stieg mit ihren Knien über meine Schultern und strich mit ihren winzigen, leicht geöffneten Venuslippen ganz sanft über meine Lippen. Ich konnte nicht anders, als sie erneut zu küssen. Immer wieder bedeckte ich sie ganz zärtlich mit meinen Lippen. Aber Manuela ertrug es nicht lang. Sie begann wieder zu zittern und erhob sich dann ganz plötzlich.

„Das ist einfach zu schön", hauchte sie, „so intensiv. Ich wusste nicht, dass ich, … dass mein Körper so intensiv empfinden kann."

Ich hatte noch immer meinen Slip an. Und durch das unbeschreiblich erregende Spiel mit Manuela zeichneten sich ganz deutlich die Konturen meiner pulsierenden Erektion durch den Stoff ab. Manuela, die noch neben mir kniete, tastete ganz behutsam nach der Ausbuchtung. Ich zuckte bei der ersten, kleinen Berührung zusammen und ein intensives, kaum zu ertragendes Ziehen breitete sich von meiner Eichel aus in meinem Körper aus. Manuela zog ihre Hand sofort zurück, als mein Penis so heftig zuckte. Aber sie wagte es erneut, setzte diesmal bei meinen Hoden an und strich trotz meiner Zuckungen den Schaft meines erregten Gliedes entlang bis zu seiner harten, prallen Eichel. Ich krallte mich vor brennender Leidenschat und verzehrender Erregung im Laken fest.

„Wir wollten doch *nackt* in den Schnee!" flüsterte Manuela ganz sinnlich aber trotzdem bestimmt. Ihre Finger tasteten nach dem Saum meines Slips, folgten seiner Linie und fuhren dann ganz langsam darunter. Unendlich zärtlich tastete ihre Hand in meinem Slip nach meinem Penis. Ihre

Fingerspitzen betasteten ihn in einer Mischung aus Neugier und ehrfürchtiger Scheu, so als könnte er zerbrechen, wenn sie ihn auch nur ein kleines bisschen fester anfassen würde. Dann zog sie ihre Hand schnell zurück, nahm ihre zweite Hand zu Hilfe und zog mir den Slip aus. Jetzt lag ich also nackt vor ihr. Mein erregter Penis zuckte nervös unter ihren Blicken. Manuela nahm meine pralle Eichel ganz vorsichtig mit Daumen und Zeigefinger zwischen ihre Finger. Und ganz behutsam begann sie, sie zusammenzudrücken, zuerst nur ganz leicht, aber als sie meine stetig wachsende Erregung bemerkte, erhöhte sie langsam den Druck.

„Du fühlst Dich gut an!" flüsterte sie verliebt.

Dann legte sie sich plötzlich zwischen meine Schenkel. Mit beiden Händen richtete sie meinen steifen Penis auf und bog ihn zu sich hinunter.

„Und Du riechst gut!" flüsterte sie weiter.

Sie rückte noch ein wenig näher und bewegte meinen Penis mit unendlicher Zärtlichkeit so, dass meine Eichel ganz sanft über ihre Lippen strich.

„Ich mag die glatte Haut!" flüsterte sie, ohne dass ihre Lippen dabei den Kontakt zu meiner Eichel verloren. Ich merkte, wie sie ganz intensiv die Luft einsog, um meinen Geruch in sich aufzunehmen. Manuela war ebenso wie ich ein Mensch, der sehr bewusst auf Gerüche achtet. Und das Schöne war, dass wir uns nicht nur gut riechen konnten, sondern dass wir geradezu süchtig nach einander waren.

„Wenn Du jetzt nicht aufhörst, kann ich nirgendwo mehr hingehen!" brachte ich vor Erregung bebend, gerade noch hervor.

„Schade", meinte Manuela lächelnd, presste mit ihrer kleinen Hand meinen Penis ein wenig fester zusammen, so dass meine Eichel noch härter wurde und drückte einen langen, zärtlichen Kuss auf sie. Es war kaum noch auszuhalten, so schön war es. So ein intensives, erotisches Prickeln hatte ich in meinem ganzen Leben noch nicht erlebt. Behutsam legte Manuela meinen Penis wieder auf meinem Bauch ab und fragte: "Gehen wir?"

Ich brauchte aber noch einige Minuten, bevor ich wieder auf meinen Beinen stehen konnte. Dann drehte ich als erstes den Heizkörper an, damit es schön warm in der Hütte war, wenn Manuela und ich wieder aus dem Garten zurückkamen.

„Nach Dir", sagte ich und öffnete Manuela die Tür. Es hatte wieder zu schneien begonnen. Die dicken Flocken fielen so dicht, dass man kaum das Haus von Oma Krün erkennen konnte. Manuela huschte barfuss und nackt an mir vorbei in die weiße Weihnachtsnacht. Ich folgte ihr sofort und schloss die Tür hinter mir. Wir nahmen uns bei den Händen und tollten durch den dichten Schnee. Dann ließen wir uns rückwärts in die frische, weiche Schneedecke fallen. Wir lagen ganz ruhig und die Flocken schmolzen auf unseren Körpern.

„Hörst Du den Schnee?" fragte mich Manuela andächtig, also wir Hand in Hand so friedlich dalagen, wie das von der alten Krün so grausam ermordete Schneepärchen, das inzwischen von frischem Schnee zugedeckt war. Die dicht fallenden Flocken erzeugten ein leises Summen in der Luft.

„Ja!" antwortete ich. Ich richtete mich auf und sah Manuela an. Ich sah, wie sich auf ihrem jungen, schlanken Körper die Schneeflocken in kleine Wassertropfen verwandelten, von ihm abperlten und in dünnen Bahnen in den Schnee rannen. Es war ein unbeschreiblich schöner, sinnlicher und verführerischer Anblick.

„"Mein wunderschönes Christkind!" flüsterte ich verliebt und bedeckte ihre kalten Lippen mit meinen. Dann hob ich sie behutsam auf, küsste ihre winzigen, von der Kälte steifen Knospen und trug sie wieder in das Gartenhäuschen. Sofort legte ich ihr eine Decke über die Schultern und rieb ihren zarten Körper trocken.

„Das war schön!" schwärmte Manuela, während sie verträumt aus dem Fenster sah. Ich stand hinter ihr und hatte meine Arme um sie gelegt, um sie wieder aufzuwärmen. Und sie lehnte sich an meine Brust. Manuela war so voller Liebe und Vertrauen zu mir. Ich konnte so viel Glück überhaupt nicht fassen. Ganz zärtlich küsste ich ihren Nacken und sagte bestätigend: „Ja."

Langsam wurde das dichte Schneetreiben weniger. Durch den glitzernden Schnee wirkte die Nacht ungewöhnlich hell. Ich erzählte Manuela meinen zweiten Traum von ihr, an den ich schon erinnert worden war, als wir nackt nebeneinander im Schnee gelegen hatten. Sie hörte mir aufmerksam zu, lachte weniger, als ich erwartet hatte und meinte am Ende, nachdem ich fertig war: „Ich hab auch davon geträumt, dass wir nackt durch den Wald laufen. Aber wir waren nicht aus Schnee, sondern aus Fleisch und Blut. Mitten im Wald sind wir stehen geblieben und haben uns geküsst. Und dann haben die Bäume sich vor uns verneigt."

Die Vorstellung einer Liebe, die so groß und so rein ist, dass die Bäume sich vor ihr verneigen, hatte etwas sehr märchenhaftes. Ich mochte den Gedanken. Als ich Manuela das sagte, meinte sie begeistert: „Lass uns nackt in den Wald laufen!"

Aber ich widersprach.

„Der Wald ist viel zu weit weg. Du wirst erfroren sein, bis wir dort sind."

„Hmmm", überlegte Manuela. Dann drehte sie sich zu mir um, sah mich mit dem Ausdruck eines Menschen an, der eine Idee hat und meinte verführerisch: „In der anderen Richtung ist der alte Stadtpark. Der ist nur zwei Straßen von hier."

Ich zögerte noch, da ich mich für Manuela verantwortlich fühlte und Angst hatte, dass sie sich eine ernsthafte Erkältung zuziehen würde. Komischerweise fürchtete ich das für mich überhaupt nicht. Ich wäre mit oder für Manuela überall hin gegangen. Manuela sah mir meine Bedenken wohl an, denn sie sagte: „Ich war schon öfter nackt im Schnee!"

Und sie nahm meine Hand und bat: „Bitte komm mit mir in den Park."
„Aber wir ziehen die Schuhe an!" beschloss ich.

7 DIE NACKTE ODYSSEE

Manuela strahlte mich an und schlüpfte sofort in ihre Fellstiefel. Und ich zog mir meine festen Schuhe an. Dann huschten wir wieder in die Winternacht. So ausgelassen und verrückt war ich seit … So ausgelassen und verrückt war ich noch nie gewesen. Ich hatte schon FKK gemacht, war nackt beim Baden gewesen, oder so wie neulich nackt in den Schnee gesprungen, um mich zu erfrischen. Aber nackt durch die nächtlichen Straßen einer Stadt war ich noch nie gelaufen. Ich dachte nicht darüber nach, ich genoss es einfach. Manuela hatte meine Hand genommen und zog mich übermütig hinter sich her. Der Schneefall hatte inzwischen fast ganz aufgehört. Wir liefen von einem Lichtkegel der Straßenlaternen in den nächsten, ohne den Versuch zu machen, uns verborgen zu halten. Der frische Schnee knirschte dumpf unter unseren Sohlen. Plötzlich kam uns eine alte Frau auf dem Bürgersteig entgegen, die mir ihrem Pudel Gassi ging. Manuela und ich drosselten unsere Geschwindigkeit und spazierten Hand in Hand an der Alten und ihrem Hund vorbei, als wenn es das normalste der Welt wäre.

„Frohe Weihnachten!" wünschte ich im Vorbeigehen. Und „Frohe Weihnachten!" erwiderte die Frau meinen frommen Wunsch. Ich glaube, es ist ihr nicht einmal bewusst geworden, dass Manuela und ich nackt waren, denn sie drehte sich nicht einmal nach uns um. Als wir ein paar Meter an ihr vorbei waren kicherten wir über unser gewagtes Spiel und liefen wieder schneller weiter. Als wir ein Stück weiter über die Straße liefen um in die Querstraße einzubiegen, kam uns plötzlich ein Auto entgegen. Wir liefen direkt in seinem Scheinwerferlicht. Es war ein unglaublich prickelndes Gefühl. Da ich meine Augen kaum von Manuelas nacktem Körper wenden konnte, ließ erstens trotz der Kälte meine Erektion nicht nach, und zweitens hatte ich keine Ahnung, wohin wir eigentlich liefen. Ich folgte einfach Manuela und überließ es ihr, uns wieder aus dem Scheinwerferlicht herauszuführen. Die Jugendlichen in dem Auto pfiffen und grölten hinter uns her. Aber sie fuhren zum Glück in eine andere Richtung weiter. Und da endlich sah ich am Ende der Straße das große, schmiedeeiserne Tor des Stadtparks. Nur noch etwas über hundert Meter und wir waren da. Links von uns ging eine Haustür. Wir beeilten uns, das gespenstisch wirkende Tor zu erreichen. Es quietschte laut und unheimlich, als ich es aufdrückte. Aber dahinter lag der sich weit hinziehende, unbeleuchtete Park in seiner majestätischen Pracht. Bizarre Baumriesen standen überall verstreut in dem riesigen Areal. Ich wunderte mich, dass ich diesen Park selbst noch nicht entdeckt hatte bei all meinen Spaziergängen. Andächtig hielten Manuela und ich inne und blickten auf die alten, ehrwürdigen Bäume.

„Ist es hier nicht schön?" flüsterte Manuela in feierlicher und stiller Ehrfurcht.

„Wunderschön!" antwortete ich, verzaubert von dem Anblick und der Magie des Augenblicks und des Ortes.

„Irgendeine Kurfürstin hat vor hundert oder zweihundert Jahren diesen Park gestiftet", erklärte mir Manuela, noch immer flüsternd. „Und sie soll die ganzen Bäume selbst gepflanzt haben. Komm mit!"

Sie zog mich wieder hinter sich her mitten in den Park hinein. Wir liefen durch den tiefen Schnee abseits der Wege. Eigenartigerweise war es gar nicht kalt. Unsere Füße waren gut eingepackt. Und wir selbst waren durch das Laufen und die Erregung des nackt Seins erhitzt. Plötzlich blieb Manuela stehen und sah sich um. Wir waren umgeben von vier oder fünf gigantischen Baumriesen. Ich hab keine Ahnung, was für Bäume es waren. Selbst wenn ich Botaniker gewesen wäre, hätte ich es jetzt, in der Nacht und im Winter, wo die Bäume kein Laub trugen und schwere Schneelasten auf ihren kahlen Ästen lagen, vermutlich nicht erkennen können.

„Hier ist es perfekt!" sagte sie, ehrfürchtig von einem Baum zum anderen blickend. Dann wandte sie sich mir zu und flüsterte: „Du bist so schön, mein Herz!"

Ja, ich weiß, dass mir das niemand glaubt. Aber die Götter wissen, dass es die Wahrheit ist!

„Du bist schön!" korrigierte ich Manuela, mein wunderschönes, zartes und (bis auf die Stiefel) nacktes Christkind. Ihre winzigen, harten Knospen berührten meine Haut. Es war wie ein elektrischer Schlag, der mich traf, zumindest wenn man sich einen elektrischen Schlag als etwas Wunderschönes vorstellen kann. Ja okay, ich sehe ein, dass der Vergleich so gesehen hinkt. Aber besser kann ich es nicht beschreiben.

Ich sah, dass sie im Begriff stand, mich zu küssen, dachte an ihren Traum, den sie mir erzählt hatte und fragte mich in dem Moment selbst, ob die Bäume sich vor uns verneigen würden, wenn sie unsere reine Liebe sähen.

Mein erigierter Penis stand als kleines Hindernis zwischen unseren sich langsam nähernden Körpern. Manuela nahm ihn sanft in die Hand und bog die in ihrer Hand sofort weiter anschwellende Barriere liebevoll zur Seite. Er pochte wie verrückt und bettelte um mehr Aufmerksamkeit. Manuela behielt ihn immerhin in der Hand. Aber sie war konzentriert auf meine Augen und meine Lippen, so wie ich, trotz der elektrischen Stromstöße, die mich von ihren unschuldigen, kleinen Knospen aus durchbohrten, auf ihre Augen und Lippen konzentriert war. Ganz langsam näherten sich unsere Gesichter einander. Aber bevor sie sich berührten, flüsterte Manuela mir zu:

„Du wirst sehen: Sie werden sich vor uns und unserer Liebe verneigen."

Ich kam nicht mehr dazu, über diesen Gedanken zu lächeln, denn im nächsten Augenblick trafen sich unsere Lippen. Alle Gedanken an die Bäume erloschen, wie ein Feuer, dem man die Nahrung entzieht. Es gab nur noch Manuela und mich, unsere beiden nackten Körper, die in der Weihnachtsnacht in einem Park miteinander verschmolzen, unsere Lippen, durch die die reine Liebe zwischen unseren Herzen und Seelen strömte. Und doch: Da neigte sich etwas.

Nein, es war nicht mein Penis! Es war einer der Bäume, der erste, der vor Ehrfurcht und Anbetung im Angesicht unserer Liebe in die Knie ging. Wir hörten das Ächzen seiner alten Knochen (bitte keine Haarspaltereinen jetzt, in diesem heiligen Moment!). Und dann sahen wir, wie sich der große dicke Ast vor uns verneigte.

Ja, ich hätte es wissen müssen, nach meiner Erfahrung mit der alten Eiche im Wald. Der Ast neigte sich nicht aus Ehrfurcht vor uns, sondern unter dem Gewicht der frischen Schneelast. Und bevor wir wussten, was geschah, brach der Ast herab und begrub uns unter einer Lawine von Schnee.

Es war unglaublich, wie scheinheilig dieser Baum sich benommen hatte. Aber nachdem er uns nicht verletzt, sondern nur unter einer Tonne Schnee begraben hatte, gruben wir uns, aus vollem Herzen lachend, wieder aus. Der Baum tat uns leid, denn er hatte durch seine Bösartigkeit immerhin einen seiner Arme eingebüßt.

„Ich liebe Dich!" sagte ich ausgelassen aber aus tiefstem Herzen zu Manuela, als wir uns wieder so weit vom Schnee befreit hatten, dass wir nur noch bis zu den Hüften feststeckten. Als Dank spürte ich einen kurzen, liebevollen Druck ihrer Hand. Sie hielt meinen Penis noch immer fest umschlossen, da sie ihn im Angesicht der Gefahr vor den Schneemassen beschützt hatte.

Als wir uns fertig ausgegraben hatten, spürten wir die Kälte des Schnees, die in unsere Körper kroch und von oben in Manuelas Stiefel und meine Schuhe sickerte. Ich wollte mich aus Sorge um Manuela sofort wieder auf den Rückweg machen. Doch sie ließ sich in dem Schneehaufen, aus dem wir eben gekrochen waren, auf die Knie fallen und gab meiner trotz der Kälte prallen Eichel einen liebevollen und zärtlichen Kuss.

„Sie sollen ruhig sehen, dass unsere Liebe größer ist, als sie unter einem bisschen Schnee begraben können!" sagte sie bezaubernd trotzig und laut genug, dass die Bäume sie hören konnten. Und dann nahm sie meine Eichel plötzlich in den Mund. Sie spendete ihr Wärme in dieser kalten Winternacht und die zärtlichste Leidenschaft und Liebe. Wenn jetzt die Bäume nicht überzeugt waren, dann würden sie es nie sein. Ich begann zu zittern. Und die Kälte hörte auf, für mich zu existieren.

Aber trotz aller Ekstase, in die ich verfiel, vergaß ich doch nicht

Manuela, die im kalten Schnee kniete. Und gerade noch rechtzeitig, bevor mein Bewusstsein sich abschaltete, um nur noch ihr berauschendes, erotisches Geschenk anzunehmen und mich in diesem Strudel der Lust und der Leidenschaft fallenzulassen, nahm ich sie bei den Armen und zog sie wieder auf die Füße.

„Ich liebe Dich!" sagte ich wieder, küsste zärtlich ihre Lippen und zog sie aus dem Schneehaufen heraus.

Am Horizont zeichnete sich ein heller Streifen ab. Als ich ihn entdeckte, sagte ich, nicht ohne Besorgnis: „Wir müssen langsam zurück, wenn wir noch ungesehen heimkommen wollen."

„Ich liebe Dich auch!" sagte Manuela glücklich.

Wir liefen in gerader Richtung aus der Baumgruppe heraus. Als wir feststellten, dass vor uns keine, also auch nicht unsere eigenen Spuren im Schnee waren, ging der Streifen am Horizont bereits in Dämmerung über. Aber wir sahen in einiger Entfernung vor uns das Tor des Parks und hielten darauf zu. Als wir es erreichten und den Park durch es verließen, sahen wir auf den ersten Blick, dass das nicht die selbe Straße war, auf der wir gekommen waren. Von links kam eine Straßenbahn. Die Wagen waren beleuchtet aber noch leer.

„Die fährt direkt bei Oma vorbei!" sagte Manuela verschwörerisch. Dann sah sie mich mit großen Augen an und meinte: „Es sind nur zwei Stationen. Falls jemand in der nächsten Haltestelle einsteigt, steigen wir halt schnell wieder aus."

„Du bist verrückt!" erwiderte ich, bei der Vorstellung, dass wir nackt in eine Straßenbahn steigen sollten. Aber sie hielt gerade an der Haltestelle und ich hatte keine Zeit, um das Für und Wider abzuwägen. Also nahm ich wieder Manuelas Hand und rannte mit ihr zur hintersten Tür. Ich drückte auf den Knopf und als die Tür sich pfeifend öffnete, huschten wir schnell hinein und setzten uns auf die letzte Bank.

„Zwei Stationen?" fragte ich erst jetzt skeptisch. Und im selben Augenblick fuhr die überheizte Straßenbahn schon an. Das Licht in der Straßenbahn war hell und grell, während es draußen noch fast Nacht war. Da bereits einige Leute auf der Straße unterwegs waren, rutschten wir in unserem Sitz ganz nach unten, damit von draußen niemand sehen konnte, dass wir nackt waren. Die Gefahr, entdeckt zu werden, hatte einen eigenartigen, prickelnden Reiz. Mein Herz schlug mir aus Angst davor bis zum Hals. Und meine Erektion fiel dem Stress zum Opfer und langsam in sich zusammen. Manuela bemerkte es und nahm meinen Penis liebevoll in ihre kleine Hand.

„Wir sind ja gleich da", versuchte sie mich zu beruhigen, während mein Penis in ihrer Hand wieder anzuschwellen begann. Da hielten wir auch schon an der nächsten Haltestelle.

„Nur noch eine Station!" flüsterte Manuela. Vorne ging die Tür auf und ein paar Leute stiegen ein. Wir wurden davon so überrascht, dass wir wie gelähmt waren und uns nur noch kleiner zu machen versuchten. Unwillkürlich verstärkte sich der Druck von Manuelas kleiner Hand und mein Penis begann vor Erregung wieder zu pochen. Die Straßenbahn fuhr wieder an. Wir hatten den Zeitpunkt verpasst, schnell auszusteigen. Also nahmen wir uns vor, an der nächsten Haltestelle sofort hinaus zu springen. Das musste ja auch die richtige Haltestelle für uns sein. Die anderen Fahrgäste setzten sich zum Glück weiter vorne hin.

Als die Straßenbahn in die nächste Haltestelle einfuhr, machten wir uns bereit. Und als sie stehen blieb, sprangen wir auf und ich drückte auf den Türöffner. In dem Moment kam aber von hinten ein Polizeiauto angefahren und blieb direkt vor der offenen Tür stehen. Es blieb zwar nicht wegen uns stehen, sondern wegen der roten Ampel. Aber es hinderte uns trotzdem daran, auszusteigen. Sofort als wir das Auto entdeckten, flitzten wir zurück auf unseren Sitz und machten uns ganz klein. Die Ampel schaltete auf grün, das Polizeiauto fuhr los und die Tür der Straßenbahn schloss sich wieder. Auch wir fuhren wieder. Manuela und ich saßen ganz tief in unserem Sitz und spähten durch die Fenster nach draußen. Da meinte Manuela plötzlich sehr verwundert: „Das kenne ich hier gar nicht."

„Was heißt: Das kennst Du nicht?" fragte ich mit einer bösen Ahnung.

Manuela sah mich schuldbewusst an und antwortete: „Das war nicht die Haltestelle bei Oma!"

Sie klammerte sich inzwischen direkt an meinen Penis, den sie nicht mehr losgelassen hatte, seit sie ihn zuvor in die Hand genommen hatte.

„Vielleicht ist es erst die nächste Station?" versuchte ich uns Hoffnung zu machen. Aber langsam dämmerte mir bereits, dass wir schon weiter gefahren waren, als wir von dem Gartenhäuschen bis zum Park hatten laufen müssen. Manuela schüttelte den Kopf und meinte kleinlaut: „Nein! Entweder fahren wir in die falsche Richtung oder es ist überhaupt eine falsche Linie."

Ratlos sahen wir uns in die Augen. Und dann begannen wir plötzlich über uns selbst und über die Absurdität unserer Situation zu lachen. Ich spürte, wie Manuelas Griff sich wieder entspannte (was er nicht gemusst hätte, da ich es sehr genossen hatte). Ich nahm ihr Gesicht zärtlich in meine Hände, flüsterte „Ich liebe Dich, Manuela!" und küsste sie ganz sanft. Erst als die Straßenbahn stehen blieb, trennten sich unsere Lippen wieder. Die hinteste Tür ging auf, ein betrunkener Weihnachtsmann torkelte herein und setzte sich direkt vor uns.

Wir wagten kaum noch zu atmen und wurden immer kleiner in unserem Sitz. Der Druck von Manuelas Hand nahm schlagartig wieder zu. ‚Mmmm!‘ Wie sollten wir jetzt noch aussteigen? Um zur Tür zu gelangen, mussten wir an dem Weihnachtsmann vorbei. Und das wäre doch sehr peinlich gewesen. Aber uns blieb ja gar keine andere Wahl. Bei der nächsten Station mussten wir raus.

Ich bemerkte, dass wir immer mehr ins Zentrum der Stadt kamen. Und außerdem wurde es immer heller.

Warum, fragte ich mich verzweifelt, *sind heute am Feiertag schon so viele Leute unterwegs?*

Beim Einsteigen schien der Weihnachtsmann uns gar nicht bemerkt zu haben. Doch als die Straßenbahn jetzt weiterfuhr, drehte er sich plötzlich zu uns um, hielt zuerst mir und dann Manuela seine Schnapsflache hin und fragte lallend: „Willst Du einen Schluck? Oder Du?"

Er roch unangenehm nach seinem Schnaps und es fiel uns schwer, in seinem Dunstkreis zu atmen. Erst, nachdem wir beide den Kopf geschüttelt hatten, bemerkte er anscheinend, dass an unserer Garderobe etwas nicht in Ordnung war. Er beugte sich über seine Lehne um an uns hinunterblicken zu können. Da packte ich schnell zu und zog ihm mit beiden Händen seine Kapuze über den Kopf. Wir fuhren gerade wieder in eine Haltestelle ein. Und obwohl wir jetzt mitten in der Stadt waren und die Haltestelle noch dazu auf einem großen Platz lag, sprangen wir schnell an dem Weihnachtsmann vorbei, öffneten die Tür und flitzten aus der Straßenbahn. Dabei mussten wir uns allerdings den Weg durch ein paar dicht gedrängte Menschen bahnen, die auf die Straßenbahn gewartet hatten. Ich glaube, es war nur unserer Schnelligkeit zu verdanken, dass die Leute gar keine Zeit hatten, um wirklich zu registrieren, dass sich da eben ein nacktes Pärchen durch ihre Reihen drängte. Aber wir hatten auch keine Zeit, um auf die Blicke und Reaktionen der Leute zu achten. Wir kämpften uns so schnell wie möglich durch den Pulk, flitzten über den großen, freien Platz, vor hupenden Autos über die Straße und rannten in die nächste Querstraße. Aber da war es auch nicht besser. Wir waren mitten im Zentrum.

Manuela hatte meinen Penis losgelassen. Wir hielten uns jetzt wieder an den Händen, während wir hektisch durch die Straßen flüchteten. Überall waren Leute unterwegs. Es war uns nicht mehr möglich, unentdeckt zu bleiben. Also blieben wir einfach in Bewegung. Wir rannten ziellos immer weiter und hofften nur, dass wir nicht von der Polizei angehalten werden würden.

Ich kannte mich in dieser Stadt nicht besonders gut aus und hatte nicht die geringste Ahnung, wo wir eigentlich waren. Inzwischen war es schon ganz hell geworden. Gott sei Dank war mein verstauchter Knöchel inzwischen wieder verheilt. Aber vermutlich hätte mich mein Adrenalinspiegel nicht mal merken lassen, wenn ich den Fuß irgendwo unterwegs verloren hätte.

„Wohin laufen wir?" fragte ich Manuela keuchend, als wir uns an einer Kreuzung neu orientierten.

„Ich hab keine Ahnung!" gestand sie und wir liefen weiter in die Straße, auf der am wenigsten Menschen unterwegs waren. Als uns Leute auf dem

Bürgersteig entgegenkamen, wechselten wir schnell die Straßenseite und flitzten auf der anderen Seite weiter. Wir überholten einen Jogger und bogen vor ihm schnell in eine Seitengasse ein. Doch da ging es nicht weiter. Vor einem Haus war ein riesiger Menschenauflauf, der sich über die ganze Straßenbreite erstreckte. Wir versuchten nicht herauszufinden, was dort los war, machten kehrt, bevor jemand auf uns aufmerksam werden konnte und liefen wieder auf die Hauptstraße zurück. Noch einmal überholten wir den Jogger. Er versuchte, seine Schritte zu beschleunigen, um mit uns Schritt halten zu können, rutschte aber auf einer Eisplatte aus und stürzte. Manuela und ich hätten die Gelegenheit nutzen können, um seinen Blicken zu entschwinden. Aber wir blieben beide gleichzeitig stehen, ohne uns abgesprochen zu haben und drehten uns zu dem am Boden liegenden Jogger um.

„Sind Sie okay?" fragte ich besorgt. Ich hätte mich, nackt wie ich war, nicht gerne um einen Verletzten auf der Straße gekümmert. Er rappelte sich mit schmerzverzerrtem Gesicht wieder auf, verschlang Manuela mit seinen Augen und begann lüstern zu lächeln. Anscheinend war er okay. Manuela und ich setzten unsere Flucht wieder fort. Wir hatten keine Ahnung, wo wir waren und wussten deshalb auch nicht, wohin wir uns wenden sollten. Plötzlich sahen wir in einer Seitengasse eine offene Tür, irgendeinen Hintereingang, den wohl jemand zu schließen vergessen hatte, und wir liefen so schnell uns unsere Füße trugen darauf zu. Irgendwie hatten wir beide die Vorahnung, dass die Tür sich genau vor unseren Nasen wieder schließen, oder dass sie sich plötzlich in Luft auflösen würde. Aber sie tat weder das eine, noch das andere. Sie blieb offen und wir flüchteten uns schnell hinein. Wir befanden uns in einem düsteren Treppenhaus aus unverputztem Beton.

„Rauf oder runter?" fragte ich Manuela, da ich in dem Moment so gar keine Entschlussfähigkeit besaß. Aber Manuela war auch keine große Hilfe. Sie sah mich ratlos an und zuckte mit ihren Schultern. Also überlegte ich fieberhaft. Oben, dachte ich mir, wäre die Gefahr, dass uns jemand begegnet, bei weitem größer, als wenn wir uns im Keller versteckten. Also entschied ich mich für Runter und zog Manuela mit mir mit in das unbeleuchtete Untergeschoss.

„Ich kann nichts mehr sehen!" flüsterte Manuela ganz leise. Und ich erwiderte ebenfalls flüsternd: „Ich auch nicht. Hier gibt es doch bestimmt irgendwo einen Lichtschalter."

„Das ist kein Lichtschalter …. Das auch nicht!"

„Ich weiß!"

„Mmmmm …"

Es tat gut, nach der panischen Flucht einen Ort gefunden zu haben, an dem wir, zumindest für den Moment, in Sicherheit waren. Es tat gut, Manuela zu spüren, ihren Körper in der Dunkelheit zu ertasten, ihre winzigen Knospen auf meinen Lippen zu fühlen und ihren zarten Geruch tief in mich einzuatmen.

Dass wir uns hier, an diesem geheimen Ort, verborgen vor den Augen der erwachenden Stadt, ungestört berühren konnten, gab uns ein Gefühl der Sicherheit. Wir spürten, dass nichts uns etwas anhaben konnte, solange wir füreinander da waren. Und wir waren füreinander da! Das würden wir immer sein. Es war gut, diesen Moment der Ruhe zu haben, in dem wir uns das wieder ins Bewusstsein rufen konnten.

Manuela hatte mein ganzes Leben auf den Kopf gestellt. Niemals zuvor hatte ich etwas so Verrücktes getan. Aber ich genoss es! Ich lebte so intensiv, wie ich es vorher niemals für möglich gehalten hatte. Nackt mit ihr in diesem Kellergeschoss irgendeines Hauses in der Stadt spürte ich das Leben selbst durch meinen Körper strömen.

„Du bist mir nicht böse?" fragte Manuela schwer atmend und leise schnurrend, während ich ihre kleinen, harten Knospen mit zarten Küssen bedeckte.

„Warum sollte ich das sein?" fragte ich zwischen meinen Küssen, von denen ich gar nicht genug bekommen konnte. Manuela streichelte mir mit beiden Händen durch die Haare. Es war erregend für mich, ihre Erregung zu spüren. Unter meinen verliebten Küssen atmete sie schwerer, als sie es während des Rennens auf unserer gehetzten Flucht getan hatte.

„Weil ich uns so falsch gelotst habe", brachte sie mühsam heraus und presste ihre Knospen fester zwischen meine Lippen. Ich war süchtig nach diesem Gefühl und ihrem Geruch. Trotzdem schaffte ich es nach einer Weile, mich wieder von ihnen zu lösen und mich aufzurichten.

Unsere Augen hatten sich etwas an die Dunkelheit gewöhnt und wir konnten uns jetzt erkennen.

„Ich könnte Dir niemals böse sein!" sagte ich. „Dafür liebe ich Dich viel zu sehr!"

„Und ich liebe Dich!" erwiderte Manuela und schlang ihre Arme um meinen Hals. Unsere Lippen trafen sich mit all unserer Liebe und Leidenschaft. Wir waren nackt und wir pressten unsere sich nach einander verzehrenden Körper aneinander. Aber jetzt, da wir uns nicht mehr bewegten, begannen wir, die Kälte des Winters in dem unbeheizten Kellergeschoss zu spüren. Ich legte meine Arme um Manuela und hielt sie, so gut es ging, warm. Trotzdem wurde es immer unerträglicher. Nach einer Weile hörten wir über uns im Treppenhaus Stimmen. Sie kamen auf uns zu. Und schließlich fragte eine Männerstimme: „Wer zum Teufel hat denn hier schon wieder die Tür offen gelassen?"

Dann wurde die Tür sehr geräuschvoll geschlossen. Manuela und ich verhielten uns mucksmäuschenstill. Und als die Stimmen oben sich auch wieder entfernt hatten, schlich ich schnell nach oben und stellte zu meinem Erschrecken fest, dass die eiserne Tür nicht nur ge- sondern verschlossen war.

Oh oh, dachte ich mir. Jetzt hatten wir ein Problem. Schnell stieg ich wieder zu Manuela in den Keller und erzählte ihr die neue Misere.

„Dann kommen wir da also nicht mehr raus?" fragte sie erschrocken.

Ich schüttelte den Kopf, küsste sie und nahm sie bei der Hand.

„Komm mit!" forderte ich sie auf. „Wir müssen rausfinden, wo es einen anderen Ausgang gibt. Und damit schlichen wir die Stufen nach oben. Noch einmal versuchte ich, die Tür, durch die wir hereingekommen waren, zu öffnen. Aber es war vergeblich. Also stiegen wir weiter nach oben. Erst nach mehreren Etagen gab es eine Tür. Aber die war verschlossen. Und dann war noch ganz oben eine Tür. Aber auch die war zugesperrt.

„Oh oh", meinte jetzt auch Manuela und sah mich fragend an.

„Im Keller war noch eine Tür!" fiel mir wieder ein. Aber ich hatte selbst wenig Hoffnung, dass wir dort mehr Glück hätten. Trotzdem mussten wir natürlich nachsehen. Da hörten wir plötzlich Geräusche hinter der Tür und sahen im nächsten Moment schon, wie sich die Klinke bewegte. Hier im Treppenhaus gab es keine Versteckmöglichkeit. Für eine Schrecksekunde hatten wir überhaupt keine Zeit. Wir sprangen nebeneinander den kompletten obersten Treppenabsatz hinunter. Manuela stolperte aber ich fing sie auf. Sie hatte sich nicht verletzt und wir sprangen sofort weiter. Da hörten wir bereits, wie uns Schritte die Stufen abwärts folgten. Um nicht gehört zu werden, mussten wir auch wieder langsamer gehen. So leise, wie es uns möglich nur war, schlichen wir möglichst schnell nach unten. Aber da ging die mittlere Tür ebenfalls auf, genau in dem Moment, in dem wir auf dem Absatz darüber waren. Ein Mann in einem feinen Anzug kam ins Treppenhaus und sprach durch die Tür noch mit irgendjemand. Manuela und ich hielten gebannt inne und schlichen ein paar Schritte rückwärts. Die Schritte von oben näherten sich schnell. Jetzt schien es wirklich eng zu werden. Da endlich stieg der Mann unter uns die Stufen hinunter. Aber in dem Moment tauchten schon die Füße des Mannes auf, der von oben kam. Es war kaum möglich, dass wir uns im Treppenhaus bewegten, ohne dass wir mindestens von einem der beiden bemerkt wurden. Ich sah, wie die Tür unter uns langsam zufiel, sprang schnell hin und bekam die Klinke gerade noch zu fassen, bevor die Tür wieder ins Schloss fiel. Schnell zog ich sie auf, ließ Manuela hineinschlüpfen und folgte ihr, bevor der Mann von oben uns erreicht hatte. Wir befanden uns in einem langen Korridor mit rotem Teppich. Und ein Stück weiter hinten standen viele elegant gekleidete Leute im Gang, sprachen angeregt miteinander und tranken (jetzt am frühen Morgen!) Sekt. Links von uns war eine Tür. Ohne nachzudenken, öffnete ich sie und wir huschten schnell in diesen Raum, bevor irgendjemand im Gang uns bemerkte. Aber da standen wir in einer Künstlergarderobe. Irgendeine füllige Dame in einem zu engen Korsett machte sich vor dem Spiegel zurecht. Als sie uns im Spiegel erblickte, schrie sie sofort hysterisch auf. Manuela und ich waren so schnell wieder aus dem Raum draußen, wie wir drin gewesen waren. Aber durch das Gekreische der Primadonna, mit dem sie anscheinend das ganze Gebäude zum Einsturz bringen wollte, drehten sich jetzt auch die Leute im Gang in unsere Richtung um. Wir waren so schnell wie der Blitz wieder im Treppenhaus. Der Mann von oben war inzwischen zum Glück an dem Absatz vorbei. Schnell aber vorsichtig schlichen Manuela und ich weiter nach unten. Die beiden Männer hatten sich anscheinend noch getroffen. Sie standen eine Etage tiefer und unterhielten sich. Und plötzlich sagte der eine von ihnen: „Ich hab was vergessen. Warte auf mich."

Da rannte er auch schon die Treppen hoch. Manuela und ich machten auf dem Absatz kehrt und rannten ebenfalls wieder nach oben. Als wir die mittlere Tür wieder erreichten, öffnete sie sich plötzlich. Von drinnen war noch das Gekreische der Sängerin zu hören. Ohne anzuhalten hetzten Manuela und ich weiter die Stufen hoch.

„Was ist denn los?" fragte der Mann aus dem Treppenhaus. Und eine Frauenstimme antwortete halb gereizt und halb amüsiert: „Die Olmers behauptet, dass ein nacktes Pärchen in der Garderobe über sie hergefallen ist. Ich wollte grad im Treppenhaus nachsehen."

„Im Treppenhaus bin ich mit Rudi", erwiderte der Mann. „ Und wir sind beide nicht nackt. Vielleicht haben sich welche der anderen Künstler einen Scherz mit ihr erlaubt."

„Wahrscheinlich will sie sich mit ihren Starallüren bloß wieder interessant machen", meinte jetzt wieder die Frau.

Manuela und ich hockten einen Absatz höher mit angehaltenem Atem und hofften, dass der Mann nicht ganz nach oben wollte. Und wir hatten Glück. Er folgte der Frau in den Gang. Die Tür schloss sich hinter ihnen. Aber wir konnten trotzdem nicht nach unten flüchten, da wir wussten, dass dort noch der zweite Mann, Rudi, war. Es schien eine Ewigkeit zu dauern, bevor der Mann wieder ins Treppenhaus kam. In der Tür sprach er noch mit der Frau. Er sagte: „Dann sag Jochen, er soll oben nachsehen, damit die Schreckschraube sich wieder beruhigt."

„Jochen!" hörten wir da schon die Frau rufen. Der Mann lief die Stufen wieder hinunter und die Frau rief weiter: „Schau mal oben im Treppenhaus nach, ob da Olmers' nacktes Pärchen sitzt."

„Die Alte spinnt doch!" erwiderte eine heisere Männerstimme. In dem Moment huschten Manuela und ich schon wieder an der Tür vorbei und folgten dem anderen Mann so dicht auf den Fersen, dass er uns entdeckt hätte, wenn er sich während des ersten Treppenabsatzes nach uns umgedreht hätte. Kaum waren wir an der Tür vorbei, kam der Heisere heraus und stapfte die Treppen nach oben. Der Mann unter uns blieb stehen und rief nach oben: „Bis ganz oben, Jochen!"

Manuela und ich blieben ebenfalls stehen und drückten uns in die Ecke des Treppenabsatzes, auf dem wir standen. Ganz dicht unter uns war der eine Mann. Und der heisere Jochen hätte uns noch sehen können, als er aus der Tür gekommen war, wenn er nach unten, anstatt nach oben geschaut hätte. Jetzt war er auch erst eine Etage höher als wir.

„Ja ja", antwortete er genervt von oben.

„Was ist denn los?" fragte Rudi von weiter unten und der Mann unter uns antwortete, während er weiter nach unten stieg: „Die Olmers wünscht sich ein nacktes Pärchen!"

„Wer tut das nicht?" fragte Rudi zweideutig. Und langsam entfernten sich die Schritte der beiden. In sicherem Abstand folgten Manuela und ich ihnen. Als wir das Erdgeschoß erreichten, sahen wir gerade noch, wie die Eisentür wieder ins Schloss fiel. Und wieder ließ sie sich nicht mehr öffnen. Schnell flüchteten wir wieder in den Keller und verschnauften unter der Treppe. Unsere Herzen schlugen wie verrückt vor Aufregung. Es dauerte einige Minuten, bis sich unser Adrenalinspiegel wieder halbwegs normalisiert hatte. Aber zumindest war uns im Moment nicht mehr kalt.

Manuela und ich sahen uns ratlos an. Und dann fingen wir beide wieder zu lachen an, aber ganz leise, damit Jochen uns nicht hören konnte, falls er noch im Treppenhaus war. Unser Blick fiel auf die letzte, verbleibende Tür.

„Bleib hier unter der Treppe", flüsterte ich, noch immer in mich hineinkichernd. Es war sicher ein Anflug von Hysterie, dass wir in diesen Momenten lachen mussten.

„Ich schau nach, ob sie offen ist."

Manuela schüttelte aber den Kopf, klammerte sich an meinen Arm und erwiderte: „Nein, ich komme mit."

Ganz vorsichtig schlichen wir zu der Tür und lauschten. Und nachdem wir nichts hören konnten, griff ich nach der Klinke. Die Tür schien lange nicht geöffnet worden zu sein. Sie quietschte und ächzte und bewegte sich erst, als ich mich mit meinem ganzen Gewicht dagegen stemmte, aber sie bewegte sich. Dahinter war es dunkel. Ich stolperte über einen Eimer, oder etwas, das genauso laut scheppert wie ein Eimer, über den man stolpert. Manuela half mir wieder auf die Beine.

„Ich schau mal, ob ich einen Lichtschalter finde!" flüsterte ich ganz leise und tastete in der Dunkelheit mit meinen Lippen wieder nach Manuelas winzigen Knospen. Sie zuckte zusammen, begann aber sofort wieder zu schnurren. Und ich spürte, wie sie nach meinem Penis tastete. Er war vor lauter Aufregung im Treppenhaus wieder geschrumpft, reagierte aber sofort auf Manuelas zartes Tasten. Als sie ihn in ihrer kleinen Hand hielt, flüsterte sie, weiter schnurrend, zurück: „Ich glaub, ich hab einen gefunden!"

Sie bewegte ihn ein paar mal rauf und runter und meinte dann enttäuscht: „Scheint kaputt zu sein."

Aber immerhin stand er jetzt wieder und ich schnurrte ebenfalls.

Dann tastete ich aber neben der noch halb offenen Tür und fand tatsächlich einen Lichtschalter. Ich betätigte ihn und ein düsteres Kellerlicht ging an. Es flackerte aber stark und ging immer wieder für mehrere Sekunden aus, so dass es unsere Augen schwer hatten, sich in dem Raum zu orientieren.

Schließlich erkannten wir aber doch, dass wir uns in einem ziemlich kleinen, schmutzigen Raum befanden. Auf der rechten Seite lagen ein paar riesige und völlig verdreckte Kabelrollen. Auf der linken Seite war nur die nackte, schmutzige Wand. Aber es führten dort zwei senkrechte Rohre von der Decke in den Boden.

„Das sind Heizungsrohre!" sagte ich, nachdem ich sie angefasst und festgestellt hatte, dass sie warm waren. Wenigstens würden wir in dem Raum nicht erfrieren.

Gegenüber der Tür, durch die wir in den kleinen Raum gekommen waren, war eine zweite Tür. Auch sie war, wie anscheinend alle Türen in diesem Gebäude aus Eisen. In den Ecken des Türrahmens hingen dicke Spinnweben. Da sie allem Anschein nach seit Ewigkeiten nicht mehr geöffnet worden war, war es nicht verwunderlich, dass diese Tür sich nicht öffnen ließ. Ich rüttelte vergeblich an der Klinke. Aber da deutete Manuela auf ein Brett, das neben der Tür an der Wand hing. Und an diesem Brett hing ein Ring mit zwei alten, rostigen Schlüsseln.

„Sieh mal da", flüsterte sie. „Vielleicht passt ja einer."

Einen Versuch war es wert. Ich nahm den Bund. In dem Moment verlosch das Licht wieder. Und es ging diesmal auch nach mehreren Sekunden nicht mehr an.

„Mist!" sagte ich und tastete im Dunkeln nach dem Schlüsselloch. Ich schob den ersten Schlüssel hinein und versuchte, ihn zu drehen. Aber es fühlte sich so an, als würde ich eher den rostigen Schlüssel abdrehen, als dass das Schloss sich öffnen lassen würde. Also versuchte ich den zweiten Schlüssel. Und da spürte ich, dass im Schloss etwas nachgab. Ich hätte mir in dem Moment ein Fläschchen Öl gewünscht, um es in das rostige Schloss zu tropfen. Aber ich hatte kein Öl und bewegte daher den Schlüssel mit sehr viel Geduld immer wieder hin und her. Nur ganz langsam ließ er sich weiter drehen. Ich kam mir vor, wie ein Einbrecher. Und schließlich gab das Schloss nach und ich konnte den Schlüssel einmal ganz drehen. Dann versuchte ich wieder die Tür zu öffnen. Ich stemmte mich wieder mit meinem ganzen Gewicht dagegen. Aber sie gab keinen Millimeter nach. Gerade, als ich zu der Erkenntnis gelangt war, dass es keinen Sinn hatte, meinte Manuela: „Vielleicht in die andere Richtung? Vielleicht musst Du ziehen?"

Ich versuchte es. Und tatsächlich: Die Tür ließ sich öffnen, zwar auch nur mit Gewalt und unter Aufbietung meiner ganzen Kräfte. Aber es ging. Ich konnte sie weit genug aufziehen, dass Manuela und ich durchschlüpfen konnten.

Wir betraten eine riesige Lagerhalle, die von mehreren Notlichtern schwach beleuchtet wurde.

„Wo sind wir hier?" fragte Manuela neugierig flüsternd. Und ich antwortete achselzuckend: „Wenn ich das bloß wüsste."

Von irgendwo drang leise, gedämpfte Musik zu uns. Manuela tastete wieder nach meiner Hand. Wir hielten uns ganz fest und schlichen vorsichtig auf die Musik zu, die mit jedem Schritt lauter wurde.

„Das sieht aus, wie ein Theaterfundus", meinte ich nach einigen Schritten, während denen ich mir all die Möbel, Pappmaschefiguren und Requisiten angesehen hatte.

„Ja stimmt!" bestätigte Manuela, fragte mich dann aber, auf die lauter werdende Musik anspielend: „Aber welches Theater hat so früh am Vormittag schon Vorstellung?"

Wir entdeckten ein Stück vor uns einen kitschigen, goldenen Engel, der in Lebensgröße, nackt und mit ausgebreiteten Flügeln auf einem Podest stand. Eigenartigerweise stand er mehr im Licht, als der übrige im Dämmerlicht liegende Fundus. Angezogen, wie die Motten vom Licht, schlichen wir auf den Engel zu. Das Podest, auf dem er stand, war auf einer etwa drei mal drei Meter großen Holzplatte, die etwa vierzig Zentimeter über dem Boden auf einem Gerüst lag. Und vor dem Podest des Engels stand, ebenfalls auf der Holzplatte ein mondäner Diwan.

„Schau mal!" flüsterte Manuela und deutete nach oben. Über dem Podest war ein großes, quadratisches Loch in der Decke. Und darüber schien man in einen flackernden Sternenhimmel zu blicken.

„Die Musik kommt von da oben!" stellte ich fest. Ich flüsterte ebenso leise, wie Manuela, die inzwischen auf das Podest des Engels kletterte, um zu sehen, ob sie dort oben etwas erkennen konnte. Aber sie war noch viel zu weit unter dem Loch in der Decke.

„Kannst Du mich hochheben?" fragte sie mich. Es war ihr anzuhören, dass ihre Neugier geweckt war. Und ich fand es zugegebenermaßen auch sehr spannend. Also kletterte ich zu ihr auf das Podest. Aber als ich bei ihr oben stand, entdeckte ich ganz in unserer Nähe einen mehrere Meter langen Kleiderständer, auf dem alle möglichen, historischen Kostüme hingen.

„Da ist was zum Anziehen!" sagte ich erfreut und deutete auf die Kostüme. Aber in dem Moment gab es einen Ruck und wir setzten uns in Bewegung. Vor Schreck zuckte ich zusammen und stieß dabei den Engel von seinem Podest. Ich stand schräg hinter Manuela und nahm sie beschützend bei den Schultern und Manuela tastete nach hinten und bekam wieder meinen Penis zu fassen, an dem sie sich festklammerte. Die komplette Holzplatte fuhr mit uns auf dem Podest und dem Diwan vor uns nach oben. Wir waren einen Moment zu lange in unserer Schrecksekunde gefangen, um dann noch hinunter springen zu können. Langsam und majestätisch stiegen wir in das Licht auf. Wir wurden von Scheinwerfern geblendet und ein Stück vor uns trällerte die Olmers aus der Garderobe grade die letzten Takte einer Arie. Durch das blendende Licht der Scheinwerfer erkannte ich eine riesige, vollbesetzte Zuschauertribüne. Und eine Kamera schwebte mitsamt dem dahinter sitzenden Kameramann auf einem Kran wie ein Drache auf uns zu.

Ich spürte, wie sich der Druck von Manuelas Hand wieder verstärkte und mein Penis schwoll unweigerlich weiter an. Als die Arie der Olmers vorbei war, brandete plötzlich ein tosender Applaus los und aus den Rängen des Publikums setzte ein Blitzlichtgewitter ein. Ein Kameramann mit einer Steadycam rannte die Olmers fast über den Haufen und baute sich unterhalb von uns auf.

„Was machen wir?" fragte Manuela mich tonlos. Und ich antwortete wie in Trance: „Lächle einfach!"

Wir standen auf dem Podest, wie griechische Statuen, auch wenn Manuelas Griff eine etwas gewagte und eigenwillige Interpretation darstellen mochte.

„Jetzt wäre die richtige Zeit, um im Erdboden zu versinken!" flüsterte ich nach ein paar Sekunden. Ich nahm an, dass der Applaus der Olmers und ihrem Lied galt. Aber die Kameras waren ganz eindeutig auf Manuela und mich gerichtet.

Die Olmers hatte anscheinend Probleme damit, Haltung zu bewahren, nachdem der Kameramann sie fast zu Fall gebracht hatte. Aber sie sonnte sich in ihrem Applaus und ging würdevoll rückwärts auf den Diwan zu, wie sie es wohl vorher geprobt hatte. In dem Moment setzten wir uns wieder in Bewegung und versanken tatsächlich wieder im Erdboden. Die versenkbare Bühne war schon über einen Meter unter dem Niveau der Auftrittsbühne, als es oben einen allgemeinen Aufschrei des Schreckens gab. Die Olmers hatte nicht mitbekommen, dass der Diwan mitsamt der Hebebühne wieder in der Versenkung verschwand. Und plötzlich plumpste sie rückwärts durch das oben entstandene Loch im Boden auf den Diwan. Laut kreischend schrie und fluchte sie.

Als die Hebebühne wieder im Keller angekommen war, sprangen Manuela und ich sofort in verschiedenen Richtungen von unserem Podest, zumindest versuchten wir das. Aber nachdem Manuela sich noch immer an mir festklammerte und auch durch den Ruck den es plötzlich gab, nicht losließ, purzelten wir beide nach vorne über den Diwan und die Olmers. Als die uns sah, zeterte sie nur noch lauter. Viel passiert konnte ihr also nicht sein.

Mein Blick fiel verzweifelt auf den nur wenige Meter von uns entfernt stehenden Kleiderständer. Aber da hörten wir schon eilige Schritte auf uns zukommen und rannten so schnell, wie unsere Füße uns trugen zurück in den kleinen Raum, aus dem wir gekommen waren. Ich lauschte zurück in den Fundus. Die Olmers zeterte so laut, dass man kaum etwas anderes verstehen konnte. Aber ich konnte doch deutlich eine energische Männerstimme hören, die gebieterisch rief: „Durchsucht jeden Zentimeter und bringt mir die beiden."

„Wir müssen die Tür wieder zusperren!" flüsterte ich Manuela hastig zu. Und gemeinsam warfen wir uns wieder dagegen, um sie überhaupt erst wieder zu schließen.

„Was ist da hinter der Tür?" fragte jemand auf der anderen Seite, gerade als sie wieder ins Schloss gefallen war. Ganz vorsichtig, um kein Geräusch zu verursachen versuchte ich den Schlüssel zu drehen. Aber er klemmte wieder. Da drückte jemand auf die Klinke, was ein knirschendes Geräusch verursachte. Genau in dem Moment drehte ich den ebenfalls knirschenden Schlüssel mit Gewalt herum. Das Knirschen der Türklinke hatte das des Schlüssels Gott sei Dank überdeckt. Es wurde kurz an der Tür gerüttelt und eine andere Stimme, ich glaube, die von Jochen, sagte: „Die Tür war nicht offen, seit ich hier arbeite. Für die gibt es nicht mal mehr einen Schlüssel."

„Wo führt die hin?" fragte wieder die andere Stimme. Und Jochen (wenn er es war) antwortete: Ins hintere Treppenhaus."

„Es soll trotzdem jemand nachsehen!" befahl wieder die erste Stimme und fügte noch hinzu: „Und legen Sie hier den Riegel vor."

Wir hörten, wie auf der anderen Seite der Tür ein Riegel zugezogen wurde, was einen Höllenlärm verursachte, weil er anscheinend auch bereits festgerostet war. Aber es schien zu klappen, denn als der Lärm vorbei war, sagte jemand keuchend: „So, das war's."

Aber da hörten wir bereits sich nähernde Schritte aus dem Treppenhaus. Schnell schloss ich auch diese Tür und stemmte mich dagegen, weil ich keinen Schlüssel für sie hatte. Aber Manuela zog schnell den Schlüssel aus der anderen Tür und eilte mit dem Bund, an dem ja zwei Schlüssel hingen, auf mich zu.

„Schnell, versuch den zweiten!" flüsterte sie. Und im nächsten Moment gab es das gleiche scheppernde Geräusch, das es gegeben hatte, als ich über den Eimer gestolpert war und ich hörte ein unterdrücktes „Aua!" von Manuela.

„Hast Du Dir weh getan?" fragte ich besorgt. Aber Manuela antwortete nur: „Ich hab die Schlüssel verloren."

Ich hörte sie am Boden danach tasten. Aber da waren auch schon die Schritte im Treppenhaus heran und jemand fragte: „Gibt's hier unten kein Licht?"

„Keine Ahnung", antwortete jemand.

Und im selben Moment hörte ich ein leises Klirren und Manuela flüsterte: „Ich hab sie."

Sie tastete nach der Tür und steckte ganz vorsichtig einen Schlüssel ins Schloss, konnte ihn aber nicht drehen, wechselte den Schlüssel und versuchte es erneut. Beim zweiten Schlüssel gab es, wie bei der anderen Tür einen kleinen Spielraum. Aber Manuela schaffte es nicht, den Schlüssel zu drehen. Von der anderen Seite drückte jemand auf die Klinke. Ich stemmte meinen Fuß gegen die Tür um dem ersten Ansturm zu begegnen.

„Ich glaub, sie hat sich ein bisschen bewegt", sagte jemand auf der anderen Seite und forderte den zweiten auf: „Hilf mal mit."

Wenn sie sich gemeinsam gegen die Tür warfen, konnte ich sie bestimmt nicht aufhalten. Ich tastete fieberhaft nach dem Schlüssel und drehte ihn genau in dem Moment, in dem die beiden gegen die Tür anstürmten. Es gab ein dröhnendes Gepolter, es knirschte im Schloss und der Schlüssel war ab. Ich hatte ihn in meiner verzweifelten Anstrengung einfach abgedreht. Irgendjemand kam da drüben noch die Treppen runter und meinte lachend zu den sich vor der Tür plagenden Männern. „Da könnt ihr ewig gegen die Tür rennen. Jochen hat drüben einen Riegel vorgeschoben."

Schimpfend und fluchend zogen die Männer wieder ab.

„Puh, das war knapp", stöhnte Manuela, während ich in der Dunkelheit noch den abgedrehten Schlüssel betastete. Langsam dämmerte mir, dass ich damit unsere Situation ziemlich verschlimmert hatte. Manuela fing wieder leise zu kichern an und sagte: „Die kennen den Raum hier anscheinend gar nicht."

„Dann wird uns in den nächsten Jahren wohl auch niemand hier finden", gab ich betroffen zurück. Manuela erwiderte nichts darauf aber ich spürte ihren fragenden Blick in der Dunkelheit auf mich gerichtet. Ich drückte ihr den Rest des Schlüssels in die Hand und nach ein paar Sekunden hörte ich ihr leises „Oh oh!"

Beide Türen des Raumes, in dem wir uns befanden, waren versperrt, die eine von außen und die andere durch einen abgebrochenen Schlüssel von innen. Ich hatte uns eingesperrt.

„Wir könnten um Hilfe rufen", schlug ich vor, da die Sorge um Manuela stärker war, als alle Scham.

Manuela antwortete nicht. Ich hörte, wie sie den Lichtschalter ein paar mal betätigte. Und da fing das Licht wieder zu flackern an. Ich streckte mich zu der Glühbirne und stellte fest, dass sie locker war. Als ich sie fest gedreht hatte, blieb das Licht an. Und im Licht sah unsere Situation schon gleich nicht mehr ganz so düster aus. Manuela schmiegte sich an mich und flüsterte verliebt: „Ich wusste, dass es etwas besonderes wäre, nackt mit Dir durch den Park zu laufen. Aber dass es so abenteuerlich wird, hätte ich nicht erwartet."

„Ich auch nicht", antwortete ich. Und im nächsten Moment trafen sich unsere Lippen und wir verschmolzen zu einem langen, zärtlichen Kuss.

Als unsere Lippen sich wieder trennten, blieben wir noch einige Minuten eng umschlungen in der Mitte des kleinen Kellerraums, in dem wir gefangen waren, stehen. Wir überlegten beide, was wir jetzt machen sollten. Unsere Lage war wirklich ziemlich hoffnungslos. Vor mich hin sinnend blickte ich auf den Boden. Wir standen auf einem dicken, dunkelgrauen PVC-Boden, in dem ich jetzt einige Unebenheiten entdeckte.

„Komm mal hier auf die Seite", forderte ich Manuela auf und zog sie dabei schon bis zu der einen Tür. Dann versuchte ich eine Ecke des dicken Belags zu fassen zu bekommen. Und als mir das gelang, begann ich, den Boden aufzurollen. Manuela blieb nicht, wie ich es ihr gesagt hatte, an der Tür stehen, sondern half mir, sobald sie sah, was ich vorhatte. Der dicke Bodenbelag war so fest, dass er sich kaum aufrollen ließ. Aber wir schafften es doch, ihn soweit aufzustellen, dass wir den Betonboden darunter zu sehen bekamen. Und da, wo ich vorher die Unebenheiten bemerkt hatte, sahen wir jetzt eine quadratische, eiserne Platte liegen. Sie hatte eine Seitenlänge von etwa sechzig Zentimeter.

„Kannst Du den Belag mal alleine halten?" fragte ich Manuela.

„Natürlich", antwortete sie und stemmte sich mit ihrem ganzen Gewicht gegen das schwere, halb aufgestellte PVC. Ich versuchte, die Eisenplatte zu verrutschen. Es ging nicht. Dann versuchte ich, sie von der Seite her anzuheben. Und das glückte mir. Sie war auf einer Seite mit Scharnieren am Boden befestigt. Und unter ihr tat sich ein rundes Loch auf, das in die Tiefe führte. Auf der Seite waren eiserne Sprossen in den Beton eingelassen, an denen man hinunterklettern konnte. Da es der einzige Ausgang aus dem Raum war, mussten wir nicht lange überlegen, ob wir da hinuntersteigen würden.

„Ich klettere vor!" sagte ich. Aber Manuela meinte ziemlich kläglich: „Ich kann das PVC nicht mehr halten."

Schnell sprang ich hoch und hielt den schweren Boden, der sich wieder entrollen wollte. Manuela küsste mich dankbar und fragte: „Kommst Du mit dem Boden klar, wenn ich vorausgehe?"

Ich nickte und antwortete: „Es wird schon gehen. Aber pass bloß auf, wo Du hintrittst."

Noch einmal küsste mich Manuela. Dann stieg sie in das Loch. Und als sie darin verschwunden war, folgte ich ihr, indem ich das PVC über mich legte und mich unter seiner Last in das Loch zwängte und die eiserne Klappe über mir schloss.

„Bist Du da?" fragte ich nach unten in die Dunkelheit. Und ich hörte Manuela aus einiger Entfernung antworten: „Ja. Hier unten ist irgendwo Licht. Es wird heller da unten."

Ganz vorsichtig stieg ich die Sprossen nach unten. Aber plötzlich hörte ich Manuela verwundert und enttäuscht sagen: „Da geht's nicht weiter."

„Was heißt, da geht's nicht weiter?" fragte ich.   .

„Na es geht nicht weiter!" antwortete Manuela.

Gar nicht gut, dachte ich mir und fragte Manuela: „Kannst Du an mir vorbei nach oben?"

„Ich versuch es", antwortete sie. Ich drückte mich ganz an den Rand des dünnen Schachtes und unterstützte Manuela, als sie sich an mir vorbeizwängte, indem ich sie hielt und ihren Körper von oben bis unten küsste, während er sich an mir vorbei schob.

„Rrrrrrr", schnurrte sie und sagte dabei: „Wenn ich das hier überlebe und wieder mal in Lebensgefahr gerate, dann musst Du unbedingt wieder dabei sein."

„Unbedingt!" bestätigte ich. Dann sah ich nach unten und verstand, was Manuela damit gemeint hatte, dass es nicht weiter geht. Der Schacht, in dem wir uns befanden endete in der Kuppel irgendeines unterirdischen Gewölbes. Bis zum Boden waren es bestimmt fünf bis sechs Meter.

Das ist verdammt hoch, dachte ich mir und überlegte, was ich tun sollte. Einmal unten konnte ich nicht wieder zurück. Und ich hatte auch keine Ahnung, wo es da unten hin ging. Selbst wenn ich den Sprung unbeschadet überstehen würde, durfte ich ihn auf keinen Fall Manuela zumuten. Also sagte ich nach oben: „Ich fürchte, hier ist Endstation, Manuela. Wir werden da oben wohl klopfen müssen und können nur hoffen, dass uns jemand hört."

Manuela überlegte einen Moment. Dann fragte sie mich: „Würdest Du da runter kommen, wenn ich nicht dabei wäre?"

Ich blickte noch mal nach unten und schätzte die Höhe ab, Wenn ich mich an die unterste Sprosse hängen würde, dann wären es noch drei bis vier Meter freier Fall. Wenn ich mich unten abrollen würde, wäre es möglich. Und da ich es vorgezogen hätte, mir wieder den Fuß zu verstauchen, anstatt nackt zur Polizei geschleift zu werden und dort einiges erklären zu müssen, was wohl nicht so leicht zu erklären sein würde, antwortete ich: „Ich würde es versuchen."

„Dann mach es!" forderte Manuela mich sofort auf.

„Ich kann Dich nicht hier zurücklassen", widersprach ich. „Ich weiß nicht, wo und wann ich wieder rauskommen würde. Und ich dürfte kaum schaffen, Dich unbemerkt durch das Fernsehstudio aus dem Keller zu befreien. Es wäre also nicht besser, als wenn wir jetzt gleich da oben klopfen."

Da sagte Manuela aber sehr bestimmt: „Wenn Du springst, dann springe ich auch!"

„Nein!" widersprach ich energisch. „Das kann ich nicht zulassen."

Aber Manuela erklärte mir beruhigend: „Fred, ich mache aktiv Leichtathletik. Für mich ist es nicht gefährlicher, als für Dich."

So ganz war ich noch nicht überzeugt. Aber Manuela argumentierte gut. Sie sagte: „Unsere Situation ist so schrecklich und so verrückt. Aber soll ich Dir etwas verraten? Ich würde das hier für nichts auf der Welt eintauschen. Ich bin so glücklich und so dankbar, dass ich das mit Dir erleben darf. Durch Dich und mit Dir lebe ich doch erst. Bitte lass uns weitergehen."

Manuela hatte mir direkt aus dem Herzen gesprochen. Sie hatte so recht.

Unsere Situation war nüchtern betrachtet eine Katastrophe. Aber auch ich genoss jede Sekunde. Und ich lebte im wahrsten Sinne des Wortes nur noch durch Manuelas Liebe.

„Ich liebe Dich, mein kleines, verrücktes Christkind!" erwiderte ich deshalb zärtlich und ließ mich im nächsten Moment schon von der untersten Sprosse baumeln. Und als ich ruhig hing, ließ ich los. Ich kam auf den Füßen auf und rollte mich ab. Der Betonboden war rau und ich war nackt. Aber alles ging gut. Dann kletterte Manuela bis ganz nach unten und ließ sich von der letzten Sprosse herunterhängen. Aufmerksam und gespannt beobachtete ich sie und machte mich bereit, sie aufzufangen.

Unwillkürlich entfuhr mir dabei: „Wow, tolle Perspektive!"

„Danke!" antwortete Manuela von oben. Dann ließ sie los. Ich schlang meine Arme um ihren Körper und sie fing sich mit den Händen auf meinen Schultern ab, so dass sie nach dem Sprung nicht einmal den Boden berührte.

„Ich liebe Dich!" flüsterte sie ganz leise, während ich sie noch in meinen Armen hielt und an mich presste.

„Und ich liebe Dich!" sagte auch ich. Dann trafen sich auch schon wieder unsere Lippen. Wir spürten, dass unsere Liebe sich immer mehr vertiefte. Sie wurde nicht stärker, das wäre gar nicht mehr möglich gewesen. Sie bekam nur immer mehr Basis. Wir lernten uns gegenseitig einzuschätzen und zu vertrauen. Wir lernten, uns dem anderen anzuvertrauen, ihm blind zu vertrauen. Wir lernten, oder spürten, dass unsere Liebe einen Grund hatte. Wir waren nicht einfach nur zwei Menschen, die sich zufällig getroffen hatten. Wir gehörten zusammen!

Nachdem unsere Lippen sich wieder getrennt hatten, stellte ich Manuela behutsam auf den Boden. Und dann ließen wir unseren Blick durch das eigenartige Gewölbe schweifen, das nur von vereinzelten, flackernden Neonlichtern erhellt wurde. Es war anscheinend ein Tunnel. Er endete unter der Kuppel, aus der wir grade geschlüpft, bzw. gefallen waren und führte von hier aus in gerader Richtung ziemlich steil abwärts.

„Wo sind wir hier?" fragte Manuela, unwillkürlich wieder flüsternd.

Ich zuckte mit den Schultern und antwortete: „Ich hab keine Ahnung. Bei so einem Tunnel würde ich normalerweise auf einen U-Bahn-Schacht tippen, aber dafür ist er zu steil. Außerdem ist es eigenartig, dass er hier einfach aufhört."

Es war kalt da unten, aber nicht so kalt, wie draußen, denn die Temperaturen lagen doch einiges über dem Gefrierpunkt. Und trotzdem froren wir hier mehr als draußen. Manuela und ich nahmen uns bei den Händen und folgten, uns ängstlich aneinander festhaltend dem Tunnel in die Tiefe. Die Neonlampen wurden immer seltener und hörten schließlich ganz auf. Aber da es hinter uns keinen Ausgang gab, mussten wir weiter in die bedrohliche Dunkelheit vordringen. Ganz langsam und vorsichtig tasteten wir uns weiter voran. Und plötzlich stieß ich gegen etwas. Und bei genauer Untersuchung zeigte es sich, dass ein Seil mitten im Tunnel hing. Und in diesem Seil waren in Abständen von vierzig bis fünfzig Zentimetern Knoten.

„Vielleicht ist da oben ein Ausgang? vermutete ich.

„Vielleicht!" meinte auch Manuela.

Ich prüfte die Festigkeit des Seils. Es schien stabil zu sein. Also sagte ich: „Ich klettere rauf und sehe nach."

Das war natürlich nur bildlich gesprochen, denn es war in dieser absoluten Finsternis ja gar nicht möglich, etwas zu sehen. Manuela und ich tasteten nacheinander, wir küssten uns und dann kletterte ich an dem Seil nach oben. Es war ein beklemmendes Gefühl, umgeben von undurchdringlichem Schwarz an einem Seil zu hängen. Ich verlor jedes Gefühl für Zeit und Raum. Ich konnte nicht sagen, ob ich zwei Meter geklettert war, oder zwanzig. Ich tastete mich einfach immer weiter, von Knoten zu Knoten. Ich hing im Nichts. Und das einzig Positive an diesem Zustand war, dass mein Adrenalinspiegel wieder nach oben schoss und ich die Kälte nicht mehr spürte. Das ganze Abenteuer war ein einziges, sehr eigenartiges Auf und Ab der Gefühle und Emotionen. Zärtliche Liebe, sexuelle Erregung, panische Flucht, die Angst vor dem entdeckt Werden und jetzt auch noch vor der Dunkelheit. Ich habe normalerweise keine Angst im Dunkeln, aber wenn man nicht weiß, wo man ist und wohin man sich bewegt und dann auch noch an einem Seil hängt, ohne zu wissen, wie weit es noch nach oben geht und wie weit man schon über dem Boden hängt, dann ist das schon ein beklemmendes Gefühl. Ich fühlte mich zumindest alles andere als wohl. Und trotzdem war da dieses Gefühl, etwas ganz besonderes zu erleben. Als Erwachsener fühlt man nicht mehr so intensiv, wie als Kind. Aber in dieser Situation fühlte ich mich an meine Streiche als Kind erinnert, als ich mich in eine Scheune geschlichen hatte, im Gebälk herumgeklettert war und Angst davor gehabt hatte, vom Bauern erwischt zu werden, der plötzlich aufgetaucht war. Das Risiko, der Kick muss bei einem Erwachsenen einfach größer sein, um wieder so viel Angst verspüren zu können, um wieder einen solchen Adrenalinrausch zu erleben. Und den erlebte ich jetzt. Und trotzdem ließ es sich mit meinen Jugendstreichen nicht vergleichen. Als Kind war ich immer ein Einzelgänger gewesen. Das war ich auch als Erwachsener noch, selbst während meiner Beziehungen. Aber jetzt war da noch Manuela, jetzt war ich nur noch Teil eines größeren Ganzen, des Ganzen, das ich mit Manuela zusammen bildete. Und das gab mir trotz meiner Furcht um so viel mehr Kraft, als ich sie als Kind oder auch später jemals gefühlt hatte. Ich konnte jetzt zum ersten Mal in meinem Leben Kraft aus meiner Angst saugen. Ich konnte meine Angst zum ersten Mal genießen.

Klingt komisch, ist aber so!

Um ein Gefühl für den Raum zu bekommen, fragte ich: „Manuela?"

„Ja?" fragte Manuela von unten zurück. Und ich antwortete ihr, mit der neu gewonnenen Gewissheit, nicht allein im Nichts zu hängen: „Ich wollte Dich nur als Anhaltspunkt haben, weil das Seil unter meinen Händen mir vorkommt wie Sternenstaub, während ich ziellos durchs Weltall treibe."

„Das klingt poetisch!" meinte Manuela verträumt. Und anhand ihrer Stimme konnte ich in etwa die Höhe abschätzen, auf der ich mich inzwischen befand. Ich musste schon höher sein, als es die Kuppel war, aus der wir in den Gang gesprungen waren. Und doch befand ich mich noch weit unter dem Anfang des Seils, was ich an seiner Schwingung deutlich erkennen konnte.

„Das geht hier ganz schön weit rauf", sagte ich beklommen.

„Willst Du lieber wieder runterkommen?" fragte Manuela. „Wir können auch in dem Tunnel weitergehen."

„Sehe ich so aus, als wenn ich wieder runterkommen will?" frage ich wieder. Und Manuela meinte amüsiert: „Du siehst grad gar nicht aus. Ich kann Dich ja nicht sehen."

„Dass Du mich nicht siehst, heißt ja nicht, dass ich nicht so aussehe!" erwiderte ich, da es mir gut tat, mit Manuela zu sprechen, während ich blind weiter nach oben kletterte.

Manuela ließ sich auf die philosophische Debatte ein, denn sie sagte darauf: "Wenn kein Licht auf Dich fällt und Du Dich in absoluter Dunkelheit befindest, dann siehst Du nach gar nichts aus."

„Trotzdem bin ich real. Und meine Mimik ist existent, obwohl sie für die Menschen unsichtbar bleibt. Würde ich jetzt in der Finsternis abstürzen. Und morgen würde ein Suchtrupp mit Taschenlampen hier vorbei kommen, dann würden sie mein schmerzverzerrtes Gesicht sehen. Dieses Gesicht würde bereits beim Aufprall entstehen und nicht erst durch das Licht der Taschenlampen."

„Aber erst durch das Licht würde es sichtbar werden. Vorher wäre es nur Spekulation."

„Nicht für mich!"

„Fall bloß nicht runter!"

„Das hab ich nicht vor. ... Ich glaub, ich bin oben. Ja, hier ist auch ein Loch in der Decke. Und da ist das Seil festgeknotet. ... Ich klettere weiter nach oben. Lauf nicht weg."

„Ich komme nach!"

„Warte doch erst ab. Vielleicht geht es da oben doch gar nicht weiter."

„Ich will nicht allein da unten im Dunkeln stehen."

„Es wäre doch aber sicherer."

„Ich hab Angst, wenn Du weg bist!" gestand Manuela und fand auch eine philosophische Erklärung dafür. „Wenn ich Dir so nah bin, dass ich Dich spüren kann, dann existierst Du. Aber wenn Du Dich in der

Dunkelheit von mir entfernst, dann kann ich das nicht wissen."

Ich dachte kurz darüber nach, was Manuela gemeint hatte. Und ich konnte sie sehr gut verstehen.

Was, fragte ich mich, *wenn Manuela nicht mehr da wäre, wenn ich an dem Seil wieder hinunterklettere?*

Die Dunkelheit ist für jeden Menschen beängstigend. Man weiß nie, welche Schrecken sie birgt. Selbst ein rational denkender Mensch muss die Möglichkeit in Betracht ziehen, dass etwas, und sei es noch so etwas Banales, in der Dunkelheit lauert. Also rief ich Manuela zu: „Gut, komm rauf. Aber sei vorsichtig.

Manuela machte sich sofort an den Aufstieg. Und sie war schneller oben, als ich es gewesen war. Es tat gut und war ein beruhigendes Gefühl, sie bei mir zu haben. Ich tastete nach ihrer Hand und küsste sie zärtlich, da es mir in dem engen Schacht in völliger Finsternis nicht möglich war, mich bis zu ihren Lippen hinunter zu beugen.

„Bleib dicht hinter mir!" flüsterte ich und tastete mich vorsichtig weiter aufwärts. Es führte immer weiter hinauf. An einer Stelle ertasteten wir, dass seitlich ein waagrechter Stollen abzweigte. Aber wir entschieden uns dafür, weiter nach oben zu klettern. Wir wollten so schnell wie möglich zurück ans Tageslicht und oben schien uns dafür die einzig richtige Richtung zu sein.

Endlich erreichten wir das Ende des Schachtes, das mit einer eisernen Klappe verschlossen war. Es gelang mir, die Klappe aufzudrücken. Und dann kletterten Manuela und ich in einen winzigen Raum, der nur etwa einen Kubikmeter groß war. Wir hockten zusammengekauert darin, schlossen die Klappe zu unseren Füßen wieder und betasteten die Wände. Nach allen Richtungen zweigten Schächte ab, aber die waren so eng, dass ich mich nur mit Mühe hineinzwängen konnte.

„Ich glaube, das sind Luftschächte!" meinte Manuela.

„Das wäre möglich", erwiderte ich mit neu erwachender Hoffnung. Luftschächte mussten irgendwo hinführen. Wenn sie nur nicht gar so eng gewesen wären.

„Soll ich vor kriechen?" fragte Manuela, als sie hörte, wie ich mich abmühte, um mich in einen der Schächte zu zwängen. Da ich mich wie ein Korken in einer Flasche fühlte, antwortete ich: „Nachdem ich mich da drin nicht rühren kann, ist es besser, wenn Du vorgehst. Aber sei bitte vorsichtig."

„Das bin ich!" versprach Manuela, küsste mich und verschwand behände in einem der Schächte. Ich hörte, wie sie sich schnell entfernte. Und je weiter sie sich entfernte, umso größer wurde meine Sorge um sie. Da ich nicht wusste, wo wir uns befanden, wagte ich nicht, nach ihr zu rufen. Und so verharrte ich in ungeduldiger Spannung. Endlich kam Manuela zurück.

„Da vorne, gar nicht weit weg von hier, ist eine Klappe", sagte sie. „Ich bekomme sie aber nicht auf. Und dann kommen in gleichmäßigen

Abständen immer wieder solche Klappen. Aber sie sind anscheinend alle versperrt."

„Wenn die erste Klappe nicht weit ist, dann werde ich es wohl bis zu ihr schaffen", erwiderte ich und zwängte mich in den engen Schacht. Ich kam nur ganz langsam voran. Millimeter um Millimeter schob ich mich durch den engen Schacht vorwärts. Ich hatte kaum Spielraum für Hände und Füße und musste meine Schultern so sehr einziehen, dass es mir den Brustkorb zusammenquetschte. Mein Atem ging keuchend und gepresst und plötzlich dachte ich mit einem Anflug von Panik, dass ich mich in diesem Schacht niemals rückwärts bewegen könnte und malte mir lebhaft die Konsequenzen aus, wenn es mir nicht gelingen sollte, die Klappe zu öffnen.

„Ist alles in Ordnung mit Dir?" fragte Manuela hinter mir besorgt.

„Mir geht's prima", antwortete ich mit aufkommender Selbstironie. „Mich überkommt nur gerade ein Hauch von Kleptomanie!"

Manuela lachte trotz des Ernstes der Lage über mich, versuchte aber sofort, mich wieder zu trösten, indem sie sagte: „Mach Dir mal keine Sorgen, Fred. Hier gibt's nichts zum Klauen. Und Du hättest nicht mal Taschen, um etwas einzustecken."

Aber Manuela verstand nur zu gut, dass mir eigentlich gar nicht zum Scherzen zumute war. Sie hielt sich ganz dicht hinter mir und meinte ermutigend: „Du musst fast da sein, Fred."

Und da erreichte ich tatsächlich die Klappe. Ich betastete sie vorsichtig, um ihre Lage und Größe herauszufinden. Und dann begann ich zu drücken, so gut ich dazu in der Lage war. Das war ich aber nicht besonders gut, da ich mich einfach nicht bewegen konnte. Ich robbte noch ein Stück höher, bis ich mit meinen Schultern auf Höhe der Klappe war, atmete ein und spannte meine Schultern an. Und da flog die Klappe plötzlich mit einem lauten Knall davon.

„Ich wusste, dass Du es schaffst!" freute sich Manuela hinter mir.

Jetzt, wo ich Platz für meine Schultern hatte und meinen linken Arm durch die Öffnung aus dem Schacht schieben konnte, fasste ich auch wieder Mut. Ich zog mich langsam aus der Öffnung. Nur leider gab es draußen nichts zum festhalten. Und als ich meinen Oberkörper aus dem Schacht befreit hatte, stürzte ich plötzlich nach unten. Reflexartig zog ich Kopf und Schultern ein, um mich abzurollen. Aber ich prallte mit der Schulter auf ein großes Waschbecken, das Waschbecken brach aus seiner Halterung und knallte mit mir auf den Boden.

„Ist Dir was passiert?" fragte Manuela sofort oben aus dem Loch.

Ich rappelte mich mühsam zwischen den Keramikscherben auf. Meine Schulter schmerzte. Aber ansonsten schien mir nichts passiert zu sein.

„Warum zum Teufel ist es hier so dunkel?" fragte ich, da auch in diesem Raum mit dem Waschbecken absolute Finsternis herrschte. „Kann es sein, dass schon wieder Nacht ist?" fragte ich grübelnd weiter.

„Das kann ich mir nicht vorstellen", antwortete Manuela von oben. „So lang sind wir doch noch nicht unterwegs."

„Vielleicht ist die Welt untergegangen, während wir durch die Unterwelt spaziert sind?" meinte ich, während ich durch die Scherben stolperte und nach oben tastete, um Manuela aus dem Schacht herauszuhelfen. Es tat gut, als unsere Hände sich berührten. Langsam schob sich Manuela aus der Öffnung und ich hielt sie und stellte sie behutsam auf den Boden. Es war schön, ihren geschmeidigen, nackten Körper zu spüren. Aber diese absolute Dunkelheit, die uns umgab, machte uns Angst.

„Vielleicht sind wir auch blind geworden?" schlug Manuela als alternative Lösung vor. Sie hielt sich noch an mir fest und fragte plötzlich: „Was ist das?"

„Was ist was?" fragte ich.

Manuela tastete über meinen Körper und meinte plötzlich mit unüberhörbarer Angst in der Stimme: „Du blutest."

Ich versuchte, sie zu beruhigen, indem ich erwiderte: „Das kann nicht schlimm sein."

Aber Manuela ließ sich nicht so leicht beruhigen. Sie betastete mich ganz fieberhaft aber vorsichtig und sagte schließlich: „Du hast da einen langen Schnitt im Nacken. Wir müssen schnell hier raus."

Während ich noch selbst nach meinem Nacken tastete und feststellte, dass der Schnitt anscheinend tief war und stark blutete, hatte Manuela bereits eine Tür gefunden. Sie stolperte durch die Scherben zu mir zurück, nahm mich bei der Hand und zog mich hinter sich her aus dem Raum.

In dem Gang, in dem wir uns dann befanden, war es ebenfalls stockdunkel. Wir tasteten uns an den Wänden entlang und stellten fest, dass es in regelmäßigen Abständen Türen gab, dicke, schwere Eisentüren, die offensichtlich nur vom Gang aus zu öffnen gingen, da sie innen keine Klinken hatten.

„Vielleicht ein Gefängnis?" mutmaßte ich.

Schließlich kamen wir an ein Treppenhaus. Und da endlich nahmen wir von oben einen ganz schwachen Schimmer wahr. Eilig hetzten wir zwei Etagen nach oben. Hier schien der Ursprung des Lichtes zu sein. Auch in dieser Etage war ein langer Gang mit schweren Eisentüren, auf denen große, schwarze Ziffern standen. Wir blickten in einige der fensterlosen Räume. Es mussten ganz sicher einmal Zellen gewesen sein. An dem einen Ende des Ganges war ein großes, vergittertes Fenster. Wir eilten darauf zu. Und während ich nach draußen blickte und mich davon überzeugte, dass die Welt noch nicht untergegangen war, besah sich Manuela meine Wunde bei Licht.

„Es ist Gott sei Dank nicht so schlimm, wie ich befürchtet hatte", sagte sie erleichtert, stellte sich aber auf die Zehenspitzen und saugte die Wunde aus.

„Was machst Du denn da?" fragte ich verwundert. Und Manuela antwortete mit blutverschmiertem Mund: „Ich will nur sicher sein, dass kein Schmutz in der Wunde ist."

„Du schaust aus wie ein Kannibale oder wie ein Zombie!" meinte ich lächelnd und wischte ihr mit dem Daumen mein Blut aus dem Mundwinkel.

Das Fenster ließ sich nicht öffnen. Draußen sahen wir einen verwilderten, parkähnlichen Garten, der das Haus umgab. Es schneite wieder.

„Dann sehen wir uns hier mal um", schlug ich vor.

Hinter der ersten Tür gleich neben uns war ein großer Waschraum mit mehreren Waschbecken, einer Duschecke und Toiletten. Ganz automatisch blickte ich über die Waschbecken und entdeckte in der Wand eine vergitterte Klappe, so wie die, aus der wir zwei Etagen weiter unten geplumpst waren. Das Wasser war zwar anscheinend abgedreht, aber aus einem Hahn tropfte es kontinuierlich. Wir benutzten die Toiletten, obwohl wir nicht spülen konnten und wuschen uns so gründlich, wie es mit dem tropfenden Wasser möglich war. Dadurch froren wir zwar wieder mehr. Aber wir fühlten uns trotzdem besser, da wir durch unsere Exkursion durch die Unterwelt völlig verschmutzt gewesen waren. Zum Glück hatte auch mein Schnitt bereits aufgehört zu bluten. Als wir nass und frierend aus dem Waschraum kamen, sahen wir nacheinander in alle Zimmer, beziehungsweise Zellen. Alles war komplett leer. Weder fanden wir Anhaltspunkte dafür, was das hier einmal gewesen war, noch gab es auch nur den kleinsten Fetzen Stoff, mit dem wir uns hätten bedecken oder abtrocknen können. Eine Etage lag noch über uns. Dort waren keine Zellen, sondern normale Räume mit Fenstern. Aber auch sie waren komplett leer. Ich öffnete eines der Fenster und blickte nach unten. Von den untern beiden Etagen waren sämtliche Fenster zugemauert. Das erklärte die Dunkelheit. Ich wunderte mich darüber, dass auch die Tür zugemauert war. Aber Manuela kam auf die Idee, dass das wahrscheinlich gemacht worden war, damit niemand in das Gebäude einsteigen könnte.

„Aber wie kommen wir jetzt da raus?" überlegte ich. Neben einem Fenster ging der Blitzableiter nach unten. Manuela und ich sahen uns an und Manuela sprach aus, was ich mir ebenfalls dachte: „Dann heißt es also wieder Klettern!"

Unsere Körper waren inzwischen wieder trocken. Aber wir waren noch immer nackt und hatten keine Ahnung, wo wir waren.

„Vielleicht sollten wir warten, bis es dunkel wird", schlug ich vor. Aber Manuela meinte: „Ich möchte hier nicht bleiben. Das Haus ist unheimlich."

Ich fühlte mich in diesem Gebäude auch sehr unbehaglich und bestand daher nicht auf meinen Vorschlag.

„Also wieder nackt nach draußen!"

Ich kletterte auf den Fenstersims und griff nach dem Blitzableiter. Als ich dann nackt an der Fassade hing und Manuela nackt im Fenster kauern sah, fragte ich sie: „Wann hab ich Dir eigentlich das letzte Mal gesagt, dass ich Dich liebe?

Manuela strahlte mich an und erwiderte: „Ich kann es gar nicht oft genug hören, mein Liebling."

Sie beugte sich zu mir, küsste mich ganz zärtlich und dann kletterte ich langsam am Blitzableiter hinunter. Manuela wartete nicht erst, bis ich unten war. Sie stieg sofort nach mir aus dem Fenster und kletterte ganz dicht über mir hinab.

Es war schön, zu beobachten, wie die geschmeidigen Muskeln ihres schlanken, jungen Körpers arbeiteten. Und außerdem bot mir die Perspektive wieder einen äußerst verführerischen Blick auf ihre winzige Spalte. Als ich unten war, nahm ich Manuela bei den Hüften und stellte sie ganz behutsam neben mir in den Schnee. Wir küssten uns verliebt und schlichen dann um das Gebäude herum. Über der zugemauerten Tür lasen wir auf einem großen Schild ‚Privatsanatorium'. Der Name, der einmal darüber gestanden hatte, war sorgfältig abgekratzt worden.

„Sehr eigenartig", meinte ich. „Es wäre einfacher gewesen, das Schild zu entfernen, als den Namen so aufwändig wegzukratzen."

Manuela schmiegte sich an mich. Ihr war kalt und sie fröstelte. Auch mir kroch die Kälte des Winters in die Knochen. Wir waren froh, wieder draußen im Tageslicht zu sein. Aber langsam wurde es doch Zeit, dass wir uns wieder aufwärmen konnten. Ich rieb mit meinen Händen kurz über Manuelas Rücken, um sie ein wenig aufzuwärmen. Dann sagte ich: „Schauen wir, dass wir hier weg kommen."

Wir nahmen uns bei den Händen und liefen den tief verschneiten Weg vom Haus zu dem Tor in der umliegenden Mauer. Das Tor war verschlossen. Und ringsum auf der Mauer war Stacheldraht, wie in einem Hochsicherheitsgefängnis.

„Warum kann nicht einfach mal eine Tür offen sein?" fragte ich resigniert. Manuela hatte keine Antwort für mich. Wir liefen an der Mauer entlang und fanden schließlich einen Baum, dessen Äste über die Mauer ragten, ein eindeutiges Indiz dafür, dass das Sanatorium schon länger leerstehen musste.

„Und schon wieder klettern!" seufzte ich. Ich machte eine Räuberleiter für Manuela, damit sie den untersten Ast erreichen konnte. Und natürlich bekam ich unten den ganzen Schnee ab. Manuela kletterte höher und ich versuchte nun selbst den Ast zu erreichen, was mich aber einige Versuche kostete. Aber schließlich war auch ich auf dem Baum. Auf den Ästen lag dick der Schnee. Es war nicht ungefährlich, auf ihnen über die Mauer und den Stacheldraht zu balancieren.

„Ich geh vor!" sagte Manuela. Und bevor ich widersprechen konnte, brachte sie ein gutes Argument für diesen Vorschlag.

„Ich bin viel leichter als Du!" sagte sie und hatte natürlich Recht damit. Der Ast war nicht sonderlich dick. Manuela würde er mit ziemlicher Sicherheit tragen. Aber bei mir war das nicht sicher. Sie setzte sich auf den Ast und schob sich sitzend langsam immer weiter, bis sie über die Mauer war.

„Er hält!" rief sie mir über die Schulter zu, hängte sich an den Ast und ließ sich jenseits der Mauer auf den Boden fallen. Auch ich schob mich sitzend auf dem Ast vorwärts. Unter meinem Gewicht, das ja immerhin etwas über achtzig Kilo beträgt, neigte sich der Ast mit jedem Ruck mehr. Ich saß fast auf dem Stacheldraht, als ich mich über der Mauer befand. Und kaum war ich über diesen kritischen Punkt, knackste es hinter mir. Der Ast brach am Stamm und legte sich über die Mauer und den Draht. Er hing zwar noch am Stamm, aber es wäre für Manuela doch schwierig gewesen, jetzt noch über den Stacheldraht zu kommen. Als ich jetzt nach unten blickte, sah ich Manuela hinter einem zugeschneiten Busch kauern. Sie blickte zu mir herauf und legte ihren Zeigefinger auf die Lippen, um mir zu bedeuten, leise zu sein. Also verharrte ich schweigend auf dem Ast und versuchte herauszufinden, wovor sich Manuela versteckte, während ich das unangenehme Gefühl hatte, dass meine Eier an dem Ast festfroren.

Jenseits des Busches, hinter dem Manuela kauerte, verlief der Bürgersteig parallel zu der Mauer, vor der meine Füße von dem Ast baumelten, auf dem ich saß. Neben dem Bürgersteig verlief eine breite Straße, auf der viel Verkehr war. Und auf der anderen Seite der Straße war eine Art Einkaufszentrum, das an diesem Weihnachtsfeiertag anscheinend geöffnet hatte, denn das große Eingangsportal stand offen, alles war beleuchtet und es spielte weihnachtliche Musik. Vor dem Tor stand ein Weihnachtsmann, der mit einer Glocke bimmelte, immer wieder „Ho Ho Ho" rief und die Menschen in das Gebäude lockte. Das, wovor sich Manuela versteckte, war aber ein junges Pärchen, das schräg vor dem Busch stand, hinter dem sie sich versteckt hatte. Das Pärchen war offensichtlich sehr verliebt, denn die beiden waren eng umschlungen und küssten sich. Und dabei waren sie noch schön dick in warme Winterkleidung eingepackt.

Aha, dachte ich mir. *So geht es also auch!*

Ganz dumme Situation: Ich konnte das Pärchen sehen, also würden mich die beiden auch entdecken, wenn sie nur nach oben sähen. Wenn ich aber jetzt von dem Ast herunter gesprungen wäre, dann hätten sie mich auf jeden Fall bemerkt.

Langsam wurde es wirklich unangenehm. Ich fror mir auf dem gefrorenen Ast im wahrsten Sinne den A..., den Hintern ab. Und das Pärchen da unten wurde immer leidenschaftlicher. Sie taumelten in ihrer leidenschaftlichen Umarmung gegen den Busch, der wie eine riesige Schneekugel gewirkt hatte. Der Schnee geriet ins Rutschen und begrub auf der anderen Seite Manuela unter sich. Der Anblick entbehrte ja nicht einer gewissen Komik. Trotzdem tat Manuela mir in dem Moment leid. Sie sprang erschrocken auf und schüttelte sich. Aber sie hatte sich genug unter Kontrolle, um nicht zu schreien. Trotzdem entdeckte das verliebte Pärchen sie. Die beiden starrten Manuela zuerst wie ein Gespenst an, dann begannen sie plötzlich zu lachen.

Das reichte jetzt. Ich sprang vom Baum, nahm Manuelas Hand und sagte, an das wieder sehr verdutzte Pärchen gewandt: „Was gibt's da zu lachen? Es kann ja nicht jeder so verweichlicht sein, wie ihr!" Und damit spazierten Manuela und ich Arm in Arm den Bürgersteig entlang, so als wenn es völlig normal wäre, dass wir nackt waren. Wir drehten uns nicht mehr nach dem Pärchen um.

„Ich weiß jetzt, wo wir sind!" sagte Manuela während wir so auf dem Bürgersteig spazierten. Auf dieser Seite der Straße waren kaum Fußgänger unterwegs. So kamen wir unbehelligt fast fünfzig Meter. Aber dann kam wieder alles auf einmal. Zuerst hörten wir einen lauten Krach von der Straße. Es war ganz unüberhörbar das Geräusch von zusammenstoßenden Autos. Und es blieb nicht bei einem Knall, es wiederholte sich noch zweimal. Und gleichzeitig begann bereits ein Hupkonzert.

Manuela und ich wagten nicht hinzusehen, da wir die Möglichkeit nicht ausschließen konnten, Ursache dieser Karambolage zu sein. Wir wollten unsere Schritte beschleunigen, aber da kam uns ein kleines Schneeräumfahrzeug entgegen, dessen Schaufel aber die gesamte Breite des Bürgersteigs einnahm. Hinter uns kam eine Horde schreiender Kinder, die Schlitten hinter sich herzogen.

Manuela und mir blieb wieder nur die Flucht. Wir rannten über die Straße, zwischen den stehenden Autos hindurch, die wegen des Unfalls nicht mehr weiter kamen. Auf der anderen Straßenseite waren aber noch mehr Leute unterwegs. Manuela und ich wechselten wieder die Richtung und rannten auf das Einkaufszentrum zu. Da die meisten Menschen in diese Richtung liefen, mussten wir uns wenigstens nicht gegen den Strom vorwärts kämpfen. In einer riesigen Schaufensterfront des Einkaufszentrums lief auf einer mindestens zehn Meter breiten Monitorwand ein Bericht. Da wurden Manuela und ich gezeigt, wie wir in dem Fernsehstudio hinter der singenden Olmers aus der Versenkung auftauchten. Dann sah man, wie die Kamera groß auf uns zoomte. Die Kamera zeigte bildfüllend unsere Gesichter und schwenkte dann langsam an unseren nackten Körpern hinunter, bis zu Manuelas Hand, die sich an meinen erigierten Penis klammerte. Erst nach mehreren Sekunden gab es eine Überblendung zu einer Moderatorin, die in die Kamera fragte: „Wer ist dieses nackte Weihnachtspärchen, dass aus dem Nichts in unserem Studio aufgetaucht ist und sich ebenso wieder in Luft aufgelöst hat?"

Dann wurde der Nikolaus aus der Straßenbahn gezeigt, der, offenbar noch immer nicht nüchtern, in die Kamera lallte: „Wenn ich's doch sage: Sie sind einfach so in der Straßenbahn aufgetaucht. Sie haben von innen geleuchtet und sind dann einfach durch die geschlossenen Fenster davongeflogen!"

Manuela und ich waren unwillkürlich stehen geblieben und hatten fasziniert in das Schaufenster gestarrt. Wir sahen uns verliebt an und wollten unsere Flucht fortsetzen, bemerkten aber, dass wir jetzt mitten in einem Menschenpulk standen. Auch die anderen Leute hatten dem Bericht neugierig zugesehen. Wahrscheinlich war deswegen den meisten von ihnen entgangen, dass das nackte Pärchen aus dem Bericht mitten unter ihnen stand.

Manuela zuckte plötzlich zusammen und ich sah grad noch aus dem Augenwinkel, dass ihr ein junger Mann an den Po gegriffen hatte. Ohne zu überlegen ballte ich die Faust und wollte zuschlagen. Aber Manuela hielt mich zurück.

„Nein nicht!" bat sie, während sie meine Faust mit ihren kleinen, zarten Händen umschloss. Und im nächsten Moment sagte sie schon: „Lass uns von hier verschwinden!"

Sie hatte Recht. Wir drängten uns durch die Menschenmasse. Plötzlich schrie jemand: „Da! Das sind sie!"

Und jetzt sah wirklich jeder, der vorher noch nicht auf uns geachtet hatte, dass Manuela und ich, bis auf unsere Stiefel, bzw. Schuhe nackt waren. Das Gedränge um uns wurde immer undurchdringlicher. Und fast dachte ich schon, dass ich meine Fäuste doch noch einsetzen müsste. Aber da kam Manuela auf einen uralten Trick. Sie ging in die Hocke und zog mich mit nach unten. Und dann bahnten wir uns kriechend unseren Weg durch die Beine der dichtgedrängten Menschenmasse. Ich hätte nicht gedacht, dass so was wirklich funktioniert. Aber es funktionierte! Wir krochen aus dem Pulk heraus, ohne dass die Menschen uns sahen. Und als wir uns kurz orientierten, um zu sehen, in welche Richtung wir am besten flüchten konnten, kam ein richtig schöner Klischee-Nikolausschlitten mit sechs Rentieren auf der anderen Straßenseite angefahren. Der Nikolaus oder Weihnachtsmann winkte uns aufgeregt zu sich. Und da Manuela und ich für jede Unterstützung dankbar waren, rannten wir wieder zwischen den stehenden Autos über die Straße.

„Schnell hier rein!" forderte der Weihnachtsmann uns auf. Er hatte keine Geschenke in seinem Schlitten, sondern flauschige, weiche Felle, die wie ein Bett angeordnet waren. Er hob das oberste Fell an, damit Manuela und ich einsteigen und darunter schlüpfen konnten. Dann liefen seine Rentiere wieder los. Die Szene war so absonderlich, dass ich fast erwartet hätte, die Rentiere würden mitsamt dem Schlitten abheben und durch die Luft davonfliegen. Aber das geschah natürlich nicht.

Der Weihnachtsmann beachtete uns nicht, bis er uns sicher aus dem Zentrum herausgebracht hatte. Dann drehte er sich zu uns um, lachte aus vollem Herzen und sagte: „Jetzt haben sie noch ein kleines Rätsel mehr für ihre Nachrichten."

Manuela und ich wussten gar nicht, was wir sagen sollten. Wir wussten noch nicht einmal, was wir von dem Weihnachtsmann halten sollten. Neugierig sahen wir ihn an. Und er musterte uns mit nicht weniger Neugier. Dann erklärte er: „Ihr beiden geistert schon seit ein paar Stunden durch die Nachrichten. Sie spielen euch auf sämtlichen Sendern rauf und runter. Ich will gar nicht wissen, wie ihr in die Weihnachtssendung reingeplatzt seid und wie ihr aus dem Gebäude wieder rausgekommen seid. Aber wenn ich euch so anschaue, dann verstehe ich schon, dass sie Euch alle für Engel halten."

„Für Engel?" fragte ich ungläubig. „Uns?"

„Oh ja!" lachte der Weihnachtsmann. „Wer einfach so aus dem Nichts auftaucht, und noch dazu mit so einem Auftritt wie ihr beiden, an dem muss schon was Besonderes sein. Und sich dann einfach wieder in Luft aufzulösen, das …"

Er zuckte ratlos mit den Schultern. Als ich aber ansetzen wollte, etwas darauf zu erwidern, wehrte er sofort ab: „Nein! Ich hab ja schon gesagt: Ich will es nicht wissen!"

„Und wie kommt es, dass Sie uns so plötzlich und vor allem so spektakulär zu Hilfe kommen?" fragte ich, nicht wenig staunend über diesen Weihnachtsmann.

„Das", schmunzelte er, „ist *mein* kleines Geheimnis!"

„Danke jedenfalls für Ihre Hilfe!" sagte ich und streckte ihm die Hand entgegen. Er zog aber seine Hände schnell zurück und sagte in einem Ton, bei dem ich mir nicht sicher war, ob es ernst oder spaßhaft gemeint war: „Ich fasse keine Engel an!"

Manuela und ich wechselten einen kurzen Blick und der Weihnachtsmann fragte uns: „Wo soll ich Euch rauslassen?"

Bevor mir die Adresse der alten Krün einfiel, nannte Manuela bereits den alten Stadtpark in den wir in der vorigen Nacht spaziert waren. Vielleicht war es ganz gut, keinen Namen und keine Adresse zu nennen. Der Weihnachtsmann war jedenfalls zufrieden mit Manuelas Antwort. Er nickte und sagte geheimnisvoll: „Der Park der alten Bäume. Es hieß schon immer, dass dort die Engel wohnen."

Während ich noch über diesen Weihnachtsmann grübelte, musste Manuela lachen. Und ihr Lachen war wirklich so rein und klar, wie das eines Engels.

Der Schlitten fuhr mit einem Ruck wieder an. Kleine Glöckchen an den Geschirren der Rentiere bimmelten und Manuela und ich lagen unter dem warmen Fell wie in einem Bett, während wir so durch die Stadt fuhren. Endlich konnten wir uns wieder ein wenig aufwärmen. Wir betasteten uns zärtlich unter der Decke. Es tat unendlich gut, uns wieder zu spüren.

Der Weihnachtsmann wollte anscheinend, dass wir von möglichst vielen

Menschen gesehen wurden, denn er fuhr mitten auf den Straßen und Manuela flüsterte mir nach einer Weile ins Ohr: „Er fährt ziemliche Umwege."

Als wir den Park wieder erreichten, in dem unser Abenteuer begonnen hatte, begann es bereits wieder zu dämmern. Wir standen vor dem Tor, aus dem Manuela und ich den Park verlassen hatten. Es war so schön kuschelig warm unter den Fellen, dass es uns schwer fiel, jetzt wieder nackt in die Kälte zu laufen. Aber wir wussten, dass wir es von hier aus nicht mehr weit hatten. Wir mussten nur einmal quer durch den Park und dann noch ein kurzes Stück über die Straßen und schon waren wir wieder in dem Gartenhäuschen, konnten dort ins Bett schlüpfen, uns aneinanderkuscheln und uns gegenseitig wärmen.

Durch unsere Zärtlichkeiten und Berührungen unter dem Fell hatte ich wieder eine Erektion bekommen. Da war es natürlich besonders unangenehm und peinlich, vor den Augen des Weihnachtsmannes aus dem Schlitten zu steigen. Und ihn auch noch um ein Fell zu bitten, wo er schon so viel für uns getan hatte, wagte ich auch nicht. Also versuchte ich, mich während des Aussteigens hinter Manuela zu halten.

„Danke nochmals!" sagte ich, streckte dem Weihnachtsmann aber nicht mehr meine Hand entgegen.

„Viel Glück Euch beiden!" wünschte er uns und fuhr bimmelnd davon.

Manuela und ich sahen uns verwundert an.

„Sehr eigenartig!" meinte Manuela nachdenklich. Dann nahm sie schnell meine Hand und meinte: „Wir sollten nicht auf der Straße stehen bleiben, sonst geht die Jagd wieder von vorne los."

„Ja", erwiderte ich. Und wir liefen schnell in den Park. Jetzt froren wir richtig. Das Aufwärmen und das beruhigende Schaukeln der Kutsche hatten uns nach all der Aufregung müde gemacht. Und dadurch spürten wir die Kälte jetzt noch viel stärker, als vorher.

Noch war es nicht dunkel. Wir mussten uns also auch im Park noch verborgen halten. Aber zum Glück waren nicht viele Leute unterwegs. Und zu denen, die unterwegs waren, hielten wir genug Abstand, dass sie nicht gleich sehen konnten, dass wir nackt waren. Als wir das andere Tor erreichten, war die Dämmerung bereits so weit fortgeschritten, dass wir auch die letzte Etappe über die Straßen wagten. Ein paar mal duckten wir uns noch hinter parkenden Autos, um uns vor den Blicken von Spaziergängern zu verstecken. Aber wir schafften es, ohne noch einmal entdeckt zu werden, Frau Krüns Grundstück zu erreichen.

8 DAS LANGE BAD

Als wir jedoch schnell um die Ecke der Garage huschen wollten, um endlich wieder ins Gartenhäuschen zu gelangen, hörten wir Oma Krüns Stimme von der Haustür aus rufen: „Da sind ja meine zwei Engel!"

Manuela und ich blieben wie angewurzelt stehen. Ich wagte gar nicht, mich nach Frau Krün umzublicken, denn ihre schrille Stimme hatte schon bedenklich nach Nudelholz geklungen. Manuela und ich sahen uns wie zwei beim Stehlen erwischte Kinder aus den Augenwinkeln an und ich überlegte, ob wir schnell weiterlaufen und uns in der Hütte verbarrikadieren sollten. Aber da befahl Frau Krün schon: „Sofort ins Haus!"

Ich nahm an, dass der Befehl nur für Manuela gegolten hatte und glaubte, mich schnell ins Gartenhaus verziehen zu können. Aber kaum hatte ich einen Schritt vorwärts gemacht, befahl Frau Krün in meinem Rücken: „Sie auch, Herr Schwarzer!"

Manuela begann zu kichern und zog mich an meiner Hand zurück. Ich war ja froh, dass es nur die Hand war, fühlte mich aber trotzdem alles andere als behaglich. Als wir uns umdrehten, bemerkte ich, dass Manuela ihre Blöße mit ihren Händen so gut wie möglich bedeckte, während ich mich vorsorglich hinter ihr versteckte. Mein Penis berührte dabei Manuelas Pokerbe. Und diese unbeabsichtigte Berührung ließ ihn sofort wieder munter werden, trotz der peinlichen, und angespannten Situation.

„Na wenigstens habt ihr noch einen Rest an Schamgefühl", stellte die notgeile, alte Krün fest. Ich glaube, in Wahrheit war sie nur enttäuscht darüber, dass ich meine Blöße hinter ihrer Enkelin verbarg.

Als Manuela meine einsetzende Erektion an ihrem Hintern spürte, presste sie ihre Pobacken nur noch fester gegen meinen sich langsam aufrichtenden Penis, was diesen Prozess nur allzu deutlich beschleunigte.

„Ganz schlechtes Timing!" flüsterte ich sorgenvoll und entlockte Manuela damit ein unangebrachtes, aber bezauberndes Kichern.

„Manuela, Du gehst sofort in die Badewanne!" befahl Frau Krün streng. „Und Sie, Herr …"

„Ich kann hier grad nicht weg!" sagte Manuela, auf meinen an ihrer Pokerbe anstehenden Penis anspielend, und unterbrach ihre Oma damit.

„Ab mit Dir in die Badewanne. Sofort!" gebot die böse Oma zornig.

„Dagegen kann ich nichts sagen", flüsterte Manuela mir sichtlich eingeschüchtert zu und entfernte sich vorsichtig einen kleinen Schritt von mir, so dass mein Penis in ihrer Pokerbe langsam nach oben wanderte. Immerhin verschaffte sie mir so noch die Zeit, um meine Hände von ihren

Schultern nach unten zu nehmen, um selbst meine edlen Körperteile zu bedecken. Aber als mein Penis sich auf seinem Weg nach oben zwischen ihren kleinen, festen Pobacken hindurchzwängte, unterließ sie es nicht, im Angesicht des lauernden Drachen, ein wohliges „Mmmm" auszustoßen.

„Du machst mich fertig!" flüsterte ich und flehte sie sofort verzweifelt an: „Lass mich jetzt bloß nicht allein!"

Aber Frau Krün guckte so böse, dass Manuela keine Widerrede mehr wagte. Als sie an ihrer Oma vorbei ins Haus huschte, konnte die es sich nicht verkneifen, Manuela dabei einen Klaps auf den Hintern zu geben.

„Aha!" sagte ich laut. Und als Frau Krün mich mehr verwundert als gefährlich anblickte, fügte ich sofort noch hinzu: „So sind Sie also drauf; Ihrer Enkelin den nackten Po verhauen."

Jetzt nahm die drohende Gefährlichkeit in ihrem Blick wieder rapide zu. Sie stemmte die Fäuste in die Hüften und sagte so eiskalt wie ein von Alain Delon gespielter Auftragskiller in einem französischen Film noir: „Sie können gerne auch noch was abhaben."

Unwillkürlich fragte ich mich, wie viel Patronen wohl ins Magazin ihres Nudelholzes passten. Aber ich versuchte, möglichst unbeeindruckt zu erscheinen und erwiderte mit gespielter Gleichgültigkeit: „Ph!"

„Los, kommen Sie rein!" befahl sie da streng. Aber ich lasse mir nicht gern von Amoklaufenden Rentnern befehlen und erwiderte deshalb: „Ist wohl besser, ich zieh mir erstmal was an. Ich mag Ihren lüsternen Blick nicht, Oma!"

Frau Krün stampfte wieder so energisch mit dem Fuß auf, wie ich es schon lange nicht mehr an ihr beobachtet hatte.

„Nehmen Sie doch mal den anderen Fuß", schlug ich vor. „Das Bein schaut eh schon kürzer aus, als das andere."

Da wurde sie so zornig, dass sie sich Schnee vom Geländer der zur Haustür führenden Treppe wischte, einen Schneeball daraus formte und ihn auf mich warf. Anscheinend hatte sie ihr Nudelholz doch nicht im Schulterholster.

„Sie kommen jetzt sofort hier rein!" schrie sie mich cholerisch an. Aber das ließ ich mir nicht gefallen. Ich bückte mich, formte mit dem Schnee zu meinen Füßen einen Schneeball, warf ihn zurück und traf sie mitten auf die, irgendwo vor ihrem Bauch hängende Brust. Damit hatte sie nicht gerechnet. Frau Krün starrte mich perplex an und begann einen Krieg, den ich nicht gewollt hatte. Die Schneebälle flogen nur so hin und her, und zu meiner Schande muss ich gestehen, dass ich schneller warf und besser traf. Zu meiner Schande deshalb, weil ich etwas, was vor vielen Jahren vielleicht einmal so etwas wie eine Frau gewesen war, nicht die Spur einer Chance gelassen hatte. Irgendwann setzte Frau Krün im Eifer des Gefechts vor Wut kochend an: „Jetzt kommen Sie endlich …"

Weiter kam sie nicht, denn mein gut gezielter Schneeball bohrte sich zwischen ihre dritten Zähne. Als ich dann mit dem nächsten Schneeball ausholte, hob sie abwehrend die Hände.

Na also, dachte ich mir. *Die Schlacht hab ich gewonnen.*

Aber als ich meine Hand dann sinken und den Schneeball zum Zeichen, dass ich ihre Kapitulation annahm, fallen ließ, meinte sie bissig: „Na wenigstens hatten Sie Ihren Ständer nicht meinetwegen."

Ach Du Scheiße, dachte ich mir. Ich war ja während unserer gesamten Schneeballschlacht nackt gewesen. Aber meine Erektion hatte den Anblick der alten Krün nicht lange ertragen können. Und jetzt war mein Penis nur noch ein gespielter Witz: *Sooo kalt ist es!*

Sofort bedeckte ich mich wieder mit meinen Händen.

„Und jetzt kommen Sie endlich rein, Sie sturer Bock!" befahl die alte Krün mir gebieterisch. Da ich aber noch immer zögerte, griff sie in die offene Tür und pflückte sich von dort einen Frotteebademantel, den sie über das inzwischen vom Schnee befreite Geländer legte.

„Ziehen Sie den an und kommen sie in die Küche!" befahl sie mir und verschwand im Haus. Zögernd stieg ich die Stufen hinauf, schlüpfte schnell in den Bademantel und gehorchte.

„Was haben Sie sich nur dabei gedacht?" fuhr sie mich sofort an, als ich mürrisch in die Küche trottete, wo sie mich in gefährlicher Nähe ihres Nudelholzes erwartete.

„Sie haben doch angefangen, Sie altes Luder!" gab ich bissig zurück. Aber Frau Krün meinte gar nicht unsere Schlacht vor der Tür. Ihre Finger zuckten verdächtig in Richtung des Nudelholzes. Aber sie beherrschte sich und sagte: „Ich dachte, Sie wollten Manuela nur bumsen."

Ich war empört über die Ausdrucksweise der Alten. Aber noch bevor ich Worte fand, um meine Empörung auszudrücken, fuhr sie fort: „Aber entweder sind Sie komplett irre, oder Sie sind verrückt vor Liebe."

Ich wusste nicht so recht, was ich von den Beleidigungen der alten Hexe halten sollte. Und noch während ich mir darüber klar zu werden versuchte, fragte mich Frau Krün: „Und?"

„Und was?" fragte ich zurück.

„Der Hellste sind Sie ja nicht gerade", meinte Frau Krün überheblich und fragte nun wieder ihrerseits, bzw. erklärte ihre Frage: „Was Sie sind!"

„Oh", erwiderte ich sarkastisch, da ich langsam verstand. "Ich wusste nicht, dass Ihre Analyse meiner Psyche eine Frage war."

Und um ihr zu beweisen, dass ich heller war, als sie dachte, fügte ich noch hinzu: „Und *,Was Sie sind!'* ist kein Satz. Das ist grammatikalisch eine Katastrophe, eine Vergewaltigung unserer Sprache, der Untergang der zivilisierten Welt. Es sind Menschen wie Sie, die uns zurück in die Steinz…"

„Jetzt halten Sie endlich die Klappe, Sie …, Sie …" fauchte Frau Krün mich an, ohne dass ihr ein passender Kosename für mich einfiel. Und dann sagte sie mit einem Anflug von Resignation in der Stimme: „Ich hab Sie und

Manuela im Fernsehen gesehen …"

„Ja, ich weiß", erwiderte ich, mir den Anschein von Allwissenheit
gebend. „Sie spielen uns auf sämtlichen Kanälen rauf und runter."

„Woher …", fragte Frau Krün überrascht. Ich ließ sie die Frage gar nicht
erst fertig formulieren, sondern antwortete sofort: „Der Weihnachtsmann
hat es uns erzählt. Wenn Sie sich wieder vor Ihre Mattscheibe setzen, dann
können Sie ihn wahrscheinlich auch schon sehen. Er hat uns nämlich ein
Stück in seinem Schlitten mitgenommen. Und im Gegensatz zu Manuela
und mir hat er gar nicht erst versucht, unauffällig zu bleiben."

Frau Krün starrte mich ungläubig und entsetzt an. Ich wartete nur noch
darauf, dass sie sich bekreuzigen würde, als sie ihre Frage von vorher selbst
beantwortete: „Sie sind wirklich komplett irre!"

Sie bekreuzigte sich nicht, diese heidnische Hexe. Sie starrte mich nur an
und ich forderte sie auf: „Überzeugen Sie sich doch selbst. Setzen Sie sich
doch wieder vor Ihre Mattscheibe. … Haben Sie sich eigentlich schon
einmal Gedanken darüber gemacht, warum die Mattscheibe Mattscheibe
heißt? Ist Ihnen noch niemals aufgefallen, dass in Mattscheibe das Wort
Matsch dominiert? Mattscheibe! Matschbirne …"

Frau Krün erholte sich erstaunlich schnell wieder aus ihrer lethargischen
Verwirrung. Sie wurde wieder zornig und stand kurz davor aus den Ohren
zu dampfen. Aufmerksam behielt ich ihr Nudelholz im Auge, um auf
plötzliche Gewalttätigkeiten vorbereitet zu sein und angemessen darauf
reagieren zu können, nämlich durch eine wohlüberlegte Flucht. Das soll
jetzt nicht heißen, dass ich Angst vor der alten Krün gehabt hätte. Oh nein!
Aber egal, wer in einem Handgemenge von uns beiden den Sieg
davongetragen hätte: Es hätte einen Schatten auf die Liebe zwischen
Manuela und mir geworfen. Und das hätte ich niemals ertragen.

Frau Krün wagte aber keinen tätlichen Angriff auf mich. Vielleicht war
sie auch nur zu erregt, um ihn direkt auszuführen, denn sie drohte mir: „Sie
können gleich eine Matschbirne haben!"

Die Anziehungskraft zwischen ihr und dem Nudelholz schien einen
neuen Höhepunkt erreicht zu haben. Fast erwartete ich, dass die gefährliche
Waffe von alleine in ihre Hand fliegen würde. Aber das tat sie nicht. Und
nachdem ich nichts auf ihre Drohung erwiderte, fuhr Frau Krün fort: „Seit
Stunden klingelt hier das Telefon …"

„Ich höre nichts."

„Ich hab es abgestellt! Manuela hat keine Freunde. Aber sie hat
Schulkameraden und –kameradinnen, Lehrer und Bekannte. Und alle diese
Menschen haben Manuela im Fernsehen gesehen. Meine Tochter, Manuelas
Mutter, ist mit ihrem Lebensgefährten über Weihnachten in Urlaub
geflogen. Aber einige Leute kennen auch meine Nummer. Und es ist nicht
leicht, die bei so gestochen scharfen Bildern im Fernsehen davon zu
überzeugen, dass Manuela ebenfalls im Urlaub ist. Also noch mal: Was

haben Sie sich dabei gedacht?"

„Wir wollten nur nackt in den Schnee!" gab ich jetzt doch etwas schuldbewusst zurück.

„Mitten in der Stadt?" fragte Frau Krün aufbrausend. „Und mitten in einer Fernsehsendung, wo sie nach allgemeiner Meinung weder rein- noch wieder rauskommen konnten? Das müssen Sie doch von langer Hand geplant haben!"

„Sehe ich so aus, als könnte ich so was planen?" fragte ich unschuldig.

Frau Krün schüttelte den Kopf und antwortete: „Nein, so sehen Sie wahrlich nicht aus. Und genau das macht mir Sorgen."

Ich glaubte, in Frau Krüns Worten so etwas wie Abfälligkeit zu bemerken und fing bereits an, mir zu überlegen, was ich darauf erwidern sollte. Schlagfertig war ich in dem Moment leider gar nicht. Frau Krün sah mich plötzlich so an, als wollte sie mir bis auf den Grund meiner Seele blicken. Und mit diesem Blick fragte sie mich: „Lieben Sie Manuela, Herr Schwarzer? Lieben Sie sie wirklich? Lieben Sie sie so sehr, dass Sie das Unheil, das Sie angerichtet haben, …"

„Welches Unheil?"

„Ihr Auftritt im Fernsehen, Himmelherrgottsakrament! Werden Sie das mit Manuela gemeinsam durchstehen? Werden Sie auch danach noch zu ihr stehen? Oder wollen Sie sie nur benutzen, um auf diese Weise Ihre eigene Karriere voranzutreiben, Sie Künstler, Sie?"

All ihre bewussten Angriffe und Beleidigungen waren nicht so verletzend gewesen, wie ihre Zweifel an dem Geständnis, das ich ihr in Bezug auf meine Gefühle für Manuela gemacht hatte. Ich verlor allen Kampfeswillen, als sie mir diese Frage stellte und antwortete sehr traurig: „Ich habe Ihnen gesagt, was ich für Manuela empfinde!"

Frau Krün musterte mich noch einige Sekunden lang. Und erst, als ich mich verabschieden wollte, um zurück ins Gartenhäuschen zu gehen, sagte sie, plötzlich auch sehr ernst und gefasst: „Gehen Sie zu ihr. Sie haben auch ein heißes Bad nötig!"

Ich sah sie skeptisch an und vermutete einen schlechten Scherz. Aber Frau Krün meinte es ernst. Sie sagte noch immer im gleichen Ton: „Gehen Sie die Treppe rauf. Im ersten Stock gleich die erste Tür links ist das Bad."

Ich zögerte noch immer. Da griff die alte Krün nach ihrem Nudelholz, hob es drohend und fragte in dem mir von ihr viel vertrauteren, aggressiven Tonfall: „Gehen Sie jetzt endlich freiwillig? Oder muss ich Sie raufprügeln?"

Rückwärts stolperte ich aus der Küche. Auf den Stufen standen Manuelas Stiefel. Ich stellte meine Schuhe daneben, lief dann schnell nach oben und klopfte zaghaft an der Badezimmertür. Da wurde sie auch schon aufgerissen und Manuela flog mir an den Hals.

„Ich wusste, dass Oma Dich zu mir schickt!" flüsterte sie mir verliebt ins Ohr. Und ich flüsterte ebenso verliebt zurück: „Ich hätte es bis vor einer

Minute nicht für möglich gehalten."

Manuela zog mich ins Bad und schloss die Tür hinter mir. Es war ein schöner, geräumiger Raum mit einer großen Eckbadewanne. Überall brannten Kerzen und Wasser war bereits in die Wanne eingelassen.

„Ich hab mit dem Baden auf Dich gewartet!" sagte Manuela leise schnurrend, während sie den Gürtel meines Bademantels öffnete. Sie selbst war immer noch nackt. Sie schob mir den Bademantel über die Schultern und ließ ihn zu Boden gleiten.

„Komm mit", flüsterte sie, nahm meine Hand und zog mich hinter sich her in die Wanne. Das warme Wasser tat gut. Manuela setzte sich vor mich und lehnte sich an meine Brust. Es fühlte sich gut an, meine Arme um sie zu legen und ihren schlanken Körper zu spüren. Ganz sanft streichelte ich über ihre kleinen, flachen Brüste. Trotz der entspannenden Wirkung des Wassers, dessen Wärme unsere Körper wohlig durchströmte, zogen sich ihre winzigen Knospen zusammen, wurden hart und richteten sich unter meinen liebkosenden Händen auf.

„Du fühlst Dich so unbeschreiblich gut an, mein wunderbares, kleines Christkind", flüsterte ich in Manuelas Ohr. Sie hatte sich entspannt zurückgelegt. Ihr Kopf lag auf meiner Schulter und sie schnurrte leise.

Langsam tastete sich meine rechte Hand zärtlich streichelnd tiefer, über Manuelas schlanken Bauch, über die sanfte, weiche Rundung ihres Venushügels, bis zum Anfang ihrer kleinen, empfindlichen Spalte. Manuela zuckte bei dieser Berührung unwillkürlich zusammen.

Ich spürte, wie mein Penis bei dem Versuch, sich zu erheben, wieder gegen ihre Pokerbe presste. Meine Hoden begannen langsam unangenehm zu ziehen. Der ganze Tag war ein einziges Auf und Ab für meinen Penis gewesen. Die meiste Zeit war er wie eine Eins gestanden. Und wenn er zwischenzeitlich durch die Umstände und die Anspannung in sich zusammengefallen war, dann hatte Manuelas Anblick und ihre Berührung ihn jedes Mal sehr schnell wieder auferstehen lassen. So war es auch jetzt. Ihre Oma hatte ihn erschreckt, so dass er sich schnell zurückgezogen hatte und Manuela bewirkte, dass er sich wieder groß machte. Ich fühlte mich wie Jürgen in meiner Geschichte mit seinem Samenstau. Und durch den während des ganzen Tages fast permanenten Erregungszustand meines Penis, kam er mir jetzt am Abend schon fast ein bisschen vor, wie Jürgens Python. Zumindest war er größer, als gewöhnlich.

Manuela schien gar nicht zu wissen, wohin sie mit ihrem Becken sollte. Sie presste sanft gegen meine zärtlich ihre kleine Spalte streichelnden Finger und wieder gegen meinen Penis, der sich vergeblich aufzurichten versuchte. Manuela saß aber auf ihm und sie rollte ihn mit ihren straffen Pobacken über den Wannenboden. Es war unglaublich erregend, ihren Po und ihr Gewicht auf ihm zu spüren.

„Bin ich zu schwer?" fragte sie plötzlich flüsternd, ohne dabei ihre

Augen zu öffnen oder zu schnurren aufzuhören.

„Du bist genau richtig!" antwortete ich. Auch ich flüsterte und mein Atem ging durch die sich immer mehr steigernde Erregung schnell und gepresst.

Ich hatte nicht vorgehabt, Manuela zu einem Höhepunkt zu bringen. Ich wollte sie nur unter meinen Händen spüren und sie zärtlich streicheln. Aber die Bewegungen ihres Hinterns auf meinem wild pochenden, harten Penis, waren so erregend, dass sich meine Erregung auch auf meine Hände übertrug. Ohne es bewusst zu steuern, nahm ich ihre kleinen Brüste fester in meine linke Hand und rieb die Finger meiner rechten Hand intensiver an ihrer kleinen Scheide. Und schließlich drang ich mit der Spitze meines Zeigefingers in sie ein. Manuela war so eng. Ihre zarten Venuslippen legten sich ganz fest um meinen Finger. Manuela stöhnte auf und presste fester gegen meinen Finger. Dann setzte sie sich plötzlich auf, tastete mit ihren Händen zwischen ihren Schenkeln nach der Spitze meines Penis und rieb sich an ihm. Ich zog meine Hände zurück und ließ Manuela machen. Sie richtete sich etwas auf, packte meinen Penis mit beiden Händen und balancierte mit ihrer jungfräulichen Vagina über meine zu unbekannter Größe angeschwollene Eichel. Ganz behutsam setzte sie sich darauf und presste vorsichtig dagegen. Ich befürchtete, dass ihre enge Scheide meinen Penis gar nicht aufnehmen könnte, aber durch den sanften Druck und ihre Beharrlichkeit schaffte sie es doch. Ganz langsam kam sie immer tiefer. Der Druck ihrer engen, zuckenden Scheide war unglaublich. Sie umschloss meinen Penis so fest, wie ich es noch niemals zuvor erlebt hatte. Ich glaubte schon, den Höhepunkt zu erreichen, als mein Penis noch nicht einmal zur Hälfte in sie eingedrungen war. Aber Manuela hielt einen Moment inne und presste erst wieder weiter, als der kritische Moment vorbei war.

Und schließlich saß sie auf meinem Schoß und mein kompletter Penis war in ihr. Manuela bewegte ihr Becken nur ganz langsam. Aber mehr noch als die Bewegung erregte mich das Zucken und der feste Druck, mit dem ihr Körper ihn umschlossen hatte. Manuelas bewusste Bewegungen hörten wieder auf. Aber sie begann immer mehr am ganzen Körper zu zittern. Auch mein Penis schien wie wild zu pochen, obwohl ich mir nicht sicher war, ob er das selbst war, oder ob es nur Manuelas immer unkontrollierteres Zucken war, das sich auf ihn übertrug. Ich umschlang Manuela mit meinen Armen, teils um sie zu halten, teils um mich selbst an ihr festzuhalten. Die Erregung wurde immer intensiver, steigerte sich zu einer bis dahin nicht gekannten Ekstase. Ich war völlig am Ende und hoffte auf den erlösenden Höhepunkt. Aber der stellte sich einfach nicht ein. Es wurde so intensiv, dass es fast nicht mehr auszuhalten war. Ich glaubte schon, das Bewusstsein zu verlieren. Und vielleicht tat ich das sogar. Als die Ekstase die Grenze zur Unerträglichkeit schon weit überschritten hatte, wurden Manuela und ich plötzlich ganz ruhig. Ich sank zurück und Manuela sank an meine Brust.

Aber die Ekstase endete nicht. Sie hatte eine neue Phase erreicht, eine Phase, die ich mir bis zu diesem Zeitpunkt niemals hätte vorstellen können. Manuela und ich traten ins Nirwana ein. Alle irdischen Ängste und Schmerzen endeten. Es gab nur noch uns beide und ein warmes Licht, dessen Ursprung wir selbst zu sein schienen. Alles war Frieden, alles war Ruhe!

Alles, bis auf dieses penetrante Klopfen, das sich auf so unangenehme Weise den Weg in unser Bewusstsein bohrte. Und dann ging plötzlich die Badezimmertür auf und Frau Krün kam mit einem Tablett hereingestapft. Als sie uns so innig vereint in der Wanne erblickte, hielt sie einen Moment inne. Sie schien sich nicht darüber klar werden zu können, welche Empfindung in diesem Moment die stärkste war; Entsetzen, Überraschung, Wut oder Abscheu.

Für Manuela und mich war es weitaus schlimmer. Wir waren aus dem Zustand der absoluten Ekstase gerissen worden und spürten jetzt wieder unsere Erregung in ihrer ganzen Heftigkeit. Verkrampft und angespannt versuchten wir, uns nichts anmerken zu lassen.

Ich sah die alte Krün nur böse an, um sie für ihr unverschämtes Eindringen zu bestrafen. Ich hätte ihr ja gern die Meinung gesagt über ihr fehlendes Taktgefühl. Aber zum Sprechen war ich absolut nicht in der Lage. Manuela sagte auch nichts. Sie war ebenso angespannt und verkrampft wie ich. Nur die alte Krün sprach, nachdem sie ihren ersten Schock aufgrund unseres Anblicks überwunden hatte.

„Ich dachte", stotterte sie verlegen, „Ihr wollt vielleicht einen heißen Tee."

Weder Manuela noch ich erwiderten etwas. Frau Krün stellte das Tablett neben der Wanne auf die breite, gefliese Ablage und ging mit sichtlicher Verwirrung wieder nach draußen. Kaum war die Tür hinter ihr geschlossen, bäumte sich Manuela mit einem unterdrückten Schrei auf und wir explodierten gemeinsam in einem so gewaltigen Orgasmus, der die Wanne zum Überschäumen brachte. Mehrere Minuten lang zog sich dieser in immer neuen Wellen aufbrausende Orgasmus hin, bis Manuela und ich völlig erschöpft in der Wanne lagen. Mein Penis war noch immer in Manuelas enger, zuckender Vagina, die ihn fest umschlossen hielt. In unserer Erschöpfung erreichten wir fast wieder den Zustand absoluter Ekstase. Aber eben nur fast. Unser Bewusstsein setzte nicht aus und wir verließen unsere Körper auch nicht mehr, so wie es uns vorher erschienen war. Wir fühlten nur in der Schwere unserer Müdigkeit und Erschöpfung diesen unendlichen Frieden der sich über uns breitete und uns durchströmte. Und in diesem Zustand des absoluten Glücks und der Liebe, die uns durchdrang, schliefen wir schließlich erschöpft ein.

Ich erwachte, als ein leises Rauschen den Weg in mein Bewusstsein fand. Meine Lider waren noch schwer. Bevor ich sie öffnete, registrierte ich, dass

Manuela noch nackt in meinen Armen lag und dass das Wasser in der Wanne noch warm war. Als ich meine Augen öffnete, mussten sie gegen die Helligkeit von Tageslicht ankämpfen. Dass das Wasser noch immer warm war, erklärte sich durch das Rauschen, das ich hörte. Das warme Wasser war aufgedreht und hatte ein Auskühlen des Badewassers verhindert. Dafür war das Tablett mit dem Tee, den Manuela und ich nicht angerührt hatten, wieder verschwunden.

Anscheinend hatte die alte Spannerin Krün uns während der Nacht noch einmal heimgesucht, den Tee wieder mitgenommen und das Wasser aufgedreht.

Erst als ich all diese Informationen von außen verarbeitet hatte, registrierte ich, dass mein Penis noch immer in Manuelas enger Vagina gefangen war. Aber es war eine freiwillige Gefangenschaft und eine wunderschöne! Ich küsste ganz sanft Manuelas Nacken. Ich wollte sie nicht wecken, aber sie reagierte mit einem wohligen Schnurren auf meinen Kuss und fragte ganz leise: „Bist Du wach, mein Engel?"

„Mhm" brummte ich ebenso leise mit einem neuen Kuss und flüsterte ihr ins Ohr: „Guten Morgen, mein Christkind."

„Guten Morgen, mein Engel", flüsterte auch Manuela, nahm meine Hand, die auf ihrer Brust lag und küsste sie ganz sanft.

Wir blieben noch lange so liegen. Weder Manuela, noch ich wollten aufstehen. Weder sie noch ich wollten meinen halb erigierten, und jetzt, wo ich ihn wieder bewusst spürte, weiter anschwellenden Penis aus ihrer engen Vagina befreien. Wir wollten diesen Zustand inniger Vereinigung einfach nicht beenden.

Aber schließlich vertrieb uns wieder Manuelas Oma mit ihrem Klopfen aus den Elysischen Gefilden, in denen wir in völliger Harmonie und innigster Liebe miteinander wandelten. Als wir nach mehrmaligem Klopfen, in der Hoffnung, dass die alte Krün dann wieder verschwinden würde, immer noch nicht antworteten, öffnete diese aber wieder die Tür und kam, obwohl kein Schaum uns mehr vor ihren Blicken schützte, ins Badezimmer.

„Wie lange wollt ihr das Wasser noch laufen lassen?" fragte sie ruhig, funkelte mich dabei aber grimmig an.

„Setzen Sie's mir doch auf die Rechnung!" gab ich zurück, klang in Manuelas Gegenwart aber bei weitem nicht so vorwurfsvoll, wie ich es beabsichtigt hatte. Trotzdem drückte Manuela sanft meine Hand und sagte schlichtend: „Wie kommen schon raus, Oma!"

„Mmm" brummte die Oma. Sie schien sich nicht entscheiden zu können, ob ihr Ton Manuela gegenüber sanft und nachsichtig sein sollte, oder bissig mir gegenüber. Dass sie uns beide auf einmal als Ansprechpartner gegenüber hatte, schien ihr ein echtes Problem zu bereiten.

„Frühstück ist in der Küche!" brummte sie und ging wieder aus dem Bad.

„Warum ist sie so gut zu mir und duldet das mit uns nicht nur, sondern unterstützt es in gewisser Weise sogar, wenn sie mich so gar nicht ausstehen kann?" fragte ich Manuela, als wir wieder allein waren. Manuela dachte eine Weile über die Frage nach, dann antwortete sie: „Es gibt keinen Menschen, der mich so gut kennt, wie Oma. Ich glaube, sie wusste schon, als sie Dich zum allerersten Mal gesehen hat, dass Du mein Schicksal bist. Und außerdem stimmt es nicht, dass sie Dich nicht mag. Sie kann es Dir nur genauso wenig zeigen, wie Du es ihr zeigen kannst."

„Wie kommst Du denn auf den Gedanken, dass ich Deine Oma mag?" fragte ich verwundert.

„Du wärst nicht geblieben, wenn es nicht so wäre!" antwortete Manuela mit Überzeugung und drehte das Wasser ab. Es war sehr eigenartig, in Manuela einen Menschen gefunden zu haben, der sich Gedanken über mich machte und mich deshalb auch einschätzen konnte. Das war völlig neu für mich. Meine früheren Beziehungen hatten eher immer darüber nachgedacht, wie sie mich ändern, und nicht, wie sie mich verstehen konnten. Manuela verstand mich sogar besser, als ich mich selbst verstand. Ich hatte mir niemals Gedanken über die alte Krün gemacht. Ich war ihr dankbar für das, was sie für mich tat und genoss in gewisser Weise unsere Streitereien. Dabei war ich doch normalerweise immer jedem Streit aus dem Weg gegangen und hatte jeden Streit geschlichtet, wenn es in meiner Macht gelegen hatte. Streit hatte mich sonst immer belastet. Das mit Oma Krün hatte irgendwie etwas sehr Erfrischendes und Belebendes. Es war trotz aller Sticheleien und Gemeinheiten niemals wirklich böse.

Ja, irgendwie mochte ich sie tatsächlich. Ich küsste Manuelas Hals und flüsterte verschwörerisch: „Sag ihr das bloß nicht."

Manuela lachte leise und antwortete mit gespieltem Bedauern: „Zu spät. Oma und ich hatten schon so ein ähnliches Gespräch, weil sie gemeint hat, dass sie gar nicht weiß, warum sie Dich nicht einfach wieder auf die Straße setzt."

„Und da hast Du ihr gesagt, dass ich sie mag?" fragte ich mit einigem Unbehagen.

„Zuerst hab ich ihr als Antwort auf ihre Frage gesagt, dass sie Dich mag. Das wollte sie zwar nicht hören, aber sie konnte es auch nicht glaubhaft widerlegen. Und erst dann hab ich ihr gesagt, dass Du sie auch magst."

„Das wäre nicht nötig gewesen!"

Manuela lachte wieder wie ein Engel und sagte: „Ich liebe Dich so sehr!"

Ich schlang meine Arme fester um ihren Körper. Ich wollte sie vor lauter Liebe gar nicht mehr loslassen. Aber wir mussten langsam mal wieder aus der Wanne raus. Mein Penis steckte noch immer in Manuela und ihre enge Scheide schien ihn gar nicht mehr loslassen zu wollen, so fest hielt sie ihn umschlossen. Manuelas Versuch, sich von meinem Körper zu erheben, erregte uns beide nur wieder von Neuem. Mein Penis schwoll weiter an und ihre Vagina zog sich enger zusammen. Ihren ersten Versuch aufzustehen, gab Manuela lachend wieder auf, weil sie damit meinen Penis nur noch länger ziehen zu wollen schien. Die Muskeln ihrer Vagina hatten sich wie eine eiserne Faust hinter meiner geschwollenen Eichel geschlossen. Ein Entkommen schien unmöglich zu sein. Als Manuela dann aber lachend auf meinen Schoß zurückplumpste, machte es das nicht besser.

„So was Absurdes ist mir ja noch nie passiert", dachte ich und sprach es auch noch aus, wodurch ich nur ein neues Lachen von Manuela provozierte. Mehr musste ich auch gar nicht sagen. Mit diesem einen Satz war alles gesagt. Wenn ein Mann, aus welchen Gründen auch immer, es nicht schafft, in eine Frau einzudringen, ist das in jedem Fall eine peinliche Angelegenheit. Aber wenn ein Mann es nicht schafft, seinen Penis wieder aus der Vagina einer Frau zurückzuziehen, dann ist das an Absurdität wohl kaum noch zu überbieten. Als ich mir dessen bewusst wurde, stimmte ich, ohne es zu wollen, in Manuelas Lachen ein. Es war so angenehm, dass Manuela, für die die Situation ja genauso peinlich sein musste, wie für mich, über sich selbst genauso lachen konnte, wie über mich, dass ich gar nicht anders konnte, als mit ihr über uns zu lachen. Es war ja auch zu lächerlich, dass unsere Körper aneinander festhielten, obwohl unser Verstand ihnen sagte, dass sie sich mal wieder loslassen mussten. Mein Penis war in meinem ganzen Leben noch niemals eine ganze Nacht lang in der Scheide einer Frau verharrt.

„Es ist schön, wenn Du lachst!" sagte ich verliebt.

„Nein", widersprach Manuela, „es ist schön, wenn *Du* lachst!"

Ich küsste wieder ihren Nacken und flüsterte: „Es ist schön, mit Dir zu lachen!"

„Ja", gab Manuela mir jetzt Recht, „das ist es, mein wunderschöner Engel!"

Noch niemand hatte mich jemals ,wunderschön' genannt, und schon gar nicht einen ,Engel'. Manuelas Worte machten mich traurig vor Glück und ließen mir die Tränen in die Augen steigen.

„Du bist wirklich das Christkind!" flüsterte ich tonlos, um mir meine Tränen nicht anmerken zu lassen. Aber vor Manuela konnte ich nichts verbergen. Sie küsste wieder meine Hand und flüsterte zurück: „Nur für Dich!"

„Womit habe ich Dich nur verdient?" fragte ich nachdenklich und erklärte Manuela auch gleich den Gedanken hinter der Frage: „Ich habe noch niemals soviel Liebe gespürt. Ich habe noch niemals soviel Liebe bekommen, wie von Dir. Mein Leben war so grau, so leer und trostlos ohne Dich."

Beinahe hätte ich ihr noch gestanden, dass ich mir ohne ihren Brief bereits das Leben genommen hätte. Aber ich wollte sie mit den Problemen meines Lebens, die mir mein Dasein als trost- und sinnlos hatten erscheinen lassen, nicht belasten. Es war Manuela, die mir gestand: „Ich wollte sterben, bevor ich Dich kennen gelernt habe."

Und dann drehte sie sich, trotz des Widerstandes, den unsere sich aneinanderklammernden Körper leisteten, zu mir um.

„Ist das okay?" fragte sie, auf meinen Penis bezogen, den sie mit ihrer halben Drehung ebenfalls in sich gedreht hatte, besorgt. Mir war bisher nicht bekannt gewesen, wie sehr Körper sich gegenseitig erregen können. Das war so viel mehr, als nur eine mechanische, bewusst herbeigeführte, sexuelle Stimulation. Es waren unsere Körper selbst, die sich gegenseitig erregten und sich nicht losließen. Ich nickte nur, schwer atmend und leise stöhnend. Und als mein immer härter werdender Penis in ihr sich wieder zurückzudrehen begann, begann auch Manuela leise zu stöhnen. Trotzdem fing sie an, mir zu erzählen: „Ich weiß, dass Du mich nicht verurteilen wirst, weil ich depressiv war. Ich weiß, Du verstehst es."

„Nur zu gut", gestand ich. Und Manuela fuhr fort: „Die einzige Liebe, die ich je erfahren habe, war die meiner Oma. Als ich Dich zum ersten Mal gesehen habe, wusste ich, dass Du der Engel, der Mensch, der einzige Mann bist, der mich retten kann. Und das hast Du getan, durch Deine Liebe!"

Erst jetzt traute ich mich, Manuela von meinem Selbstmordversuch zu erzählen. Sie lachte nicht, als ich geendet hatte, sondern schlang ihre Arme um meinen Hals und hielt mich ganz fest.

„Ich hab schon nicht mehr daran geglaubt, dass es Dich gibt!" sagte ich unter lautlos geweinten Tränen. Und wir hielten uns ganz fest, bis es wieder an der Tür klopfte.

„Ihr blödes Wasser ist längst abgedreht!" fauchte ich zur Tür und Manuela begann wieder zu lachen.

„Wir kommen gleich!" rief sie besänftigend zur Tür. Und als die Schritte ihrer Oma sich wieder entfernten, flüsterte sie mir lächelnd zu: „Falls wir es schaffen, wieder auseinander zu kommen!"

„Niemals!" erwiderte ich. Doch ich meinte es natürlich anders als sie.

Manuela versuchte wieder aufzustehen. Aber es ging einfach nicht. Ich fragte mich schon, wie groß meine Eichel in Manuela angeschwollen sein konnte, dass es ihr nicht möglich war, ihre Scheide wieder zu verlassen.

„Das gibt's doch nicht!" sagte ich halb amüsiert, halb verzweifelnd. Manuela küsste ganz zärtlich meine Lippen. Ihre kleinen Knospen pressten sich an meine Brust.

„Wenn es nur nicht so unbeschreiblich erregend wäre!" sagte ich keuchend, als unsere Lippen sich wieder trennten.

„Ich dreh' mich noch mal um", schlug Manuela vor und setzte den Vorschlag auch gleich in die Tat um. Wieder drehte sie meinen Penis ein, als sie sich umdrehte. Ihre Scheide war wie eine fest um meine Eichel geschlossene, zuckende Faust. Bei jedem Versuch, meinen Penis herauszuziehen, schloss sie sich fester. Und das erregte ihn nur noch mehr und ließ meine Eichel immer weiter anschwellen. Zumindest fühlte es sich so an. Aber eigentlich war das gar nicht möglich.

Als Manuela sich gedreht hatte, kniete ich mich hin und sie ging auf Hände und Knie. Ich legte meine Hände auf ihre festen Pobacken und drückte, während ich mit meinem Penis so fest zog, wie es möglich war. Als Manuela aber einen unterdrückten Schmerzlaut ausstieß, gab ich meine Bemühungen auf.

„Wir hängen wirklich fest!" sagte ich verwundert. Und ich wunderte mich wirklich. Ich hätte mir niemals vorstellen können, dass so etwas möglich sein könnte. Ich hatte es jetzt wirklich mit Gewalt versucht. Aber ich war auch nicht bereit, Manuela Schmerzen zuzufügen, um diesen absurden, aber dabei so eigenartig angenehmen Zustand zu beenden.

Manuela lachte schon, als wir die Schritte ihrer Oma sich nur wieder nähern hörten. Und ich konnte nicht anders, als in das Lachen mit einzustimmen. Die alte Krün klopfte nicht mehr. Sie riss die Tür auf und starrte Manuela und mich in unserer Position, in der wir noch verharrten, entsetzt an.

„Ich hätte es wissen müssen!" giftete sie mich an. „Sie denken in jeder Situation wohl immer nur an das Eine!"

„Wenn Sie uns nicht ständig stören würden, wären wir schon längst fertig!" gab ich gereizt zurück. Es war ja wirklich nicht gerade angenehm, vor ihren Augen in ihrer Enkelin festzustecken.

„Manuela, Du kommst sofort aus der Wanne!" befahl die alte Hexe mit unnachgiebiger Strenge. Anstatt zu gehorchen, brach Manuela in ein neues Lachen aus. Die alte Krün lief dunkelrot an und ich erwartete schon, dass sie wieder mit dem Fuß aufstampfen würde.

„Das ist Ihr schlechter Einfluss!" fauchte sie mich an und packte Manuela am Handgelenk, um sie aus der Wanne zu ziehen. Aber Manuela klammerte sich am Wannenrand fest und schaffte es trotz ihres Lachens, beschwörend zu ihrer Oma zu sagen: „Wir hängen fest, Oma!"

Oh mein Gott, war das peinlich. Ich wollte im Erdboden oder im Ausfluss der Wanne versinken und legte mir aus Scham die Hand über die Augen.

„Müssen wir das wirklich mit Deiner Oma diskutieren?" fragte ich Manuela verzweifelt flüsternd, konnte aber nicht verhindern, dabei wieder zum Kichern anzufangen. Manuela stimmte sofort wieder in das Lachen mit ein und sagte zu ihrer Oma, während sie vor lauter Lachen weinte: „Wir kommen runter, sobald wir es geschafft haben, wieder voneinander loszukommen. Versprochen Oma!"

Ich konnte die alte Krün vor Scham und Hysterie nicht ansehen. Ein paar Sekunden war es still. Dann fragte sie völlig ernst: „Soll ich die Feuerwehr rufen?"

Manuela und ich prusteten von Neuem los. Die Vorstellung, dass die Feuerwehr ein ineinander steckendes Liebespärchen voneinander befreien müsste, würde wohl sehr viel Unverständnis und vor allem hämische Schadenfreude auslösen. Nein, das konnten wir wirklich nicht brauchen.

„Können wir bitte einfach endlich mal allein sein?" fragte ich, vom Lachen bereits erschöpft und heiser.

„Soll ich einen Entspannungstee machen?" fragte die alte Krün von plötzlicher Fürsorge befallen. Ich brach vor Lachen über Manuela zusammen und flüsterte ihr lachend ins Ohr. „Ich kann nicht mehr!"

„Der löst Krämpfe!" beteuerte die Oma. Ich konnte wirklich nicht mehr. Und Manuela, die sich vor lauter Lachen ebenfalls schüttelte, flehte verzweifelt: „Oma, bitte!"

„Wenn …" setzte Manuelas Oma von neuem an. Aber noch einen Vorschlag von ihr hätte ich wahrscheinlich nicht überstanden. Deshalb sagte ich so energisch und streng, wie es mir während des Gelächters möglich war: „Raus!"

Ich hörte sie irgendetwas von ‚undankbar' grummeln. Aber immerhin verließ sie das Badezimmer wieder. Ich lag noch immer über Manuelas Rücken. Nur langsam beruhigten wir uns wieder. Immer wieder begann einer von uns zu lachen und der andere stimmte jedes Mal mit ein. Meine Hände streichelten sanft über Manuelas Körper. Ich küsste zärtlich ihren Hals und betastete ganz behutsam ihre kleinen, flachen Brüste. Ganz sanft zwirbelte ich ihre winzigen Knospen zwischen meinen Fingern. Manuela stöhnte leise vor Erregung.

Langsam begann ich, mich in ihr zu bewegen. Ich sagte mir, dass die einfachste Möglichkeit zur Entspannung, die natürlichste aller Wege wäre. Wir mussten nur auf unsere Körper hören und die Liebe, die Lust und die Leidenschaft, die uns aneinanderfesselte, befriedigen. Dann würde von ganz allein ein Zustand wohliger Erschöpfung eintreten, der eine vollkommene Entspannung mit sich bringen würde. Und so war es auch. Schon während ich mich langsam in Manuelas Scheide vor und wieder zurück bewegte, glitt ich nach einer Weile ganz aus ihr heraus. Immer wieder presste sich meine dunkelrote Eichel zwischen Manuelas zarte Schamlippen und drang mit behutsamer Leidenschaft tief in sie ein. Und immer wieder zog ich meinen Penis komplett zurück.

Manuela atmete schwer und gepresst. Sie zuckte heftig und bat mich plötzlich: „Ich möchte ihn gerne küssen. Darf ich?"

„Du darfst alles, was Du möchtest", antwortete ich keuchend.

Manuela drehte sich in der Wanne um. Ich setzte mich auf den breiten Badewannenrand und Manuela kniete sich zwischen meine Schenkel. Verspielt tropfte sie warmes Wasser über meine zuckende Eichel, während ich Manuela mit meinen Augen verschlang.

„Du bist so wunderschön!" flüsterte ich.

Manuela lächelte mich glücklich an und antwortete ebenfalls flüsternd: „Das wollte ich auch gerade sagen."

Sie nahm meinen Penis in ihre kleine Hand und betastete meine pralle Eichel mit geschlossenen Augen ganz sanft mit ihren Lippen.

„Das fühlt sich so gut an!" flüsterte sie nach einer Weile, ohne dass ihre Lippen den Kontakt zu meiner Eichel verloren. Nur ganz allmählich formten Manuelas Lippen Küsse, die sie zuerst ganz behutsam, dann aber immer leidenschaftlicher und fester auf meine Eichel drückte.

„Ich mag die glatte Haut!" flüsterte sie, vor Leidenschaft leise keuchend. Und dann leckte sie mit ihrer Zungenspitze ganz zaghaft darüber. Sie ließ sich unendlich viel Zeit. Und schließlich biss sie einmal ganz behutsam in meine geschwollene und unter ihren Liebkosungen ganz hart gewordene Eichel. Unsicher fragte sie mich: „Magst Du, wenn ich an ihm knabbere?"

„Ich mag alles, was Du machen möchtest!" erwiderte ich, obwohl mir das Sprechen vor lauter Erregung schwer fiel.

„Du hast so was in mehreren Deiner Geschichten beschrieben!" sagte Manuela träumerisch und fuhr unter weiteren Zärtlichkeiten und sanften Bissen fort: „Es ist so schön, Dich so intensiv wahrzunehmen, zu spüren, zu riechen und zu schmecken."

Dann blickte sie zu mir hoch und sagte: „Ich möchte nur nicht, dass ich etwas mache, was Dir vielleicht nicht gefällt."

Es klang wie eine Frage, als sie das sagte. Deshalb antwortete ich: „Du kannst gar nichts machen, was mir nicht gefällt!"

Manuela hatte meine Eichel zwischen ihren Zähnen und verstärkte langsam aber vorsichtig den Druck. Es war ihr anzumerken, dass sie Angst hatte, mir weh zu tun. Aber ebenso war ihr anzumerken, dass es ihr gefiel.

„Das ist wunderschön!" stöhnte ich und streckte ihr meinen Penis unwillkürlich weiter entgegen.

„Ja!" bestätigte Manuela nur und knabberte mit wachsender Leidenschaft zärtlich und verliebt weiter an meiner Eichel. Ich zitterte immer mehr, je näher ich dem erlösenden Orgasmus kam. Manuela beeilte sich nicht. Sie versuchte nicht, das Erreichen des Höhepunktes durch Hinzunahme ihrer Hände oder durch schnellere Bewegung zu beschleunigen. Sie knabberte ganz einfach immer weiter zärtlich und verliebt an meiner Eichel und wagte sich nur ab und zu, fester zuzubeißen. Aber auch dann blieb es immer unendlich gefühlvoll. Ich spürte, wie der Orgasmus sich aufbaute. Und dann explodierte ich, während meine Eichel noch zwischen Manuelas Zähnen gefangen war. Manuela saugte bis zum letzten Tropfen alles aus mir raus. Und auch dann wollten Ihre Zähne meinen Penis noch nicht freigeben. Einmal biss sie jetzt ganz fest in meine Eichel, knurrte und schüttelte meinen Penis wie eine erlegte Beute. Ich zuckte zwar zusammen, genoss das kleine Spiel aber sehr.

„Ich mag ihn gar nicht mehr hergeben!" sagte Manuela leise und küsste ihn noch einmal ganz zärtlich.

Das Wasser war inzwischen kalt und draußen wurde es schon wieder dunkel. An der Badezimmertür klopfte es wieder und Manuelas Oma fragte besorgt durch die Tür: „Soll ich nicht doch …"

„Es ist schon alles in Ordnung!" rief Manuela lächelnd durch die Tür. Und ich flüsterte ihr verliebt zu: „Es ist weit mehr, als nur in Ordnung."

Wir wuschen uns noch einmal schnell ab. Ich half Manuela in den Bademantel und wickelte mir selbst nur ein Badetuch um die Hüfte. Manuela hatte hier im Haus noch eine Zahnbürste. Wir putzten uns beide damit die Zähne und huschten dann schnell im Treppenhaus nach unten. Bevor wir aber in die Küche gingen, liefen wir schnell in das Gartenhäuschen, um uns endlich anzuziehen. Das Kätzchen war nicht mehr da. Wir vermuteten, dass es in den Garten gelaufen war, als Manuelas Oma nach uns gesehen hatte.

„Ich glaube, jetzt waren wir erst mal lang genug nackt", meinte ich lächelnd zu Manuela, obwohl ich sie gerne weiter nackt gesehen hätte. Aber Manuela widersprach mir, indem sie antwortete: „Ich würde sofort wieder nackt mit Dir losziehen!"

Und dabei sah sie mich so forsch provozierend an, dass ich darauf erwiderte: „Ich mit Dir auch! Aber jetzt müssen wir erst mal Deine Oma beruhigen."

„Ja", nickte Manuela. Und im nächsten Moment lagen wir uns in den Armen und küssten uns so leidenschaftlich und verliebt, als wenn es die letzte Chance in unserem Leben wäre, um das zu tun.

Und als wir es endlich schafften, uns wieder voneinander zu lösen, wagten wir uns in die Höhle des Löwen. Zumindest drückte ich das so aus. Und Manuela lachte darüber wieder wie ein Engel.

9 WIEDER AUF DER FLUCHT

In Frau Krüns Küche stand kein Frühstück. Anscheinend hatte sie es bereits wieder abgeräumt.

„Am besten gehe ich dann wieder", schlug ich vor. Aber Manuela nahm meine Hand und erwiderte lächelnd: „Oh nein, mein Schatz. Mitgefangen, mitgehangen!"

Und bevor ich protestieren konnte, zog sie mich schon hinter sich her ins Wohnzimmer ihrer Oma.

„Und?" fragte die mich sarkastisch, als sie uns erblickte: „Noch alles dran?"

„Wieso wollen sie das wissen?" fragte ich bissig zurück. „Reicht Ihnen mein Arm nicht mehr für Ihre Trophäensammlung?"

Manuela sah mich fragend an. Anscheinend hatte ihr ihre Oma noch nichts von meinem Unfall erzählt. Darum sagte ich schnell leise zu ihr: „Das erzähle ich Dir nachher."

Die böse, alte Krün erkannte aber plötzlich eine Möglichkeit, mich zu demütigen und sagte deshalb sofort: „Dein Künstler hatte so viel Angst davor, Dich nicht mehr zu sehen, dass er vor lauter Panik ausgerutscht ist."

„Bei der Vorstellung, ihn nicht mehr sehen zu können, würde ich sterben!" erwiderte Manuela ernst, während sie sich an meinen Arm schmiegte. Damit hatte sie ihrer Oma den Wind aus den Segeln genommen.

„Setzt Euch!" forderte sie uns brummend auf und deutete neben sich auf das Sofa.

Manuela setzte sich in die Mitte, wofür ich ihr sehr dankbar war.

„Passt der Pullover?" fragte ihre Oma mich grimmig. Sie hatte gesehen, dass ich ihn anhatte und versuchte jetzt anscheinend Konversation zu machen.

„Geht so!" knurrte ich ebenso grimmig zurück. „Wieviele Schafe haben Sie denn dafür ermordet?"

„Das ist keine Schafwolle, sie Banause!"

„Ihr beiden seid echt süß!" mischte Manuela sich lachend ein und lockerte die angespannte Situation damit etwas auf. Ich drückte ihr dankbar die Hand und sie lehnte sich an meine Schulter. Trotzdem lag mir noch etwas auf der Zunge. Und das musste raus. Deshalb fragte ich, noch immer grimmig: „Was ist jetzt mit dem Frühstück?"

Oma Krün stand zornig von ihrem Sofa auf und stellte sich mit in die Hüften gestemmte Fäuste vor mich hin.

„Jetzt ist das Abendessen gleich fertig!" giftete sie mich an. „Aber erst mal schauen Sie sich das hier an!"

Und damit schaltete sie ihren Fernseher ein, setzte sich wieder und begann durch die Programme zu zappen, bis irgendwo eine Nachrichtensendung anfing. Nach den üblichen politischen Themen gab es eine Überblendung zu einer jungen Fernsehmoderatorin im sexy Christkindkostüm. Sie stand auf einer von Straßenlaternen beleuchteten Straße und begann: „Und jetzt wieder zu dem Thema, das uns alle seit gestern Nachmittag in Atem hält: Wer ist das nackte Pärchen, das gestern in der großen Weihnachtsgala in diesem Programm im wahrsten Sinne des Wortes aus dem Nichts aufgetaucht und ebenso wieder im Nichts verschwunden ist? Mehrere Experten haben das Fernsehstudio und den darunter liegenden Fundus genauestens untersucht. Und sie alle sagen einstimmig, dass keine Maus unbemerkt in die Sendung hätte platzen können. Wer also sind die beiden? Wir zeigen hier noch einmal ihren sensationellen Auftritt, der dem gefeierten Opernstar Olja Olmers mehr als nur die Show gestohlen hat."

Es wurde die Olmers mit dem Ende ihres Liedes eingeblendet. Und dann sah man Manuela und mich im Hintergrund aus der Versenkung auftauchen. Die Kamera zoomte nach wenigen Sekunden auf uns. Es wurden die Aufnahmen von verschiedenen Kameraperspektiven gezeigt und man hörte den tosenden Applaus.

„Hören Sie das?" fragte dabei die Fernsehmoderatorin. „Hören Sie diesen Applaus?"

Es wurde wieder zu der Moderatorin zurück geschaltet. Aber noch bevor sie weiterredete, sagte Manuela plötzlich: „Die steht hier bei uns auf der Straße!"

Jetzt erkannte ich es auch. Die Moderatorin folgte der Kamera die Straße entlang und redete dabei munter weiter: „Weil es unmöglich erscheint, dass dieses nackte Pärchen so aus dem Nichts auftauchen und spurlos wieder verschwinden konnte, glauben viele Leute, dass es …"

Jetzt wurde sie ganz geheimnisvoll und begann zu flüstern: „… sich bei den beiden um Engel handelt!"

Die Moderatorin blieb stehen und sah mit einem skeptischen Blick, den sie sicher lange vor dem Spiegel geübt hatte, in die Kamera. Dann fragte sie: „Aber mal ganz ehrlich: Würden Engel einen solchen Auftritt hinlegen?"

Es gab wieder eine Überblendung auf die Großaufnahme von Manuelas Hand, die sich an meinem erigierten Penis festklammerte, während wir in dem Fernsehstudio auf dem Podest standen. Es war so unendlich peinlich, diese Aufnahmen zusammen mit Manuelas Oma anzusehen.

„Läuft nicht irgendwo ein schöner Film?" fragte ich ganz spontan, während ich mich noch darüber wunderte, dass diese Aufnahmen nicht der Zensur zum Opfer gefallen waren.

„Nein!" fauchte die Oma.

„Und müssen Sie sich nicht ums Abendessen kümmern?" fauchte ich zurück. „Oder war das auch nur wieder ein leeres Versprechen?"

Frau Krün sah mich drohend an und donnerte los: „Jetzt halten Sie endlich die Klappe und sehen sich das an."

„Nein!" sagte wieder die Fernsehmoderatorin auf der Straße. „Ich glaube, so verhalten sich keine Engel. Durch den Zwischenfall mit den beiden kam es auch noch zu einem Unfall im Fernsehstudio. Als ein Bühnenarbeiter das Pärchen wieder in die Versenkung schickte, stürzte Olja Olmers in das Loch. Glücklicherweise verletzte sie sich nur leicht."

Es wurde ein Interview mit der Olmers eingespielt, die völlig aufgelöst in ihrer Garderobe saß und in die Kamera zeterte: „Das Ganze ist ein heimtückischer Anschlag auf mich gewesen. Dieses nackte Pärchen hat mich zuvor schon in meiner Garderobe überfallen."

„Das Eigenartige an dieser Geschichte ist", erklärte die Moderatorin, die inzwischen sichtbar in ihrem dünnen Kostümchen fror, „dass Olja Olmers diesen Zwischenfall tatsächlich schon vor der Sendung gemeldet hat. Aber niemand anderes hat das Pärchen zu diesem Zeitpunkt gesehen. Und es gab auch in diesem Fall keine Möglichkeit, dass irgendjemand unbemerkt aus der Garderobe der Sängerin hätte entkommen können."

„Sollten wir uns nicht langsam aus dem Staub machen?" fragte mich Manuela verunsichert.

„Wohin denn?" fragte ich zurück. Aber die alte Krün erwiderte ganz energisch: „Ihr bleibt hier sitzen!"

„Aber die Moderatorin steht hier gleich vor der Tür, Oma!" erklärte Manuela flehend. Ihre Oma sah sie streng an und sagte: „Irgendwann kommt sowieso alles ans Licht. Je eher Ihr es hinter euch bringt, umso eher kehrt hier wieder Ruhe ein."

Die Vorstellung, irgendeiner Fernsehtussi in einer Lifesendung etwas erklären zu sollen, was ich nicht mal mir selbst hätte erklären können, war alles andere als aufbauend. Manuela und ich wechselten einen heimlichen Blick, während die Moderatorin auf der Straße ausrutschte und gar nicht passend zu ihrem Engelskostüm fluchte. Dann entschuldigte sie sich schnell in die Kamera und irgendjemand kam von der Seite angesprungen, um ihr wieder aufzuhelfen.

„Später", begann die Moderatorin, die ihre Fassung wiedergewonnen hatte, „tauchte das Pärchen an einem völlig anderen Platz in der Stadt, und wieder mitten aus dem Nichts auf. Doch diesmal kam ihnen ein Weihnachtsmann zu Hilfe, der sie in seinem Rentierschlitten mitnahm. Dieser Weihnachtsmann ist noch nicht identifiziert. Doch bei dem Pärchen verdichten sich inzwischen die Indizien. Zahlreiche Anrufe sind in unserem Studio eingegangen. Demnach handelt es sich bei dem Mann um einen Arbeitslosen, der vor einigen Wochen von der Bildfläche verschwunden ist, ohne irgendein Lebenszeichen zu hinterlassen. Jede Suche nach ihm blieb bisher erfolglos. Und bei dem Mädchen handelt es sich allem Anschein nach um eine sechzehnjährige Schülerin, die seit Weihnachten bei ihrer Großmutter wohnt. Die Großmutter hat das bisher bestritten. Aber wir haben inzwischen mit der Mutter der Schülerin gesprochen. Und jetzt befinden wir uns vor dem Haus der Großmutter."

Die Moderatorin folgte der Kamera durch das Türchen in den Hof und bis zur Haustür.

„Mal sehen, was die Großmutter uns jetzt zu sagen hat!" meinte die Moderatorin wieder sehr geheimnisvoll und drückte auf die Klingel. Wir zuckten alle drei zusammen, als dabei tatsächlich die Türglocke läutete. Manuela und ich sahen Oma Krün aufmerksam zu, als sie vom Sofa aufstand.

„Rührt Euch nicht vom Fleck!" befahl sie uns und stapfte aus dem Zimmer.

„Schade um das Abendessen", meinte ich enttäuscht, da ich langsam Hunger bekam. Aber gleichzeitig sprangen Manuela und ich schon auf. Leise schlichen wir hinter Oma Krün aus dem Wohnzimmer in die Küche. Wir hörten sie an der Tür mit der Moderatorin sprechen. Dann kam der ganze Pulk ins Haus marschiert. Vorsichtig lugte ich aus der Küchentür und sah die Moderatorin mit dem Kameramann, einem Tonmann und noch ein paar Hanseln hinter Manuelas Oma her ins Wohnzimmer dackeln. Sobald sie alle an der Küche vorbei waren, huschten Manuela und ich ins Treppenhaus, schlüpften hastig in Schuhe und Stiefel und flüchteten Hand in Hand aus dem Haus und auf die Straße. Wir wussten, dass wir nur wenige Sekunden Vorsprung hatten.

„Wohin jetzt?" fragte ich, da sich Manuela hier viel besser auskannte, als ich.

„Hier entlang!" antwortete sie und zog mich hinter sich her, die Straße entlang. Plötzlich kam uns ein altes, klappriges Auto entgegen. Wir wollten ihm auf dem Bürgersteig ausweichen. Doch es blieb stehen, die Fahrertür ging auf und unser Weihnachtsmann sprang auf die Straße. Allerdings war er jetzt auch ganz normal gekleidet.

„Schnell hierher!" rief er uns zu und öffnete die hintere Tür auf der Fahrerseite. Ohne zu überlegen, folgten wir seiner Einladung und stiegen ein.

„Da hatte ich doch den richtigen Riecher", meinte der Weihnachtsmann und fuhr mit durchdrehenden Reifen los. Als wir an Frau Krüns Grundstück vorbeifuhren sahen wir das Kamerateam gerade wieder aus dem Haus laufen. Die Moderatorin entdeckte uns ebenfalls und sagte etwas zu ihrem Kameramann, worauf dieser sofort die Kamera auf uns richtete. Aber da waren wir schon vorbei. Manuela und ich sahen durch die Heckscheibe, wie das Kamerateam auf die Straße lief und dass von weiter hinten ein Lieferwagen ankam. Da bogen wir ab und konzentrierten unsere Aufmerksamkeit nach vorne und auf unseren Fahrer.

„Dass die Fernsehfritzen immer glauben, alles entmystifizieren zu müssen", sagte er vorwurfsvoll.

„Wieso sind Sie hier?" fragte ich, während ich neugierig sein bärtiges Profil musterte. Auch in zivil sah er noch immer wie der Weihnachtsmann aus. Er lachte und antwortete: „Na, irgendwer muss Euch doch wieder aus der Patsche helfen."

„Wo haben sie denn heute Ihren Schlitten gelassen?" fragte Manuela.

Er musterte sie im Rückspiegel mit einem so bewundernden Blick, dass ich fast hätte eifersüchtig werden können, und antwortete: „Heute haben wir ein Fernsehteam auf den Fersen. Und die haben ein paar PS mehr, als meine Rentiere."

„Und wohin fahren wir jetzt?" fragte wieder ich.

„So viele Fragen", erwiderte er und antwortete dann: „Erst mal müssen wir die Fernsehfuzzis abhängen und dann, denke ich, ist es das Beste, ihr kommt erst mal mit zu mir."

Manuela sah mich fragend an und ich zuckte mit den Schultern.

„Warum nicht zum Weihnachtsmann?" fragte ich und legte meinen Arm um ihre Schultern.

„Ja, warum nicht?" meinte auch sie, entspannte sich und schmiegte sich an mich. Ich spürte, wie sie ihre kleine Hand unter meinen Pullover schob und zärtlich über meinen Bauch und meine Brust zu streicheln begann. Die zarte Berührung bereitete mir ein unbeschreiblich wohliges Prickeln, das sich in meinem ganzen Körper ausbreitete. Ich lachte leise. Manuela sah mich an und fragte: „Was ist?"

Ich lächelte sie an und antwortete: „Wir sind auf der Flucht und trotzdem reagiert mein Körper sofort auf Deine Berührung!"

Manuela blickte an mir nach unten und begann ebenfalls zu lächeln, als sie die größer werdende Beule in meiner Hose entdeckte.

„Ich mag es", sagte sie ganz sanft, „wenn Du so auf mich reagierst."

Sie legte Ihre Hand ganz zärtlich auf die Beule und begann, sie neugierig zu betasten, wodurch meine Erektion nur noch größer und härter wurde.

„Mmmm", schnurrte Manuela, „das fühlt sich gut an."

Und im nächsten Moment tastete sie schon nach dem Reißverschluss und zog ihn auf. Mein Penis schnellte wie ein Springteufel aus der Hose und Manuela stellte lächelnd fest: „Du hast ja gar keine Unterhose an."

Das hatte ich in der Tat nicht. Manuela nahm meine Eichel zwischen Daumen und Zeigefinger und drückte sie sanft. Dann beugte sie sich über meinen Schoß und bedeckte meine Eichel mit liebevollen Küssen. Ich bemerkte den Blick des Weihnachtsmannes im Rückspiegel. Er beobachtete uns fasziniert, sagte aber nichts. Und ich schloss die Augen und genoss Manuelas Zärtlichkeiten. Es war noch keine halbe Stunde her, dass sie mich in der Badewanne verwöhnt hatte und jetzt versetzte sie mich schon wieder in den Zustand absoluter Ekstase. Ich registrierte, dass Manuela den Gürtel meiner Hose öffnete. Und als sie die Hose dann nach unten zog, hob ich meinen Hintern etwas an, um ihr dabei behilflich zu sein. Obwohl wir uns im Wagen des Weihnachtsmannes befanden, zog Manuela mir die Hose komplett aus. Aus ihrer Hosentasche zog sie eine lange Kordel. Als sie meinen Blick bemerkte, sagte sie lächelnd: „Die hab ich selbst geflochten, nachdem ich eine Deiner Geschichten gelesen hatte. Ich hab mir schon die ganze Zeit vorgestellt, mit Deinem Penis zu spielen."

Es war unvorstellbar erregend für mich, mir vorzustellen, was Manuela im Begriff stand, zu tun. Mein Penis zuckte in ihren Händen, als sie begann, die Kordel um meine Hoden zu knoten.

„Hoffentlich dauert die Fahrt lang genug", flüsterte ich schwer atmend.

Der Weihnachtsmann, an den die Worte nun wirklich nicht gerichtet waren, erwiderte mit einem Anflug von Euphorie sofort: „Da macht Euch mal keine Sorgen!"

Ich blickte ihn vorwurfsvoll und mit zusammengezogenen Augenbrauen im Rückspiegel an. Und als er meinen Blick bemerkte, räusperte er sich verlegen und konzentrierte sich wieder auf die Straße.

Manuela zog den Knoten fest aber gefühlvoll zu. Dann nahm sie meine abgebundenen, prallen Hoden in ihre kleine Hand, zog an ihnen und drückte sie. Ich stöhnte vor Erregung und Manuela flüsterte in einer Mischung aus Leidenschaft und Neugier: „Ich hätte mir nie vorstellen können, wie schön es ist, so mit einem Penis zu spielen. Es macht Spaß, es fühlt sich gut an und es ist total erregend. Ich liebe Deinen Penis, seinen Anblick, seinen Geruch, seinen Geschmack und das Gefühl, ihn in meinen Händen zu halten. Ich liebe es, die glatte Haut Deiner Eichel auf meinen Lippen zu spüren und sie dabei zu riechen. Ich liebe es, an ihr zu knabbern, sie zu schmecken und zu spüren, wie ihr festes Fleisch unter meinen Zähnen nachgibt. Und ich liebe Deine Erregung! Es ist so unsagbar schön, Dich glücklich zu machen."

Während Manuela so sprach, band sie ihre Kordel langsam um Hoden und Peniswurzel und machte wieder einen Knoten, den sie mit einem festen Ruck zuzog. Dann band sie die Kordel nur um die Peniswurzel und machte auch da wieder einen festen Knoten. Sie machte das mit so viel Leidenschaft und Gefühl, dass ihr anzusehen war, wie ernst sie jedes ihrer Worte meinte. Langsam verschnürte sie meinen Penisschaft kreuzweise von der Wurzel bis unter die Eichel, wo sie einen doppelten, festen Knoten machte. Meine Eichel wurde unglaublich prall und hart. Manuela stellte das auch fest. Sie drückte sie mit Daumen und Zeigefinger und schwärmte: „Dein Penis ist wunderschön! Ich kann gar nicht sagen, wie gut er sich anfühlt."

Es war völlig neu für mich, dass eine Frau so sehr von meinem Penis schwärmte. Und er konnte Manuelas innige Liebe wirklich spüren. Sie bedeckte meine steinharte Eichel ganz sanft mit ihren weichen Lippen. Sehr lange umschmeichelten ihre Lippen unendlich zärtlich meine Eichel. Und ich bemerkte, wie sie dabei mit geschlossenen Augen ihren Geruch tief in sich einsog. Wie schon in der Badewanne, flüsterte sie auch jetzt, ohne dass ihre Lippen den Kontakt zu meiner Eichel verloren: „Ich liebe das Gefühl Deiner Eichel auf meinen Lippen so sehr und auch Deinen Geruch! Ich möchte gar nicht aufhören, Dich so wahrzunehmen. Aber auf der anderen Seite ist es gar nicht leicht, mich zurückzuhalten. Ich möchte alles mit Deinem Penis anstellen, was ich mit ihm anstellen darf. Ich möchte an ihm knabbern, ich möchte herausfinden, wie fest ich in Deine Eichel beißen kann, dass es dabei aber noch schön für Dich ist. Ich möchte Deinen Penis ganz fest in meine Hand nehmen, herausfinden, wie fest ich ihn zusammendrücken und wie stark ich an ihm ziehen kann."

„Du darfst alles mit ihm machen!" flüsterte ich keuchend zurück. Ich wusste, dass Manuela bei aller Leidenschaft nie etwas Unkontrolliertes machen würde. Egal, wie fest sie zubiss, drückte oder zog, sie würde es immer mit Gefühl machen. In Geschichten hatte ich manchmal ähnliche Situationen beschrieben. Natürlich hatte ich meinen Penis auch selbst schon mal so ähnlich abgebunden. Aber ich wusste nie, wie intensiv ich solche Einflüsse von außen empfinden würde. Ich hatte noch niemals eine Frau gekannt, die so gefühlvoll und dabei so neugierig war, eine Frau, die mich und meinen Körper mit der selben Leidenschaft entdecken wollte, mit der es Manuela tat. Manuela richtete sich auf und zog mir den Pullover über den Kopf. Bis auf die Schuhe saß ich jetzt völlig nackt auf der Rückbank des Wagens. Als Manuela sich dann wieder über meinen gefesselten Penis beugte, zog auch ich ihr den Pullover über den Kopf. Aus ihrer Jeans schlüpfte sie dann selbst ganz hastig, um möglichst keine Zeit damit zu vergeuden. Jetzt war auch Manuela nackt. Und sie war komplett nackt, da sie sich die Stiefel hatte ausziehen müssen, um aus ihrer Hose zu schlüpfen. Eigentlich waren wir auf der Flucht vor Leuten, die uns verfolgten, weil wir durch eine ähnlich unüberlegte Aktion ins Fernsehen geraten waren. Und trotzdem hatte unsere unstillbare Leidenschaft uns dazu verleitet, uns im Wagen eines uns eigentlich völlig fremden Mannes auf dem Rücksitz nackt auszuziehen, um uns eben dieser Leidenschaft hinzugeben. Wir vergaßen den Weihnachtsmann vollkommen. Wir hatten keine Ahnung, wohin wir fuhren. Wir konzentrierten uns nur auf uns. Wir sahen nur uns, wir spürten nur uns und wir nahmen uns mit all unseren Sinnen wahr. Bevor ich Manuela kennengelernt hatte, hatte ich nicht gewusst, was Liebe ist. Ich hatte nicht gewusst, wie sehr man sich auf einen Menschen konzentrieren kann, und dass die Welt ringsum aufhören kann zu existieren, wenn man liebt. Aber so eine Liebe gibt es wahrscheinlich auch nicht oft. Ich hatte in meinem Leben schon geglaubt, zu lieben und geliebt zu werden. Aber niemals hatte ich so etwas Absolutes gespürt, so etwas Reines und

Wahrhaftiges, wie die Liebe, die mich mit Manuela verband. Meine kleine Lolita war wirklich ein Engel und ein Christkind, sie war mein Engel und mein Christkind!

„Ich liebe Dich so sehr!" flüsterte ich und küsste ganz sanft ihre Lippen, während ihre kleine Faust sich langsam immer fester um meinen Penis schloss. Sie nahm mich beim Wort und machte alles mit ihm, was sie wollte. Ihre kleine Faust packte wie ein Schraubstock zu, aber wie ein sehr zärtlicher Schraubstock! Ich hatte das Gefühl, dass meine Eichel jeden Moment platzen würde. Aber es war ein unbeschreiblich erregendes Gefühl. Als unsere Lippen sich wieder trennten, beugte Manuela sich wieder über meinen Schoß. Ihre warme, feuchte Zunge leckte über meine Eichel. Und dann spürte ich plötzlich ihre Zähne. Langsam knabberten sie und gruben sich mit jedem Biss fester in meine Eichel, die kaum nachzugeben schien. Vor Erregung zitternd streckte ich meine Eichel nur noch weiter zwischen Manuelas Zähne. Mit den in meiner Eichel vergrabenen Zähnen dirigierte sie mich so auf die Rückbank, bis ich quer darauf lag. Manuela kletterte über mich und bot ihre winzige Spalte meinen Lippen dar, während sie mit gieriger Leidenschaft auslotete, wie fest sie meine Eichel wirklich beißen durfte. In diesem Moment wurde ich mir erst bewusst, was Lustschmerz wirklich bedeutet. Manuelas leidenschaftliches Knabbern, die ungebändigte Lebenslust und Neugier, mit der sie ihre Zähne immer wieder in meine Eichel schlug waren das Erregendste und Prickelndste, das ich jemals erlebt hatte. Ich krallte meine Hände in Manuelas feste Pobacken und presste meine Lippen auf ihre kleine Spalte. Zitternd zog ich die Spalte ein wenig auseinander, um an ihre winzigen Venuslippen zu gelangen. Ich bedeckte sie mit gierigen Küssen. Durch die Erregung, in die Manuela mich mit ihren immer festeren Liebesbissen versetzte, war es mir unmöglich, sie so zärtlich zu küssen, wie ich es eigentlich tun wollte. Ich presste meine Lippen auf ihre Venuslippen, um ein Stöhnen zu unterdrücken. Und ich spürte, wie meine Erregung sich auf sie übertrug. Meine Zunge erkundete so zärtlich, wie es mir in meinem Erregungszustand möglich war, ihre zarten, unbeschreiblich gut schmeckenden Hautfalten, die sich zitternd an meine Lippen pressten. Sie suchte und fand ihre kleine Klitoris und ich begann, an ihr zu lecken und zu saugen. Mit wachsender Erregung verbiss sich Manuela immer fester in meiner Eichel. Ich hätte mir vorher niemals vorstellen können, welchen Druck meine Eichel nicht nur aushalten, sondern genießen konnte.

Plötzlich drehte sich alles. Es dauerte einige Augenblicke, bis ich registrierte, dass das Drehen keine Auswirkung der soeben erlebten Ekstase war, sondern dass das Auto schleuderte. Um ehrlich zu sein, registrierte ich es auch erst durch das Geräusch, das entsteht, wenn sich zwei Autos in unbeabsichtigter Weise berühren. Und um ganz genau zu sein, wurde dieses Geräusch auch noch von einem heftigen Ruck begleitet, durch den ich mir nicht nur den Kopf anschlug, sondern durch den sich auch Manuelas Zähne ganz plötzlich fester schlossen, als Manuela es beabsichtigt hatte. Da alles gleichzeitig passierte, war es schwierig für mich, alles auf einmal zu registrieren oder zu verarbeiten. Das Schleudern, das dumpfe Geräusch von ineinander krachendem Blech, der Schlag auf den Kopf und Manuelas, selbst für meinen Erregungszustand, etwas zu heftiger Biss, durch den ich aber trotzdem einen unglaublich intensiven Orgasmus erlebte, war mehr, als ich auf einen Schlag begreifen konnte. Also konzentrierte sich mein Unterbewusstsein auf die lebensnotwendigen Systeme und ich erlebte diesen Orgasmus zwischen Manuelas Zähnen in einer ungekannten Heftigkeit, während bunte Lichter vor meinen Augen tanzten. Meine Eichel blähte sich wie ein roter Riese zwischen Manuelas fast vollständig geschlossenen, strahlend weißen Zähnen auf und ergoss sich in vielen, unbeschreiblich heftigen Stößen. Manuela gab meinen Penis im selben Augenblick frei und fragte fast panisch vor Sorge: „Bist Du okay? Das wollte ich nicht. Ich, ich …"

Da der erste Schwall sich noch in ihren Mund ergoss und die nächsten in immer neuen Stößen ihr Gesicht benetzten, während ich mich an ihrer kleinen, zuckenden Klitoris festgesaugt hatte, um nicht zu schreien, erkannte sie wohl, dass sie mir keine ernsthaften Schäden zugefügt haben konnte. Erleichtert packte sie wieder fest zu und bedeckte meine Eichel mit liebevollen, zärtlichen Küssen, ohne sich um die Ursache des Unfalls zu kümmern.

„Ihr müsst raus!" sagte plötzlich aufgebracht unser Weihnachtsmann. Manuela und ich brauchten einen Augenblick, um zu verarbeiten, was er gesagt hatte. Und noch bevor wir so weit waren, sprang er aus dem Wagen, riss die hintere Tür auf, so dass mein Kopf nach hinten fiel und Manuela über mich drüber auf die verschneite Straße purzelte.

„Schnell!" forderte der Weihnachtsmann uns auf. Ich kletterte benommen aus dem Wagen und half Manuela wieder auf die Beine. Manuela deutete auf den Wagen, in den der Wagen unseres Chauffeurs gekracht war. Es war der Lieferwagen des Kamerateams, der anscheinend aus einer Querstraße angekommen war. Die Beifahrertür des Lieferwagens sprang auf. Weiter beobachteten wir nichts. Ich schnappte mir geistesgegenwärtig nur noch Manuelas Stiefel aus dem Wagen und im selben Moment zog Manuela mich schon an der hinter meiner Eichel verknoteten Kordel hinter sich her in die nächste Seitenstraße. Erst an einer von den Straßenlaternen unbeleuchteten Stelle hielten wir im Schatten an.

„Schnell, zieh Deine Stiefel an!" forderte ich Manuela auf und reichte ihr dabei auch schon die Stiefel. Schnell schlüpfte sie hinein und sagte lächelnd: „Danke, mein Engel!"

Dann beugte sie sich noch einmal zu meinem Penis, dessen Erektion noch keine Möglichkeit gehabt hatte, sich zurückzubilden und fragte mich mit neu erwachter Besorgnis: „Hab ich ihm wirklich nicht weh getan?"

„Doch, das hast Du", gestand ich. "Aber Du darfst ihm jederzeit weh tun, mein wunderbares Christkind!"

Da kam das komplette Filmteam in die Straße gelaufen, in die wir uns geflüchtet hatten. Manuela und ich krochen in die dicht verschneiten Büsche, die uns vor den Blicken unserer Verfolger verbargen. Schnee rieselte auf unsere nackten, aber erhitzten Körper herunter. Wir spürten ihn kaum. Wir hielten die Luft an und warteten, bis das Kamerateam einschließlich der Moderatorin, die in ihrem Christkindkostüm und mit ihren Stöckelschuhen kaum laufen konnte, an uns vorüber war. Als sie weit genug an uns vorbei waren, liefen wir schnell wieder zu den kollidierten Wagen zurück, in der Hoffnung, dass unser Weihnachtsmann uns doch noch in Sicherheit bringen könnte. Aber als wir wieder in die andere Straße einbogen, sahen wir dessen Wagen gerade um die nächste Ecke biegen. Im Lieferwagen des Filmteams versuchte der Fahrer, den Wagen ebenfalls wieder zu starten. Manuela und ich sahen uns ratlos an. Wir hielten es für besser, uns vor dem Fahrer nicht sehen zu lassen und flüchteten in eine andere Richtung. Jetzt waren wir wieder nackt auf den Straßen unterwegs. Aber diesmal hatten wir beide keinerlei Anhaltspunkte, wo wir uns befanden.

„Ich befürchte, das wird wieder eine kalte Nacht", sagte ich halb niedergeschlagen, halb amüsiert zu Manuela. Aber sie fragte mich ohne jede Niedergeschlagenheit: „Weißt Du noch, was wir gesagt hatten, als wir uns im Gartenhaus angezogen haben?"

Ich nickte: „Dass wir sofort wieder miteinander nackt losziehen würden!"

Manuela fiel mir glücklich um den Hals und küsste mich überschwänglich. Ihren nackten, schlanken Körper an mich gepresst zu fühlen, ließ meinen Penis fast die Kordel sprengen, mit der er noch immer so kunstvoll verschnürt war. Obwohl ich erst wenige Minuten zuvor diesen unglaublichen Orgasmus erlebt hatte und Manuelas Bisse (vor allem den letzten, den während des Unfalls) noch immer deutlich spüren konnte, war ich noch immer aufs äußerste erregt. Jede Berührung Manuelas jagte prickelnde Schauer durch meinen Körper.

„Du bist unglaublich!" flüsterte ich ihr verliebt zu und drückte sie ganz fest an mich.

„Du auch!" flüsterte Manuela zurück. Dann liefen wir die Straße entlang und hofften, irgendeinen Hinweis darauf zu finden, wo wir uns befanden. Wir waren noch immer in der Stadt. Aber das Viertel kannten weder Manuela, noch ich. Wir fanden nicht den kleinsten Anhaltspunkt dafür, wo wir waren. Wir hatten auch keine Ahnung, wie lange oder wie weit wir mit unserem Weihnachtsmann gefahren waren.

Wir konnten praktisch überall sein, sogar in einer anderen Stadt.

„Wir müssen schauen, dass wir wieder ins Zentrum kommen", sagte ich.

„Von dort aus finden wir uns schon wieder irgendwie zurecht."

„Ja", stimmte Manuela mir zu. Und so liefen wir immer weiter, ohne aber zu wissen, in welcher Richtung das Zentrum lag. Entweder war die Nacht milder als die vorhergehende, oder wir gewöhnten uns langsam an die Kälte. Manuela stellte jedenfalls nach einer Weile verwundert fest: „Ich friere gar nicht."

„Ich auch nicht", erwiderte ich, nicht weniger verwundert, hatte aber auch gleich eine Erklärung parat: „Wahrscheinlich ist das nur grad wieder das Adrenalin, das uns so aufputscht."

„Möglich", meinte Manuela. Da kam von hinten ein klapperndes und schepperndes Auto an. Manuela und ich flüchteten sofort wieder in den Schatten. Und da fuhr auch schon der lädierte Lieferwagen des Filmteams an uns vorbei.

„Sie haben uns nicht gesehen", meinte Manuela erleichtert und ich hatte den Gedanken: „Wenn sie nicht noch auf der Suche nach uns sind, dann fahren sie bestimmt zurück zu ihrem Sender. Also denke ich mal, dass es nicht verkehrt ist, ihrer Richtung zu folgen."

Nach kurzer Zeit stellten wir allerdings fest, dass das bebaute Gebiet aufhörte. Brachliegendes Land ging langsam in Wälder über. Ein Stück folgten wir noch der Straße. Dann meinte ich enttäuscht: „Das war wohl nichts."

Wir wollten schon umkehren, als Manuela plötzlich in die Ferne deutete und sagte: „Dort ist ein Wagen anscheinend in den Graben gefahren."

„Sieht aus, wie unser Filmteam!" meinte ich skeptisch, während ich in das dämmrige Licht der Winternacht vor uns spähte. In dem Moment schlugen plötzlich Flammen aus dem Wagen.

„Ach Du Scheiße!" entfuhr es mir. Und im selben Augenblick rannten Manuela und ich, ungeachtet unserer Nacktheit auch schon los. Wir erreichten den brennenden Wagen in wenigen Augenblicken. Und ich registrierte dabei, dass Manuela eine gute Sprinterin war, denn sie blieb kaum hinter mir zurück. In dem im Graben liegenden Wagen war kein Lebenszeichen zu bemerken. Ohne zu zögern sprang ich auf den Wagen und riss die jetzt oben liegende Beifahrertür auf. Manuela folgte mir. Weder sie noch ich achteten auf die aus der Motorhaube und aus dem Tank schlagenden Flammen. Der Beifahrer lag bewusstlos auf dem Fahrer. Ich sprang durch die geöffnete Tür in den Wagen und hievte den Beifahrer nach oben aus der Tür. Manuela packte ihn und zog ihn vom Wagen runter und in sichere Entfernung. Obwohl ich damit beschäftigt war, das bewusstlose Fernsehteam aus dem Wagen zu schaffen, registrierte ich doch, wie selbstlos und beherzt Manuela zupackte, um diese Menschen zu retten. Wäre es nicht um Menschenleben gegangen, hätte ich die Erkenntnis sicherlich genossen, wie perfekt wir miteinander arbeiteten. Wir verstanden uns absolut wortlos. Ohne uns abzusprechen befreite ich die Filmleute aus dem brennenden

Wagen und Manuela brachte sie in Sicherheit. Allein der Fahrer war noch bei Bewusstsein, hatte sich aber entweder die Schulter ausgekugelt oder das Schlüsselbein gebrochen. Und außerdem hatte er eine stark blutende Platzwunde auf der Stirn. Langsam wurde es ziemlich heiß in dem in Flammen stehenden Wagen. Der Fahrer war der zweite gewesen, den ich aus dem Wagen gehoben hatte. Und nachdem Manuela ihn in sicherer Entfernung abgelegt und er in seinem Schockzustand das immer höher lodernde Feuer registriert hatte, schrie er uns in Panik an: „Kommen Sie da raus. Der Wagen kann jeden Moment explodieren!"

Weder Manuela noch ich beachteten ihn. Hinten im Wagen lagen noch vier bewusstlose Menschen. Ich schaffte sie alle nach draußen und Manuela brachte sie vom Wagen weg. Und als ich mit dem letzten selbst wieder aus der Beifahrertür kletterte, schoss plötzlich eine Flammenwand vor mir in die Höhe. Unter Aufbietung all meiner Kräfte warf ich den bewusstlosen Mann durch die Flammenwand und schrie Manuela zu: „Schnell zurück!"

Ich konnte aber nicht mehr sehen, ob Manuela auf mich hörte, denn im selben Augenblick wurde ich von einer gewaltigen Druckwelle auf die andere Seite vom Wagen geschleudert. Das Tosen der Explosion drang erst in dem Moment in mein Bewusstsein, als ich auf den harten, gefrorenen Boden aufschlug und dabei selbst beinahe eben dieses Bewusstsein verlor. Was mich daran hinderte, mich der Ohnmacht zu ergeben, die ihre Klauen so unerbittlich nach mir ausstreckte, war meine Sorge um Manuela. Solange ich nicht wusste, ob sie in Sicherheit war, klammerte ich mich an mein Bewusstsein wie ein Ertrinkender an einen Strohhalm. Ich stand mühsam wieder auf. Aber da kam Manuela schon durch das jetzt rings um den von der Explosion zerfetzten Wagen lodernde Feuer auf mich zugelaufen. Sie erschien mir in dem Moment wirklich wie ein auf mich zuschwebender Engel.

„Manuela!" rief ich noch tonlos oder zumindest wollte ich ihren Namen rufen. Aber ich glaube, er kam nicht mehr über meine Lippen. Bevor sie mich erreichte, löste sie sich auf und ich verlor im wahrsten Sinne des Wortes den Boden unter den Füßen und tauchte ein in das große, unbekannte Nichts.

Schwerelos schien ich durch Raum und Zeit zu fallen. Ich weiß: ‚Schwerelos' und ‚fallen' klingt wie ein Widerspruch. Trotzdem kann ich es nicht anders beschreiben. Ich fühlte kein eigenes Gewicht, war nicht Körper, sondern nur Seele und in Raum und Zeit gibt es weder ein Oben noch ein Unten. Aber trotzdem sauste ich nicht wie ein Gespenst umher, sondern ich fiel! Ich fiel mit rasender Geschwindigkeit in ein bodenloses Nichts. Nur ganz allmählich ging das Fallen in ein Schweben über, bis es schließlich zum Stillstand kam. Aber der Stillstand war schlimmer, als das Fallen. Ich dachte mir, dass das das Ende wäre. Aber wo zum Teufel war das Licht? Wo war der Engel, der mich auf die andere Seite geleiten würde?

‚Hallo', rief ich verzweifelt. Aber mein Ruf wurde von dem namenlosen Nichts verschluckt wie ein unvorsichtiger Spaziergänger von einem Moor. Ich war allein. So hatte ich mir das Sterben wirklich nicht vorgestellt. Da endlich, als ich schon nicht mehr damit gerechnet hatte, kam jemand auf mich zu. Das musste mein Engel sein!

‚Du hast Dir aber Zeit gelassen', rief ich ihm schon von weitem entgegen. Ich fand es wirklich unerhört, wie schlecht das alles organisiert war und dass man mich so lange warten ließ. Das einzig Beruhigende in dem Moment war meine Überzeugung, dass es Manuela gut ging.

Als mein Engel näher kam, erkannte ich in ihm Jürgen. Er war nackt und seine Python baumelte in entspanntem Zustand mindestens dreißig Zentimeter nach unten.

So ein Angeber, dachte ich mir noch. Aber im selben Moment wurde mir auch schon bewusst, dass Jürgen nicht mein Engel sein konnte. Er war nur meine Erfindung, konnte also nicht gestorben und demzufolge auch kein Engel sein.

‚Was willst Du denn hier?' fragte ich ihn verärgert. Und in dem Zustand, in dem ich mich befand, schien die Frage wirklich Sinn zu machen, da ich doch überzeugt war, gestorben zu sein und auf den Engel wartete, der mich abholen sollte. Da konnte ich so eine Fantasiegestalt so gar nicht gebrauchen. Jürgen sah mich böse an, stemmte seine Hände in die Hüften und sagte in vorwurfsvollem Ton: ‚Ich dachte, Du hättest für Mischu und mich etwas Besonderes geschrieben. Aber was Du da mit Deiner Manuela abziehst, das ist ja noch viel ...'

Anscheinend wusste er nicht, wie er seinen Unmut darüber ausdrücken sollte, dass ich mit Manuela mehr und absurderes erlebt hatte, als er mit Mischu und dass unsere Liebe dabei so rein war, wie der Schnee, in dem ich gestorben war.

‚Blödmann' meinte da Jürgen genervt. Ich war überrascht und entsetzt über seine Ausdrucksweise. So hatte ich ihn mir nicht ausgedacht! Aber noch während ich ihn so überrascht und entsetzt anstarrte, erklärte mir dieser Besserwisser: ‚Schnee am Straßenrand ist niemals rein! Und Du bist auch noch nicht gestorben!'

Dann trat er nach mir. Ich weiß nicht, ob sein Tritt mich traf, denn er löste sich in dem Moment schon wieder auf.

10 BEIM WEIHNACHTSMANN

Als ich wieder zu mir kam, lag mein Kopf in Manuelas Schoß. Sie saß nackt im Schnee, hatte sich über mich gebeugt und ich spürte sowohl die winzigen Knospen ihrer kleinen Brüste mein Gesicht liebkosen, als auch ihre heißen Tränen auf meine Brust tropfen.

„Bin ich tot?" fragte ich schwach und meinte die Frage auch wirklich ernst. Das Gespräch mit Jürgen hatte mich doch etwas verunsichert.

Manuela schluchzte vor Erleichterung und Freude laut auf und küsste immer wieder mein Gesicht.

„Fred!" flüsterte sie immer wieder schluchzend. Und als unsere Blicke sich trafen und ihre Tränen in meine Augen flossen, sagte sie mit tränenerstickter Stimme: „Ich hatte solche Angst um Dich!"

„Bist Du unverletzt?" fragte ich mit ebenso großer Sorge, während sich die Schleier aus Manuelas Tränen in meinen Augen zu lichten begannen. Das flackernde Licht des brennenden Wagens umstrahlte ihr Gesicht wie ein Heiligenschein.

„Mir ist nichts passiert", antwortete Manuela, vor Freude über mein Erwachen weinend. Für einen Moment hatte ich die Idee, dass sie in Wahrheit der Engel wäre, der mich abholte, um mich auf die andere Seite zu geleiten. Aber dann spürte ich die Schmerzen in meinem durch die Explosion in den Schnee geschleuderten Körper.

„Jürgen hat Recht", stellte ich verwundert fest. Manuela sah mich fragend an und ich erklärte ihr: „Der Schnee ist wirklich schmutzig!"

Wir hörten sich nähernde Sirenen. Und der Schreck darüber machte uns sofort wieder munter. Ich sprang auf die Füße und stellte fest, dass ich außer einigen Prellungen keine Verletzungen hatte. Manuela war völlig unversehrt.

„Bleiben wir oder verschwinden wir?" fragte ich sie. Auf der anderen Seite des Feuers sah ich den Kameramann stehen. Er hielt eine kleine Kamera in der Hand, konzentrierte seine Aufmerksamkeit jetzt aber ebenfalls auf die Straße und die sich darauf nähernden Sirenen.

„Verschwinden wir!" antwortete Manuela und im nächsten Moment rannten wir schon aus dem Lichtkreis des brennenden Wagens. Ein Feldweg führte in den nahen Wald. Wir erreichten ihn in wenigen Sekunden. Und als wir aus der Sicherheit seiner Schatten zurückblickten, sahen wir einen Rettungswagen angebraust kommen und bei dem noch brennenden Lieferwagen anhalten. Die Leute des Filmteams waren anscheinend nicht schwer verletzt. Drei von ihnen liefen schon rum. Die Sanitäter kümmerten sich sofort um die Moderatorin und die anderen beiden Männer. Ein zweiter Rettungswagen kam, gefolgt von Polizei und Feuerwehr angerast. Und wie aus dem Nichts standen plötzlich auch mehrere Schaulustige rum und behinderten die Sanitäter. Die Polizisten waren selbst nur im Weg, so wie es aussah. Und für die Feuerwehr gab es nicht mehr viel zu tun, da der Wagen schon fast völlig ausgebrannt war.

„Besser wir sind weg, bevor sie uns suchen!" meinte ich. Manuela nickte und wir liefen tiefer in den Wald. Solange wir auf dem Weg blieben hinterließen wir auf dem festgefahrenen Schnee keine Fußabdrücke. Und als wir in den Wald abbogen, wählten wir ebenfalls eine Stelle, an der auf dem gefrorenen Boden keine Spuren zurückblieben.

„Vielleicht hätten wir doch gestern schon in den Wald spazieren sollen, anstatt in den Park", sagte Manuela nachdenklich und ich erwiderte schuldbewusst: „Dann hätten wir wenigstes kein Filmteam auf dem Gewissen!"

Manuela meinte aber: „Ich glaube nicht, dass sie ernsthaft verletzt waren. Und außerdem können wir nichts für ihren Unfall."

Damit hatte sie Recht. Dass der Lieferwagen in den Graben gefahren war, war nicht unsere Schuld. Unsere Schuld war nur, dass sie überhaupt unterwegs gewesen waren.

Obwohl es im Wald geschützter war, als auf offener Straße, empfanden wir es jetzt wieder kälter. Ich bemerkte, dass Manuela zitterte, hielt an und nahm sie ganz fest in meine Arme um sie zu wärmen.

„Wir kehren um!" entschied ich. Und als Manuela mich fragend anblickte, erklärte ich ihr: „Es ist unverantwortlich, was ich Dir zumute."

Ich hatte plötzlich ein ganz schlechtes Gewissen und malte mir aus, wie krank Manuela werden könnte. Aber Manuela lächelte mich an und erwiderte: „Es war doch meine Idee!"

Sie tastete nach der Kordel, die um meinen noch immer erigierten Penis gebunden war und meinte, während sie rückwärts ging und mich daran hinter sich her zog: „Wahrscheinlich ist es unverantwortlich, was ich mit Dir mache."

Ich konnte mich nicht wehren und wollte es auch gar nicht. Willig folgte ich Manuela tiefer in den Wald. Das Prickeln, das plötzlich wieder entstanden war, loderte heißer als es der brennende Lieferwagen des Filmteams getan hatte und ließ uns die Kälte der Winternacht auf einen Schlag nicht mehr spüren.

„Ich dachte vorhin, Du wärst tot", gestand mir Manuela. „Aber Deine Erektion hat sich selbst während Deiner Ohnmacht nicht zurückgebildet."

„Auch nicht, während ich die Filmleute aus dem Wagen gezogen habe?" fragte ich betreten. Manuela schüttelte lächelnd den Kopf.

„Auch dabei nicht."

Das war ja peinlich. Zum Glück waren die meisten von ihnen währenddessen bewusstlos gewesen.

„Wie lange war ich denn weg?" fragte ich, auf meine eigene Bewusstlosigkeit zurückkommend, neugierig.

„Nur ein paar Sekunden!" antwortete Manuela.

Das war eigenartig. Und deshalb sagte ich auch: „Eigenartig. Mir kam es so vor, als ob ich durch das ganze Universum gefallen wäre, bevor mich Jürgen vollgelabert hat."

„Dass der Schnee schmutzig ist!?" erwiderte Manuela halb fragend, halb zitierend. Ich nickte und erzählte ihr meine Vision.

Manuela hörte mir aufmerksam zu, lächelte mich wieder an und sagte ganz sanft: „Wenn Du stirbst, dann werde ich der Engel sein, der Dich abholt!"

„Wenn ich sterbe", widersprach ich, dann werde ich auf der anderen Seite auf Dich warten. Denn solltest Du wirklich vor mir sterben, dann kannst Du Gift drauf nehmen, dass ich nicht nach Dir ankommen werde!"

In dem Moment stürzte Manuela, die noch immer rückwärts vor mir her ging und mich an der Kordel hinter sich her zog, in einen Abgrund, den ich vorher nicht bemerkt hatte. Ich wurde nach vorne gerissen und konnte mich gerade noch mit der linken Hand an einem Ast festklammern. Manuela baumelte an der Kordel und ich wunderte mich, dass ich ihr an meiner Eichel hängendes Gewicht nicht spürte. Während ich mich mit der linken Hand an dem Ast festklammerte, beugte ich mich nach vorne, um ihr die rechte Hand zu reichen und sie wieder nach oben zu ziehen. Aber genau in dem Moment, als ich ihre Hand zu fassen bekam, brach der Ast, an dem ich mich festhielt, ab und ich stürzte Manuela hinterher in den Abgrund.

Anscheinend handelte es sich um eine Kiesgrube mitten im Wald. Die oben steile Böschung lief nach unten immer flacher aus. Und schließlich blieben Manuela und ich an ihrem Fuß nebeneinander liegen. Manuela hatte noch immer das Ende der Kordel in der Hand und ich merkte durch den anhaltenden Zug, den sie schon ausgeübt hatte, als sie mich noch hinter sich hergezogen hatte, den sie dann durch ihr Gewicht verstärkt hatte, als sie daran hing, der uns während unseres Sturzes zusammengehalten hatte, wie meine Erregung sich einem intensiven Höhepunkt näherte.

„Dein armer Penis muss viel aushalten", sagte Manuela und küsste ihn ganz zärtlich.

Am Fuß der Böschung breitete sich eine weite, offene Fläche aus. Und am gegenüberliegenden Ende sahen Manuela und ich ein beleuchtetes Haus vor der dunklen Silhouette des nächtlichen Winterwaldes stehen.

„Eigenartig", meine ich. „Wer wohnt denn in einer Kiesgrube mitten im Wald?"

„Sehen wir nach", schlug Manuela vor und zog mich an der Kordel schon hinter sich her über die freie, vom Mond beschienene Fläche. Der

Schnee knirschte unter unseren Füßen.

Das kleine Haus, auf das wir zuliefen, sah aus wie ein Hexenhaus aus einem Märchen. Es war nur nicht so düster, sondern über und über mit Lichtern geschmückt. Neben dem Haus sahen Manuela und ich den Schlitten des Weihnachtsmannes stehen. Und aus einem an das Haus angebauten Schuppen hörten wir die Glöckchen der Rentiere. Manuela und ich sahen uns verwundert an.

„Kann das wirklich da sein?" fragte ich verwundert.

Manuela zuckte mit den Schultern und antwortete: „Wenn wir es beide sehen, muss es wohl so sein."

Wir schlichen uns bis an ein Fenster. Ich wischte mit der Hand die Eisblumen von der Scheibe und vorsichtig blickten Manuela und ich in die gemütliche Stube, in der in einem großen, offenen Kamin ein einladendes Feuer knisterte. Davor saß unser Weihnachtsmann an einem Tisch und löffelte Suppe aus einem Blechteller. Eigenartigerweise trug er jetzt wieder sein Weihnachtsmannkostüm.

„Bist Du sicher, dass wir sehen, was wir sehen?" fragte ich, an meinen Sinnen zweifelnd. Manuela sah mich an. Auch sie schien über diesen unerwarteten Anblick überrascht zu sein. Aber sie antwortete nicht. Als wir wieder durch das Fenster blickten, um uns zu überzeugen, dass der Weihnachtsmann noch da war, hatte er uns entdeckt und winkte uns lächelnd zu, einzutreten. Manuela und ich zögerten noch. Aber da öffnete er bereits die Tür und sagte: „Ich hab schon auf Euch gewartet. Kommt rein, bevor es zu schneien beginnt."

Ich dachte mir gerade noch, dass der Mond an einem wolkenlosen Himmel stand, als ganz plötzlich und ohne Vorwarnung ein unglaublich heftiger Schneesturm losbrach.

„Schnell, kommt rein!" forderte der Weihnachtsmann uns erschrocken auf. Nackt, wie wir waren, liefen wir an ihm vorbei in die warme Stube. Der Weihnachtsmann stemmte sich sofort gegen die Tür und schaffte es nur unter Aufbietung all seiner Kräfte, sie vor dem Ansturm des Unwetters zu verschließen. Er schob einen Riegel vor und lud uns ein, an seiner Tafel Platz zu nehmen.

Manuela und ich setzten uns und der Weihnachtsmann servierte uns beiden auch je einen Teller Suppe.

„Esst das", sagte er. „Das wärmt euch."

Da wir Hunger hatten, langten Manuela und ich kräftig zu. Die Suppe wärmte uns zwar, wie der Weihnachtsmann es uns versprochen hatte, aber sie hatte weder Geschmack, noch sättigte sie uns. Irgendwie kam mir das alles wie in einem schlechten Film vor. Es schien nicht wirklich zu sein. Als Manuela und ich unsere Teller geleert hatten und wieder aufblickten hatte der Weihnachtsmann eine Feuerzangenbowle vorbereitet.

„Tada!" sagte er mit einer großen Geste, übergoss den Zuckerhut mit

Rum und entzündete ihn. Eine Stichflamme loderte fast bis zur Decke hoch. Ich zuckte zurück. Die Flamme hatte mich im Moment an die Explosion des Lieferwagens erinnert.

„Jetzt gehen wir zum gemütlichen Teil über", sagte der Weihnachtsmann freudestrahlend und seine Wangen leuchteten dabei so rot, als hätte er bereits zu viel von dem hochprozentigen Getränk getrunken. Ich drückte Manuelas Hand, um mich zu vergewissern, dass sie noch da war. Und ich spürte auch ihren Druck, allerdings nicht an der Hand, sondern an meinem noch immer mit der Kordel umwickelten und erigierten Penis unter dem Tisch. Verlegen sah ich Manuela an, da es mir unangenehm war, vor dem Weihnachtsmann so offen unsere sexuelle Leidenschaft zu demonstrieren. In seinem Auto hatte er sich auf die Straße konzentrieren müssen, während wir uns auf dem Rücksitz geliebt hatten. Aber jetzt saß er uns gegenüber und seinen kleinen, lachenden Augen entging nichts von dem, was wir taten.

„Das ist schon okay!" meinte Manuela aufreizend lächelnd, während der Weihnachtsmann große Tassen mit Feuerzangenbowle füllte. Er reichte uns die Tassen, stand auf und sagte: „Auf meine beiden Weihnachtsengel!"

Während ich noch zögerte, mich nackt zu erheben, stand Manuela schon auf und zog mich an der Kordel mit hoch, was zwar auf der einen Seite sehr erregend aber auf der anderen Seite, vor den Augen des Weihnachtsmannes, sehr unangenehm und peinlich war.

„Auf meinen Engel!" sagte Manuela, hob ihre Tasse und sah mich verliebt an.

„Auf mein Christkind!" sagte jetzt auch ich und hob ebenfalls meine Tasse. Dann trafen sich Manuelas und meine Lippen und wir küssten uns lange und zärtlich.

„Ihr müsst trinken!" forderte der Weihnachtsmann uns auf. Seine Stimme klang jetzt ein wenig energischer. Ich nahm an, dass er eingeschnappt war, weil weder Manuela, noch ich einen Trinkspruch auf ihn ausgebracht hatten.

Wir stießen mit den Tassen an und tranken. Da ich Durst hatte, trank ich meine Tasse in einem Zug leer. Das heiße Getränk war stärker, als ich gedacht hatte. Alles um mich herum begann sich zu drehen. Ich musste mich wieder setzen, um nicht umzukippen. Aber immerhin verlor ich durch den plötzlich einsetzenden Rausch meine Hemmungen. Es war mir auf einmal egal, dass der Weihnachtsmann Manuela und mich nackt sehen konnte und auch, dass ich meine Erektion so öffentlich zur Schau trug.

Ich trank noch mehrere Tassen und die Stimmung wurde immer ausgelassener. Manuela saß rechts von mir. Das wusste ich. Ich spürte ihre Anwesenheit und Nähe. Aber ich hatte sie schon eine Weile nicht mehr angesehen. Plötzlich sagte sie etwas zu mir. Ich weiß nicht mehr was es war. Aber sie nannte mich Jürgen. Ich wendete mich ihr zu und sah, dass es Mischu war. Auch sie war nackt und schmiegte ihre riesigen, festen Brüste an mich.

„Wie kommst Du denn hier her?" fragte ich sie überrascht. Mischu antwortete nicht. Sie lächelte mich verführerisch an, nahm meinen Kopf zärtlich in ihre Hände und presste ihn sanft zwischen die vollen Rundungen ihres Busens. Ich schloss die Augen und genoss das prickelnde Gefühl. Mischus wunderschöne Brüste liebkosten mich, ihre großen, erregten Brustwarzen spielten mit meinen Lippen. Ich küsste sie leidenschaftlich. Aber plötzlich wurde mir bewusst, dass an der Situation etwas nicht stimmte. Ich befreite mein Gesicht aus Mischus Händen und Brüsten und fragte verwundert und besorgt: „Wo ist Manuela?"

Mischu lachte amüsiert auf. Es war ein bezauberndes Lachen. Aber es war nicht das engelsgleiche Lachen Manuelas.

„Wo ist sie?" wiederholte ich noch einmal und mit zunehmender Panik.

Mischu streichelte mir zärtlich über die Wange und sagte sanft: „Du arbeitest zuviel, Jürgen."

Dann küsste sie ganz sanft meine Lippen. Ich kannte das Gefühl ihrer Lippen auf meinen aus meiner Geschichte. Aber es war nichts gegen Manuelas Küsse. Wieder zog ich mich zurück und sah Mischu verwirrt an.

„Mein armer Jürgen", sagte sie, „wenn Deine Manuela real wäre, dann hätte ich allen Grund eifersüchtig auf sie zu sein!"

„Aber Manuela ist real!" widersprach ich energisch.

„Und Du bist Fred!" erwiderte Mischu sarkastisch.

„Natürlich!"

Mischu griff nach unten und packte meinen erigierten Penis. Mein Blick folgte ihrer Hand. Und ich geriet in Panik, als ich ihre folgenden Worte bestätigt sah.

„Das ist Dein Python", sagte sie, „und nicht Freds Penis. Du brauchst dringend eine Pause von Deiner Geschichte."

„Nein!" schrie ich hysterisch und sprang auf.

11 MISCHUS GESCHICHTE

In dem Moment erwachte ich. Ich lag in Manuelas Schoß und fuhr schweißgebadet hoch.

„Alles ist gut mein Engel!" flüsterte Manuela beruhigend und strich mir zärtlich die Haare aus der Stirn. „Du hast nur geträumt."

„Wo sind wir?" fragte ich verwirrt und noch schwer keuchend.

„In einer Höhle im Wald", antwortete Manuela ganz sanft und fragte mich: „Erinnerst Du Dich nicht mehr?"

Ich dachte angestrengt nach und schüttelte schließlich den Kopf.

„Wie sind wir hierher gekommen?" fragte ich noch immer krampfhaft überlegend. Aber die Kopfschmerzen, die in meiner Stirn hämmerten, ließen keine klaren Erinnerungen zu.

„Erinnerst du Dich noch daran, dass wir in den Wald gelaufen sind?" fragte Manuela besorgt und fühlte meine Stirn.

Ich nickte.

„Du hast wieder das Bewusstsein verloren", erklärte Manuela. „Ich wollte zurück zu der Unfallstelle laufen, um die Sanitäter zu Hilfe zu holen. Aber ich hab nicht mehr aus dem Wald heraus gefunden und wollte Dich nicht zu lange allein lassen, weil ich Angst hatte, dass Du erfrieren würdest."

„Und wo sind wir jetzt?" fragte ich noch einmal.

Ich war erschöpft und matt wieder in Manuelas Schoß zurückgefallen. Sie streichelte ganz sanft über meine Wangen und antwortete: „Ich hab eine Höhle entdeckt, in der wir vor dem Schneesturm geschützt sind."

„Vor dem Schneesturm?" fragte ich verdutzt.

„Ja", antwortete Manuela und fragte „Wieso?"

„Waren wir bei dem Weihnachtsmann?" stellte ich die Gegenfrage.

Manuela sah mich verständnislos an und antwortete: „Natürlich, er hat uns in seinem Auto mitgenommen."

„Und was ist mit seinem Haus?" fragte ich weiter.

Manuela verstand nicht, wovon ich sprach und fragte verwirrt: „Welches Haus?"

„Also waren wir nicht bei ihm?" fragte ich wieder. Aber eigentlich war die Frage nach Manuelas letzter Gegenfrage überflüssig. Das sah ich selbst ein und sagte daher, bevor sie wieder eine Gegenfrage stellen konnte: „Es war alles so real!"

„Du hast eine Gehirnerschütterung", meinte Manuela besorgt und flüsterte mit zitternder Stimme: „Ruh Dich aus, mein Engel. Morgen Früh hole ich Hilfe."

Ich wollte noch etwas erwidern. Aber alles drehte sich um mich und die Kopfschmerzen waren höllisch. Also flüsterte ich nur noch schwach „Ich liebe Dich Manuela" und fiel fast im selben Moment wieder in Ohnmacht oder tiefen Schlaf.

Ich träumte viel, kann mich aber nur schemenhaft daran erinnern, mit Manuela ständig nackt auf der Flucht gewesen zu sein, vor Manuelas Oma, vor dem Kamerateam mit der Christkindmoderatorin, vor der Polizei und vor allen möglichen Monstern. Aber irgendwann war da plötzlich Jürgen und ich weiß noch, dass ich froh war, dass er nicht ich war, sondern dass er mir gegenüberstand.

„*Hast Du immer noch nicht genug davon, ständig weglaufen zu müssen?*" fragte er mich.

„*Ich bring das schon in Ordnung!*" antwortete ich, obwohl ich keine Ahnung hatte, wie ich irgendetwas in Ordnung bringen wollte. Jürgen schüttelte abfällig lächelnd den Kopf und erklärte mir: „*Die Liebe ist etwas so wunderschönes, Fred.*"

Er winkte Mischu herbei, die auf ihn zu und in seine Arme schwebte. Die beiden lächelten sich verliebt an, bevor sich Jürgen wieder an mich wandte und fragte: „*Wozu machst Du Dir mit Manuela so viel Stress? Kannst Du Dich nicht mehr daran erinnern, wie schön es mit Mischu war?*"

Die beiden begannen sich zärtlich und leidenschaftlich zu küssen und zu liebkosen. Erst jetzt registrierte ich, dass sie beide nackt waren. Jürgen beugte sich über Mischus wunderschöne, von einem von Liebe und Schönheit besessenen Gott modellierte Brüste und bedeckte ihre dicken, erregten Brustwarzen mit zärtlichen Küssen. Ich konnte meinen Blick nicht abwenden und spürte, wie ich langsam von Jürgen aufgesogen wurde und selbst zu dem zärtlichen Liebhaber wurde, der Mischus traumhafte Brüste mit seiner Leidenschaft und seinen Küssen liebkoste und verwöhnte. Mischu stöhnte leise und erregt und presste ihre harten Brustwarzen zärtlich aber immer fordernder zwischen meine Lippen. Und ich genoss dieses erregende Gefühl und spürte, wie mein gewaltiger Python sich zwischen Mischu und mir erhob. Irgendwann blickte ich auf und sah mich, Fred, den Beobachter dieses prickelnden Liebesspiels gebannt daneben stehen. Und ich, Jürgen, sagte zu mir, Fred: „*Mischu und ich sind die reine Essenz der Liebe. Glaubst Du wirklich, das kannst Du mit einem so unerfahrenen Mädchen toppen?*"

Ich, Fred, zog meinen Geist mit der Kraft meines Willens wieder aus Jürgen zurück in meinen eigenen Körper und erwiderte überlegen: „*Ich muss nichts toppen, Jürgen. Ihr beide seid so glücklich und verliebt, weil ich mir Euch so ausgedacht habe. Ich muss mein eigenes Leben leben. Und ich will es mit niemand anderem leben, als mit Manuela. Das Schicksal hat uns beide füreinander bestimmt, so wie ich Euch beide füreinander bestimmt habe.*"

„*Hm*", meinte Jürgen nachdenklich, „*es scheint Dir ja wirklich ernst zu sein mit dem Mädchen."*

„*So ernst, wie einem Menschen nur je etwas sein kann!"* bestätigte ich ernst und fragte mich gleichzeitig, wie Jürgen, der doch ein Produkt meiner Fantasie war, nur daran zweifeln konnte.

„*Ich hab eine Idee für eine erotische Geschichte"*, meinte da plötzlich Mischu und fragte mich: „*Willst Du sie lesen?"*

„*Vielleicht ein andermal"*, meinte ich, etwas verwirrt darüber, dass jetzt auch Mischu wieder anfing, ein Eigenleben zu entwickeln.

Da setzte sich aber Jürgen für Mischu ein und erklärte mir: „*Du kannst jetzt eh nichts anderes machen. Immerhin schläfst Du!"*

„*Er ist bewusstlos!"* korrigierte Mischu Jürgen flüsternd, worauf ich etwas pikiert erwiderte: „*Das hab ich gehört!"*

„*Um so besser"*, meinte Jürgen. „*Dann lies das Manuskript. Und wenn Du wieder aufwachst, dann hast Du eine neue Geschichte."*

„*Wovon handelt die Geschichte denn?"* fragte ich, mehr um die beiden zufrieden zu stellen, als aus echtem Interesse.

„*Von einer wunderschönen nackten Frau und einem Reporter, der ihr nachstellt!"*, erklärte Mischu mir enthusiastisch und reichte mir gleichzeitig schon das Manuskript, das sie vorher noch nicht in der Hand gehalten hatte. Zögernd nahm ich es. Es fühlte sich eigenartig real an. Aber das hatte Mischu auch getan, als ich Jürgen gewesen war.

Ich warf einen kurzen Blick auf die mit schöner, gleichmäßiger Schrift beschriebenen Blätter. Aber ich wusste, dass ich mich in dem Moment nicht auf eine Geschichte konzentrieren konnte, gab Mischu die Blätter zurück und forderte sie auf: „*Ließ es mir bitte vor!"*

Mischu warf Jürgen einen fragenden Blick zu, so als wollte sie sich davon überzeugen, dass er damit einverstanden wäre. Jürgen nickte ihr ermutigend zu und Mischu schlug das Manuskript auf. Sie räusperte sich und begann ihre Geschichte vorzulesen:

Jed saß in der Redaktion der kleinen, lokalen Zeitung. Er war frustriert. Seit Monaten hatte er keinen reißerischen Artikel mehr geschrieben. Es passierte einfach nichts in der Stadt.

Ich hatte nicht erwartet, dass Mischu mir wirklich etwas vorlesen würde, da sie doch nur mein eigenes Traumgebilde war. Und dessen war ich mir in dem Moment durchaus bewusst. Aber Mischu las. Sie hatte eine angenehme, warme Stimme und sie fesselte meine Aufmerksamkeit bereits nach diesen ersten Worten.

Jed schrieb weder über politische Themen, noch über Sport. Er schrieb Nachrichten über das Tagesgeschehen in der Stadt. Wo immer etwas passierte, war Jed derjenige, der am fesselndsten darüber berichtete. Es lag an seiner Art zu formulieren, an seiner Art, in die

Situationen, die Personen, über die er schrieb, und ihre Emotionen einzutauchen, es lag an seiner Anteilnahme, die man trotz aller Sachlichkeit immer zwischen seinen Zeilen lesen konnte, dass seine Artikel sich so angenehm von denen seiner Kollegen anderer Zeitungen abhoben. Jed hätte es niemals zugegeben. Aber er liebte die Menschen. Er liebte ihre Fehler und Eigenheiten. Er liebte das, was aus Menschen Individuen machte. Für ihn gab es nichts Schlimmeres, als angepasste Menschen ohne eigenen Willen, obrigkeitshörige Lemminge, die sich alles gefallen ließen, ohne sich jemals aufzulehnen, Menschen, die niemals aus ihrem normalen Leben ausbrachen, um einfach einmal etwas Verrücktes zu machen. Aber Jed hatte auch erkannt, dass es weniger solche Menschen gab, als es den Anschein hatte. Auch wenn sich viele nach Außen den Anschein völliger Willen- und Teilnahmslosigkeit gaben, so schlummerte in den meisten von ihnen doch auch eine andere Seite, die sie dann und wann in aller Heimlichkeit auslebten.

Die Anonymität des Internets erleichterte es diesen Menschen oft, neue Seiten an sich zu entdecken, aber sie erschwerte es Jed, auf interessante Geschichten zu stoßen, da immer weniger auf den Straßen, als in der virtuellen Scheinwelt des World Wide Web passierte.

Und deswegen war er jetzt frustriert. Sein Chef drängte und nervte Jed seit Tagen damit, dass er endlich wieder eine Story abliefern sollte, die seine Beschäftigung bei dem Blatt rechtfertigte. Aber Jed war Journalist und kein Fantasyautor. Er dachte sich keine reißerischen Geschichten aus, nur um den Lesern etwas zu bieten. Er bildete sich viel darauf ein, in seinen Artikeln bisher immer hundertprozentig bei der Wahrheit geblieben zu sein. Dafür war er sogar schon einmal ausgezeichnet worden. Und irgendwo musste auch noch die Plakette rumliegen, die er damals bekommen hatte. Aber sie bedeutete ihm nichts. Das hatte sie nie getan. Er sah es fast als eine Schande an, für etwas ausgezeichnet worden zu sein, das er als eine Selbstverständlichkeit ansah, weil seine Berufsehre und auch seine ganz private Ehre es so verlangte. Jed fragte sich immer, wie andere Journalisten es mit ihrem Gewissen vereinbaren konnten, so viel Unwahrheit zu verbreiten. Dafür würde er sich niemals hergeben, selbst wenn ihn das seinen Job kosten sollte. Das war es, was Jed stolz machte und worauf er sich etwas einbildete. Er war kein Lemming. Er würde seinem Chef niemals in den Arsch kriechen. Wenn nichts besonderes passierte, dann konnte er eben auch über nichts Besonderes berichten. Weder würde er sich eine fiktive Geschichte ausdenken, noch würde er selbst irgendeinen Vorfall provozieren oder inszenieren, wie es immer wieder Berufskollegen von ihm taten.

Neben Jed lief das Radio. Manchmal gab es darin Meldungen, denen es sich lohnte, nachzugehen. Aber im Moment passierte gar nichts. Er konnte bestenfalls mal über einen Unfall berichten oder über eine Schlägerei betrunkener Jugendlicher. Aber das machte alles nicht besonders viel her, wenn die Umstände keine besonderen waren. Und das waren sie in letzter Zeit nicht.

Heute Abend, so dachte er sich, würde er wieder losziehen und eintauchen ins Nachtleben der Stadt. Oft waren es die kleinen Begebenheiten, die niemandem sonst auffielen, in denen Jed aber die wirklich großen und bewegenden Dramen erkannte.

Einmal hatte er z. B. einen Obdachlosen für mehrere Tage begleitet, hatte über sein Schicksal berichtet und über sein Versagen, über das Leben, das er einmal im Kreis seiner Familie und als, zwar nicht erfolgreicher Schauspieler, aber doch zumindest einer, *der sich mit gelegentlichen Engagements über Wasser hatte halten können, gelebt hatte.*

Jed hatte für seinen Artikel und seinen Appell viel Anerkennung geerntet. Aber seine Bemühungen, den Obdachlosen von der Straße zu holen und ihm zu einem beruflichen Neuanfang zu verhelfen, waren gescheitert. Kein Theater und keine Filmproduktion wollte dem ehemaligen Schauspieler eine zweite Chance geben. Und etwas anderes zu machen, weigerte sich der Mann trotz seiner aussichtslosen Situation.

Jed hatte lange gebraucht, bis er den Mann und seine Beweggründe verstanden hatte. Aber am Ende glaubte er, in ihm sein eigenes Spiegelbild zu erkennen und seine eigene Zukunft zu sehen. Jed tat auch das, was er als Beruf für sich gewählt hatte, weil er sich dafür berufen fühlte. Er würde auch nicht in der Lage sein, jeden x-beliebigen Job auszuüben. Wenn er als Journalist scheitern sollte, dann würde er ebenso untergehen, wie dieser Schauspieler.

Diese Erkenntnis hatte Jed lange Zeit verfolgt. Aber sie hatte ihn nur noch mehr in seiner Unerbittlichkeit gefestigt, seinen Beruf ausschließlich als Waffe oder Instrument für die Wahrheit einzusetzen.

Jed sah auf seine Armbanduhr. ‚Es ist Zeit', dachte er sich und räumte seinen Schreibtisch ordentlich auf, um nach Hause zu fahren und sich frisch zu machen. Dann wollte er wieder losziehen, um der Stadt ihre Geheimnisse zu entlocken.

In dem Moment kam Mitsou, die Sekretärin seines Chefs aus dessen Vorzimmer.

„Jed", rief sie durch das Großraumbüro. Nicht nur Jed, auch seine männlichen Kollegen blickten bei Mitsous Ruf auf. Keiner von ihnen ließ sich freiwillig je einen Blick auf die hübsche junge Frau entgehen, was einige der weiblichen Kolleginnen immer wieder als Anlass zu Hohnreden auf die hormongesteuerten Männer, sowie zu Hasstiraden gegen Mitsou nahmen.

Mitsou war eine kleine, blonde Halbfranzösin. Ihre Augen hatten die Farbe von Bernstein …

Unwillkürlich blickte ich an dieser Stelle auf und sah in Mischus Augen. Ich hatte mir, während ich die Geschichte von ihr und Jürgen geschrieben hatte, keine Gedanken darüber gemacht, welche Farbe ihre Augen hatten. Jetzt sah ich die intensive Bernsteinfarbe und wusste im selben Moment, wie die weitere Beschreibung Mitsous ausfallen würde.

Mischu erwiderte meinen Blick, lächelte mich an und fragte: *„Kann ich weiter machen?"*

Ich nickte und Mischu fuhr fort:

Aber die meisten Männer blickten ihr nicht in die Augen, zumindest nicht auf den ersten, und meistens noch nicht einmal auf den zweiten Blick. Mitsou besaß augenscheinlichere Attribute als ihre Augen, auch wenn ein Blick in sie jeden Mann in ihren Bann ziehen konnte.

Obwohl sie klein und zierlich gebaut war, hatte Mitsou eine riesige Oberweite, die die Grenze zur Unproportionalität schon fast überschritt – aber nur fast! Männer starrten ihre Brüste mit offenen Mündern und vor Verlangen sabbernd an, während Frauen oftmals glaubten, sie verspotten zu müssen oder zu dürfen. Trotz ihrer Größe waren Mitsous Brüste so fest, dass die meisten Leute annahmen, sie wären aus Silikon. In der Redaktion der Zeitung lief deswegen sogar eine groß organisierte Wette, an der sich fast alle Kollegen und Kolleginnen von Jed beteiligten. Jed hatte sich geweigert, bei dieser Wette mitzumachen. Das lag aber, um ehrlich zu sein, weniger daran, dass er die Wette an sich verurteilte, als daran, dass er von Haus aus kein Spieler war und wenn überhaupt, nur dann wettete, wenn er sicher war, die Antwort zu kennen. Und die kannte er in dem Fall nicht.

Einige seiner Kollegen, die sich für große Aufreißer hielten und überzeugt davon waren, dass keine Frau ihnen widerstehen könnte, hatten sich an Mitsou bereits die Zähne ausgebissen, einschließlich des Chefs, was Mitsou wiederum fast ihren Job gekostet hätte. Es war Jed gewesen, der sich damals für sie eingesetzt und das aus verletzter Eitelkeit der Männer und Eifersucht der Frauen herrührende Mobbing öffentlich angeprangert und damit auch unterbunden hatte. Jetzt wurde nur noch unter der Hand über Mitsou gelästert. Aber man ließ sie wenigstens in Ruhe, auch wenn die Männer sie nach wie vor mit den Augen auszogen und verschlangen.

Mitsou stand in der Tür des Vorzimmers. Seinen Namen aus ihrem Mund zu hören, jagte Jed jedes Mal einen angenehmen und erregenden Schauer über den Rücken. Er stand von seinem Platz auf und ging zu ihr.

"Ja?" fragte er, als er ihr gegenüberstand.

Neben der Tür zum Vorzimmer war an der Wand ein großer Spiegel angebracht, der ebenso groß wie die Tür war. Jed sah sein Spiegelbild darin neben Mitsou, die in der offenen Tür stand und dachte sich, dass sie zusammen ein schönes Pärchen abgeben würden, obwohl er ansonsten weder eitel noch eingebildet war.

"Ich hab hier was für Dich, was Dich interessieren könnte", sagte Mitsou und reichte Jed eine Notiz. Jed musste den Zettel aber gar nicht lesen, denn Mitsou erklärte ihm: "Ich hab grad die Meldung reinbekommen, dass im alten Stadtpark im Westviertel schon ein paar mal ein nacktes Mädchen gesichtet worden ist."

In dem Moment wurde mir klar, dass ich Jed war, denn das nackte Mädchen im Park konnte niemand anderes als Manuela sein. Und das neben Mitsou / Mischu stehende Spiegelbild von Jed war Jürgen, der ja trotz seiner Python auch nur ein verzerrtes Abbild von mir selbst war. Jetzt machte auch der Name ‚Jed' einen Sinn. Er war eine Mischung aus **J**ürgen und F**red**.

"Ich dachte, die Zeit der Flitzer wäre lange vorbei", meinte Jed lakonisch und ohne Interesse an dem Fall zu zeigen. Mitsou lächelte ihn an und Jed senkte verlegen den Blick, da er spürte, wie er in ihren Bernsteinaugen zu versinken drohte. Da sein Blick dabei aber unwillkürlich auf ihre Brüste fiel, über denen sich der dünne Stoff einer weißen Bluse spannte, durch die sich deutlich ihre harten Brustwarzen abzeichneten, errötete er vor Verlegenheit wie ein Schuljunge, der dabei überrascht wurde, als er heimlich eine nackte Frau beobachtete.

"Du bist süß!" sagte Mitsou lächelnd. Aber Jed konnte deutlich ihre eigene

Schüchternheit im Tonfall ihrer weichen Stimme, mit dem noch immer nicht ganz abgelegten französischen Akzent, hören, was ihm nur einen erneuten Schauer durch den seit langer Zeit vernachlässigten Körper jagte. Er war schon so lange Single, dass er schon gar nicht mehr wusste, wie eine Frau sich anfühlt. Beruflich war er kalt wie eine Hundeschnauze. Aber sobald er anfing, Interesse für eine Frau zu entwickeln, verlor er jede Selbstsicherheit und sah nur noch seine eigenen Fehler. Er war alles andere als perfekt und wusste das auch. Er stand dazu, nicht perfekt zu sein und erwartete das auch von keinem anderen Menschen, da er ohnehin nicht an perfekte Menschen glaubte. Aber an eine Frau wie Mitsou, an der die besten, oder zumindest die, die sich dafür gehalten hatten, gescheitert waren, wagte er sich nicht heran. Dabei hatte sie ihm vom ersten Moment an, als sie in der Redaktion begonnen hatte, gefallen. Und sein zweiter Blick hatte damals bereits ihren Augen gegolten, deren Anziehungskraft er sofort erkannt hatte, sich nicht entziehen zu können. Das war vor gerade mal einem halben Jahr gewesen. Jed sah Mitsou in der Redaktion fast jeden Tag. Aber es hatte auch Tage gegeben, an denen während seiner Anwesenheit im Büro die Vorzimmertür geschlossen geblieben war. Oft, wenn er keine festen Zeitvorgaben oder Termine hatte, zögerte er an diesen Tagen sein Gehen so lange wie möglich hinaus, in der Hoffnung, zumindest einen kurzen Blick auf Mitsou erhaschen zu können. Und meistens hatte sein Warten sich dann auch ausgezahlt. Was er weder wusste noch ahnte, war, dass Mitsou seinen Anblick ebenso suchte und genoss, wie er den ihren.

Jed hatte sehr schnell erkannt, dass unter der äußeren Schale dieser Fleisch gewordenen Sexgöttin ein sehr verletzliches und sensibles Wesen steckte, das ebenso wie er selbst zur Schüchternheit neigte. Aber er hätte niemals gedacht, dass er selbst der Auslöser für Mitsous Schüchternheit war, denn er kannte sie zu wenig, als dass es ihm hätte auffallen können, dass ihre Schüchternheit sich nur ihm gegenüber äußerte.

Mitsou war in dieser Hinsicht ein wenig feinfühliger. Sie hatte Jeds Kaltschnäuzigkeit, selbst ihrem Chef gegenüber, vor dem alle anderen kuschten, schon mehrfach beobachtet. Und wie sie auch schon mitbekommen hatte, hatte er auch anderen Frauen gegenüber bis zur Taktlosigkeit keine Skrupel, alles zu sagen, was ihm zur Wahrheitsfindung angemessen erschien. Im Gegensatz zu den meisten seiner Kollegen hatte Jed aber eine ganz klare Grenze im Umgang mit den Menschen, denen gegenüber er sich zu Recht als intellektuell überlegen hätte fühlen dürfen. Mitsou wusste nur von einem einzigen Fall, in dem Jed einen Menschen verbal so weit in die Enge getrieben hatte, dass dieser Mensch zusammengebrochen war. Aber in diesem einen Fall hatte Jed auch einen Mordfall geklärt. Ansonsten ging er niemals weiter, als bis zur bereits erwähnten Grenze zur Taktlosigkeit. Niemals wurde er um der Sensation willen ausfallend oder zudringlich. Ganz im Gegenteil: Er hatte sich schon mehrfach mit den Kollegen anderer Zeitungen angelegt, wenn die ihre Befugnisse zu weit ausdehnen zu dürfen glaubten. Und er hatte die Leser des Blattes, für das er schrieb, immer wieder mit den Anekdoten über die Schlägereien unter den Journalisten darüber hinweggetröstet, dass er die eigentliche Sensationsstory verhindert hatte. Die Leser liebten Jed, aber unter Kollegen war er verhasst. Selbst in der eigenen Redaktion stieß er auf mehr Kritik, als Anerkennung.

Mitsou dagegen war beeindruckt von Jeds unbeirrbarer Charakterstärke. So, wie er *sich für sie eingesetzt hatte, als sie gemobbt worden war, so setzte er sich immer ein, wenn er glaubte, der Wahrheit und der Gerechtigkeit zu ihrem Recht verhelfen zu müssen. Und deshalb fand sie seine Unsicherheit ihr gegenüber so bezaubernd. Wenn Jed ihr gegenüberstand und so verlegen die grauen Augen senkte, dann schlug ihr Herz unwillkürlich schneller und sie befürchtete, dass alle Leute ihre Erregung bemerken würden. Auf der anderen Seite hoffte sie, dass wenigstens Jed bemerkte, wie heiß ihr in seiner Gegenwart wurde. Es war weit mehr, als nur eine körperliche Anziehungskraft, auch wenn Mitsou fasziniert war von den geschmeidigen Bewegungen seines sie an einen Puma erinnernden Körpers, dem sie sich nur allzu gern hingegeben hätte. Es war seine Seele, an die sie sich verloren hatte und der ihre eigene Seele bereits gehörte, auch wenn Jed nichts davon ahnte. Mitsou spürte, dass Jed sie begehrte und sie spürte auch seine Schüchternheit, so wie sie spürte, dass ihre eigene Schüchternheit ihm gegenüber ihr den Hals zuschnürte, sobald sie den Versuch machen wollte, den zuhause einstudierten ersten Schritt zu machen.*

Jed räusperte sich verlegen und fragte, um von eben dieser Verlegenheit abzulenken: „Und was ist mit dem Mädchen?"

Auch Mitsou war froh, dass Jed mit seiner sachlichen Frage, die entstandene Pause, die bereits unangenehm zu werden drohte, beendete und antwortete jetzt ebenfalls sachlich und kollegial, wenn auch noch lächelnd: „Naja, ich dachte, das wäre eine Story für Dich. Du magst doch die Menschen, die einfach mal aus einer Laune heraus etwas Verrücktes machen. Laut Augenzeugenberichten ist das Mädchen höchstens achtzehn, aber eher jünger. Sie ist bis jetzt zwei mal im Park gesehen worden. Zumindest ist es zweimal gemeldet worden, und zwar gestern Abend kurz nach Einbruch der Dämmerung und vor drei Tagen, als es bereits dunkel war. Hier sind die Adressen der beiden Zeugen."

Jed las die Adressen auf dem Zettel, den er bereits in der Hand hielt.

„Der da", sage Mitsou, während sie mit ihrem Zeigefinger auf einen der Namen auf dem Zettel deutete und dabei wie zufällig Jeds Finger berührte, so dass sie beide wie elektrisiert zusammenzuckten.

„Der da", wiederholte Mitsou noch einmal mit vor Erregung zitternder Stimme, „klang ganz begeistert von dem Mädchen. Ich fürchte, er wird ihm heute Abend im Park auflauern."

Auch Jed war durch die zarte Berührung von Mitsous Finger völlig aus der Fassung gebracht worden und hatte danach nur noch dem Klang ihrer Stimme gelauscht, ohne ihre Worte zu verstehen. Deshalb fragte er, als er sich dessen bewusst wurde, ziemlich verwirrt: „Hm?"

Mitsou wiederholte noch mal ihre Erklärung, wagte dabei aber nicht mehr, noch einmal auf den Namen zu deuten. Jed nickte und erwiderte: „Ich werd mich mal umsehen und mit den beiden reden." Und dann wendete er sich mit so viel Gleichgültigkeit ab, wie er Mitsou mit seinem rasenden Herzen vorzugaukeln vermochte. Mitsou wollte Jed eben noch fragen, ob sie am Abend vielleicht mal ausgehen könnten. Sie wusste, dass sie ihn jetzt sofort fragen musste, denn wenn er sich erst einen Schritt von ihr entfernt hatte, würden die anderen Kollegen, die sie ohnehin immer so misstrauisch belauerten, ihre Frage, die so gar nichts mit der Arbeit zu tun hatte, mitbekommen. Und dann würde das Gerede über sie wieder unerträglich werden. Es fiel ihr schwer, die Lähmung ihrer Schüchternheit zu überwinden, um Jed diese so bedeutungsvolle Frage zu stellen. Und sie schaffte es tatsächlich, ihre Lippen zu öffnen, noch während Jed sich abwandte. Aber genau in dem Moment, in dem sie seinen Namen aussprechen wollte, um ihn aufzuhalten und die Frage stellen zu können, drehte Jed sich noch einmal zu ihr um und sagte: „Ach, und danke übrigens Mitsou, dass Du mir den Fall gibst."

„De rien!" antwortete Mitsou, völlig aus dem Konzept gebracht. Und als sie sich wieder so weit gesammelt hatte, dass sie erneut zu der Frage, die ihr auf dem Herzen brannte, hätte ansetzen können, hatte Jed schon fast die Tür erreicht. Niedergeschlagen ging sie in ihr Büro zurück.

Während ich Mischu gebannt zuhörte und dabei bemerkte, dass sie diesen leichten, französischen Akzent hatte, den ich ihr in meiner Geschichte nicht gegeben hatte, wurde mir von neuem bewusst, wie sehr ich die Frauen, die ich mir für meine Geschichten ausdenke, liebe und begehre, selbst wenn sie, so wie Mischu, in Träumen und Visionen plötzlich ein Eigenleben zu führen beginnen und sich sogar selbst Geschichten ausdenken, für die sie sich und mich als Vorlagen benutzen. Ich tauchte so intensiv in ihre Geschichte ein, wie ich es normalerweise nur tat, wenn ich selbst schrieb. Wenn Mischu las, dann war ich Jed, dann dachte und fühlte ich seine Gedanken und Gefühle. Es war fast unheimlich, wie real nicht nur Mischu auf mich wirkte, sondern wenn sie las auch Mitsou und alles, was ich als Jed um mich herum wahrnahm. Als sie jetzt eine kurze Pause machte und mich mit einem Blick ansah, mit dem sie mich zu fragen schien, wie mir ihre Geschichte bisher gefallen hatte, bemerkte ich, dass wir allein waren. Von Jürgen war weit und breit nichts mehr zu sehen.

„*Es gibt nur Dich und mich!*" hauchte Mischu mit ihrer samtweichen Stimme und diesem bezaubernden Akzent. Und als ich ihr fragend in die goldenen Augen blickte, deren Sog mich sofort erfasste, erklärte sie mir, zärtlich lächelnd: „*Du selbst bist doch Jürgen und kannst ihn deshalb auch nur in Dir selbst finden. Hier und jetzt gibt es nur Dich und mich!*"

„*Du bist wunderschön!*" erwiderte ich, betrunken von ihrer Schönheit und schwindelig von dem Bann, in dem sie mich gefangen hielt. Gleichzeitig fiel mir aber Manuela ein. Und für den Bruchteil einer Sekunde hatte ich ihr gegenüber ein schlechtes Gewissen. Aber dann wurde mir wieder bewusst, dass Mischu nur eine Vision war, eine Vision, die ich mir selbst erschaffen hatte. Sie war das Produkt meiner Fantasie, ohne die ich nicht die Geschichten hätte schreiben können, die ich schrieb. Manuela wusste, dass ich alle meine Heldinnen liebte und dass ich an sie dachte und von ihnen träumte, solange sie mich durch meine Geschichten begleiteten.

Das einzige, was jetzt anders war, war, dass ich ich selbst war und nicht eine von mir erdachte Ichfigur. Ich war noch immer Fred, und nicht, wie in meiner Geschichte, Jürgen.

Diese Vermischung oder Verschmelzung von Realität und Fantasie in meiner Vision verunsicherte und verwirrte mich. Trotzdem konnte ich mich der Anziehungskraft Mischus nicht entziehen und wollte es irgendwie auch gar nicht, denn ich hatte sie mir schließlich ausgedacht, um sie zu lieben.

„Danke!" erwiderte Mischu. „Das Kompliment gebe ich Dir gerne zurück!"

Ich musste lachen.

„Warum lachst Du?" fragte Mischu und ich erklärte ihr: „Weil es doch ziemlich absurd ist, Komplimente von einem Menschen zu bekommen, den ich selbst erfunden habe."

Mischu sah plötzlich ganz traurig aus. Dann kam sie aber so dicht an mich heran, bis ihre wunderschönen, großen, festen Brüste sich an mich schmiegten, sah mir so tief in die Augen, dass ich das Gefühl hatte, sie würde mir bis auf den Grund meiner Seele blicken und küsste mich mit der zärtlichen Hingabe, mit der Aphrodite Adonis geküsst haben musste. Ich spürte und empfand Mischus Kuss so intensiv und real, dass mir wieder schwindelte. Der Geschmack ihrer warmen, feuchten Zunge, die scheu wie ein Reh und doch so fordernd meinen Mund erkundete, war wie das Geschenk einer Göttin. Und ihren bebenden Körper an mich gepresst zu fühlen, verwandelte mich von Adonis in Dionysos und meinen Penis in einen göttlichen Phallus.

„Da, wo wir uns befinden", flüsterte Mischu mit sanfter, schmeichelnder Stimme, „bin ich so real, wie Du!"

Dem konnte ich nichts entgegensetzen. Ich genoss es, Mischus süßen Atem auf meiner Haut zu spüren und dabei gleichzeitig all mein Denken und Fühlen von der betörenden Wirkung des verführerischen Duftes ihres für die Liebe erschaffenen Körpers in Besitz nehmen zu lassen. Da, wo wir uns befanden, war ich Mischu hoffnungslos verfallen. Und deshalb schlang auch ich jetzt meine Arme um sie, erwiderte ihren Kuss mit all meiner Liebe und Leidenschaft und zog sie an mich, um ihren Körper so intensiv, wie nur möglich auf meinem Körper zu spüren. Mein Penis schien vor Lust und Leidenschaft zur Größe von Jürgens Python anschwellen zu wollen. Aber er blieb doch immer mein Penis, so wie ich immer ich blieb, in dieser eigenartigen und unglaublich real erlebten Vision.

Mischu ging vor mir in die Knie, presste ihre wunderbaren, großen Brüste mit ihren kleinen Händen zusammen und rieb meinen Penis zwischen ihnen. Immer, wenn er oben zwischen ihnen heraus stieß, küsste sie ihn mit leidenschaftlicher Wildheit. Sie nahm ihn aber nicht in den Mund, wollte mich also anscheinend nur mit ihren Brüsten zu einem Orgasmus bringen. Ich spürte, wie dieser Orgasmus sich immer deutlicher anbahnte. Und genau in dem Moment, in dem ich mit unbeschreiblicher Heftigkeit kam, nahm Mischu meine zuckende Eichel in den Mund und verstärkte den Orgasmus durch ihr leidenschaftliches und gieriges Lecken und Saugen so sehr, dass mir vor lauter Zittern die Beine versagten und ich auf die Knie sank. Mischu legte mir ihre kleine Hand auf die Brust und drückte mich sanft auf den Boden. Als ich erschöpft und schwer atmend da lag und glaubte, mich von dem Orgasmus erholen zu können, setzte sich Mischu aber auf meinen noch harten Penis. Langsam presste sie ihre enge, feuchte Scheide auf ihn, bis sie ihn ganz in sich aufgenommen hatte. Und dann begann sie, ihr Becken langsam auf und ab zu bewegen, während sie sich nach vorne beugte und ihre Brüste über mein Gesicht baumeln ließ. Meine Lippen schnappten nach ihren großen, harten Nippeln, wie ein Fisch nach dem Köder. Und wie ein Fisch hing auch ich an Mischus Angel. Sie hatte meinem Penis keine Zeit gelassen, nach dem Orgasmus wieder zu erschlaffen. Und ihr Ritt wurde immer wilder, während ich mein Gesicht vor Erregung schwer keuchend zwischen ihren weichen und doch so festen Brüsten vergrub und sie mit meinen Küssen bedeckte. Ich spürte, wie Mischus Scheide langsam enger wurde und zu zucken begann. Sie umschloss meinen Penis immer fester, bis wir gemeinsam einen weiteren Höhepunkt erreichten. Mischu richtete sich mit einem erlösenden Schrei auf. Aber auch ich setzte mich auf, umarmte sie und presste meine gierigen Lippen immer wieder auf ihre nach Zärtlichkeit hungernden Brustwarzen, wodurch sie in ihrem Orgasmus gefangen gehalten wurde. Sie bebte am ganzen Körper, schlang ihre Arme um meinen Kopf und presste sich, vor Ekstase in unkontrollierte, konvulsive Zuckungen verfallend, haltsuchend an mich, bis ihre Tränen zu fließen begannen und ich Angst bekam, zwischen ihren Brüsten zu ersticken. Einen schöneren Tod hätte ich mir zwar nicht vorstellen können, aber da die Situation nicht real war, wäre es der Tod auch nicht gewesen.

Plötzlich bäumte sich Mischu mit einem erneuten Aufschrei noch einmal auf und erschlaffte dann in meinen Armen. Ich bemerkte erst jetzt, dass der Schweiß in Strömen von unseren Körpern rann.

Behutsam legte ich Mischu neben mich. Auch ich war am Ende meiner Kräfte, legte meinen Kopf schwer atmend auf ihre sich noch heftig hebenden und senkenden Brüste und schlief dort in glücklicher Erschöpfung selig ein.

Als ich erwachte, spürte ich wieder die heftigen Kopfschmerzen in meiner Stirn hämmern. Und zarte Finger streichelten sanft durch meine Haare. Die Augen zu öffnen kostete mich unendliche Kraft und verstärkte die Kopfschmerzen noch. Aber der Anblick von Manuelas über mich gebeugtem, engelsgleichem Gesicht und ihren mich aus der Dunkelheit anstrahlenden blauen Augen entschädigte mich für die Schmerzen.

„Schlaf noch mein Engel!" flüsterte sie ganz zärtlich. Die Liebe schimmerte in ihren Augen wie ein Bergsee und tropfte heiß auf mich herab. Aber trotz ihrer Tränen lächelte sie. Die Augen fielen mir wieder zu und ich schlief erneut in Manuelas Schoß ein, nur um im nächsten Moment auf Mischus weichen Brüsten, erschöpft von der Liebe aber ohne

Schmerzen zu erwachen.

Auch Mischu streichelte mir sanft durch die Haare. Die Übergangslosigkeit, mit der ich vom Wachen in den Traum glitt, erschreckte mich. Ich sprang verwirrt auf und sah Mischu ungläubig an. Sie wirkte ebenso real wie Manuela und das machte mir Angst. Fast begann ich an meinem Verstand zu zweifeln.

„Wie ist das nur möglich?" fragte ich mehr mich selbst, als Mischu. Aber Mischu fühlte sich von der Frage angesprochen, richtete sich auf ihre Ellenbogen auf, dass ich nicht anders konnte, als gebannt auf die Bewegung ihrer wundervollen Brüste zu starren, und antwortete: *„Vielleicht bin ich so real, wie Manuela."*

„Nein!" antwortete ich leise, aber entschieden. Dass sie den Sinn meiner Frage erraten hatte, war ja noch verständlich. Aber dass ein Produkt meiner Fantasie mir vorgaukeln wollte, real zu sein, ging entschieden zu weit.

„Wäre es so schlimm, wenn ich real wäre?" fragte Mischu mit nur schlecht überspielter Traurigkeit in der Stimme.

Meine Verwirrung nahm weiter zu, denn Mischus Frage stellte mich vor ein ernsthaftes Problem. In meinem Traum oder meiner Vision gab es nur Mischu und mich, so wie es in der Realität nur Manuela und mich gab. Wären sowohl Manuela, als auch Mischu real gewesen, hätte ich mich zwischen ihnen entscheiden müssen. In der Realität, in der ich Manuela so sehr liebte, wie ein sterblicher Mensch nur jemals eine sterblich gewordene Göttin geliebt hat, hätte sich diese Frage niemals gestellt. Durch Manuela hatte ich erst erfahren, was Liebe wirklich ist und nur mit ihr wollte ich diese Liebe leben!

Aber in meinem Traum, in dieser Vision, die eine eigenständige und reale Dimension zu sein schien, war ich hoffnungslos Mischu verfallen. Ich bedeckte meine Augen mit den Händen und versuchte mich zu konzentrieren. Aber meine Gedanken waren wie in einem Mixer, bei dem jemand auf die höchste Stufe gestellt hatte. Durcheinander geworfene, klein zerhackte und pürierte Gedankenfetzen vermischten sich zu einem Brei aus Chaos.

Ich spürte, wie Mischu mich sanft in die Arme nahm und ihren aus purer Weiblichkeit bestehenden, nackten Körper sanft an mich schmiegte. Sie küsste mich zärtlich auf die Haare und sagte leise und beruhigend: *„Alles wird gut, mon petit chou!"*

Ihr leichter, ungekünstelter und unaufdringlicher Akzent und der Kosename, den sie mir gab, wirkten ebenso wie ihre Worte wie eine Offenbarung auf mich. Ich wurde ganz ruhig und gab mich ganz ihrem Trost und dem sanften Wiegen in ihren Armen hin.

„Soll ich Dir meine Geschichte weiter vorlesen?" fragte sie mich nach einer Weile. Ich wunderte mich darüber, dass sie die Geschichte vorlesen wollte und sie, wie ich es in einem Traum erwarten würde, nicht auswendig konnte.

Aber da es letztendlich keine Rolle spielte und ich neugierig auf den weiteren Verlauf der Geschichte war, antwortete ich einfach nur: „*Ja.*"

Ich lag in Mischus Schoß, schloss die Augen und wunderte mich, wie deutlich ich den verführerischen Geruch ihrer Haut wahrnehmen konnte. Mischu räusperte sich und begann wieder zu lesen:

Niedergeschlagen, weil sie wieder eine Chance verpasst hatte, Jed nach einem Treffen außerhalb des Jobs zu fragen, blickte Mitsou aus dem Fenster ihres Büros. Da unten lief Jed eben auf den Parkplatz, stieg in seinen Ford Taunus, die alte ‚Badewanne', und fuhr los. Verträumt schmunzelnd blickte sie dem Oldtimer hinterher. Irgendwie schien Jed, ebenso wie sein Auto, aus einer anderen Zeit zu stammen. Irgendwie war er altmodisch. Aber Mitsou gefiel das, denn Jed ließ sich niemals von der Hektik der Gegenwart anstecken. Im größten Chaos behielt er immer die Ruhe, auch wenn Mitsou zu spüren glaubte, dass unter seiner ruhigen Oberfläche ein heißes Feuer loderte, das nur darauf wartete, endlich ausbrechen zu können.

Es war das Altmodische, das Jeds Wesen ausmachte, das Festhalten an den Werten, an die er glaubte. Das machte ihn so stark und wirkte in Mitsous Augen unendlich männlich, romantisch und erotisch.

Es erschien Mitsou so lächerlich, dass zwei erwachsene Menschen, die sich so offensichtlich zueinander hingezogen fühlten, nicht in der Lage waren, sich näher zu kommen, weil sie es nicht schafften, dem anderen ihre Gefühle zu offenbaren. Es kam Mitsou in den Sinn, Jed anzurufen. Aber Jed hatte noch nicht einmal ein Handy. Und Mitsou wusste auch nicht, was sie ihm am Telefon hätte sagen sollen. In dem Moment ging die Bürotür ihres Chefs auf. Der übergewichtige Sesselpupser, also ihr Chef – übergewichtiger Sesselpupser nannte ihn nur Jed, wenn er mal wieder eine Auseinandersetzung mit ihm hatte, und die hatte er in letzter Zeit häufig, was ihn ganz oben auf die Abschussliste des Sesselpupsers stellte – ihr Chef stand also in seiner Bürotür und sah Mitsous verführerische Silhouette vor dem Fenster stehen.

„Ist Jed noch da?" bellte er sie an. Mitsou zuckte vor der aggressiven Stimme ihres Chefs zusammen, bemühte sich aber, sich ihre Furcht vor ihm nicht anmerken zu lassen und antwortete: „Er ist eben losgefahren."

„Schicken Sie ihm Hank hinterher!" bellte der sesselpupsende Chef weiter. „Ich hab genug von Jeds Einzelgängen. Hank kann sich vielleicht ein bisschen was von ihm abschauen."

Hank war der neue Liebling des Chefs. Er hatte vor kurzem mit einer Riesenstory die Verkaufszahlen der Zeitung in die Höhe katapultiert und dort für fast drei Wochen gehalten. Die Bombe war erst geplatzt, als herauskam, dass die Story gefaked war. Das hatte zwar kurzfristig ein paar Einbußen gebracht, aber der Chef war trotzdem beeindruckt gewesen von Hanks Engagement. Und alles in allem war die Story ein Gewinn für die Zeitung gewesen. Jed hingegen bescherte dem Blatt durch die Anteilnahme und Menschlichkeit in seinen Artikeln kontinuierliche Verkaufszahlen durch einen festen Leserstamm, selbst wenn er mal eine Zeit lang keine Sensationsstorys ablieferte. Dass Hank jetzt auf Jed angesetzt wurde, verhieß sicher nichts Gutes, das war Mitsou sofort klar. Deshalb antwortete sie sofort: „Ich glaube, Hank ist auch schon weg."

Es war ein gewagtes Spiel, das sie spielte, denn sie hatte Hank gerade noch draußen im Großraumbüro gesehen. Wäre ihr Chef auf die Idee gekommen, sich selbst davon zu überzeugen, dann hätte auch er ihn sofort gesehen. Aber ihr Chef kam nicht auf die Idee, sondern bellte nur enttäuscht: „Wenn Hank schon weg ist, dann soll sich jemand anderes an Jed hängen."

Damit stampfte er zurück in sein Büro. Mitsou hatte nicht den Mut, sich offen den Anordnungen ihres Chefs zu widersetzen, also musste sie jemanden hinter Jed herschicken. Aber immerhin lag die Entscheidung jetzt bei ihr. Da sie aber nicht bereit war, dabei behilflich zu sein, Jed auszubooten, entschloss sie sich, sich selbst zu dem ihm zugewiesenen Partner zu machen. Damit konnte sie ihn nicht nur vor den Absichten ihres Chefs warnen, sondern hatte auch ein Alibi dafür, ihn außerhalb der Redaktion zu sehen.

Bevor Jed nach hause gefahren war, um sich frisch zu machen, hatte er bereits die beiden Zeugen besucht, die das nackte Mädchen im Park gesehen hatten. Aber alles, was er von ihnen erfahren hatte, war, dass das Mädchen sich nicht frei und offen nackt zeigte, sondern sich, sobald sie jemanden entdeckte, in die Büsche schlug, um sich zu verstecken. Der erste hatte sie nur noch in ein dichtes Gehölz huschen sehen, bevor er sie überhaupt richtig hatte betrachten können. Aber der zweite, der aus was auch immer für einen Grund auf einem Baum gesessen hatte, hatte das Mädchen lange und aufmerksam beobachtet. Er fand gar nicht die Worte, mit der er ihre Schönheit beschreiben sollte, während er Jed von ihr vorschwärmte. Als Jed ihn dann nach ihrem Alter fragte, wurde der junge Mann etwas verlegen, denn er musste eingestehen, dass das Mädchen seiner Meinung nach noch nicht volljährig gewesen war. Und deswegen versuchte er sein Schwärmen plötzlich auch wieder zu verharmlosen. Natürlich, das Mädchen wäre schon hübsch gewesen, aber eben doch viel zu jung.

„Zu jung wofür?" hatte Jed dann nachgefragt, worauf der Mann rot wie eine Tomate geworden war. Jed mochte den Mann nicht. Er mochte die Heuchelei nicht. Wenn ihm eine Frau gefiel, dann gefiel sie ihm, egal wie alt oder wie jung sie noch war. Aber auf der anderen Seite konnte er den Mann auch verstehen, dessen Unaufrichtigkeit nur das Ergebnis einer verlogenen Gesellschaft mit verlogenen Moralvorstellungen war.

Zuhause wollte Jed sich noch frisch machen, bevor er in den Park fuhr, in dem das Mädchen gesehen worden war. Er war zwar neugierig auf dieses Mädchen, das das Bedürfnis hatte, sich nackt und ungezwungen zu bewegen. Aber da er wusste, dass es sich nicht aus Exhibitionismus zeigte, sondern sich vor den Blicken der Menschen verborgen hielt, glaubte er nicht wirklich daran, das Mädchen wirklich zu Gesicht zu bekommen. Es war mindestens zweimal gesehen worden und musste also damit rechnen, dass neugierige Menschen inzwischen auf der Lauer lagen. Wenn es klug war, würde es sich erst einmal nicht mehr nackt blicken lassen.

Aber wie dem auch sei; Jed würde sich den Park einmal ansehen. Und wenn er nichts fand, was eine Story hergab, würde er, so wie er es ohnehin vorgehabt hatte, im Nachtleben der Stadt nach den kleinen und großen Dramen suchen, über die es sich lohnte zu schreiben.

Er wollte eben in die Dusche steigen, als es an der Haustür klingelte. Schnell nahm er sich ein Handtuch, verließ das Badezimmer und fragte durch die geschlossene Tür: „Ja?"

„Jed, ich bin's", hörte er Mitsous weiche Stimme durch die Tür. „Darf ich hereinkommen?"

Schnell wickelte Jed das Handtuch um seine Hüfte. Aber da es sehr klein war, musste er die Enden festhalten, wenn er sich nicht vor seiner hübschen Kollegin entblößen wollte. Er öffnete die Tür einen Spalt und sagte: „Das ist grad sehr ungünstig."

„Der Chef will, dass Du mit einem Partner arbeitest", erklärte Mitsou.

Das war etwas anderes. Überrascht öffnete Jed die Tür ganz und sagte: „Komm rein."

Und nachdem er die Tür hinter ihr wieder geschlossen hatte, meinte er verlegen: „Ich bin nur kurz im Bad. Dann kannst Du es mir erzählen. Mach es Dir so lang im Wohnzimmer bequem."

Ohne auf eine Antwort zu warten, ging er schnell wieder ins Bad und hielt dabei krampfhaft sein Handtuch fest.

Mitsou war ebenso überrascht wie fasziniert gewesen, Jed fast nackt vor sich zu sehen. Sein durchtrainierter Körper mit der sehnigen Muskulatur duftete nach reiner Männlichkeit. Am liebsten wäre sie ihm ins Bad gefolgt, um gemeinsam mit ihm zu duschen. Aber sie wagte ja kaum, ihn anzusehen. Ebenso verlegen wie er, war sie seiner Einladung gefolgt und ins kleine, aber gemütliche Wohnzimmer gegangen. In einem Regal sah sie einige VHS Cassetten mit alten James Stewart- und Gary Cooper Filmen. Und an den Wänden hingen verschiedene, sehr ästhetische Aktfotografien, die Jed selbst gemacht haben musste, wie sie an der Signatur erkannte.

‚Ein Mann voller Widersprüche', dachte sie für sich, obwohl sie sich fast im selben Moment schon fragte, was daran ein Widerspruch sein sollte, dass ein Mann gerne alte Filme und junge, nackte Frauen ansah. Dass Jed diese Fotos so offen in seinem Wohnzimmer aufgehängt hatte, war doch nur wieder ein Beweis dafür, wie wenig er auf Konventionen gab und wie offen er zu seinen Überzeugungen stand.

Jed beeilte sich im Bad. Er duschte sich nur schnell ab und kam nach kaum zehn Minuten frisch gewaschen und fertig angezogen ins Wohnzimmer, wo er Mitsou vor seinen Aktfotos stehen sah. Für einen Moment dachte er, wie schön es wäre, Mitsou selbst nackt zu sehen und zu fotografieren. Aber ausgerechnet bei ihr fehlte ihm der Mut, sie zu fragen. Er räusperte sich, als er ins Zimmer trat und Mitsou wendete sich zu ihm um.

„Die Bilder sind gut!" meinte sie anerkennend und lächelnd. Und Jed erwiderte mit unerwarteter Unbescheidenheit: „Ja, ich weiß."

Mitsou lächelte noch mehr, so dass ihre weißen Zähne blitzten und Jed dachte sich, dass sie bei ihrer Schönheit, selbst als Model Karriere hätte machen können. Aber gleichzeitig wurde ihm auch bewusst, dass sie für das große Modelgeschäft zu klein war und mit ihren Formen sowieso nur in die Erotikbranche gerutscht wäre. Das hätte er sehr bedauert. Nicht dass er etwas gegen Erotik hatte, seine eigenen Fotografien bewiesen das Gegenteil, aber als Journalist hatte er auch einige Einblicke in die Erotik- und Pornobranche gewonnen, und das Geschäft mit der Erotik hatte er als überwiegend schmutzig kennen gelernt. Jed mochte nicht, dass die schönste und gefühlvollste Sache der Welt so schmutzig und gefühllos behandelt wurde, wie er es in der Branche gesehen hatte.

„Nimm Platz", lud er Mitsou auf seine Couch ein und fragte sie, während sie sich setzte: „Darf ich Dir was zu Trinken anbieten?"

„Danke", erwiderte Mitsou und fragte: „Was hast Du denn?"

„Rotwein, Sherry, Sekt oder darf es was stärkeres sein?" antwortete Jed, worauf Mitsou wieder antwortete: „Ein Sherry wäre fein."

Jed goss Mitsou ein Glas ein und reichte es ihr.

„Hier bitte!" sagte er. Mitsou nahm das Glas, bedankte sich mit „Merci" und fragte verwundert: „Und was ist mit Dir?"

„Ich muss heute noch arbeiten" meinte Jed und setzte sich Mitsou gegenüber. Die stellte ihr Glas aber auf den Tisch und sagte: "Tut mir leid Jed, aber allein trinke ich nicht."

Jed zuckte mich den Schultern und fragte: "Vielleicht ein Wasser?"

„Nein danke", lehnte Mitsou jetzt ab.

Jed machte „Hm" und fragte dann: „Und was ist das jetzt mit dem Partner, den ich bekommen soll?"

Mitsou erzählte ihm den Vorfall in der Redaktion und Jed hörte ihr aufmerksam zu. Als sie geendet hatte, nahm er das Sherryglas vom Tisch, sagte „Prost!" und nahm einen großen Schluck. Dann sah er Mitsou an und stellte sachlich fest: „Der Alte will mich also ersetzen!"

Mitsou nickte bestätigend und meinte: „Es hat sich jedenfalls sehr danach angehört."

Sie fühlte sich jetzt gar nicht wohl in ihrer Haut. Das war auch kein Wunder, denn es ist ja schließlich bekannt, dass es immer die Überbringer schlechter Nachrichten sind, die geköpft werden oder, wenn es auch in heutiger Zeit nicht mehr ganz so drastisch zugeht, zumindest doch den ersten Unmut über die Nachricht über sich ergehen lassen müssen. Sie fürchtete sich zwar nicht vor Jed, aber sie bedauerte doch irgendwie, dass ausgerechnet sie es sein musste, die ihm von seiner drohenden Kündigung unterrichtete.

„Schau nicht so betrübt", sagte Jed plötzlich aufmunternd, nachdem er kurz Mitsous Gesicht betrachtet hatte. „Noch bin ich nicht gefeuert. Danke jedenfalls, dass Du mir Hank vom Hals gehalten hast. Du bist meine einzige Freundin in der Redaktion."

Während er gesprochen hatte, war es ihm nicht bewusst gewesen, aber kaum als das Wort ‚Freundin' über seine Lippen gekommen war, hatte er die Gewichtigkeit und Kraft dieser Bezeichnung, mit der er Mitsou versehen hatte, gespürt. Mitsou hatte es ebenfalls gespürt. Sie lächelte Jed dankbar an und sagte mit hörbarer Verlegenheit: „Danke Jed, es bedeutet mir sehr viel, dass Du das sagst!"

Und um ihre Verlegenheit zu überspielen, fragte sie Jed: „Und wie geht es jetzt weiter?"

Jed dachte kurz nach und antwortete dann: „Nachdem Du hier bist und mich nicht angerufen hast, nehme ich an, dass Du mich als nächstes fragst, ob Du mich heute begleiten darfst. Das ist schließlich die einzige Möglichkeit, dass Du trotz deiner Warnung, den Anordnungen unseres Chefs nachkommst. Das musst Du tun, wenn Du Deinen eigenen Job nicht aufs Spiel setzen willst. Dann werde ich mit rauchiger Stimme antworten: ‚Ich arbeite immer allein Baby!' Und Du wirst mich anflehen: ‚Bitte Jed, das kannst Du nicht machen. Ich hab Dir Deinen Arsch gerettet', worauf ich wieder antworten werde: ‚Auf meinen Arsch kann ich schon alleine aufpassen, Kleines. Und jetzt entschuldige mich bitte. Ich hab was zu erledigen.' Dann werde ich in den Park fahren, der auf dem Zettel steht, den Du mir gegeben hast, um nach einem nackten Mädchen zu suchen und Du wirst mir heimlich folgen. Früher oder später würde ich Dich aber doch entdecken, also sparen wir uns den ganzen anderen Quatsch vom Anfang."

Mitsou schmunzelte über Jeds bildhafte Darstellung der folgenden Ereignisse und fragte ihn aufgeregt: „Du nimmst mich also mit?"

„Entweder das oder ich lasse Dich gefesselt und geknebelt in meiner Wohnung", antwortete Jed so nachdenklich, als ob er die beiden Möglichkeiten wirklich gegeneinander abwägen würde. Aber wenn es einen Mann gab, dem Mitsou so etwas auf keinen Fall zugetraut hätte, dann war es Jed. Deshalb lächelte sie über seinen Scherz, dachte sich, 'Schade eigentlich' und erwiderte: „Vielleicht ein anderes Mal. Heute begleite ich Dich!"

Also fuhren die beiden wirklich gemeinsam zu dem alten Stadtpark. Es begann bereits zu dämmern, als sie ihn betraten und über das weitläufige Gelände blickten.

„Nach den Aussagen der beiden Augenzeugen", meinte Jed, „war sie etwas weiter links. Am besten halten wir uns hinter den Sträuchern."

Mitsou fand es aufregend, Jed im Schatten der Sträucher zu der Stelle zu folgen, an der sie hofften, das nackte Mädchen zu entdecken.

„Ich hätte nicht gedacht, wie abenteuerlich Dein Job als Journalist ist", flüsterte sie Jed zu. Und Jed erwiderte darauf: „Es ist nicht immer so wie heute. Ich bin nicht immer auf der Jagd nach einem so scheuen Reh."

„Was machen wir, wenn wir sie entdecken?" fragte Mitsou. Und Jed antwortete darauf: „Das wird sich zeigen."

Wie hätte er auch vorher schon sagen sollen, was er tun würde, wenn er die Umstände noch nicht abschätzen konnte. Plötzlich hielt er Mitsou an der Schulter zurück, legte seinen Zeigefinger auf die Lippen und deutete durch die Büsche. Mitsou blickte in die angegebene Richtung und sah einen jungen Mann durch die Büsche schleichen.

„Das ist der Baumkletterer!" flüsterte Jed. „Wenn er sich ebenfalls auf die Lauer legt, dann wird er unser Reh möglicherweise verscheuchen."

„Das wäre schade!" erwiderte Mitsou enttäuscht und fragte: „Können wir ihm nicht sagen, dass er verschwinden soll?"

„Das können wir natürlich versuchen", meinte Jed. „Aber je mehr wir uns auf eine Diskussion mit ihm einlassen, umso größer ist die Gefahr, dass wir das Mädchen verscheuchen, falls es tatsächlich noch einmal hier auftaucht."

Plötzlich blickte Jed Mitsou nachdenklich an, und als sie bereits verlegen wurde und ihn fragen wollte, was los war, fragte Jed: „Würdest Du ihn ablenken und weglocken?"

„Wie denn?" fragte Mitsou unsicher und Jed antwortete jetzt ebenfalls ziemlich verlegen: „Du weißt doch, weswegen er hier ist."

Mitsou starrte Jed mit offenem Mund an. „Ich soll mich nackt ausziehen, um ihn wegzulocken?" fragte sie ungläubig, als sie ihre Sprache wiedergefunden hatte.

„Das wäre eine Möglichkeit", antwortete Jed. „Wenn Du ihn bis zum nächsten Tor *lockst, dann kannst Du Dich dort im Auto vor ihm verstecken.*"

"*Du meinst das wirklich ernst?*" *fragte Mitsou, die noch immer nicht fassen konnte, dass Jed ihr diesen Vorschlag gemacht hatte. Aber dann dachte sie sich plötzlich, dass das vielleicht die Chance wäre, selbst einmal etwas Verrücktes zu tun, Jed damit zu beeindrucken und ihn dabei für sich zu gewinnen. Alle Männer wollten sie nackt sehen und Jed bildete da zum Glück keine Ausnahme. Er würde sicher einen Blick riskieren, wenn sie sich jetzt tatsächlich auszog.*

"*Also gut!*" *nickte sie. Und Jed wusste wirklich nicht, wann er sich zum letzten Mal so sehr über eine Antwort gewundert hatte. Er war sich absolut sicher gewesen, dass Mitsou seinen Vorschlag ablehnen würde. Aber jetzt stand sie vor ihm und bat ihn:* "*Dreh Dich bitte um*", *während sie schon begann, an den Knöpfen ihrer Bluse herumzunesteln. Jed war so perplex, dass er ihrer Bitte nicht einmal nachkam, sondern sie nur in Erwartung des bevorstehenden Anblicks ihrer Nacktheit anstarrte.*

"*Was ist?*" *fragte Mitsou ihn schüchtern lächelnd, nachdem er keine Anstalten machte, sich gentlemanlike abzuwenden.*

"*Hm?*" *fragte Jed verwirrt und blickte von dem ersten geöffneten Knopf von Mitsous Bluse auf. Als sein Blick in ihre Bernsteinaugen eintauchte, wusste er nicht einmal mehr, weswegen sie überhaupt im Park waren. Aber er wurde sich zumindest wieder seiner Verwirrung bewusst, sagte* "*Oh, entschuldige bitte*" *und wendete sich taumelnd ab. Aber da entdeckte er plötzlich das Mädchen, dessentwegen er hier war, nur ein kleines Stück vor sich. Es kam eben über die hohe, mit Efeu überwucherte Mauer des Parks geklettert.*

"*Sie ist tatsächlich gekommen!*" *flüsterte er so andächtig, wie in einer Kirche und so fasziniert, wie er sich nicht erinnern konnte, jemals gewesen zu sein. Mit offener Bluse blickte Mitsou über Jeds Schulter und war ebenfalls so fasziniert vom Anblick des nackten Mädchens, das mit der anmutigen Geschmeidigkeit eines Panthers auf der Mauer hockte, dass sie nicht einmal merkte, wie sich ihre Brüste an Jeds Rücken schmiegten.*

Das Mädchen war wirklich vollkommen nackt. Die braunen Haare hingen ihm offen bis auf die Schultern. So wie es aussah, konnte es wirklich kaum über fünfzehn sein. In seiner lauernden, hockenden Haltung, in der es wie ein wildes Tier den Park überblickte, um sich davon zu überzeugen, dass keine Feinde in der Nähe waren, konnte Jed ihre Größe nur schwer bestimmen. Aber er schätzte sie nicht größer, als die kleine, zierliche Mitsou. Ebenso wie Mitsou war es schlank und wirkte nicht nur durch Haltung und die Art, sich zu bewegen, sondern auch durch eine sehr ästhetische, grazile Muskulatur sehr sportlich. Nur hatte es im völligen Gegensatz zu Mitsou so gut wie keinen Busen. Selbst für ihre Jugend waren ihre fast völlig flachen Brüste zu wenig entwickelt. Trotzdem wirkten sie bezaubernd zart und weiblich.

"*Schnell runter!*" *raunte Jed und zog Mitsou dabei schon mit hinter einen Busch, wo sie aus dem Blickfeld des Mädchens verschwunden waren. Erst dabei bemerkte er, dass Mitsou ihre Bluse schon geöffnet hatte und sein Blick fiel auf die wunderschönen, großen und prallen Brüste, denen die Schwerkraft nichts anzuhaben vermochte.*

"*Wow!*" *entfuhr es ihm bei diesem Anblick bewundernd. Dann wandte er sich aber wieder wie in Trance dem Mädchen auf der Mauer zu, das er durch die Zweige, des*

Busches, hinter dem sie sich versteckten, weiter aufmerksam musterte.

Es dauerte einige Momente, bis ich registrierte, dass Mischu nicht weiter vorlas und dadurch aus den Visionen ihrer Geschichte gerissen wurde.

„*Wieso liest Du nicht weiter?*" fragte ich von ungeduldiger Neugier erfasst.

Mischu betrachtete neugierig mein Gesicht und schien darin lesen zu wollen, was ich dachte. Dann antwortete sie mit der Gegenfrage: „*Wie sieht Deine Traumfrau aus, Fred?*"

„*Ich, äh …*" Ich zuckte mit den Schultern und Mischu nickte, befriedigt über die Bestätigung ihrer Annahme, dass ich die Frage nicht beantworten konnte.

„*Das wusste ich!*" sagte sie. Und eigenartigerweise glaubte ich ihr und warf ihr nicht vor, dass sie zu den Menschen gehörte, die im Nachhinein immer schon vorher alles wussten, wie ich es normalerweise in solchen Situationen zu tun pflegte. Aber warum hätte ich ihr auch nicht glauben sollen? Immerhin war sie meine eigene Erfindung. Und diese Erfindung hatte das Recht, mich so gut zu kennen, wie ich sie kannte. Deshalb verwunderte es mich auch nicht, dass sie mir erklärte: „*Du hast keine Traumfrau, Fred. Für Dich ist weder die Haut- oder Haarfarbe, noch die Größe der Brüste ausschlaggebend. Rein vom Äußeren muss für Dich in einem gewissen Rahmen nur das Gesamtbild stimmen.*"

„*Und was ist das für ein Rahmen?*" fragte ich Mischu, die mein Unterbewusstsein offener vor mir aufdeckte, als ich selbst in der Lage war, es zu tun.

Mischu lächelte mich an und antwortete: „*Das weißt Du selbst, Fred! Aber wenn Du es unbedingt von mir hören willst; Bitte: Du liebst die Schönheit!*"

„*Wer tut das nicht?*"

„*Du liebst sowohl kleine, als auch große Brüste. Nur: Sie müssen straff sein, so wie die Körper der Frauen überhaupt. Du stehst auf Mädchen!*"

„*Kannst Du das bitte etwas weniger drastisch ausdrücken?*"

„*Du liebst die Reinheit und Frische der unverdorbenen Jugend!*"

„*Danke!*"

„*Und dabei weißt Du ganz genau, dass es keine unverdorbene Jugend mehr gibt.*"

„*Nein, Stopp!*" protestierte ich. „*Manuela ist der Beweis dafür, dass es sie gibt! Und im Gegensatz zu Dir ist sie real.*"

„*Kein Grund, gleich persönlich zu werden*", erwiderte Mischu eingeschnappt und fragte mich: „*Möchtest Du den Rest meiner Geschichte noch hören?*"

„*Sei nicht böse Mischu*", lenkte ich versöhnlich ein. „*Wenn ich hier in Deinem Schoß liege und Dich mit allen meinen Sinnen so deutlich wahrnehme, wie ich es tue, dann bist Du real für mich und ich möchte nirgendwo anders sein. Es ist nur so verwirrend, trotz aller Deutlichkeit, mit der ich Dich spüre, zu wissen, dass das alles nur ein Traum, eine Vision ist. Trotz allem, was ich für Dich empfinde, brennt die Liebe zu Manuela in mir. Und ich weiß: Wenn ich in Deinem Schoß einschlafe, dann wache ich in ihren Armen wieder auf.“*

„*Und wenn nicht?“* fragte Mischu mich mit so unheilvoller Zweideutigkeit, dass mir ein kalter Schauer über den Rücken lief. Da ich aber wusste, dass es so war, wie ich gesagt hatte, antwortete ich nicht. Mischu sagte: „*Entschuldige bitte“* und fragte noch einmal: „*Soll ich weiterlesen?“*

„*Ja bitte!“* antwortete ich und Mischu fuhr in ihrer Geschichte fort:

„*Der Mann hat wirklich recht“, schwärmte er. „Sie ist wunderschön!“*

Vielen Dank auch!“ erwiderte die halbnackt hinter ihm stehende Mitsou. Sie hätte gerne sauer geklungen, da sie sich bisher immer sicher gewesen war, dass Jed sie ebenso begehrte, wie sie ihn begehrte. Und jetzt, wo er zum ersten mal einen Blick auf ihre nackten Brüste geworfen hatte, wendete er sich voller Bewunderung einem anderen, nackten Mädchen zu. Aber deren Anblick übte auch auf Mitsou eine solche Faszination aus, dass sie es nicht schaffte, sauer auf ihn zu sein.

„Ich locke den Typen weg“, flüsterte sie, „bevor sie ihn entdeckt und die Flucht ergreift.“

Schon wieder wunderte sich Jed über Mitsous selbstloses Verhalten. Als er sich zu ihr umwandte, um ihr zu danken, schlüpfte sie bereits aus ihrem kleinen, zarten Slip. Sie beschwerte sich nicht darüber, dass Jed ihren Körper voller Bewunderung und Begierde mit den Augen verschlang.

„Du bist wunderschön!“ flüsterte Jed fast tonlos.

Mitsou drückte ihm ihren Slip in die Hand, öffnete ihre eigene Hand und sagte: „Den Autoschlüssel bitte!“

Jed reichte ihn ihr benommen. Er wollte noch irgendetwas zu ihr sagen, doch ihm fiel beim besten Willen nichts ein, was der Situation angemessen gewesen wäre.

Mitsou war schon so weit gegangen, sich nackt vor Jed auszuziehen. Und jetzt wollte sie nackt durch den Park laufen, um einen Spanner von einem anderen nackten Mädchen, mit dem Jed reden wollte, wegzulocken. Sie hatte nichts mehr zu verlieren, stellte sich auf die Zehenspitzen und küsste Jed zaghaft auf den Mund. Die Herzen der beiden schlugen dabei so laut, dass Mitsou Angst bekam, das Mädchen auf der Mauer würde sie hören und davonlaufen. Ohne eine Reaktion von Jed abzuwarten, schlüpfte sie plötzlich zwischen den Büschen davon, um den jungen Mann auf der anderen Seite von diesem Ort wegzulocken. Und das fiel ihr nicht schwer. Sie hätte sich niemals träumen lassen, wie aufregend und prickelnd es sein könnte, nicht nur nackt durch einen Park zu laufen, sondern sich dabei sogar ganz bewusst einem Mann zu zeigen. Sie achtete sorgsam darauf, dass sie diesem Mann nicht zu nahe kam und dass er ihre Absichten nicht bemerkte. Und der Mann war wirklich überzeugt davon, dass er das seltene Glück hatte, in der Nähe eines Parks zu wohnen, in dem allem Anschein nach öfter die schönsten Frauen und Mädchen nackt umherspazierten. Aber trotz aller Schliche gelang es ihm nicht, sich näher an die wunderschöne, vollbusige Blondine heranzuschleichen. Und irgendwann verlor er sie ganz aus den Augen. Er suchte sie noch lange in der Gegend, in der er sie verloren hatte. Aber seine Suche blieb erfolglos. Und Mitsou saß nackt in Jeds Auto und stellte fest, dass ein Auto in der Stadt kein gutes Versteck für eine nackte

Frau war. Sie legte sich auf den Rücksitz und betete, dass Jed bald kommen und ihre im Park abgelegte Kleidung mitbringen würde.

Als das nackte Mädchen glaubte, sicher sein zu können, dass niemand in der Nähe war, sprang es von der Mauer in den Park. Jed überlegte, wie er vorgehen sollte. Sollte er ihr nachschleichen, in der Hoffnung, sie bis nach Hause verfolgen und dann mit ihr reden zu können, wenn sie ihm nicht mehr nackt und schutzlos gegenüberstehen würde oder sollte er das Risiko eingehen und sich ihr zeigen? Er schätzte die Chancen, sie unbemerkt bis nach hause verfolgen zu können, sehr gering ein. Wenn er ihr heimlich hinterher schlich, würde sie ihn früher oder später entdecken, und dann wäre es fast aussichtslos, ihr Vertrauen noch gewinnen zu können. Also wagte er es, trat hinter dem Busch hervor und zeigte sich dem Mädchen. Das zuckte zusammen und duckte sich wie ein sprungbereiter Panther. Jed war sich nicht sicher, ob es fliehen oder angreifen wollte. Aber schon im nächsten Augenblick sah er ihre Augen fieberhaft nach einem Fluchtweg suchen. Jed hob seine Hände, um dem verängstigten Mädchen zu zeigen, dass er ihm nichts tun wollte. Er war fasziniert von seinen halb ängstlich, halb neugierig auf sich gerichteten Augen.

„Hab keine Angst. Ich tu Dir nichts!" sagte er mit seiner leisen, sonoren Stimme und ging ebenfalls in die Hocke.

„Was wollen Sie von mir?" fragte das Mädchen weniger ängstlich, als man es in seiner peinlichen und schutzlosen Situation erwarten würde. Auch aus seinen Augen war der Schreck und die Furcht des ersten Moments einer nicht zu übersehenden Neugier und Faszination gewichen.

„Mit Dir reden!" antwortete Jed und erklärte dem Mädchen auch sofort: „Ich bin Journalist. Du bist in den letzten Tagen ein paar mal nackt hier im Park gesehen worden und ich wollte der Sache nachgehen und herausfinden, warum ein Mädchen heimlich nackt durch den Park läuft?"

Das Mädchen dachte einen Moment nach, dann fragte es: „Und wenn ich nicht darüber reden möchte?"

„Dann hab ich keine Story und verliere meinen Job", antwortete Jed. Aber sein Lächeln strafte seine Worte Lügen. Darum wunderte es ihn auch nicht, dass das Mädchen ebenfalls lächelte und erwiderte: „Das glaube ich nicht."

„Du hast Recht", gab Jed zu. „Ich verliere meinen Job so oder so. Trotzdem würde ich gerne mit Dir reden."

„Und was würden Sie sich das kosten lassen?"

Jed war ein wenig enttäuscht, dass das Mädchen anscheinend nur ans Geld dachte, zückte aber trotzdem sofort sein Portemonnaie.

„So hab ich es nicht gemeint", sagte da aber das Mädchen abwehrend und erklärte: „Ich meinte, was Sie bereit wären, als Gegenleistung anzubieten?"

Jed verstand nicht und fragte: „Was meinst Du?"

„Ich will ihr Geld nicht", erklärte das Mädchen. „Wenn Sie etwas über mich erfahren wollen, dann begleiten Sie mich einfach ein Stück."

„Das ist alles?" fragte Jed erstaunt. „Dich zu begleiten ist alles andere als eine Leistung und kostet mich nichts."

„Nackt!" erklärte das Mädchen jetzt und sah Jed dabei mit erwartungsvoller

Spannung ins Gesicht.

Jed starrte das Mädchen vor Überraschung mit offenem Mund an. Dann erwiderte er kopfschüttelnd: „Hast Du eigentlich eine Ahnung, wie leichtsinnig Du bist? Was glaubst Du denn, wieviele Typen auf so eine Gelegenheit nur warten würden? Und Du verlangst sogar selbst, dass ich mich ausziehen soll?"

Dass er durch ihren und auch Mitsous Anblick bereits eine Erektion hatte, konnte er dem Mädchen wohl schlecht erklären. Die beiden kauerten sich noch immer gegenüber und musterten sich dabei gegenseitig voller Faszination.

„Glauben sie, ich würde jeden Mann auffordern, sich auszuziehen?" fragte das Mädchen.

„Würdest Du?"

„Nein!"

„Und warum mich?"

„Ich weiß nicht", gestand das Mädchen. „Ich glaube, es liegt an Ihren Augen."

„An meinen Augen?" fragte Jed. Das Mädchen ging aber nicht darauf ein und erklärte: „Außerdem wollen Sie doch wissen, warum ich mich nackt draußen herumtreibe. Und wie könnten Sie es besser verstehen, als wenn Sie es selbst versuchen?"

„Das Argument macht ja durchaus Sinn", gab Jed zu. „Aber ich kann mich trotzdem nicht einfach vor Dir entblößen."

„Schade", meinte das Mädchen und ihre Stimme klang dabei wirklich traurig. „Dann wird wohl nichts aus Ihrem Interview."

Und damit sprang sie auch schon auf und schnellte sich mit der Gewandtheit eines kleinen Äffchens auf die Mauer.

„Warte!" rief Jed ihr hinterher, während er ebenfalls aufsprang und sich über sein heftiges Herzklopfen wunderte. Das Mädchen blickte zu ihm hinunter und fragte: „Haben Sie es sich anders überlegt?"

„Ich kann nicht!" erklärte Jed gequält. Er dachte daran, dass sich sogar Mitsou für diese Story ausgezogen hatte. Wenn er nur nicht diese verdammte Erektion gehabt hätte, dann hätte er sich möglicherweise überwinden können, auf die Bedingungen einzugehen. Die Vorstellung, gemeinsam mit diesem wunderschönen und faszinierenden Mädchen nackt durch den Park zu laufen, war sogar äußerst reizvoll für ihn. Aber genau diese Vorstellung ließ seine Erektion noch weiter anschwellen und machte es ihm völlig unmöglich.

„Dann leben Sie wohl!" rief das Mädchen ihm sanft von der Mauer zu, warf ihm schüchtern eine Kusshand zu und verschwand auf der anderen Seite der Mauer.

Jed stand in Gedanken versunken noch lange da und blickte zu der Stelle, an der das nackte Mädchen noch eben in den Schatten der Dämmerung auf der Mauer gehockt war. Es wäre ihm ein leichtes gewesen, die Mauer ebenfalls zu erklettern, um die Verfolgung aufzunehmen. Aber er wollte dieses wunderschöne und so zarte Wesen nicht bedrängen und damit ängstigen.

In Gedanken rief er sich noch einmal jede Einzelheit ihres Gesichtes und ihres nackten Körpers in Erinnerung, um die Bilder unauslöschlich in sein Gehirn zu brennen. Sein Herz schlug ihm noch immer bis zum Hals.

Die Augen des Mädchens hatten irgendetwas in seiner Seele berührt, von dem er nicht sagen konnte, was es war. Er fühlte sich ihm so eigenartig vertraut und zugetan, wie er in seinem bisherigen Leben wohl nur für seine Mutter gefühlt hatte. Doch bei diesem Mädchen, das noch irgendwo auf dem Weg zwischen Kind und Frau war, kam noch etwas hinzu, und zwar eine körperliche Anziehungskraft, die er gern vor sich selbst geleugnet hätte, weil sie so stark war, dass sie weh tat.

„So schnell kann man sich nicht verlieben!' dachte er sich, verwirrt über seine eigenen Gefühle. Er glaubte nicht auf Liebe auf den ersten Blick. Wie sollte er auch, da er an die Liebe selbst nicht glaubte? Da dachte er plötzlich an Mitsou und fragte sich, wo sie wohl war und ob sie den Spanner hatte abhängen können. Und er wurde sich bewusst, dass sein Vorschlag nicht ungefährlich für sie gewesen war. Der Mann, den Mitsou weglocken sollte, war in den Park gekommen, um einem minderjährigem Mädchen aufzulauern. Wer konnte schon sagen, was dem alles zuzutrauen wäre. Jed packte plötzlich sehr überstürzt Mitsous auf der Erde liegende Kleidung zusammen und rannte dem Ausgang des Parks zu, an dem seine Badewanne parkte.

Als er das Auto erreichte und Mitsou zusammengekauert auf der Rückbank liegen sah, atmete er erleichtert auf. Als er einstieg, richtete sich auch Mitsou wieder auf.

„Und?" fragte sie neugierig. „Hast Du etwas über sie herausgefunden?"

„Vielleicht mehr über mich", sinnierte Jed, während er Mitsou im Rückspiegel betrachtete. Sie bedeckte ihre Brüste mit den Armen. Aber der kleine Bildausschnitt, den der Spiegel ihm von ihr zeigte, wirkte trotzdem sehr verführerisch auf ihn. Er war sich bewusst, dass er in der letzten halben Stunde die beiden schönsten Frauen, – wenn man das Mädchen im Park schon als Frau bezeichnen konnte – die er in seinem Leben gesehen hatte, nackt gesehen hatte. Sein Blick wanderte von den Ansätzen von Mitsous Brüsten zu ihren Augen und die intensive Bernsteinfarbe erschien ihm wie ein lebendiges, pulsierendes Universum aus flüssigem Gold, das ihn aufsaugen zu wollen schien.

„Danke für das Ablenkungsmanöver!" flüsterte Jed , wagte aber nicht, sich zu Mitsou umzudrehen. Mitsou lehnte sich ein wenig nach vorne und fragte in Jeds Ohr: „Was hast Du denn über Dich erfahren?"

Als Mitsou ihm so nahe war, stieg Jed der erregende Geruch ihres Körpers in die Nase und er spürte, wie seine schmerzende Erektion heftig in seinen Lenden pochte.

„Ich sag's Dir, wenn ich es selbst begriffen habe", versprach Jed und reichte Mitsou ihre Kleidung über seine Schulter. Mitsou nahm sie mechanisch entgegen, war aber noch so in Gedanken versunken, dass sie gar nicht daran dachte, sich wieder anzuziehen.

„Willst Du einen Artikel über sie schreiben?" fragte sie neugierig. Jed schüttelte den Kopf.

„Das kann ich nicht. Erstens weiß ich noch nichts über ihre Motive und zweitens würde ich damit jeden Spanner in den Park locken. Ich will das Mädchen ja nicht in Gefahr bringen."

„Und was machen wir dann jetzt?" fragte Mitsou weiter.

Jed schaltete das Radio ein und antwortete: „Als erstes fahre ich Dich nach hause und dann mache ich meinen Job!"

Mitsou erkannte, dass Jed nicht einfach nur Radio hörte, sondern den Polizeifunk abhörte.

„Das ist ja raffiniert!" meinte sie, dachte aber immer noch nicht daran, sich wieder anzuziehen. Jed startete den Motor und fragte: „Wo wohnst Du denn?"

„In der …" begann Mitsou, unterbrach sich aber und sagte: „Ich will jetzt nicht nach Hause, Jed. Ich bin heute Dein Partner!"

„Wie Du willst" erwiderte Jed und fuhr los. Im Rückspiegel sah er, dass Mitsou noch immer nackt war. Und da sie ihre Hände jetzt im Schoß liegen hatte, fiel sein Blick auf ihre großen, vollen Brüste, die in der Bewegung der Fahrt sanft wippten. Jed stieg benommen auf die Bremse.

„Was ist los?" fragte Mitsou verwundert vom Rücksitz und Jed, der seinen Blick nicht von ihren Brüsten abwenden konnte, antwortete heiser: „Ich kann mich so nicht auf die Straße konzentrieren, Mitsou."

Erst jetzt wurde Mitsou sich ihrer Nacktheit wieder bewusst, sagte verlegen „Oh!" und bedeckte ihre Brüste wieder mit den Händen. Dann begann sie, sich wieder anzukleiden, während ihre Augen im Spiegel Jeds Augen suchten. Sie bemerkte, dass der Slip fehlte, den sie Jed im Park in die Hand gedrückt hatte, sagte aber nichts.

„Besser jetzt?" fragte sie, als sie fertig war.

„Besser war's vorher", gestand Jed verlegen. „Aber sicherer ist es jetzt."

Mitsou setzte sich lächelnd auf den Beifahrersitz. Sie mochte die Art, in der Jed ihr unfreiwillig und unbewusst Komplimente machte. Durch ihren abenteuerlichen, nackten Einsatz im Park hatte sie einiges an Selbstvertrauen gewonnen. Sie schämte sich zwar oft für ihre riesigen Brüste, aber da sie Jeds sehnsüchtige und faszinierte Blicke bemerkt hatte, ließ das entstandene erotische Prickeln zwischen ihnen sie etwas lockerer und ungehemmter werden. Sie trug einen eng anliegenden, kurzen Rock und genoss das erregende Gefühl, keinen Slip mehr darunter anzuhaben. Und als sie schließlich neben Jed auf dem Beifahrersitz saß, bemühte sie sich nicht sonderlich, zu verhindern, dass der Rock hoch rutschte.

Jed fuhr ziellos durch die Stadt. Im Polizeifunk gab es keine Meldungen, denen es sich lohnte, nachzugehen. Und irgendwie war es unvermeidlich, dass sein Blick irgendwann auf Mitsous hochgerutschten Rock fiel. Der Rock war so weit oben, dass Jed die zarten, weichen Hautfältchen ihrer rosigen Schamlippen unter dem Stoff hervorblitzen sah. Jed schluckte nervös. Seine Erektion zeichnete sich allzu deutlich in seiner Hose ab. Mit zitternden Händen lenkte er den Wagen in eine Parklücke.

„Was ist?" fragte Mitsou unschuldig. Doch sie wusste ganz genau, dass Jed die Grenzen seiner Selbstbeherrschung erreicht hatte. Die harte, zuckende Beule in seiner Hose war ihr nicht entgangen und machte ihr den Mund wässrig.

Jed wischte sich den Schweiß von der Stirn. Nachdem er geparkt und den Motor abgestellt hatte, war sein Blick wieder auf Mitsous verführerische Schamlippen gefallen. Aber er hatte ihn sofort verlegen wieder abgewendet und zu seinem Entsetzen festgestellt, dass er auf Mitsous Brüsten gelandet war. Mitsou hatte jetzt einen Knopf ihrer Bluse mehr offen, als im Büro, was ihm einen wunderschönen Blick auf die prallen Rundungen ihres Dekolletés gewährte. Jed räusperte sich, blickte in Mitsous goldene Augen, in denen er versank und stammelte: „Ich kann so nicht arbeiten, Mitsou!"

„Und ich will im Moment gar nicht arbeiten", erwiderte Mitsou leise, während sie ihre kleine Hand ganz behutsam auf Jeds erigierte Hose legte. Jed schloss die Augen und atmete tief ein. Seit er Mitsou zum ersten mal gesehen hatte, hatte er davon geträumt, sie zu berühren und von ihr berührt zu werden. Aber eigenartigerweise mischte sich jetzt das Bild des kleinen, nackten Mädchens vom Park in seine Gedanken. Jed versuchte, es zu verdrängen, doch es gelang ihm nicht ganz. Trotzdem war er jetzt bereit dazu, sich auf Mitsou einzulassen. Er wusste nicht, was er sagen sollte. Aber er musste auch nichts sagen. Er öffnete seine Augen wieder, streichelte ganz sanft über Mitsous Wangen und näherte sich mit seinen Lippen, unsicher aber mit sich langsam ins Unendliche steigernder Erregung, ihren Lippen. Als sie sich trafen, geschah das mit einer so stürmischen und leidenschaftlichen Hingabe, dass sich beide in diesem Kuss verloren. Jed zog Mitsou in seine Arme und die beiden klammerten sich wie zwei Ertrinkende aneinander. Als ihre Lippen sich wieder voneinander lösten, küsste Jed mit stürmischer Zärtlichkeit Mitsous Hals. Mitsou ließ ihren Kopf in den Nacken fallen, erschauerte und stöhnte leise vor Erregung. Als Jeds Lippen weiter auf Mitsous Dekolleté wanderten, steigerte sich ihre Erregung so sehr, dass ihre Brüste die Knöpfe ihrer Bluse sprengten. Das erregende Zittern von Mitsous so überaus begehrten, aber schon so lange vernachlässigten Brüsten übertrug sich auch auf Jed. Auch er zitterte vor Erregung und stand kurz vor einem Orgasmus, während er mit all seiner zärtlichen Hingabe und Leidenschaft Mitsous steife Brustwarzen immer wieder küsste, an ihnen sog und leckte, knabberte und mit den Zähnen an ihnen zog. Mitsou öffnete mit zitternden Fingern fieberhaft Jeds Hose um seinen vor Erregung schmerzenden Penis zu befreien. Und als er aus der Hose schnellte, packte sie gierig zu und klammerte sich an ihm so fest, als könnte er ihr Halt und Sicherheit vor ihrer eigenen Erregung bieten. Sie spürte, wie Jeds harter Penis in ihrer kleinen Hand pulsierte. Sie zog Jeds Hose bis über seine Knie und kletterte über ihn. Vor Erregung bebend und zitternd dirigierte sie ihre hungrige, und dabei noch so unerfahrene, enge Scheide über Jeds pralle Eichel. Sie hielt Jeds Penis so fest umklammert, dass seine Eichel so hart wie ein bis zum Platzen aufgepumpter Ballon war. Unsicher aber unaufhaltsam führte sie Jeds Penis in ihre vor verlangender Lust vibrierende Scheide ein. Jed vergrub sein Gesicht zwischen Mitsous Brüsten. Seine Hände krallten sich in ihre festen Pobacken. Sie waren beide so sehr ausgehungert nach seelischer und körperlicher Liebe, dass sie das verzehrende Feuer ihrer Lust weder begreifen noch zügeln konnten. Kaum hatte Mitsou Jeds Penis ganz in ihre enge, zuckende Scheide aufgenommen, als sich bei beiden ein gewaltiger Orgasmus aufzubauen begann. Sich gegenseitig haltend und aneinander festklammernd fielen sie in einen ekstatischen Taumel, der schließlich in einem unbeschreiblich intensiven, gemeinsamen und befreienden Orgasmus gipfelte. Die Wellen der Lust, die sie durchfluteten, schienen gar nicht enden zu wollen. Immer wieder erneuerte der Orgasmus selbst seine Kräfte und hielt Mitsou und Jed in einem Zustand göttlicher Ekstase gefangen. Weder Mitsou noch Jed wollten sich aus diesem Zustand, in dem sie alle Kontrolle über ihre Körper und Seelen verloren hatten, befreien. Sie ließen sich mitreißen und davontragen von einem Sturzbach nicht enden wollender Orgasmen, die sie an die Grenzen ihrer Kräfte und ihres Bewusstseins führten. Und als der Sturm dieser Ekstase langsam abebbte, wussten beide nicht, was mit *ihnen geschehen war. Sie hatten nicht geahnt, wie intensiv sie eine körperliche Vereinigung erleben konnten. Erschöpft aber glücklich blieb Mitsou auf Jeds Schoß sitzen. Sein Penis zuckte nur noch ganz schwach in ihr. Sie schlang ihre Arme um seinen Hals und schlief vor Mattigkeit ein. Und auch Jed war so weit über seine Grenzen gegangen, dass sein Körper im Schlaf neue Energie zu gewinnen hoffte. So schliefen die beiden halbnackten Journalisten mitten in der Stadt am Straßenrand in Jeds Wagen auf dem Fahrersitz friedlich und glücklich vereint und merkten nichts von den Passanten, die vorübergingen und sie mit offenen Mündern angafften.*

Es waren aber nicht die Passanten, die Jed wieder weckten, sondern eine Meldung im Polizeifunk, auf die sein Unterbewusstsein reagierte. Als er die Augen öffnete und die neugierigen, das Auto umringenden Leute wahrnahm, startete er sofort den Motor und fuhr mit der noch immer auf seinem nackten Schoß sitzenden und eben erwachenden Mitsou los. Gerade, als Mitsou anfing, sich wieder zurechtzufinden, wurden beide vom grellen Blitz einer Kamera geblendet.

„Das war der Meier vom Abendblatt", stellte Jed nüchtern fest, während seine Augen sich vom Blitz erholten und er den Gaffern davonfuhr.

„Na der hat wenigstens eine Story!" meinte Mitsou lächelnd, schmiegte sich an Jed und küsste zärtlich seinen Hals.

„Wenn das Foto was geworden ist, dann haben wir ab morgen ein neues Gesprächsthema in der Redaktion", erwiderte Jed. „Und ich kann es kaum erwarten, die neidischen Gesichter meiner Kollegen zu sehen."

„Oh, ich denke, meine Kolleginnen werden mich auch beneiden" schnurrte Mitsou in Jeds Ohr. Die beiden schenkten sich einen kurzen, aber zärtlichen Kuss, während dem Jed aber trotzdem seine Augen auf der Straße ließ.

„Wir haben auch eine Story!" erklärte er nach diesem Kuss. „Ein Selbstmörder im siebten Stock."

Mitsou erschrak. Eine solche Tragödie holte sie sehr unsanft aus ihrem selbst geschaffenen Paradies aus Liebe und Erotik in die triste und grausame Realität einer kaltherzigen und erbarmungslosen Welt zurück. Sie brauchte einige Sekunden, um diese Neuigkeit zu verarbeiten. Plötzlich erschien es ihr als sehr unpassend, während der Fahrt noch immer halbnackt auf Jeds Schoß zu sitzen. Vorsichtig, um Jed beim Fahren nicht zu behindern, kletterte sie auf den Beifahrersitz. Und erst dabei glitt sein noch halb erigierter Penis aus ihr heraus. Mitsou zuckte bei dieser neuen, erregenden Stimulation zusammen. Es war ihr unangenehm, sexuelle Erregung zu empfinden, während sie wusste, dass ein Mensch sich umbringen wollte. Neugierig blickte sie Jeds Profil an. Er war ihr beim Rüberklettern zuvorkommend behilflich gewesen. Aber sie sah, dass sein Gesichtsausdruck sehr ernst und konzentriert war. Und es tat ihr gut, zu sehen, dass Jed ebenfalls nicht gleichgültig gegenüber dem Schicksal eines verzweifelten Menschen war. Als Jed in die nächste Querstraße einbog, hatten sie bereits eine von der Polizei errichtete Straßensperre vor sich. Sofort schaltete Jed den Polizeifunk aus und zog seine Hose nach oben, während schon ein uniformierter Beamter an seine Tür kam. Jed öffnete das Fenster und hielt dem Polizisten seinen Presseausweis entgegen, bevor der ihm erklären konnte, was hier los war. Mitsou zog sich schnell ihre Bluse vor ihren Brüsten zusammen, stellte zu ihrem Schrecken aber fest, dass sie keine Knöpfe mehr hatte.

Presse und Polizei haben noch nie gut zusammengearbeitet. Das ist auch kein Wunder, weil sie sich fast immer gegenseitig behindern und weil auch beide sehr oft sehr korrupt sind und sich vom anderen deswegen nicht gern über die Schulter schauen lassen. Darum wunderte es Jed auch nicht, dass er von diesem Beamten abgewiesen wurde. Da er keine Lust hatte, sich auf eine Diskussion einzulassen, wendete er den Wagen so plötzlich, dass der Polizist zur Seite springen musste, wenn er nicht auf Jeds Kühlerhaube landen wollte. Jed fuhr um den Block und parkte dort.

„Was hast Du vor?" fragte Mitsou ihn mit aufrichtiger Sorge und Anteilnahme.

Jed blicke sie an und stellte die Gegenfrage: „Hast Du den Mann gesehen?"

Mitsou schüttelte den Kopf. Sie hatte ihn nicht gesehen, da sie viel zu sehr damit beschäftigt gewesen war, ihre Bluse zuzuhalten, um ihre Brüste vor den Blicken des Polizisten zu verbergen, während Jed mit einem einzigen Blick die gesamte Szene erfasst hatte.

„Er steht da oben im obersten Stockwerk auf dem Fenstersims. Ich gehe rauf. Kommst Du mit?"

Mitsou sah Jed ziemlich hilflos an und machte ihn mit einer Geste ihrer Hände auf das Dilemma mit ihrer Bluse aufmerksam. Ohne zu zögern machte Jed einen Knoten in die Enden der Bluse.

„Das muss halten!" sagte er und sprang dabei schon aus dem Wagen. Der Knoten musste halten, aber würden auch ihre Brüste akzeptieren, dass sie in der nur notdürftig geschlossenen Bluse bleiben mussten? Mitsou war sich da nicht so sicher. Aber sie hatte keine Zeit, um sich darüber Gedanken zu machen. Jed lief auf die Rückseite des Hauses zu. Und sie musste sich entscheiden, ob sie ihm folgen oder im Wagen bleiben wollte.

Mitsou folgte Jed. Sie beobachtete, wie er kleine Steinchen an ein beleuchtetes Fenster im Erdgeschoss warf. Kurz darauf wurde das Fenster geöffnet. Ein etwa fünfzigjähriger Mann mit dickem Bierbauch, über dem sich ein schmutziges Unterhemd spannte, öffnete verärgert. Aber bevor er seinem Unmut Luft machen konnte, rief Jed ihm schon zu: „Bitte: Sie müssen uns ins Haus lassen. Im siebten Stock will sich jemand umbringen und wir kommen deswegen nicht durch die Vordertür rein, weil die Polizei alles abgesperrt hat."

„Ja, ich weiß", erwiderte der Mann. Ich seh's mir auf der anderen Seite an.

„Dürfen wir durch Ihr Fenster klettern?" fragte Jed sofort. Der Bierbäuchige musterte Jed misstrauisch und antwortete: „Ich kenne Sie nicht. Sie sind nicht von hier aus dem Haus."

„Wir sind Journalisten!" antwortete Jed wahrheitsgetreu. „Aber wir wollen versuchen, den Mann umzustimmen."

Jetzt fiel der Blick des Bierbäuchigen auf Mitsou und ihre nur wenig bedeckten Brüste. Die Perspektive war natürlich geeignet, dass dem Mann das Wasser im Mund zusammenlief. Als er aber nach ein paar Sekunden, in denen er mit offenem Mund auf Mitsous Brüste gestarrt hatte, noch immer nicht antwortete, fuhr Jed ihn an: „Was ist jetzt? Wollen Sie schuld sein, wenn sich ein Mann umbringt?"

„Sie können mein Fenster benutzen", meldete sich da eine ältere Dame aus dem

Fenster der Nachbarwohnung. Jed lief sofort zu ihr und ließ den Mann ohne weiteres Wort im Fenster stehen. Auch Mitsou schenkte dem Dicken keine Beachtung mehr und folgte Jed zu dem anderen Fenster.

„Danke!" sagte Jed zu der Dame im Fenster. Und es war ihm anzuhören, dass seine Dankbarkeit wirklich aufrichtig war. Er half Mitsou zum Fenster hinein und schwang sich dann selbst behände nach oben.

„Können Sie dem armen Mann wirklich helfen?" fragte die alte Dame, während sie Mitsou und Jed zur Wohnungstür führte.

„Wir werden's auf jeden Fall versuchen!" versprach Jed. Und die alte Dame rief ihm und Mitsou im Treppenhaus noch hinterher: „Viel Glück euch beiden!"

Jed und Mitsou hetzten so schnell die Treppen nach oben, dass Mitsou fast die Puste ausging. Im siebten Stock war bereits die Polizei vor der Wohnungstür des potenziellen Selbstmörders. Bevor einer der Beamten etwas zu ihm sagen konnte, wendete sich Jed an die nächste Tür und klingelte. Als geöffnet wurde, spazierte Jed mit so viel Selbstverständlichkeit in die Wohnung, dass die Beamten glaubten, er würde wirklich hier hin gehören. Jed drängte den jugendlichen Türöffner einfach zurück. Mitsou folgte ihm und schloss die Tür hinter sich.

„Keine Angst, wir wollen Dir nichts tun", sagte Jed, um den Jungen zu beruhigen. Da kam dessen Mutter aus der Küche und fragte: „Wer ist denn da, Rudi?"

„Ich weiß nicht Ma", antwortete der Junge und zog sich misstrauisch vor Jed zurück.

„Wir wollen nur Ihren Nachbar davon abhalten, sich umzubringen", erklärte Jed und sprang dabei schon zum nächsten Fenster, öffnete es und blickte nach draußen. Die Mutter des Jungen war ihm gefolgt und erklärte sarkastisch: „Seine Fenster sind ums Eck rum."

„Scheiße!" murmelte Jed und wendete sich dann an Mitsou.

„Die Polizei hat noch keine Spezialisten da, sonst wären sie selbst schon in seiner und den anliegenden Wohnungen. Ich geh raus …"

Mitsou hatte einen Blick aus dem Fenster geworfen und die schmale Brüstung gesehen, die sich auf Höhe des Fensters um die Fassade des Hauses zog.

„Nein!" protestierte sie mit einem Anflug von Panik. „Da gehst Du nicht raus! Du kannst niemandem helfen, wenn Du selber dabei draufgehst."

„Aber ich muss es doch zumindest versuchen", erwiderte Jed sanft und schnitt Mitsou jeden weiteren Widerspruch ab, indem er ihre Lippen mit einem zarten Kuss bedeckte.

„Hab keine Angst" sagte er beruhigend, als ihre Lippen sich wieder trennten. „Mir passiert schon nichts."

Mitsou fiel es schwer, seiner Versicherung zu vertrauen. Aber sie sah ein, dass sie es ihm nur erschweren würde, wenn sie ihm nicht vertraute. Also nahm sie sich zusammen und nickte ihm schweren Herzens zu.

„Tapferes Mädchen!" flüsterte Jed ihr anerkennend zu und schwang sich im nächsten Moment so ungestüm aus dem Fenster, dass Mitsou nur mit Mühe einen Schrei unterdrücken konnte.

Die Mutter des Jungen hatte weniger Vertrauen und schrie vor Schreck laut auf und der Junge meinte nur bewundernd: „Cool!"

Als Jed in schwindelnder Höhe auf dem schmalen Absatz stand, hatte er weit weniger Selbstvertrauen, als noch eben in der Wohnung. Er atmete tief durch und schob sich dann ganz langsam an der Wand entlang, ohne auf die aufgeregten Schreie der Schaulustigen in der Tiefe zu achten. Die Hausecke war die kritischste Stelle der ganzen Unternehmung. Und hätte Jed dort nicht den Blitzableiter als Halt gefunden, hätte er es wohl nicht geschafft, diese Hürde zu nehmen.

„Halt" bleiben Sie, wo Sie sind, oder ich springe!" rief ihm der Lebensmüde auf der anderen Seite des Hauses zu, während Jed sich noch darauf konzentrierte, sich um die Ecke zu schieben, ohne selbst abzustürzen.

„Sehe ich so aus, als könnte ich hier bleiben, ohne runter zu fallen?" gab Jed etwas gereizt zurück.

„Ich springe!" drohte der Lebensmüde energisch, ohne auf Jeds Frage zu antworten.

„Wenn Du springen willst, dann spring, aber halt endlich die Klappe!" fuhr Jed den Mann an. Er war an der Stelle, an der er den Blitzableiter hinter der Ecke loslassen musste, um auf dieser Seite des Hauses wieder sicheren Halt auf dem Absatz zu finden. Dieser Moment war wirklich kritisch. Selbst der Lebensmüde sah, wie riskant Jeds Unternehmen war und hielt gebannt die Luft an. Erst als Jed dann wieder halbwegs sicher stand und erleichtert durchatmete, rief ihn der andere wieder an: „Kommen Sie nicht näher!"

„Kommen Sie nicht näher!" äffte Jed den Mann nach. Und als dieser ihn sprachlos vor Verwunderung anstarrte, sagte Jed zu ihm: „Es gibt zwei Möglichkeiten: Entweder sie ist es nicht wert. Oder sie ist es wert. Aber wenn sie es wert ist, dann macht das Ganze hier keinen Sinn."

„Was verstehen Sie denn schon davon?" fragte der Mann schluchzend?

„Das, was jeder Mensch versteht, der schon einmal geliebt hat."

„Glauben sie, es ist so einfach?"

„Ja!" behauptete Jed. Aber In Wahrheit wusste er, dass es nie so einfach war. Er kannte die Abgründe der menschlichen Seele und ihre Verzweiflung nur zu gut. Vorsichtig machte er wieder einen Schritt auf den Mann zu. Aber der rief ihm noch einmal verzweifelt zu: „Kommen Sie nicht näher!"

„Verklag' mich doch!" forderte Jed den Mann auf. Er ärgerte sich darüber, dass er sich vorher nicht im Geringsten Gedanken darüber gemacht hatte, wie er einen Lebensmüden, von dem er nichts wusste, als dass er sich umbringen wollte, denn eigentlich davon abhalten wollte, sich umzubringen.

„Wer sind sie denn eigentlich?" fragte der Lebensmüde verwundert.

„Jed Tanner!" erwiderte Jed. „Ich bin Reporter und schreibe für den …"

„Ich kenne sie", erwiderte der Mann euphorisch. „Ich hab Ihre Berichte gelesen. Sie haben doch von der Tänzerin geschrieben, die sich das Bein gebrochen hat."

„Sie hat es verloren!"

„Oh, das tut mir leid."

„Das stand bereits in meinem Artikel!"

„Oder von dem Fernfahrer, der seinen Job verloren hat."

„Er hat nicht seinen Job verloren, sondern man hat ihm seinen Truck geklaut."

Jed kannte das. Die Leute lasen zwar seine Artikel. Aber sie merkten sich nicht, was er schrieb. Er konnte die Menschen nur für den Moment fesseln, in dem sie seine Berichte lasen. Im nächsten Moment hatten sie es bereits wieder vergessen.

„Ist ja auch egal", meinte der Mann.

„Wenn es egal ist", widersprach Jed, „dann ist es ja auch egal, was ich über Sie schreibe."

„Über mich?" fragte der Mann überrascht.

„Natürlich! Was denken sie denn, weshalb ich hier bin?"

„Ich, ... äh, ... keine Ahnung. Weshalb sind Sie denn hier?"

„Um den Menschen da draußen zu erzählen, was in einem Menschen vorgeht, der gerade dabei ist, sich umzubringen!"

„Glauben Sie mir, das interessiert die Menschen da draußen nicht."

„Oh, wenn ich darüber schreibe, dann schon!"

„Sie wollen mich verarschen!"

„Stimmt!"

Der Lebensmüde starrte Jed entsetzt an. Er hatte auf ein wenig Mitgefühl gehofft und bekam stattdessen nur beißenden Zynismus.

„Hör zu", erklärte Jed, jetzt wieder ins ,Du' verfallend, „in Deinem Fenster wird jeden Moment die Polizei auftauchen. Wenn Du Glück hast, dann haben sie einen auf Selbstmörder dressierten Psychologen dabei, der Dich dazu überredet, wieder rein zu kommen. Drinnen überwältigen Dich dann die anderen Beamten und führen Dich in Handschellen ab. Da unten bläst die Feuerwehr bereits ein Luftkissen auf, das so groß ist, dass Du Schwierigkeiten haben dürftest, vorbei zu springen, falls Du vorhast zu springen. Also warum kommst Du nicht mit mir rein, erzählst mir Deinen Kummer und lässt mich Dir helfen, wenn es in meiner Macht liegt?"

„Du kannst mir nicht helfen", antwortete der Mann, ganz leise und blickte mit leeren Augen in den nächtlichen Himmel. Dieser Ausdruck wollte Jed gar nicht gefallen.

„Bitte tu es nicht!" bat er leise, aber eindringlich, da das Luftkissen unter ihnen noch fast leer war. „Du weißt nichts von mir!" schluchzte der Mann und begann von neuem zu weinen.

„Dann erzähl' es mir!" forderte Jed ihn auf.

In dem Moment wurde die Tür zur Wohnung des lebensmüden Mannes aufgebrochen. Zwei uniformierte Beamte kamen in der Absicht ans Fenster gestürzt, den Mann einfach zu überrumpeln und ihn wieder ins Fenster hinein zu ziehen. Der verlor vor Schreck aber das Gleichgewicht und stürzte schreiend vom Fenstersims. Ohne zu überlegen hechtete Jed auf ihn zu und packte ihn am Handgelenk, während er sich mit der anderen Hand am Fenstersims festklammerte. Er wusste, dass er sich nicht lange würde halten können. Unten vor dem Haus ertönte ein allgemeiner Aufschrei des Entsetzens. Einer der uniformierten Beamten im Fenster fragte über Funk nach, was sie jetzt tun sollten. Aber der zweite war beherzt genug, Jeds Hand am Fenstersims zu packen und er forderte seinen Kollegen auf, ihm zu helfen. Mit vereinten Kräften schafften sie es, unter dem Jubel der Menge vor dem Haus, Jed und den Lebensmüden, den Jed nicht losließ, ins Zimmer zurück zu ziehen. Zitternd vor Anstrengung und am Ende ihrer Kräfte saßen die vier Männer am Boden des Zimmers. Keiner von ihnen sprach, bis der Lebensmüde wieder zu weinen begann. Jed musterte die beiden Beamten streng. Auf der einen Seite hielt er sie für die dämlichsten Polizisten, denen er je begegnet war, auf der anderen Seite hatten sie ihm und dem Lebensmüden eben das Leben gerettet. Der Beherztere der beiden sah Jed wohl seine Gedanken an, denn er sagte entschuldigend: „Der Psychologe war nicht aufzutreiben und wir hatten Order zum Zugriff."

Jed nahm den lebensmüden Mann tröstend in seine Arme und ließ ihn in Ruhe weinen. Mit einem Blick bedeutete er den beiden Beamten zu gehen. Der mit dem Funkgerät wollte erst nachfragen, was sie tun sollten. Aber der andere zog ihn energisch mit sich aus der Wohnung.

Jed blieb die ganze Nacht bei dem verzweifelten Mann, ließ ihn reden und hörte ihm zu. Rudolf Baumann hieß der Mann; Baummann mit zwei ‚m'. Er war völlig verschuldet, arbeitslos und zuletzt auch noch von seinem Freund verlassen worden. Jawohl: Von seinem Freund!

Jed fühlte sich an diesem Punkt von Rudolfs Erzählung etwas unwohl und wäre gern wieder ein Stück von ihm weggerutscht. Aber er wusste, dass Rudolf jetzt Trost brauchte und keine Ablehnung wegen seiner Homosexualität. Rudolf Baummann tat es gut, sich all seinen Schmerz von der Seele zu reden. Aber Jed wusste, dass es nicht reichte, einfach nur zuzuhören. Er musste versuchen, zu helfen und er versprach, zu tun, was in seiner Macht lag, während der beherzte Polizist vor der Tür alle anderen Beamten und sogar den erst zwei Stunden später eintreffenden Polizeipsychologen zurückhielt.

Mitsou wachte die ganze Nacht zwischen der Nachbarwohnung und dem Treppenhaus.

Am Morgen war Rudolf soweit, sich mit dem Psychologen zu unterhalten. Doch der war inzwischen längst wieder weg. Der beherzte Polizist nahm Rudolf das Versprechen ab, vorerst keine Dummheiten mehr zu machen. Und Jed fuhr mit Mitsou in die Redaktion, wo sie mit Beifall empfangen wurden. Jed dachte zuerst, der Applaus, wäre für seine Lebensrettungsaktion, doch auf der Titelseite des Abendblattes, das von Hand zu Hand ging, prangte groß und fett die Überschrift ‚STARJOURNALIST BEIM HEIMLICHEN SEXSPIEL IM AUTO ÜBERRASCHT!'

Und darunter war das gestochen scharfe Foto von Jed und Mitsou in Jeds Wagen abgedruckt.

„Das hätte ich mir denken können", seufzte Jed. Mitsou verzog sich errötend sofort in ihr Büro. Sie wagte nicht einmal, Jed noch einen Blick zuzuwerfen, denn während er als Held gefeiert wurde, betrachtete man sie nur als erlegte Beute oder als Nutte. Aber Jed war das ebenso unangenehm, wie ihr. Und er tat, was er am Vortag noch nicht gewagt hätte. Er klopfte an Mitsous Bürotür, trat ein, bevor sie ‚Herein' sagen konnte und schloss die Tür hinter sich wieder.

„Es tut mir leid!" sagte er verlegen. „Das wollte ich nicht."

„Ja, ich weiß", antwortete Mitsou und zwang sich zu einem Lächeln. Doch noch bevor sie an seiner Brust Halt suchen konnte, polterte ihr Chef aus seinem Büro in ihr Vorzimmer. Als es Mitsou und Jed zusammen erblickte, stieg ihm sofort die Zornesröte ins Gesicht.

„*Gleich platzt er*", flüsterte Jed Mitsou leise zu. Und Mitsou musste über diesen unangebrachten Scherz unangebrachterweise auch noch lachen.

„*Was gibt's da zu lachen?*" platzte ihr Chef heraus. Es stand ihm deutlich ins Gesicht geschrieben, dass er nicht bereit war, zu akzeptieren, dass seine Untergebene Mitsou, die sein eigenes Werben ignoriert und ihn selbst abgewiesen hatte, sich so einfach seinem Untergebenen Jed, der absolut keinen Respekt kannte, hingegeben hatte.

„*Gar nichts*", antwortete Mitsou kleinlaut. Aber dabei zuckte ihr mühsam unterdrücktes Lachen noch verdächtig in ihren Mundwinkeln.

„*Sofort in mein Büro, alle beide!*" donnerte der Chef die beiden an. Und die folgten ihm Hand in Hand, was ihn nur noch mehr provozierte. Als Jed die Tür hinter sich geschlossen hatte, knallte sein Chef das Abendblatt auf seinen massiven Mahagonischreibtisch und brüllte so laut, dass die ganze Redaktion ihn hören konnte: „*Ich bezahle Sie dafür, dass Sie mir Storys für meine Zeitung liefern und nicht, dass Sie sich öffentlich zur Schau stellen und damit der Konkurrenz zu solchen Schlagzeilen verhelfen!*"

„*Wir hören Sie auch, wenn Sie ein bisschen weniger laut brüllen*", erwiderte Jed gelangweilt und griff nach der Zeitung, um sich das Foto anzusehen und den Artikel zu überfliegen. Sein Chef plusterte sich wieder auf. Aber bevor er genug Luft geholt hatte, um wieder loszubrüllen, fragte Jed ihn: „*Haben Sie es gelesen? Ich bin ein Starjournalist!*"

„*Sie sind ein Windhund!*"

„*Vielleicht sollte ich mich beim Abendblatt bewerben. Die würden mich mit Handkuss nehmen, auch wenn sie solche Schmierfinken wie den Meier beschäftigen.*"

„*Dieser Schmierfink beschert seiner Zeitung Verkaufszahlen, und zwar auf meine Kosten. Was haben Sie dazu zu sagen?*"

„*Gar nichts. Und Du Schatz?*" wendete sich Jed an Mitsou, wohlwissend wie sehr er seinen Chef damit provozierte.

„*Ich auch nichts!*" antwortete Mitsou. Jeds Kaltschnäuzigkeit ließ auch sie ihre Furcht vor ihrem Chef verlieren. An seiner Seite konnte das Gebrüll ihres Chefs sie nicht mehr, so wie bisher einschüchtern, sondern es rief nur noch stille Heiterkeit in ihr hervor, die sie Mühe hatte, so weit zu unterdrücken, dass sie nicht wieder loslachen musste. Ihr Chef schnappte wieder nach Luft. Aber Jed wartete auch diesmal nicht darauf bis er genügend Druck für die nächste Brüllattacke aufgebaut hatte, sondern fragte ihn: „*Haben Sie schon von dem Selbstmordversuch heute Nacht gehört?*"

„*Sie ham's im Radio gebracht. Wieso?*"

„*Ich hab mit dem Mann die ganze Nacht gesprochen. Wollen Sie die Story? Oder soll ich sie dem Abendblatt anbieten?*"

Da wurde Jeds Chef plötzlich nachdenklich und beruhigte sich ein wenig. Da er sich aber keine Blöße geben wollte, meinte er ziemlich abfällig: „*Selbstmörder bringen keine Verkaufszahlen, vor allem wenn sie es nicht zu Ende gebracht haben.*"

„*Na gut*", meinte Jed und erklärte: „*Es gibt Gott sei Dank noch Zeitungen, denen ein Menschenleben etwas wert ist. Hier haben sie meinen Spindschlüssel!*"

Und damit zog er einen Schlüsselbund samt Mitsous Slip aus der Hosentasche.

„*Oh*", sagte er überrascht und warf errötend einen kurzen Blick auf Mitsous

Rocksaum. Auch Mitsou errötete, räusperte sich verlegen und wendete sich schnell an ihren Chef.

„Übrigens hat Jed nicht nur mit dem Mann geredet, sondern er war es, der ihn gerettet hat!"

Jed warf den Schlüssel auf den Schreibtisch und sagte zu Mitsou: „Komm, wir gehen!"

„Sie gehen nirgendwo hin!" brüllte ihr Chef ihnen hinterher. Und als Jed sich an der Tür noch mal umdrehte und ihm einen fragenden Blick zuwarf, brummte sein Chef etwas weniger laut: „Sie können Ihren Artikel schreiben, Tanner. Vielleicht taugt er ja was."

Jed schrieb einen herzergreifenden Bericht über den Mann, der sich in der letzten Nacht das Leben hatte nehmen wollen. Er forderte die Menschen darin dazu auf, ihre Augen nicht vor den Problemen ihrer Mitmenschen zu verschließen und bat um Toleranz und aktive Hilfe. Da Jed seine Rettungsaktion in dem Artikel mit keiner Silbe erwähnte, wollte sein Chef schon wieder zum Brüllen anfangen. Aber Jed weigerte sich, sich selbst in einem seiner Artikel hervorzuheben und erklärte seinem Chef, dass diesem auch ein wenig Bescheidenheit gut tun würde.

Im Fernsehen und in den anderen Zeitungen wurde überall mit identischen Bildern über die Rettung berichtet. Aber Jed war der einzige, der mit dem Mann gesprochen hatte und er weigerte sich, anderen Reportern etwas über seinen eigenen Einsatz zu erzählen, außer dass zwei Polizisten ihn und den Mann letztendlich gerettet hatten. Nachdem er seinen Artikel fertig geschrieben hatte, telefonierte er mit einigen Leuten, die dem verzweifelten Selbstmordkandidaten helfen konnten. Noch am selben Tag hatte der Mann wieder einen Job. Und indem er dadurch wieder ein wenig an Selbstwertgefühl gewann, war er auch bereit dazu, die Trennung von seinem Freund zu akzeptieren.

Als Jed am Nachmittag die Redaktion wieder verließ, fragte er Mitsou, ob sie ihn begleiten würde. Es fühlte sich gut für ihn an, ohne Hemmungen an ihre Tür klopfen und mit ihr sprechen zu können. Und das Wissen, dass sie keinen Slip unter ihrem kurzen Rock trug, war sehr erregend für ihn.

Mitsou folgte ihm, ohne zu zögern. Und als sie gemeinsam in Jeds Wagen saßen, fragte sie ihn: „Und was hast Du heute vor?"

„Mir geht das nackte Mädchen aus dem Park nicht aus dem Sinn", gestand Jed.

„Das dachte ich mir", antwortete Mitsou nachsichtig lächelnd und stellte fest: „Also fahren wir wieder in den Park."

Jed war froh, dass Mitsou, jetzt, wo sie so etwas wie eine Beziehung miteinander begonnen hatten, trotzdem seine Faszination für dieses Mädchen akzeptierte und in gewisser Weise sogar teilte. Er nickte. Dann fuhren sie zu Mitsou nach hause, machten sich frisch und aßen eine Kleinigkeit.

„Falls ich den Spanner wieder ablenken muss, lege ich mir heute lieber was zum Anziehen ins Auto", meinte Mitsou, bevor sie losfuhren. Jed lächelte sie dankbar und verliebt an und erwiderte: „Wenn ich kein Interview mit dem Mädchen bekomme, dann kann ich ja zumindest über Dich schreiben."

„Über mich?" fragte Mitsou erstaunt. Jed nickte.

„Naja, wenn Du jetzt auch regelmäßig nackt durch den Park läufst ..."

Er ließ das Ende des Satzes offen. Aber Mitsou verstand ihn schon und sagte mit gespielter Naivität: „Ja, wissen Sie Herr Journalist, ich mag es einfach, wenn mir der Wind zwischen den Beinen durchweht und wenn er meinen Körper auch an den intimsten Stellen ganz sanft berührt und streichelt. Außerdem finde ich es total erregend, wenn mich irgendwelche Spanner verfolgen. Nicht zu wissen, ob ich ihnen entkommen kann und mir vorzustellen, was sie vielleicht mit mir anstellen, wenn sie mich erwischen, ist total spannend!"

Jeds Lächeln verschwand wieder aus seinem Gesicht, als er Mitsou zuhörte.

„Ja stimmt", sagte er sehr ernst. „Das ist wirklich spannend. Ich kann Dich diesem Risiko nicht noch einmal aussetzen."

„Keine Angst, Jed", beruhigte ihn Mitsou. „Ich kann schon auf mich aufpassen. Ich fand das gestern wirklich sehr spannend. Aber vielleicht gibt der Typ ja endlich auf und es ist gar nicht notwendig."

Jed widersprach: „Ich fürchte, durch die gestrige Aktion hast Du ihn nur noch mehr dazu animiert, sich wieder auf die Lauer zu legen. Am besten, wir fangen ihn schon vorher ab und machen ihm klar, dass ein sehr unvorteilhafter Bericht über ihn in der Zeitung steht, wenn er so weiter macht."

Und so machten sie es auch. Mitsou ließ sich vor dem Mann nicht sehen, da sie durch ihre Proportionen sicherlich auch angezogen sofort als die nackte Flitzerin vom Vortag von ihm erkannt worden wäre. Aber Jed hatte ein kurzes, dafür aber umso deutlicheres Gespräch mit ihm, als er sich, bewaffnet mit Fernrohr und Fotoapparat, in den Park schlich. Kleinlaut zog der Spanner wieder ab, nachdem Jed ihm gedroht hatte, sein Bild mit Namen und Adresse in der Zeitung zu veröffentlichen. Und als es dann zu dämmern begann, legten sich Jed und Mitsou selbst wieder auf die Lauer und warteten, gespannt drauf, ob das Mädchen wieder erscheinen würde.

„Was, wenn sie wieder darauf besteht, dass Du nackt mit ihr gehst, wenn Du etwas über sie erfahren willst?" fragte Mitsou.

Jed hatte durch Mitsous Nähe und durch das Wissen, dass sie, obwohl sie sich geduscht und frisch angezogen hatte, noch immer keinen Slip unter ihrem kurzen Rock trug, durch den ständigen Anblick ihrer wunderschönen, großen Brüste, über denen sich wieder der Stoff einer zu engen Bluse spannte und durch das Bild des nackten Mädchens, das ihm nicht aus dem Kopf ging, schon wieder seit Stunden eine Erektion.

„Dann, äh, ... dann ...", stotterte er. Er hatte keine Ahnung, was er machen sollte, wenn das Mädchen erscheinen und wirklich wieder diese Bedingung stellen sollte."

Mitsou lächelte vergnügt über Jeds Verlegenheit. Sie kniete sich kurz entschlossen vor ihn und öffnete den Reißverschluss seiner Hose.

„Was machst Du denn?" fragte Jed mit noch größerer Verlegenheit. Dass er bereits einmal Sex mit Mitsou gehabt hatte, erschien ihm im Nachhinein fast wie ein Traum. Und er glaubte keineswegs, dass er sich dadurch Hoffnungen auf mehr machen durfte.

Mitsou befreite Jeds erregten Penis aus dem Gefängnis seiner Hose, nahm ihn zärtlich in die Hand und antwortete: „Wenn Du nachher keine Erektion mehr hast, für die Du Dich vor dem Mädchen schämen müsstest, dann könntest Du ihm ja den Gefallen tun und seine Bedingungen akzeptieren."

Jed wollte widersprechen. Aber in dem Moment nahm Mitsou schon die pralle Eichel seines in ihrer Hand pulsierenden Penis in den Mund und schloss zärtlich ihre Lippen. Ganz sanft begann sie zu saugen und ihre warme Zunge erkundete langsam und neugierig die prallen, zitternden Formen. Mit weichen Knien schloss Jed sowohl wieder seinen Mund, als auch seine Augen, während er sich haltsuchend an die Efeubewachsene Mauer des Parks lehnte.

Mitsou ließ sich unendlich viel Zeit. Sie versuchte nicht, Jed schnell zu einem Höhepunkt zu bringen, sondern genoss die liebevolle, neugierig forschende und verspielte Langsamkeit, mit der sie seinen Penis liebkoste und verwöhnte. Selbst als sie das Mädchen bemerkte, das nackt auf der Mauer aufgetaucht war und sie fasziniert bei ihrem zärtlichen Liebesspiel beobachtete, ließ sie sich nicht in ihrer gefühlvollen Langsamkeit beirren. Mit geschlossenen Augen gab sie sich ihrer eigenen Zärtlichkeit und Leidenschaft hin und ließ sich von ihr treiben. Jed atmete stoßweise. Seine Brust hob und senkte sich immer heftiger und er krallte sich mit zitternden Knien an die Efeuranken. Die Erregung wurde fast unerträglich für ihn. Diese sanfte, sich einfach nicht steigernde Zärtlichkeit, die den erlösenden Orgasmus immer weiter vor sich her schob und dabei die Intensität der Erregung zu ihm bisher unbekannten Dimensionen aufbaute, war ihm absolut neu. Noch niemals zuvor hatte er beim Sex das Gefühl gehabt, das Bewusstsein zu verlieren, oder in eine andere Bewusstseinsebene einzutreten. Seine Beine zitterten so stark, dass sie ihn nicht mehr tragen konnten. Aber seine Hände krallten sich so fest an den Efeu, dass er nicht einmal in der Lage war, sich seiner Schwäche zu ergeben und auf den Boden zu sinken. Er hing wie ein flatterndes Segel im Wind an der Mauer und ließ sich von Mitsou in eine Ekstase versetzen, von der er niemals geglaubt hätte, dass es sie in dieser Intensität, in der alles andere zu existieren aufhört, geben könnte. Am liebsten hätte er Mitsou angefleht, aufzuhören oder durch schnellere und heftigere Bewegungen den erlösenden Orgasmus endlich herbeizuführen. Aber er war nicht in der Lage zu sprechen und genoss dabei diesen Zustand der absoluten Ekstase, in der die Intensität der Erregung das Maß des Erträglichen sprengte.

Das Mädchen auf der Mauer war fasziniert von der leidenschaftlichen Zärtlichkeit, mit der Mitsou Jed in diesem Zustand der Ekstase gefangen hielt. Es war eigenartig erregend für sie, Zeuge dieses so ungewöhnlich sanften Liebesspiels zu sein. Und als Jed nach einer schieren Unendlichkeit dann doch endlich den ersehnten und erlösenden Höhepunkt seiner nicht mehr zu steigernden, sexuellen Erregung erreichte, da wurde nicht nur Mitsou, sondern auch das Mädchen auf der Mauer von der Macht dieses Orgasmus gepackt und mitgerissen. Mitsou hatte als aktiver Teil ja immerhin einen Teil der Kontrolle inne. Aber das Mädchen, das bloßer Zuschauer gewesen war, begriff überhaupt nicht, wie ihm geschah, als sich Jeds Orgasmus mit einer Heftigkeit auf sie und ihren Körper übertrug, dass sie beinahe von der Mauer gestürzt wäre, weil ihr Körper keine so intensiven Empfindungen jemals empfunden hatte. Es hätte niemals erwartet, seinen erster Orgasmus als nur passiver Zuseher eines Blowjobs zu erleben und noch dazu in einer Heftigkeit, die alle bekannten und vorstellbaren Empfindungen so dermaßen übertraf, dass es auch nicht annähernd in der Lage gewesen wäre, diese in Worte zu fassen.

Jed brauchte fast eine Viertelstunde, bis er sich wieder halbwegs und soweit unter Kontrolle hatte, dass er zumindest die Efeuranken, an die er sich klammerte, loslassen und sich erschöpft auf den Boden sinken lassen konnte, um sich dort von dieser selbst für seinen trainierten Körper fast zu intensiven Anstrengung wieder zu erholen. Als er nach einer weiteren Zeitspanne, die die Dunkelheit über den Park gebreitet hatte, seine Augen wieder zu öffnen vermochte, war es nicht, wie erwartet Mitsous Gesicht, das er über sich erblickte, sondern das des wunderschönen, nackten Mädchens. Mehrere Minuten lang sahen die beiden sich nur neugierig in die Augen und versuchten dort zu lesen. Aber beide entdeckten nur Chaos und Verwirrung in den Augen des anderen.

„Wo ist Mitsou?" fragte Jed, als er nach einer Ewigkeit endlich seine Stimme, die ihm in diesem Moment seltsam fremd erschien, wieder fand.

„Mitsou?" fragte das Mädchen. „Die wunderschöne Frau?"

„Ja", bestätigte Jed. „Die wunderschöne Frau!"

„Gegangen" antwortete das Mädchen jetzt fast tonlos und Jed fragte verwirrt nach: „Gegangen?"

Das Mädchen nickte und erklärte: „Sie hat mich hergewunken und ist gegangen."

Langsam drang es in Jeds Bewusstsein, dass er noch immer mit offener Hose, aus der sein zwar erschöpfter, aber noch immer pulsierender Penis herausragte, vor dem Mädchen auf dem Boden lag. Mühsam richtete er sich auf und versuchte seinen Penis schnell in der Hose zu verstauen, was aber nicht so recht gelingen wollte.

„Ich hab ihn eh schon gesehen", meinte das Mädchen, auf der einen Seite amüsiert über Jeds Unbeholfenheit, auf der anderen Seite fasziniert von seinem Anblick und selbst noch erregt von ihrem soeben erlebten Orgasmus.

Jed räusperte sich verlegen und stand auf, um seine Kleidung zu sortieren und seinen Penis schnell und möglichst unauffällig wieder aufräumen zu können. Es machte ihn nervös und verwirrte ihn, dass das Mädchen ihm heute so nah war und dass es Mitsou und ihn offensichtlich bei ihrem Liebesspiel zugesehen hatte. Das Mädchen war wieder nackt. Es bewegte sich ganz ohne Scheu vor Jed. Weder versuchte es, sich ihm durch plumpe Selbstdarstellung zu präsentieren, noch ihre Blöße vor ihm zu bedecken. Es trug seine Nacktheit mit einer Selbstverständlichkeit, wie jeder andere Mensch seine tägliche Kleidung trug.

„Warum bist Du nackt hier?" fragte Jed, als sein Penis wieder der Sicherheit seiner Hose anvertraut war. Das Mädchen lächelte ihn an und antwortete: „Sie kennen ja meine Bedingungen, wenn Sie was über mich wissen wollen."

Und als Jed sich hilfesuchend nach Mitsou umblickte, die aber wirklich verschwunden war, meinte das Mädchen noch: „Ich hab doch eh schon das Einzige von Ihnen gesehen, von dem Sie Angst haben, es mich sehen zu lassen."

Plötzlich musste Jed über sich selbst lachen. Und als das Mädchen ihn verwundert und fragend anblickte, erklärte er ihm: "Mitsou hat das vorhin gemacht, weil ich gestern eine Erektion hatte, mit der es mir auf gar keinen Fall möglich gewesen wäre, mich vor Dir auszuziehen. Sie hat gemeint, wenn ich jetzt einen Orgasmus hätte, dann hätte ich danach kein Problem mehr, falls Du tatsächlich wieder hier auftauchen, und Deine Bedingungen aufrecht erhalten solltest."

„Und?" fragte das Mädchen mit deutlich hörbarer Spannung.

Jed räusperte sich noch einmal und erklärte verlegen: „Das Problem ist noch da!"

Jetzt war es das Mädchen, das lachen musste. Aber es war ein so ehrliches und liebreizendes Lachen, dass Jed sich gar nicht sattsehen konnte an seiner ungekünstelten und anmutigen Freude und Schönheit, während der Klang seines Lachens ihn in der Tiefe seines Herzens berührte. Das Mädchen unterdrückte sein Lachen, als es Jeds Blick bemerkte, den es nicht deuten konnte.

„Entschuldigung bitte!" sagte es schuldbewusst. „Ich wollte nicht beleidigend sein."

„Das bist Du nicht!" versicherte Jed beruhigend und fragte jetzt noch einmal: „Willst Du nicht doch einfach so mit mir reden? Du kannst auch erst nach hause gehen und Dir etwas anziehen, wenn Dir das lieber ist. Wenn Du …"

„Ich will mir nichts anziehen!" unterbrach das Mädchen Jed. „Kommen Sie nackt mit mir durch den Park und ich erzähle Ihnen alles, was Sie wissen möchten!"

„Ich hab Dir doch erklärt, …" begann Jed gequält. Aber das Mädchen ließ ihn wieder nicht aussprechen, sondern sagte ganz sanft: „Ich hab gesehen, wie Ihre Freundin Fellatio bei Ihnen praktiziert hat und ich hab sie auch danach noch sehr lange und ausgiebig betrachtet. Ihre Erektion stört mich nicht, ganz im Gegenteil: Ich finde sie schön! Und außerdem", sagte sie einer plötzlichen Eingebung folgend, „erfordert es weit weniger Mut, nackt zu sein, als das zu tun, was Sie letzte Nacht getan haben."

Jed sah das Mädchen fragend an und es erklärte ihm: „Ich hab im Fernsehen gesehen, wie sie den Mann gerettet haben, der sich umbringen wollte, Jed Tanner!"

„Es waren die Polizisten, die den Mann und mich gerettet haben!" widersprach Jed.

Das Mädchen sah ihn mit so offener und ehrlicher Bewunderung für seinen Mut und seine Bescheidenheit an, dass Jed errötete.

„Bitte schau mich nicht so an!" bat er verlegen und senkte dabei seinen eigenen Blick.

„Bitte schauen Sie mich an!" bat das Mädchen und fragte. „Wie wollen Sie denn über mich schreiben, wenn Sie mich nicht mal ansehen?"

Jeds Augen wanderten vom Boden am nackten Körper des Mädchens entlang zurück zu ihren Augen. Er wagte dabei kaum, ihren Körper wirklich anzusehen, weil sein Penis trotz seines eben erst überstandenen Orgasmus schon wieder seine Hose zu sprengen drohte. Seine Erektion fühlte sich so hart an und seine Erregung war so intensiv, dass es sich anfühlte, als hätte er seit Ewigkeiten jeden Orgasmus unterdrückt.

Obwohl Jed versuchte, nichts vom Körper des Mädchens bewusst anzusehen, entging ihm nichts davon. Er sah seine kleinen, zarten Füße, die schlanken Waden, die Knie, den auf Schnelligkeit und Sprungkraft deutenden Schwung ihrer Oberschenkel, die kleine, rasierte Spalte, bei deren Anblick Jed fast zu hyperventilieren begonnen hätte, weil seine Augen sich daran festsaugen wollten, den schlanken, sich unter Jeds Blick, deutlich hebenden und senkenden Bauch, die sich leicht unter der Haut abzeichnenden Rippen, diese wunderschönen, so winzigen, aber festen und straffen Brüste mit den kleinen, offensichtlich erregten, und ihn so sehr erregenden Knospen, die sich ihm unbewusst entgegenzustrecken schienen und auf ihn eine schier unwiderstehliche Anziehungskraft ausübten, die Schultern, Arme und kleinen Hände mit den schlanken Fingern und den gepflegten, aber nicht übertrieben langen Nägeln, den schlanken, schwer schluckenden

Hals, das kleine, aber energische Kinn, die leicht geöffneten, vollen, sinnlichen und sich nach seinen Küssen verzehrenden Lippen, die Jed so gerne mit seinen Lippen geschlossen hätte, die kleine, gerade Nase, deren Nasenflügel jetzt leicht bebten, den leichten Schwung ihrer Wangenknochen, die winzigen, unter den braunen, bis auf die Schultern fallenden Haaren hervorblitzenden Ohren, die dunklen, blauen Augen, die Jed an einen Bergsee denken ließen, in dem er nur allzu gerne ertrunken wäre, und darüber die leicht gewölbte, edle Stirn.

„Du bist schön" sagte Jed möglichst unbefangen. Aber er wusste, dass seine heftige Atmung ihn verriet. Das Mädchen nur als ‚schön' zu bezeichnen war so, als wenn er das Universum nur mit dem einen Wort ‚Groß' hätte beschreiben wollen. Trotzdem sagte das Mädchen errötend: „Danke!"

Jed befreite seinen Blick aus den Augen des Mädchens, in deren tiefem Blau er die Unendlichkeit dieses Universum zu entdecken glaubte.

„Das reicht aber nicht für eine Story", sagte er nervös, weil er nicht wusste, wo er hinsehen sollte.

„Sie wissen, wie Sie Ihre Story kriegen, Jed Tanner!" erwiderte das ebenfalls vor Nervosität zitternde Mädchen und sagte dann: „Ich gehe jetzt hier an der Mauer entlang."

Ohne die Bedeutung dieses Satzes zu erklären, spazierte es los, sorgsam darauf bedacht, sich von anderen Leuten, die möglicherweise noch im Park unterwegs waren, nicht sehen zu lassen. Jed zögerte keine zwei Sekunden, dann rief er dem Mädchen hinterher: „Warte!"

Das Mädchen drehte sich erwartungsvoll wieder um. Jed nickte ihm zu und sagte: „Auf Deine Verantwortung", obwohl er wusste, dass er nur selbst für das verantwortlich war, was er tat.

Er zog sich schamhaft aus, versuchte dabei seine Blöße und vor allem seine peinliche Erektion vor den Blicken des Mädchens, die er wie Nadelstiche auf der Haut spürte, zu verbergen und versteckte seine Kleidung unter einem Busch. Das Mädchen strahlte ihn lächelnd an, streckte ihm seine Hand entgegen und forderte ihn ermutigend auf: „Kommen Sie!"

In gebückter Haltung huschte Jed zu dem Mädchen und nahm zögernd seine Hand. Aber in dem Moment, in dem sie sich berührten, fühlten beide so etwas, wie einen elektrischen Schlag, der von den sich berührenden Händen aus, durch ihre Körper schoss. Beide zuckten erschrocken zurück und Jed fragte verwundert: „Wie hast Du das gemacht?"

„Ich hab nichts gemacht" antwortete das Mädchen ebenso verwundert aber trotzdem voller Schuldgefühle. Zaghaft bot Jed ihm wieder seine Hand an und das Mädchen griff jetzt vor Verunsicherung so zögernd zu, wie vorher Jed. Wieder durchzuckte ein Stromschlag ihre Körper. Aber Jed hielt die Hand des Mädchens fest und nach dem Schlag fühlten beide nur noch ein angenehmes und unglaublich erregendes Prickeln durch ihre Körper strömen. Jed war so sehr von diesem Phänomen fasziniert, dass er sogar vergaß, seine pulsierende Erektion vor dem Mädchen zu verstecken. Und das Mädchen, nicht weniger beeindruckt von dieser zwischen ihnen fließenden Energie, sah dadurch, wie

Jeds ohnehin schon zum Bersten praller Penis, im Moment des Schlags nach oben zuckte und seine Eichel sich dabei für einen Moment so stark aufblähte, dass es Angst hatte, sie würde platzen. Da sie aber nicht platzte und Jed das nachfolgende, ihre Körper durchströmende Prickeln ganz offensichtlich ebenso sehr genoss, wie das Mädchen, siegte sehr schnell die Faszination über dieses erregende Prickeln über die Furcht. Das Mädchen hätte am liebsten nach Jeds Penis gegriffen, nur um herauszufinden, ob seine Eichel auch bei dieser direkten Berührung so explosionsartig anschwellen würde, und wenn ja, wie es sich anfühlte. Dabei schmerzten es seine eigenen kleinen Brustwarzen. Sie hatten vorher schon vor Erregung gezogen. Aber der Schlag hatte sich in ihnen, so wie auch in Jeds Penis und der winzigen, jungfräulichen Klitoris des Mädchens wie eine Explosion entladen.

„Ich trau mich gar nicht, Sie jetzt wieder loszulassen", flüsterte das Mädchen Jed in einer Art heiliger Ehrfurcht zu. Jed ging es nicht anders. Das Mädchen wieder loszulassen würde bedeuten, bei der nächsten Berührung wahrscheinlich wieder einen solchen Schlag zu bekommen. Aber von der anderen Seite betrachtet, war diese Vorstellung sogar sehr reizvoll. Sie waren beide erschrocken, weil sie keine so heftige Reaktion erwartet hatten. Sein Penis schmerzte jetzt mehr als vorher. Aber der Schmerz war nicht unangenehm. Er war die pure, sexuelle Erregung. Und das Prickeln, das ihre Körper durchströmte, schien der reinste Fluss göttlicher Liebe zu sein.

Jed drückte sanft die Hand des Mädchens und sagte ebenfalls flüsternd: „Ich glaube, es ist unter den gegebenen Umständen albern, wenn Du mich weiter siezt. Ich bin Jed!"

Noch wagten die beiden nicht, sich wieder loszulassen, um sich anständig die Hände zu geben. Also erwiderte das Mädchen den Druck von Jeds Hand und antwortete: „Das bedeutet mir sehr viel! Danke Jed."

Das Mädchen war Jed ganz nah und sah ihm so tief in seine grauen Augen, dass Jed die Seele des Mädchens sich bis auf den Grund seiner eigenen Seele ausbreiten spürte. Die beiden sahen sich nur in die Augen und verschmolzen dabei vollkommen mit Leib und Seele.

„Bitte halt' mich!" bat das Mädchen schwach. Jed bemerkte, dass es kurz davor stand, das Bewusstsein zu verlieren und kam seiner Bitte nach. Er nahm das Mädchen sanft in seine Arme, zog es ungeachtet seiner zwischen ihnen stehenden Erektion an sich und hielt es ganz fest. Da der Körperkontakt nicht abgerissen war, gab es keinen neuen Schlag. Aber das sie durchströmende Prickeln und Kribbeln war da, wo sich ihre Körper berührten so intensiv, dass ihre Erregung sich immer weiter steigerte. Jed spürte, wie sich die flachen Brüste des Mädchens mit den winzigen, aber vor Erregung ganz harten und heißen Knospen, an ihn pressten. Die Berührung brachte dem Mädchen aber trotz der Stärke, mit der es sich an Jeds Körper presste, keine Linderung, sondern verstärkte das gleichzeitig schmerzhafte und erregende Ziehen in seinen Brüsten und seiner Klitoris so sehr, dass es sich am liebsten losgerissen hätte. Aber es konnte sich nicht losreißen, es konnte Jed nicht loslassen, sondern verkrallte sich mit zitternden Fingern in Jeds Rücken und biss in seine Schulter, um nicht zu schreien. Der Strudel der Lust, der Jed und das Mädchen gepackt hatte und der sie ohne Rücksicht auf die Grenzen ihrer körperlichen und seelischen Kräfte in eine überirdische Ekstase versetzte, ging nicht nur über den

Verstand des Mädchens, sondern auch über den Jeds. Jed hatte geglaubt, dass ihn nichts mehr überraschen könnte. Aber war das, was Mitsou vorher mit ihm angestellt hatte, schon eine völlig neue Dimension des Empfindens für ihn gewesen, so war sein jetziger Zustand mit irdischen Maßstäben gar nicht mehr zu erfassen. Jed fühlte sich nicht mehr als sterbliches Wesen dieser Welt. Während er und das Mädchen, dessen Namen er noch nicht einmal kannte, sich haltsuchend aneinanderklammerten, fühlte er nicht mehr nur die Erregung, die Lust und die Ekstase, sondern er wurde selbst zu ihr. Er wusste nicht, ob sie noch am Boden standen, oder ob sie schwebten. Die Erde um sie herum schien aufgehört haben zu existieren. Als Jed und das Mädchen schon längst die Kontrolle über ihre Körper und über ihr Bewusstsein verloren hatten, entlud sich Jeds Ekstase in einem unbeschreiblichen Orgasmus. Der Saft seiner Lenden schoss in immer neuen Stößen aus seinem pulsierenden Penis und bildete einen warmen Film zwischen den beiden aneinandergepressten Körpern. Im selben Moment explodierte auch das Mädchen in einem Orgasmus, der sich in seiner empfindsamen Klitoris und in den Knospen seiner Brüste mit der Gewalt einer biblischen Katastrophe entlud.

Jed wusste nicht wie, aber irgendwie schaffte er es, sich und das Mädchen unbeschadet auf den Boden zu bringen. Selbst als sie schon unten lagen, und der Geruch von frischer Erde in ihr Bewusstsein zu dringen begann, klammerten die beiden sich noch aneinander. Erst ganz allmählich entspannten sich ihre Körper wieder. Das Mädchen lag in Jeds Armen auf seinem Körper und das Prickeln wollte auch jetzt, wo sie sich vor Mattigkeit und Erschöpfung schon nicht mehr rühren konnten, nicht aufhören.

„Bin ich gestorben?" hauchte das Mädchen so schwach und leise, wie ein geflüsterter Gedanke.

Jed antwortete lange nicht. Er war gar nicht in der Lage zu antworten. Er versuchte nur, wieder Herr seiner Sinne zu werden, um sich selbst darüber klar zu werden, durch welche Pforte er mit dem Mädchen, das er nicht einmal kannte, getreten war.

‚War es möglich?' fragte er sich. ‚War es möglich, dass sie wirklich gestorben waren? Aber wenn ja, warum? Was war mit ihnen geschehen? Hatte ein Dämon sie verflucht oder hatte Eros alle seine Pfeile auf einmal auf sie abgeschossen? Nein', dachte er sich, ‚ein Fluch konnte das nicht sein, dafür fühlte es sich viel zu gut an, auch wenn es ihre Kräfte so unendlich überstieg.' Jed roch die Erde des kühlen Bodens, das Gras, den Schweiß ihrer Körper und sein Sperma. Den Geruch des Mädchens konnte er aus allen anderen Wahrnehmungen ganz deutlich herausfiltern. Er tat es nicht bewusst, sondern stellte ganz einfach fest, dass es so war. Jed zwang sich dazu, seine Augen zu öffnen. Seine Lider waren unendlich schwer, und als er sie dann endlich offen hatte und das erschöpfte Mädchen auf seiner Brust liegen sah, nahm er ganz deutlich einen hellen, lebendigen Schimmer um es herum wahr. Ganz vorsichtig tastete er nach dem Mädchen und streichelte über seine von Schweiß verklebten Haare, ohne dabei die sichtbare Aura zu zerstören.

„Ich weiß es nicht", antwortete er auf ihre Frage. Aber er war sich gar nicht sicher, ob die Antwort wirklich über seine Lippen kam, da er sich so unendlich schwach fühlte und selbst seine eigene Stimme nicht hörte, obwohl sein Gehirn die Antwort doch formuliert hatte.

„*Marichú*", *hauchte das Mädchen nach einer Weile. „Ich bin Marichú. Und wenn das der Tod ist, dann ist er schöner, als das Leben!"*

„*Ja*" *bestätigte Jed, ebenso leise wie das Mädchen. Etwas wie das, was er gerade mit Marichú erlebt hatte und noch immer erlebte, konnte es laut seines rationalen Verstandes nicht geben. Der Tod wäre eine plausible Erklärung für ihn gewesen. Aber warum drang dann die Welt um ihn herum wieder in sein Bewusstsein?*

„*Marichú*" *flüsterte er ganz sanft und ließ den Klang des Namens in sich nachwirken. Jetzt hatte er seine Stimme gehört, ganz schwach nur, aber real. Er dachte, er sprach, also musste er leben..*

„*Cogito ergo sum*" *zitierte Jed, wie um sich davon zu überzeugen, dass er selbst und Marichú auf seiner Brust wirklich real waren. „Ich denke, also bin ich!"*

„*Descartes!*" *erwiderte Marichú mechanisch, denn auch sie kannte den Philosophen und seinen Leitsatz, auch wenn sie sich noch nicht in der Lage fühlte, darüber nachzudenken, ob man nicht doch auch als gestorbene Seele noch in der Lage sein müsste zu denken. Aber indem sie sich dachte, dass sie noch nicht darüber nachdenken könnte, dachte sie bereits darüber nach und kam zu dem Descartes widersprechenden Ergebnis, dass die unsterbliche Seele, wenn es sie denn gab, nach dem Tod ihres Körpers natürlich noch denken können müsste, denn das Denken macht das Bewusstsein aus. Und was wäre die Seele ohne Bewusstsein?*

„*Ich denke, also bin ich*", *wiederholte sie also Jeds Zitat, fügte jedoch die Frage, die ihre eigenen philosophischen Überlegungen aufgeworfen hatten, noch hinzu: „Aber bin ich nun ein Körper mit Seele oder bin ich nur Seele?"*

„*Du bist eine Seele in einem wunderbaren Körper!*" *antwortete Jed. Und jetzt war er überzeugt davon, dass es so war, denn wie sonst würde sich dieses nicht enden wollende Prickeln, das sie beide durchströmte, und das ihre Aura zum Leuchten brachte, erklären lassen? Jed spürte das Prickeln und den jungen geschmeidigen Körper Marichús auf seinem Körper. Außerdem kroch die Kälte des Bodens nicht nur in seinen Körper, sondern langsam auch in sein Bewusstsein. Die Welt um sie herum hatte sich vielleicht verändert, aber sie war noch da und Marichú und er waren ebenfalls noch da.*

Langsam erhob sich Jed. Die Mattigkeit fiel von ihm ab und er hatte das Gefühl, als würde er die neue Energie direkt aus dem Boden saugen, auf dem er stand. Marichú trug er auf seinen Händen, während er aufstand. Sie schien überhaupt kein Gewicht zu haben.

Es war inzwischen mitten in der Nacht. Als Marichú jetzt ebenfalls die Augen öffnete, sah sie Jed mit ehrfürchtigem Staunen an, tastete ganz zaghaft und sanft nach seiner Wange und flüsterte: „Du leuchtest!"

Jed lächelte sie an, erwiderte aber nachdenklich: „Ja, ich weiß. Du auch!"

Er trug sie zurück zu seiner Kleidung und fragte sie, ohne sie abzusetzen: „Bestehst Du noch auf unseren nackten Spaziergang, Marichú? Oder kehren wir zurück in eine reale Welt, die wir vielleicht besser begreifen, um uns zu unterhalten?"

„*Möchtest Du noch immer wissen, warum ich nackt draußen herumlaufe?*" *fragte Marichú. „Ich kann es Dir mit einem einzigen Satz erklären: Um die Welt und mich selbst intensiver zu spüren. Ich liebe und genieße es ganz einfach nackt zu sein, die Luft,*

Wind und Regen auf meiner Haut zu spüren. Und ab heute liebe ich es noch viel mehr! Genügt Dir das, Jed Tanner?"

Jed schüttelte langsam und kaum merklich den Kopf. Dann antwortete er: „Nein Marichú. Jetzt will ich alles von Dir wissen!"

Im nächsten Augenblick trafen sich schon ihre Lippen zu einem unendlich zarten und liebevollen Kuss. Als ihre Lippen sich nach Äonen wieder trennten, spazierte Jed ungeniert durch die Büsche hindurch und mitten durch den Park. Es waren keine Leute mehr unterwegs, zumindest sah er keine, aber er hatte ohnehin nur Augen für Marichú, die er noch immer auf seinen Armen trug.

„Was willst Du wissen?" fragte ihn Marichú.

„Deinen Namen!"

„Lille!" antwortete Marichu, wobei das ‚e' nur ein fast stummer Akzent war.

„Marichú Lille", fragte Jed, „kenne ich Dich möglicherweise aus einem früheren Leben?"

Marichú gefiel der Gedanke. Sie konnte sich ebenso wenig wie Jed an ein früheres Leben erinnern, aber sie glaubte daran, dass die Heftigkeit der Gefühle und Empfindungen, die Jed und sie überwältigt hatten, einen Sinn und einen Ursprung haben mussten, auch wenn diese ihnen verborgen blieben. Irgendwo, tief im Innern ihrer Seele, spürte sie, dass es so war. Und deshalb antwortete sie voller Überzeugung: „Ja!"

„Wie alt bist Du?" fragte Jed mit einigem Unbehagen weiter, denn er fürchtete die Antwort.

„In diesem Leben und Körper, sechzehn", antwortete Marichú. „Aber ausgehend von der Überlegung, dass es nur eine einzige große Seele gibt, die sich auf alle Lebewesen und Dinge des Universums verteilt und sich in ihnen manifestiert, bin ich so alt, wie die Zeit selbst."

Jed war sprachlos. Er hatte schon seit Jahren keinen Menschen mehr getroffen, der sich ernsthafte philosophische Gedanken machte. Und jetzt sprach dieses wunderschöne Mädchen, das er nackt auf seinen Armen durch den Park trug, einen völlig neuen, faszinierenden Gedanken aus, der, wenn man darüber nachdachte, tatsächlich eine Erklärung für ein Wiedererkennen ihrer Seelen außerhalb ihres Verstandes liefern konnte. Wenn es eine große Seele gab, zu der die Seelen aller Wesen nach ihrem Tod zurückkehrten, dann war es doch möglich, dass sich aus dieser Gesamtseele zwei neue Seelen aus den selben Teilen zusammenfügten, aus denen sie schon einmal bestanden hatten. Und wenn diese beiden Seelen sich dann wieder begegneten, dann müssten sie sich zwangsläufig wieder erkennen, auch wenn der neu erworbene Verstand in ihren neuen Körpern und Gehirnen dies nicht zu erklären vermochte.

„Hm", machte Jed nachdenklich an dieser Stelle seiner Überlegungen, denn er erkannte, dass das Vorhandensein einer Gesamtseele auch genau das genaue Gegenteil bedeuten könnte. ‚Wenn alle Seelen Teil einer einzigen, großen Seele wären', fragte er sich, ‚müssten sich dann nicht alle Seelen wieder erkennen? Könnte es dann so viel Selbstsucht, Streit, Hass und Krieg auf der Welt geben?'

Jed teilte Marichú die Ergebnisse der Pfade seiner Gedanken mit, denen er gefolgt war und Marichú hörte ihm aufmerksam zu. Sie war es gar nicht gewohnt, dass andere

Menschen sich auf ihre Gedankengänge einließen. Erwachsene hörten ihr nicht zu und Jugendliche begriffen gar nicht, wovon sie überhaupt sprach, wenn sie ihnen ihre philosophischen Betrachtungen mitzuteilen versuchte. Insofern war Jed allein deshalb schon eine verwandte Seele, weil auch er noch über den Sinn des Lebens und über das ‚Woher' und ‚Wohin' nachdachte und ebenso, weil er bereit war, die Perspektive ihrer Betrachtungen als Möglichkeiten einer Wahrheit in Betracht zu ziehen.

„Hm" machte jetzt auch Marichú. Sie hatte keine Antworten auf die Fragen, die Jeds Überlegungen aufwarfen parat. Aber sie ließ sich auf die Gedanken ein und ließ sie in sich nachwirken. Scheinbar ohne Zusammenhang fragte sie plötzlich: „Was meinst Du, Jed: Leuchten wir wirklich und auch für alle anderen Menschen sichtbar? Oder können wir nur gegenseitig unsere Aura sehen?"

Das war eine interessante Frage. Allerdings wollte sich Jed, solange sie beide nackt waren, keinen anderen Menschen zeigen, um eine Antwort darauf zu erfahren.

„Vielleicht wird unsere Aura auch nur durch den Energiefluss, der uns durchströmt, sichtbar?" überlegte er.

Marichú dachte kurz über Jeds Gedanken nach und meinte dann lächelnd dazu: „Interessante Theorie; Unsere Körper als Batterien unserer Auren mit unseren Seelen als Katalysatoren."

„Ja, okay", gab Jed zu, „klingt irgendwie albern."

Aber Marichú sah das gar nicht so und erwiderte: „Vielleicht solltest Du mich mal absetzen."

Jed zögerte, denn der Energiefluss zwischen ihren Körpern erfüllte ihn inzwischen mit so einem angenehmen, belebenden Prickeln, dass er diesen Fluss gar nicht unterbrechen wollte. Außerdem fürchtete er die Reaktion, die eintreten würde, wenn sie sich danach wieder berührten. Und berühren wollte er Marichú wieder. Denn wenn er auch im Moment sonst nichts wusste; Das wusste er!

„Meinst Du, wir gehen aus wie zwei Glühbirnen, wenn man den Lichtschalter betätigt?" fragte er. Aber Marichú erwiderte: „Es war doch Deine Idee. Und vielleicht ist ja was dran."

Jed nickte und stellte Marichú behutsam auf den Boden. Aber sie zögerten beide, den Kontakt zwischen ihren Körpern abbrechen zu lassen.

„Ich hab irgendwie Angst, Dich loszulassen", gab Marichú zu.

Und Jed bestätigte: „Ich auch!"

Sie hielten sich noch an den Händen, als sie langsam und zögernd einen Schritt auseinander traten.

„Fertig?" fragte Jed.

„Fertig!" nickte Marichu.

Die Spannung, die sie beide verspürten, lag greifbar zwischen ihnen in der Luft.

Ganz langsam und vorsichtig lösten sich ihre Finger voneinander. Das sie umhüllende Licht erlosch nicht. Es bildete eine Brücke zwischen ihren Händen. Und staunend stellten Marichú und Jed fest, dass der Energiefluss nicht abbrach.

„Mit Dir verlieren alle Schulweisheiten und Naturgesetze ihre Gültigkeit!" flüsterte Jed ehrfürchtig und fasziniert von der Unbegreiflichkeit dessen, was ihn mit Marichú verband. Marichú fand lange Zeit gar keine Worte. Erst als Jed langsam rückwärts ging und das sie verbindende Licht sich wie ein elektischer Lichtbogen immer weiter auseinander zog, bis es in einer Entfernung von über zwei Metern abriss, fand sie ihre Sprache wieder.

„Nicht mit mir; Mit uns!" widersprach sie Jeds Worten. „Ich allein bin Nichts. Ich bin nur ein Mädchen, das nicht so ist, wie andere Mädchen in seinem Alter. Ich bin gerne nackt um des nackt Seins willen. Ich war bis heute auf der Suche, ohne zu wissen, wonach. Und ich habe Dich gefunden. Ich hab schon gestern gespürt, dass Du etwas Besonderes bist. Aber ich konnte es noch nicht begreifen. Ich dachte einfach, dass ich nur ein törichter Teenager bin, der sich in einen tollen Mann verliebt, den er nicht kennt. Und deswegen hab ich mich über mich selbst geärgert. Aber ich konnte trotzdem nicht aufhören, an Dich zu denken und hätte, wenn Du heute nicht gekommen wärst, jeden Tag nackt an der Stelle auf Dich gewartet, an der wir uns gestern gesehen haben! Und wenn Du nicht gekommen wärst, hätte ich nach Dir gesucht und Dich auch gefunden, was nicht schwer gewesen wäre, nachdem ich Dich schon gestern Abend in den Nachrichten gesehen habe."

„Ich konnte auch nicht aufhören, an Dich zu denken", erwiderte Jed, gestand aber trotzdem, „obwohl sich gestern auch etwas zwischen Mitsou und mir entwickelt hat."

Jed sah Marichú bei diesen Worten besorgt an. Auf der einen Seite wollte er von Anfang an absolut offen und ehrlich zu ihr sein, obwohl er noch nicht einmal wusste, wohin das mit ihnen führen sollte und ob es überhaupt eine Zukunft außerhalb dieses Parks für sie geben konnte, auf der anderen Seite fürchtete er, sie bereits durch dieses Geständnis zu verlieren, so wie er vermutlich auch Mitsou verlieren würde, wenn er ihr von dieser Nacht mit Marichú erzählte. Aber er würde auch Mitsou die Wahrheit sagen. Nur eine Story für seine Zeitung hatte er nicht.

„Die wunderschöne Frau!" sagte Marichú voller bewundernder Verehrung und ohne jede Spur von Eifersucht auf Jeds Geständnis.

Jed nickte. „Ja, die wunderschöne Frau!"

Ein paar lange Augenblicke, während denen die blauen Augen Marichús und die grauen Augen Jeds ineinander versanken, schwiegen die beiden. Dann fragte Marichú: „Was machen wir jetzt, Jed?"

Die Frage tat beiden weh, denn sie war so schrecklich real. Sie bezog sich nicht darauf, ob sie weiter nackt spazieren und über das Leben im Allgemeinen und ihre sonderbare Verbindung im Speziellen philosophieren würden, sondern darauf, ob sie dies weiter miteinander tun konnten und ob es eine Zukunft gab, die diese Philosophie überhaupt rechtfertigte, ob es eine gemeinsame Zukunft für sie gab.

„Du musst bestimmt heim!" vermutete Jed bedrückt.

Und Marichú erwiderte fragend: „Und auf Dich wartet bestimmt Mitsou?"

„Ja, sie wartet auf mich", gestand Jed. „Aber sie weiß, wo ich bin. Und sie hat mich halb nackt bei Dir zurück gelassen."

Marichú lächelte bei dem Gedanken daran, wie Mitsou Jed vor ihren Augen verwöhnt hatte.

„Ich glaube", vermutete sie, „sie hat schon vor uns gewusst, dass uns irgend etwas *miteinander verbindet.*“

„*Ja*“, *stimmte Jed ihr zu und fragte dann noch einmal: „Was ist mit Dir? Was sagen Deine Eltern, wenn Du die ganze Nacht nicht zu hause bist?*“

„*Sie wissen es nicht*“, *gestand Marichú.*

„*Dann solltest Du zuhause sein, bevor sie Dich vermissen.*“

„*Begleitest Du mich?*“ *fragte Marichú.*

Jed nickte und antwortete: „Sehr gern!“

Er streckte Marichú seine Hand entgegen und sie nahm sie ohne zu zögern, obwohl sie wusste, welch heftige Reaktion die Berührung mit Jed wieder hervorrufen würde. Jetzt waren beide darauf gefasst und doch hätte der Schlag ihnen fast den Boden unter den Füßen weggezogen. Trotzdem genossen sie diese Erregung, die sie wie ein Panzer überrollte. Gemeinsam spazierten sie zurück zu der Stelle, an der Jed sich ausgezogen hatte. Aber er dachte gar nicht daran, sich schon wieder anzuziehen, sondern kletterte nackt wie er war mit Marichú über die Mauer des Parks.

„*Hier entlang*“, *flüsterte Marichú auf der anderen Seite der Mauer, nahm trotz des erneuten Schlags wieder Jeds Hand und zog ihn mit sich die von hellen Laternen beleuchtete Straße entlang.*

Für Jed war es ein völlig neues Gefühl der Freiheit und der Heimlichkeit. Mit klopfendem Herzen rannte er mit Marichú durch die nächtliche Stadt. Sie versteckten sich in dunklen Schatten vor den Blicken der wenigen Menschen, die bereits auf den Straßen unterwegs waren. Aber sie waren sich nie sicher, ob die anderen Menschen nicht doch auch ihre leuchtende Aura wahrnehmen konnten und verbargen sich hinter parkenden Autos, Plakatwänden oder in Büschen. Dabei war es aber gar nicht weit bis zu Marichús Zuhause.

„*Hier wohne ich*“, *flüsterte sie Jed vor der Tür eines von einem kleinen Garten umgebenen Einfamilienhauses zu, während sie den Schlüssel aus einem leeren Blumentopf zog. Sie zögerte aber, die Tür zu öffnen, sah Jed betrübt an und fragte ihn: „Sehen wir uns wieder, Jed Tanner?*“

„*Wann immer Du möchtest!*“ *erwiderte Jed.*

„*Jetzt!*“

„*Jetzt?*“

Marichú schloss schnell und leise die Tür auf und flüsterte: „Komm!“

Und obwohl Jed wusste, wie riskant es war, mit einem sechzehnjährigen Mädchen nackt in ihrem Zimmer erwischt zu werden, folgte er ihr. Sie schlichen sich lautlos ins Bad, wuschen sich, putzten die Zähne und huschten dann wie zwei Schatten in Marichús Zimmer.

„*Morgen ist Samstag!*“ *flüsterte Marichú, während sie Jed hinter sich her zum Bett zog. „Meine Eltern schlafen lang und kommen nicht in mein Zimmer.*“

Das war einigermaßen beruhigend, auch wenn Jed nicht klar war, wie er nach Einbruch des Tages nackt das Haus wieder verlassen sollte. Er folgte Marichú nur zu gern und schlüpfte mit ihr unter die warme Decke ihres Bettes. Und als Marichú dann wieder in seinen Armen lag, flüsterte er ihr leise ins Ohr: „Ich glaube, ich liebe Dich, Marichú!“

Marichú lächelte Jed dankbar und verliebt an und erwiderte: „Ich liebe Dich ganz sicher, Jed!"

Jed lag auf dem Rücken und starrte grübelnd in die Dunkelheit. Er versuchte vergeblich zu begreifen, was in dieser Nacht geschehen war. Aber es ging zu weit über seinen Verstand, als dass er es auch nur ansatzweise hätte verstehen können. Marichú schmiegte ihren jungen Körper an Jed. Das wohlige und erregende Prickeln dauerte noch immer an. Jed wagte nicht, Marichú zu berühren, obwohl er nichts lieber getan hätte, als sich über sie zu beugen, ihre Lippen zu küssen und dann ganz langsam ihren Körper mit seinen Lippen zu erkunden. Er zuckte zusammen, als er ihre kleine Hand auf seiner Brust fühlte. Sie tastete ganz behutsam über seinen Körper, strich von seiner Brust über seine vor Erregung angespannten Bauchmuskeln bis zu seinem Nabel. Jed schüttelte sich vor Erregung und Marichús Hand tastete ganz vorsichtig weiter nach unten, bis sie an Jeds pralle Eichel stieß. Sein Penis zuckte bei dieser Berührung nach oben und auch Jed selbst zuckte zusammen.

„Darf ich?" fragte Marichú unsicher.

„Mhm!" antwortete Jed mit zitternder Stimme. Mehr schaffte er nicht zu sagen.

Marichú betastete ganz sanft Jeds Penis, der in ihrer Hand fast explosionsartig bis zu seiner maximalen Größe anschwoll.

„Er fühlt sich gut an!" flüsterte Marichú und behielt ihn sanft in der Hand.

Obwohl Jed erschöpft und müde war und in den vergangenen Stunden bereits zwei unbeschreiblich intensive Orgasmen gehabt hatte, spürte er wie sich ohne jedes aktive Zutun von Marichú ein neuer Höhepunkt anbahnte. Ihre Hand war nur ganz sanft um seinen Penis geschlossen. Aber der Strom prickelnder Energie, der durch sie in seinen Penis floss, war erregender und intensiver als alles, was er bisher in seinem Leben erlebt hatte.

Auch Marichú selbst konnte sich der wie eine Woge der Lust über sie hinweg schwappenden Erregung nicht entziehen. Und wieder erlebte sie mit Jed gemeinsam einen Orgasmus der sie in einen Himmel der Ekstase katapultierte. Raum und Zeit hörten auf zu existieren. Ihr gemeinsam erlebter, nicht endender Orgasmus schien ein Fluss reiner Energie zu sein. Weder Jed noch Marichú gelang es, diesen Punkt der Ekstase zu überwinden oder sich aus ihr wieder zu befreien. Und so blieben sie darin gefangen, bis die Grenzen des Erträglichen die Kraftreserven ihrer Körper aufgezehrt hatten und sie in einen tiefen Schlaf, um nicht zu sagen, eine tiefe, glückliche Ohnmacht sanken.

Bis hierher hatte Mischu in einem Zug durchgelesen und ich war so sehr in die Geschichte eingetaucht, hatte mich selbst in Jed, Mischu in Mitsou und Manuela in Marichú wieder erkannt, dass ich jetzt eine Weile brauchte, um in die reale Welt meiner Ohnmacht – wie absurd! – zurückzufinden.

„Was ist los?" fragte ich verwirrt. *„Warum liest Du nicht weiter?"*

Mischu sah mich lange, ernst und traurig an und antwortete: *„Es ist Zeit, zum Ende der Geschichte zu kommen, Fred!"*

„Jetzt?" fragte ich noch verwirrter, als zuvor. *„Wo es grad so spannend ist? Es ist doch gar kein Ende in Sicht."*

„Mach die Augen wieder zu!" bat Mischu mich liebevoll. Ich gehorchte und da spürte ich ihre weichen Lippen ganz zärtlich auf meinen. Und als sie sich wieder von mir lösten, hörte ich, wie Mischu in ihrem Manuskript umblätterte. Sie räusperte sich leise und fuhr in ihrer Geschichte fort:

Als Jed in diesem todesähnlichen Schlaf lag, begann er zu träumen.
Er sah sich und Marichú gemeinsam nackt durch eine Winternacht laufen. Sie schienen sich verirrt zu haben und vor irgend etwas auf der Flucht zu sein. Plötzlich sahen sie ein Stück vor sich einen Lieferwagen im Graben liegen.

Mich überkam ein sehr bedrückendes Gefühl dabei, in Jeds Traum jetzt wirklich Manuela und mich wiederzufinden.

Aus dem Lieferwagen schlugen plötzlich Flammen. Jed und Marichú rannten so schnell sie konnten zu dem Wagen, um den Insassen zu Hilfe zu eilen. Ungeachtet seiner Nacktheit kletterte Jed auf den Wagen und riss die oben liegende Beifahrertür auf. Und während die Flammen immer höher schlugen, befreite er nacheinander alle Personen aus dem Wagen, reichte sie Marichú, und die brachte sie in sichere Entfernung von dem Wagen.
Jed war fasziniert von Marichú. Er genoss ihren Anblick und das perfekte Zusammenspiel von ihnen. Aber die Flammen schlugen bedrohlich immer höher aus dem Wagen. Und als Jed mit der letzten Person aus der Beifahrertür kletterte, schoss plötzlich eine Flammenwand vor ihm in die Höhe. Mit aller Kraft, die seine Verzweiflung aufbieten konnte, warf er die aus dem Wagen gezogene Person durch die Flammenwand und schrie Marichú in Panik zu: „Schnell zurück!"
In diesem Moment explodierte der brennende Lieferwagen. Jed wurde von einer gewaltigen Druckwelle davon geschleudert. Aber noch während der Explosion nahm er wahr, wie Marichú sich schützend über den zuletzt Geretteten geworfen und im selben Moment auch von der Gewalt der Explosion erfasst und durch die Luft gewirbelt wurde.
Und dann war da nur noch Dunkelheit und Blut.

Ich wusste, dass Mischus Erzählung jetzt zu Ende war. Jed würde nicht mehr zurückkehren aus seinem Traum. Ich hatte die Bilder darin wiedererkannt, selbst die, die ich verdrängt gehabt hatte.

Manuela war bei der Explosion des Lieferwagens nicht unverletzt geblieben. Und ich auch nicht. Wir waren danach nicht in den Wald gelaufen. Weder waren wir im Haus des Weihnachtsmannes gewesen, noch war ich erst im Wald ohnmächtig geworden. Ich war nach der Explosion nicht mehr zu mir gekommen.

Jetzt hatte ich den Geschmack von Blut im Mund.

Ich hätte Mischu gerne gebeten, mich aus dieser Situation wieder herauszulesen. Aber Mischu war nicht da, war nie da gewesen.

Jed war wieder in die Dunkelheit seines todesähnlichen Schlafes zurückgekehrt. Ich war in der Dunkelheit!

Ich spürte nichts, weder meinen Körper, noch eine Regung meines Geistes. Alles um mich war Finsternis und Leere.

„Und jetzt?" fragte ich mich.

Da nahm ich in der Ferne ein schwaches Glimmen wahr, das sich langsam ausbreitete und zu einem gleißenden Licht wurde. Ich fürchtete mich nicht, fühlte nur einen unendlichen Frieden mein Herz erfüllen.

Und da trat Manuela wie ein von innen strahlender Engel aus dem Licht, lächelte mich an und öffnete ihre Arme.

Ohne dass sie die Lippen bewegte, hörte ich Manuelas Stimme ganz leise, aber klar und voller Zärtlichkeit in meinem Kopf: „Wir sind am Ziel mein Engel!"

„Ja, wir sind am Ziel!"

Und damit ist auch diese Geschichte an ihrem Ende angekommen.

Fred und Manuela sind mir während des Schreibens ans Herz gewachsen. Doch jetzt ist es an der Zeit, sie gehen zu lassen, auch wenn mein Herz um sie weint.

Ich selbst lerne nur sehr langsam, mich in der realen Welt zurechtzufinden. Viel zu komplex und zu verwirrend ist das Leben außerhalb der Buchseiten, zwischen denen ich geboren wurde. Doch mit Mitsou an meiner Seite ist alles möglich.

J.

ÜBER DEN AUTOR

Jürgen Lill ist ein Künstler mit Leib und Seele. Begonnen hat er als Stuntman, bevor er Schauspielunterricht genommen und neben Filmauftritten, wie zum Beispiel als Elefantenreiter in „Asterix & Obelix gegen Caesar", vor allem auf Bühnen in Deutschland und Österreich Erfolge gefeiert hat. Von Karl Mays ‚Dr. Karl Sternau' und ‚Old Shatterhand' über Alexandre Dumas' ‚Aramis' bis hin zu ‚Hercules' hat er immer wieder in Heldenrollen geglänzt. Doch das Spielen allein hat ihm nie genügt. Er wollte immer selbst etwas erschaffen und hat deshalb schon früh begonnen, zu schreiben und zu fotografieren.

So konnte er unter anderem schon einige Kurzfilme und ein Theaterstück selbst realisieren. Neben dem Schreiben von Drehbüchern und Theaterstücken hat er sowohl Gedichte als auch erotische Kurzgeschichten veröffentlicht und war außerdem als Bildjournalist und Pressefotograf tätig.

Erotik ist ein Handlungselement, das Jürgen Lill immer wieder gerne einsetzt; manchmal dezent, manchmal provokativ, aber niemals nur zum Selbstzweck. Im Mittelpunkt seiner Geschichten stehen immer die Menschen. Und die bereiten ihm öfter als ihm lieb ist Probleme, denn die Protagonisten seiner Abenteuer verselbstständigen sich beim Schreiben regelmäßig, was Jürgen Lill zum humorvoll überspitzten Handlungselement in seinem zweiten Roman „Der Schneeengel" gemacht hat.